U0708092

史夢蘭集㈢

疊雅

（清）史夢蘭◎原著
高光新◎點校

天津出版傳媒集團
天津古籍出版社

疊雅卷四

樂亭　史夢蘭　香厓

沖沖旆旆離離穪穪帖帖幨幨若若蓑蓑衰衰摶摶團團橤橤蘂蘂繠繠

泣泣鬖鬖髟髟朵朵卣卣𧳜𧳜韡韡構構縿縿緌緌威威雇

雇垂也

詩小雅鞗革沖沖毛傳沖沖垂飾貌　又胡不旆旆毛傳旆旆旒垂貌文選註旆旌旗之垂者　又其桐其椅其實離離毛傳離離垂也又王風黍離疏離作穪穪穪謂秀而垂也　釋名牀前帷曰帖言帖帖而垂也唐韓偓雨中詩風襟寒帖帖案太平御覽引釋名三帖字皆作幨幨處占切音襜玉篇帷也　漢書石顯傳印何纍纍綬若若耶註若若垂貌人者切　漢張衡南都賦敷華蘂之蓑蓑文選李善註蓑蓑下垂貌蘇回切音毸唐韓愈南山有高樹行花葉何衰衰方崧卿註衰衰當作蓑蓑案說文衰草雨衣象形韓從古字不必加草也釋名桷或謂之榱在檼旁下列衰衰然垂也　又思乎賦志摶摶以應懸文選舊註衡曰摶摶垂貌後漢書張衡傳作團團亦訓垂貌　晉盧諶時興詩橤橤芳華落文選註橤橤垂也如累切音蘂通作蘂唐陸龜蒙兩觀銘佩玉蘂蘂蘂與繠通左傳哀十三年佩玉繠兮釋名緌有虞氏之旌也注旄竿首其形繠繠然

雙名錄

樂亭　史夢蘭　香厓

勃勃　十六國春秋赫連勃勃劉淵之族也

落落　五代史唐莊宗本紀克用自將擊魏戰於洹水亾其子落落

休休　五代史義兒傳存孝與安休休等以兵助罕之休休被執

實實　金史實實原作習失

奇奇　元史奇奇爾原作怯怯里斡爾喀氏

庫庫　元史庫庫字子山喀喇氏兄和和字子淵案庫庫原作巙巙和和原作回回

和和　註見上

牙牙　元史類編阿沙不花康里國王族也其祖母有二子曰曲律牙牙曲律無子牙牙復封康國王生六子阿沙不花與康里脫脫其著者也

脫脫　元史編類脫脫字大用父馬札兒台侍仁宗於潛邸案脫脫與康里脫脫俱列宰輔傳又功臣傳有脫脫木華黎元孫也

濶濶　元史類編濶濶不花按攤脫脫里氏魁岸有膂力　又濶濶出至元二十六年封甯遠王

◎《疊雅》書影

目録

點校前言

《疊雅》是清末學者史夢蘭編纂的一部主要收録疊音詞的類義詞典。《疊雅》收録的重言詞，主要是疊音詞，另外還有一些是詞組或專有名詞，書中把意義相近相關的重言词歸爲一條進行疏證。《疊雅》包括自序、凡例、正文，最後附《雙名録》。

《疊雅·自序》敘述了史夢蘭編纂此書的原因：『惟是形容之妙，每用重言；名物之稱，尤多複字。《爾雅》《廣雅》「釋訓」中雖或及之，然止寥寥數則，未克詳備。他若升菴輯複字，不免臆造之嫌；密之詁重言，止明通轉之義。』古代描寫形容詞與名物詞多數用疊音詞，但是《爾雅》《廣韻》等書收録的很少。楊慎搜集的重言詞有很多是臆造的[一]，方以智雖然搜集重言詞，但是他的目的是爲了説明通轉。因此，歷來没有專門搜集重言詞的著作。爲了彌補這個缺憾，史夢蘭決心編纂《疊雅》。

【一】對於楊慎臆造重言詞，胡樸安《中國訓詁學史》（商務印書館，一九三六年，一三九—一四〇頁）引李調元《古音複字序》認爲，『惟是升庵撰《古音複字》，在謫居滇南以後，攜書不多，或有誤記，并非有意臆造。』

《疊雅·凡例》共十條，敘述了編纂體例。楊端志《訓詁學》總結爲：『該書對所收詞語，凡同義者擺放在一條，最後用一個詞來解釋。字不同而音義皆同者，只選一個詞加入正文，其餘則用雙行小字注於該詞之下；字同而義不同者，則分條排列解釋，以廣見聞。然後再依詞的順序廣列例證。引例以經爲首，史次之，子集又次之。經子的引例均有篇名，史的引例皆有傳名或志名。』【一】另外，《凡例》第八條、第九條講明，給生僻字注音，注意古今音的差異。《凡例》第十條講明，人名所用雙字與意義無關，只形同疊音詞，所以附在書末。全書有二六四條案語（《雙名録》另有四條案語），除注音、釋義、校勘之外，還闡述史夢蘭個人的見解。

《疊雅》的正文十三卷，第一卷到第九卷收録普通詞語，第十卷收録表示形貌動作的詞語，第十一卷收録表示聲音的詞語，第十二卷收録有關氣象、衣食、動物的詞語，第十三卷收録關於人、山、水、佛、鳥獸的稱謂的詞語。全書前十二卷，每卷收録詞語二〇〇至三〇〇個，篇幅相當；第十三卷收録詞語九十二個，篇幅較短。《疊雅》之後附《雙名録》一卷，收録古代用疊字的人名，如『鶯鶯』『盼盼』等。

《疊雅》的價值，首先在於豐富了雅學的内涵。《爾雅》收録重言詞七十六條，《廣雅》收録重言詞七十五條，都比較少。《疊雅》一書則專門收録重言詞，全書收詞五五九條，數量大增。《疊雅》收

【一】楊端志：《訓詁學》，山東文藝出版社，一九八四年，六四六頁。

重言詞，不僅釋義、注音，還列出書證，從一則到三五則不等。

其次是爲後世研究疊音詞提供了依據。通過分析《疊雅》疊音詞的引文，可以發現，在古代漢語里，疊音詞主要是形容詞和名物詞。形容詞類疊音詞主要出現在文學作品里，作用是描摹動作與狀態，並且唐以前疊音詞的出現頻率比唐以後要高。

《疊雅》的引文豐富，涵蓋經史子集。經部除『十三經』與衆多後人注疏外，還有《韓詩外傳》《大戴禮記》，等等。史部包括從《史記》到《元史》的『正史』類著作，還有《戰國策》《資治通鑒》等十餘種史部著作。子部包括《荀子》《莊子》《墨子》等三十余種，還包括宋代以後的筆記和佛教、道教著作十餘種，如《紫薇雜記》《法苑珠林》《雲笈七籤》。集部包括總集類《楚辭》《文選》《全唐詩》《全唐文》《樂府詩集》《續古文苑》，還有從魏晉直到明代衆多作家的作品，其中宋代作家有三十九位，金代作家一位，元代作家十三位，明代作家六位。類書，有《太平御覽》《太平廣記》《藝文類聚》《文苑英華》《初學記》《北堂書鈔》《古刻叢鈔》，等等。小學類，有《爾雅》《説文解字》等三十餘種。此外還有衆多石刻文獻，如《石鼓文》及漢晉碑刻等。

史夢蘭引書慎重，常以案語的形式進行校勘、訂正訛誤。《疊雅》引書包括緯書，如《易緯是類謀》《元包經》，《尚書》包括今文與僞古文，説明史夢蘭不受今文學與古文學的束縛。《疊雅》集部引文没有清朝人的著作，但引用了清朝的學術著作，如王念孫《廣雅疏證》、邵晉涵《爾雅正義》、畢沅《釋名疏證》、王鳴盛《十七史商榷》。

《疊雅》由於引書衆多，有時疏於查證。例如，《疊雅》卷十一：『吒吒，訶聲也。』引《漢書·東方朔傳》：『上林獻棗，武帝以杖擊殿檻，呼方朔曰：「吒吒，朔來，此篋中何物？」朔曰：「上林之棗四十九枚。」上曰：「何以知之？」曰：「呼朔者，上也。以杖擊檻者，兩木也。朔來朔來者，棗也。吒吒者，四十九也。」』這段行文似小説家語，不像史書筆法，實際上并不出自《漢書·東方朔傳》，而是出自《太平御覽·棗部》所引《東方朔傳》。《太平御覽》所引《東方朔傳》應本於《隋書·經籍志》《舊唐書·經籍志》所著録《東方朔傳》八卷，爲單行本志人小説，與《史記·東方朔傳》《漢書·東方朔傳》不同，史夢蘭把它們混同了。

除引文存在疏忽以外，受時代環境限制，《疊雅》對於疊音詞的處理亦有不當之處。例如有些疊音詞到底是一個詞還是兩個詞，史氏並未明確區分。這些反映了詞與詞組、同形詞與異形詞、通假字與異體字等概念的區别。例如，書中大量使用的『作』『通』『同』，實際上涵蓋了通假字、異體字、古今字、同源字等概念。

本書的點校，始於石向騫老師的囑託。石老師乃儒雅君子，多年來一直致力史夢蘭著作的搜集、整理工作，由他主持整理的史夢蘭《永平詩存》已經出版。蒙石老師不棄，筆者承擔了《疊雅》的點校工作。由於學問荒疏，舛誤在所難免，尚祈方家指正。

高光新二〇一四年六月於唐山師範學院

點校凡例

一、本書採用史氏家藏板《止園叢書》所收《疊雅》爲底本。

二、原書注文雙行小字改爲單行小字。

三、除避諱字、誤刻字直接改正外，正文和注文均依底本原文照録，原則上不做改動。少數無關正譌、正俗和意義的舊字形，改爲通行字形，如改『囘』爲『回』。

四、點校儘量查證引文，對於誤引者，於每條後出校記。由於《疊雅》往往摘引，對於缺省部分不出校記。

五、引文的標注方法：直接引用的原文加引號，摘引的原文不加引號。

六、《疊雅》所引詩詞題名一律爲某詩、某詞，並將『詩』『詞』置於題名框内。今依底本將『詩』『詞』字也點爲題名。

七、爲便於檢索，每卷均按原文先後編定序號，列於每條之前。

八、書末附《疊雅》詞目索引，以便檢索。

自序

自《爾雅》一書列於學宮，如漢孔鮒之《小爾雅》、魏張揖之《廣雅》、宋陸佃之《埤雅》、明朱謀之《駢雅》、我朝方以智、吴玉搢之《通雅》《别雅》，接踵而起。雖其著書之意各有所主，要皆《爾雅》之支流，學海之津筏也。惟是形容之妙，每用重言；名物之稱，尤多複字。《爾雅》《廣雅》『釋訓』中雖或及之，然止寥寥數則，未克詳備。他若升菴輯複字，不免臆造之嫌；密之詁重言，止明通轉之義。索其於經史子集，及諸家注疏之用疊字者，廣爲搜羅，詳加疏證，至今未見專書，豈非蓺林一大歉哉？余抱甕之暇，流覽往籍，輯成《疊雅》十三卷，竊附於諸雅之後。諸雅所已載者，旁搜以參其異同；諸雅所未及者，博採以考其源委。字異而義同則彙歸一部，文同而解異則别立一條。或音義相通、彼此錯見，則别其字如《别雅》之别，通其義如《通雅》之通。特以見聞固陋，挂漏良多，世之博雅君子，如肎增而廣之，匡其不逮，其即以此爲蓽路之先驅也可。

同治甲子仲秋之月，竹素園丁史夢蘭香厓氏自識於靜怡軒。

凡例

《爾雅》分十九類，《廣雅》因之。至《埤雅》《駢雅》《通雅》遂分合增損，各自爲例。《别雅》則暗以韻分而不標韻目，從其省也。是書鱗次編輯，例仿《爾雅》，不復顯分門類，亦猶《别雅》之志耳。

郭璞註《爾雅》，每有疑義，輒云『未詳』。蓋以後人註古人之書，或古籍云亡，無從徵引，遂不能得其指歸；而强作解事者，又不免傅會穿鑿之病。兹編自爲疏證，詳列書名，冀有舛譌挂漏之處，便於改補。

古人用字不拘，如『本書作某，某某書引作某某』之類，字則異而義則同。抑或音義不同，久經借用，如『某某作某某』之類，亦不得概以陶陰烏焉斥之。故聊加案語，一例引入。

引證以經爲首，史次之，子集又次之。史子集中引用經語，閒於每條下附著一二以廣文藻。如史與子集，則以書出之先後爲準。史在先則引史，而子集之語附之。子集在先則引子集，而史語附之。總以溯其本源，無使淩亂。

訓詁之學，因文起義，各有師承。有相近者，有相懸者，有以後補前者，有以此駁彼者。兹編主於博引，凡遇文同而解異者，必兼收分載，以廣見聞。

前人注書，多不載篇名。世代後人互相稗販，意爲增減，以致輾轉沿譌，無從檢對。兹編所引悉據原書，經子必詳何篇，史乘必詳何傳何志，詩文必詳何題與作者何代，不敢少有含混。蘄可徵信，不致貽誤來者。

每則末標一語，仿《爾雅》之遺。凡遇字之音義相同者，於注中連類徵引，先將通同之字以小字雙行附書於所標正文之下，以清麋目，使閱者望而知之，然後尋繹其注。若音義相近各有所重，亦不敢妄爲牽引。

卷中凡遇僻字，或一字數音者，必加反切，原注有者仍之，無者補之。

古今用韻不同，凡遇複字之用叶音者，必詳列上下韻以見通叶之義，且爲註明何爲本音、何爲叶音。若叶音無關複字，自有諸韻書辨之，兹不多贅。

人之用雙名者，無關義藴。平日輯有男婦《雙名録》一卷，本擬别行，因與此書相似，故附於十三卷之末。非敢自亂體例也，閲者諒之。

疊雅卷一

樂亭　史夢蘭　香厓

一・一　巖巖嵒嵒、嵓嵓、岩岩、礹礹、峩峩硪硪、涐涐、隗隗阢阢、嶄嶄嶃嶃、巀巀、巉巉、嵬嵬、岌岌、崇崇、潼潼、揭揭、嶷嶷、蘧蘧、亭亭停停、苕苕岧岧、迢迢、嶢嶢、堯堯、翹翹、鍔鍔咢咢、列列烈烈、律律嵂嵂、業業嶫嶫、從從縱縱、孑孑、樅樅、首首、顉顉、峻峻、將將鏘鏘、卓卓逴逴、繹繹、磑磑、嶉嶉崔崔、磈磈、磃磃、磝磝、額額顡顡、屹屹、孱孱、顏顏、峭峭、顛顛、印印昂昂、仰仰、藏藏臧臧、嶟嶟、落落、崚崚陵陵、踜踜、崱崱、崖崖、巘巘、磳磳、危危、嶔嶔、岑岑、崟崟、巇巇、嵚嵚、奎奎、坻坻，高也。

《詩・小雅》：『維石巖巖。』毛傳：『巖巖，積石貌。』《廣雅》：『巖巖，高也。』通作嵒。漢張衡《思玄賦》：『冠嵒嵒其映蓋。』《文選》李善註：『嵒，五咸切。』李周翰註：『嵒嵒，高貌。』嵒亦作嵓。漢劉歆《遂初賦》：『巨石破之嵓嵓。』俗作岩。唐賈餗《仙人掌賦》：『勢孤聳於岩岩。』《陳球碑》：『礹礹猶嶽。』巖巖作礹礹。《列子・湯問篇》：『峩峩兮若泰山』《楚辭》劉向《九歎》：

『冠浮雲之峩峩。』王逸註：『峩峩高貌。』峩通作硪。唐羅讓《高祖受命賦》：『硪硪岌岌。』◎案：此《佩文韻府》所引，《全唐文》不載此文。漢傅毅《七激》：『積雪涐涐，中夏不流。』◎案：其文義，涐涐猶峨峨也。古人用字假借，多此類。晉僧支遁《詠懷詩》：『隗隗形崖頹。』隗與阢通。《釋名》：『危，阢也，阢阢不固之言也。』《廣雅》：『阢阢，高也。』《詩・小雅》：『漸漸之石，維其高矣。』毛傳：『漸漸，山石高峻。』漸音鑱。《子貢詩說》作嶄嶄。唐杜牧《杜秋詩》：『嶄嶄整冠珮。』《廣雅》：『嶄嶄，高也。』《說文》：『磛，礹石也。』徐曰：『《詩》：「漸漸之石」當作此字。』士銜反。唐韓愈《酬司門盧雲夫詩》：『倚天更覺青巉巉。』《古豔歌》：『南山石嵬嵬。』《廣雅》：『嵬嵬，高也。』《離騷》：『高余冠之岌岌。』王逸註：『岌岌，高貌。』◎案：《廣雅》：『岌岌，盛也。』盛亦從高起義。漢班彪《北征賦》：『望通天之崇崇。』《文選》李周翰註：『崇，高也。』宋玉《高唐賦》：『沬潼潼而高厲。』《文選》李善註：『潼潼，高貌。』《楚辭》劉向《九歎》：『貌揭揭以巍巍。』王逸註：『揭揭，高貌也。』唐韓愈《處州孔子廟碑》：『揭揭元哲，有師之尊。』《史記・帝嚳紀》：『其德嶷嶷。』註：『嶷嶷，德高也。』《楚辭》王褒《九懷》：『過萬首兮嶷嶷。』漢王延壽《魯靈光殿賦》：『揭蘧蘧而騰湊。』《文選》李善註：『崔駰《七依》曰：「夏屋蘧蘧。」高也。』音渠。《水經・瓠子河注》：『雷澤西南有小山，亭亭傑峙，謂之歷山。』又《河水注》：『虎牢西北隅有小城，列觀臨河，苕苕孤上。』漢張衡《西京賦》：『干雲霄而上達，狀亭亭以苕苕。』《文選》薛綜註：『亭亭、苕苕，高貌。』◎案：苕苕，《六臣》本作岧岧，從山，《五臣》作迢迢。魏毋丘儉《承露盤賦》：『邈岧岧以秀峙。』又：『仙掌岧岧，零露是集。』亭亦通作停。唐梁高望《雲居寺石浮屠銘》：『停停淨域，峩峩給園。』《漢書·揚雄傳》：『直嶢嶢以造天。』師古註：『嶢嶢，高貌。』《釋名》：『山多小石曰磝。磝，堯也，每石堯堯獨處而出見也。』《説文》：『堯，高也。從垚在兀上，高遠也。』《白虎通義》：『堯，猶嶢嶢也。』《詩·周南》：『翹翹錯薪。』疏：『翹翹，高貌。』漢張衡《西京賦》：『橧桴重棼，鍔鍔列列。』《文選》李善註：『鍔鍔、列列，皆高貌。』鍔與通，亦作咢。張衡《思玄賦》：『冠咢咢其映蓋。』《後漢書》註：『咢，音五各反。一作岌，並冠高貌也。』《文選》作嵒嵒。列與烈通。《詩·小雅》：『南山烈烈。』朱傳：『烈烈，高大貌。』又《小雅》：『南山律律。』毛傳：『律律，猶烈烈也。』律與嵂通。晉何晏《景福殿賦》：『峨峨嶪嶪，罔識所屆。』《文選》呂向註：『峨峨、嶪嶪，高貌。』嶪通業。《詩·大雅》：『四牡業業。』毛傳：『言高大也。』《禮·檀弓》：『南宫縚之妻姑之喪，夫子誨之髽曰：「爾毋從從爾。」』鄭註：『從從，謂太高。』從音總。《儀禮·士喪禮》注作縱縱。《詩·鄘風》：『孑孑干旌。』朱傳：『孑孑，特出之貌。』又《大雅》：『虡業維樅。』毛傳：『樅，崇牙也。』朱傳：『業上懸鐘磬處，以綵色爲崇牙，其狀樅樅然者也。』宋黄庭堅《晚泊長沙詩》：『宰木已樅樅。』《鬻子》：『昔者五帝之治天下也，其道昭昭，若日月之明然，若以晝代夜然，故其道首首然。』◎案：此言首在上昂昂示人，猶頯爲馗骨，常在面上頯頯然也。《説文》：『頯，權也。』徐曰：『《莊子》曰：「其顙頯。」頯，塊然也。』權雖反。唐孟郊《至孝義渡詩》：『嵩少玉峻峻。』漢張衡《東京賦》：『立應門之將將。』《文選》呂向註：『交高貌。』又《思玄賦》：『踰高閣之鏘鏘。』《後漢書》註：『鏘鏘，高貌。』《文選》作將將。《楚辭》嚴忌《哀時命》：『處卓卓而日遠。』王逸註：『卓卓，高貌。』卓一作逴，遠一作高。洪興祖《補註》：『逴音卓。』漢揚雄《甘泉賦》：『迺望通天之繹繹。』《文選》李周翰註：『繹繹，高貌。』漢王延壽《魯靈光殿賦》：『汩磑磑以璀璨。』《文選》李善註：『磑磑，高貌。』《後漢書·馬融傳》：『峩峩磑磑，鏘鏘嶉嶉。』註『並高峻貌』。◎案：字書無嶉字，當即崔字。《詩·齊風》：『南山崔崔。』毛傳：『崔崔，高大也。』晉左思《吳都賦》：『磈磈磈磈。』《文選》張銑註：『皆山石貌。』磈，胡罪反。磈，力罪反。唐韓愈《别知賦》：『山磝磝而相軋。』磝，與嶅同。《集韻》：『山高貌。』又韓愈《平淮西碑》：『頟頟蔡城。』原註：『頟、額同。』柳宗元《平淮夷雅歌》：『無恃額額。』又黄滔《福州報恩定光多寶墖碑記》：『屹屹巖巖，孱孱顏顏。』屹，訖魚切。《正字通》：『屹，山獨立壯武貌。』《漢書·司馬相如〈大人賦〉》註：『孱顏即巉巖。』又劉蜕《文冢銘序》：『峭峭爲壁。』峭音俏。《集韻》：『嶮也。』《元包經》：『需頁顛顛聰困困。』頁，奚結切，音纈。《説文》：『頁，頭也。』『顛，頂也。』《玉篇》：『山頂曰顛。』《元包經》：『蹇㮣困困屵顛顛。』屵，五割切，音辥。《説文》：『岸高也。』漢枚乘《七發》：『顒顒卬卬。』《文選》李善註：『波高貌。』荀子《賦篇》：『卬卬兮天下之咸蹇也。』楊倞註：『卬卬，高貌。』與昂同。《楚辭·卜居》：『寧昂昂若千里之駒乎？』王逸註：『昂昂，志行高也。』《周禮·地官·保氏》註：『軍旅之容，闞闞仰仰。』《釋文》：『仰，五剛反，亦作卬。』《關尹子·三極篇》：『所謂聖人之道者，胡爲孑孑爾？胡爲徹徹爾？胡爲堂堂爾？胡爲臧臧爾？』《通雅》云：『唐唐、臧臧猶堂堂、藏藏也。今人語或作昂昂、藏藏。』《水經·淇水注》：『石壁崇高，昂藏隱天。』漢揚雄《甘泉賦》：『揑北極之嶟嶟。』《漢書》注：『晉灼曰：「嶟嶟，概揑貌。」師古曰：「言高臺特出，乃至北極，其狀竦峭嶟嶟然也。」』《文選》張銑註：『嶟嶟，峻秀貌。』晉孫綽《遊天台山賦》：『蔭落落之長松。』《文選》吕延濟註：『落落，松高貌。』北周庾信《謝趙王示新詩啟》：『落落詞高。』梁江淹《赤虹賦》：『錯龜鱗之崚崚。』又《去故鄉賦》：『崚崚斷山。』《集韻》：『崚，同崚。』又：『碐』，閭承切，音陵，『碐碐，石貌。』與崚通。唐司空圖《太子太師盧公碑》：『崱崱當世，上有數賢。』崱，士力切。又蘇銑《開大庾嶺銘》：『石歲嵬兮山崖崖。』又游方《任城縣橋亭記》：『危欄巘巘。』又元結《丹崖翁宅銘》：『磳磳丹崖。』磳音增。又皇甫湜《廬陵香山寺碣》：『列庫豐廚，危危掀掀。』韓愈《詠筍詩》：『戈矛頭戢戢，蛇虺首掀掀。』唐孟郊《連州吟》：『連天碧岑岑。』《楚辭·招隱士》：『狀貌崟崟兮峨峨。』王逸註：『頭角甚殊。』峨峨，一作嶬嶬，音蟻。《五巨》云：『頭角高貌。』《説文》：『凡地高險者曰崟。』王逸《九思》：『業林兮崟崟。』《釋名》：『嵚，欠也，開張其口嵚嵚然。』《玉篇》：『嵚崟，山勢聳立貌。』《集韻》：虚金切，音欽。《説文》：『坴，土塊坴坴也。』一曰高墳爲坴，坴音六，陸本字，小篆加阜作陸。《易略例釋文》：『坻坻蟻冢。』

一·二　**遼遼**、**遥遥**、**邈邈**貌貌、藐藐、**渺渺**眇眇、**悠悠**攸攸、**迢迢**、**岧岧**、**逴逴**、**翹翹**、**芒芒**茫茫、**迥迥**、**甎甎**、**緜緜**、**懸懸**、**亭亭**、**苕苕**、**杳杳**、**遠也**。

《楚辭》劉向《九歎》：『山修遠其遼遼。』王逸註：『遼遼，遠貌。』晉陶潛《扇上畫贊》：『遼遼沮溺。』《左傳・昭二十五年》：『鸜鵒之巢，遠哉遥遥。』《南史・何昌寓傳》：『嘗有一客姓閔，自云子騫後，昌寓團扇掩口而笑曰：「遥遥華胄。」』《離騷》：『神高馳之邈邈。』王逸註：『邈邈，遠貌。』唐韓愈《月蝕詩》：『完完上天東。』朱子《韓文考異》：『完完，諸本作貌貌。貌與邈同，遠也。』邈，莫角切，通作藐。晉左思《魏都賦》：『藐藐標危。』《文選》註：『藐藐，遠也。』《管子・内業篇》：『渺渺乎如窮無極。』房註：『渺渺，微遠貌。』渺通作眇。漢張衡《思玄賦》：『風眇眇兮震余旟。』《文選》舊註：『衡曰：「眇眇，遠貌。」』《詩・鄘風》：『馳馬悠悠。』毛傳：『悠悠，遠貌悠。』通作攸。《漢書・敘傳》：『攸攸外寓。』註：『攸攸，遠貌悠。』又叶延知切，音移。漢梁竦《悼騷賦》：『彼皇麟之高舉兮，熙太清之悠悠。臨岷川以懷恨兮，指丹海以爲期。』《文選・古詩》：『迢迢牽牛星。』吕延濟註：『迢迢，遠貌。』《楚辭》王逸《九思》：『余顧瞻兮怊怊。』註：『怊怊，四遠貌。』又宋玉《九辨》：『春秋逴逴而日高。』逴，敕角切，音踔。《説文》：『遠也。』《左傳・莊二十二年》：『翹翹車乘。』杜註：『翹翹，遠貌。』又《襄四年》：『芒芒禹跡。』杜註：『芒芒，遠貌。』芒通茫。《釋名》：『望，茫也，遠視茫茫也。』梁江淹《齊太祖高皇帝誄》：『迥迥寵迹。』晉左思《吴都賦》：『芒芒黖黖。』《文選》註：『黖黖，絶遠貌。』黖，許既切。又《魏都賦》：『緜緜迥塗。』《文選》吕向註：『緜緜，遠貌。』《易林・晉之坎》：『懸懸南海，去家萬里。』漢司馬相如《長門賦》：『荒亭亭而復明。』《文選》李善註：『亭亭，遠貌。』魏文帝《雜詩》：『西北有浮雲，亭亭如車蓋。』《文選》李善註：『亭亭，迥遠無依之貌也。』南朝宋謝惠連《述祖德詩》：『苕苕歷千載。』【二】《文選》劉良註：『苕苕，遠也。』又《初發石首城詩》：『苕苕萬里帆。』《楚辭》屈原《九章》：『瞭杳杳而薄天。』王逸註：『杳杳，遠貌。』

校按：

【一】《述祖德詩》作者爲謝靈運。

一·三 **淵淵**囦囦、**𥨍𥨍**、**泓泓**、**窈窈**窅窅、濬濬、**眑眑**、**杳杳**、**窕窕**窱窱、**耽耽**煔煔、潭潭、沈沈、談談、默默、**沈沈**、**瞷瞷**、**藐藐**、**湛湛**、**肅肅**、**䆪䆪**、**玄玄**、**蘊蘊**、**瀛瀛**嬴嬴，**深也**。

《禮·中庸》：『淵淵其淵。』《廣雅》：『淵淵，深也。』淵古作囦。《元包經》：『履上顛顛下囦囦。』唐元結《樂歌》：『聖德至深兮，𥨍𥨍如淵。』𥨍，於倫切，音贇。南朝宋謝靈運《山居賦》：『泓泓澄淵。』《廣雅》：『泓泓，深也。』《淮南子·精神訓》：『窈窈冥冥。』漢司馬相如《長門賦》：『天窈窈而晝陰。』《廣雅》：『窈窈，深也。』與窅通。《説苑·權謀篇》：『將將之臺，窅窅其謀。』《道德指歸論》：『禍生於冥冥，福生於窅窅。』唐韓愈《剥啄行》：『窅窅深塹。』亦作濬。《集韻》：『濬濬，深不測。』通作眑，《漢書·樂志》：『清思眑眑。』師古註：『眑眑，幽靜也。』《韻會》：

『眑眑，深遠也。』或作聈，《字典》《耳》《目部》並收，又通杳。《楚辭》屈原《九章》：『眴兮杳杳。』王逸註：『杳杳，深冥貌也。』◎案：《集韻》，窈、窅、⿰氵窅、聈、杳，並伊鳥切。唐元稹《憶雲之詩》：『人生既相合，不復論窕窕。』與窱通。《廣雅》：『窱窱，深也。』唐李賀《洛姝真珠詩》：『玉喉窱窱排空光。』窱，徒吊、土了二切，通作窕。◎案：宮室深，山水深，皆曰窈窕。漢張衡《西京賦》：『大厦耽耽。』《文選》薛綜註：『耽耽，深邃之貌。』晉左思《吴都賦》：『玄蔭耽耽。』《文選》吕向註：『耽耽，青槐蔭深之狀。』又《魏都賦》：『耽耽帝宇。』《文選》註：『沈與耽音義同。』耽與⿰甚冘通，《集韻》：『⿰甚冘⿰甚冘，室宇深邃之貌。』《韓詩外傳》：『逢天之暑，思心潭潭。』《華陽國志》：『漢應季先《美嚴王思詩》：「潭潭其淵。」』唐韓愈《符讀書城南詩》：『潭潭府中居。』《史記·陳涉傳》：『黟，涉之爲王沈沈者。』註：『應劭曰：「沈沈，宮室深邃之貌。」沈音長含反。」』通作潭，亦作⿰甚冘。《索隱》曰：『劉伯莊以沈沈猶談談，謂故人呼爲談談，猶俗云「談談深也。」』《説文繫傳》引《史記》作『⿰多果乎，涉之爲王黕黕者也。』漢司馬相如《上林賦》：『沈沈隱隱。』《文選》李善註：『沈沈，深貌也。』梁江淹《雜體詩》：『青浦正沈沈。』《文選》呂延濟註：『沈沈，深靜貌。』沈，直深切。唐李華《含元殿賦》：『下土相嵚，愕視沈沈。』《淮南子·兵略訓》：『深哉睭睭。』《字彙補》：『睭睭，深也。』知丑切，音帚。《詩·大雅》：『寢廟既成，既成藐藐。』朱傳：『藐藐，深貌。』宋玉《高唐賦》：『蓊湛湛而弗止。』《文選》李善註：『湛湛，深貌。』音丈減切。《楚辭·招魂》：『湛湛江水。』魏稽康《琴賦》：『竦肅以靜謐。』《文選》李周翰註：

『肅肅，深也。』《史記・司馬相如傳》：『巖巖深山之谾谾兮。』註：『晉灼曰：「谾谾，長大貌。」』師古曰：『深通貌。』『谾，古豅字。』【二】《元包經》：『坎犛囦囦魄玄玄。』唐元結《閔岭中辭》：『大淵蘊蘊兮絶棧岌岌。』又《治風詩》：『化流瀛瀛。』又《樂歌》：『由六合兮根柢嬴嬴。』嬴嬴、瀛瀛義同。

校按：

【二】《史記・司馬相如傳》：『巖巖深山之谾谾兮。』《索引》：『晉灼曰：「谾，古豅字。」』蕭該曰：「谾，長大皃。」』《漢書・司馬相如傳》：『巖巖深山之谾谾兮。』師古曰：『谾，深通貌。』

一・四　緜緜、揭揭⿰禾曷⿰禾曷、⿰禾禁⿰禾禁、**頎頎、敖敖、悠悠、鞙鞙、遲遲、延延、硌硌、曼曼**漫漫、**蔓蔓、參參、修修、莘莘、若若、嶽嶽、⿰亻巢⿰亻巢、⿰身少⿰身少、⿰耳少⿰耳少、縵縵、橚橚、梴梴、槮槮、穇穇、儳儳、髟髟、⿱髟爲⿱髟爲、鬑鬑、⿺延毛⿺延毛、披披**被被、**陶陶、纚纚、敻敻、永永，長也。**

《詩・王風》：『緜緜葛藟。』毛傳：『緜緜，長不絶之貌。』又《衛風》：『葭菼揭揭。』毛傳：『揭揭，長也。』揭與⿰禾曷通。《一切經音義》：『⿰禾曷⿰禾曷，又作⿰禾禁，同居竭反。《詩》傳云：「⿰禾曷⿰禾曷，長也。」《説文》：「禾舉出苗也。」』◎案：《篇海》：『⿰禾禁，禾長貌。』又《碩人》疏：『大德之人，其貌頎頎然長美。』又：『碩人敖敖。』毛傳：『敖敖，長貌。』箋：『敖敖，猶頎頎也。』又《秦風》：

『悠悠我思。』朱傳：『悠悠，長也。』又《小雅》：『輯輯佩璲，不以其長。』朱傳：『輯輯，長貌。』又《豳風》：『春日遲遲。』朱傳：『遲遲，日長而暄也。』《廣雅》：『遲遲，長也。』《楚辭》王逸《九思》：『鱣鮎兮延延。』晉陸雲《張二侯頌》：『延延紫極。』《廣雅》：『延延，長也。』又《九思》：『山皂兮硌硌。』註：『硌硌，長而多有貌也。』漢司馬相如《長門賦》：『夜曼曼其若歲。』《文選》註：『曼曼，長也。』《史記·鄒陽傳》註：『甯戚飯牛，歌曰：「長夜曼曼何時旦。」』曼與漫通。《釋名》：『幔，漫也，漫漫相連綴之言也。』畢氏《疏證》云：『漫字當從《說文》作曼，「曼，引也。」據云，相連綴自當用曼引之曼，今加水旁，俗。』《漢書·樂志》：『蔓蔓日茂。』註：『蔓蔓，言其長久也。』《逸周書·和寤解》：『緜緜不絕，蔓蔓若何？』註：『緜緜，小長貌。蔓蔓，大長貌。』《漢書·文帝紀》：『彗星光芒長，參參如掃篲。』《後漢書·張衡傳》：『長余佩之參參。』註：『參參，長貌。』唐杜甫《晦日尋崔戢、李封詩》：『舊竹頗修修。』宋蘇軾《次韻林子中見寄詩》：『笑看魚尾更莘莘。』《毛詩·小雅》傳：『莘，長貌。』《漢書·石顯傳》：『印何纍纍，綬若若耶？』註：『若若，垂貌。一曰長貌。』又《朱雲傳》：『諸儒爲之語曰：「五鹿嶽嶽，朱雲折其角。」』註：『師古曰：嶽嶽，長角之貌。』王逸《九思》：『林榛兮嶽嶽。』《集韻》：『㑿㑿，長貌。』士絞切，巢上聲。『躮躮，體長貌。』山巧切，稍上聲。晉陸機《文賦》：『志眇眇而臨雲。』《文選》張銑註：『眇眇，長貌。』漢班彪《北征賦》：『越安定以容與兮，遵長城之縵縵。劇蒙公之疲民兮，爲强秦乎築怨。』怨，平聲。◎案：此《古今韻略》所引，今《文選》作漫漫。《隋書·天文志》：『有飛星大如缶若甕，後皎白，縵縵然長可十餘丈而委曲，名曰天刑。』唐元結《訟木魅辭》：『將封灌乎善木，令櫹櫹以梴梴。』櫹本作橚。《類篇》：『疏鳩切，音搜，木長貌。』梴，丑延切。《説文》：『木長也。』又杜甫《越人獻馴象賦》：『牙櫛比而槮槮。』槮音森，《説文》：『木長貌。』《南史》：『王子年歌：「三禾槮槮林茂滋。」』【二】槮，楚簪切，音參。《字書》曰：『禾長也。』《説文》：『長壯儠儠也。』引《春秋傳》『長儠者相之。』徐曰：『《左傳》註：「長儠，多鬚也。」』又：『髟，長髮猋猋也。』北周庾信《竹杖賦》：『髮種種而逾短，眉髟髟而競長。』《漢書・樂志》：『《白麟歌》：「掩回轅，鬗長馳。」』註：『如淳曰：鬗鬗，長貌。』無販、謨官二切。《説文》：『髮長也。』《古陌上桑樂府》：『爲人潔白皙，鬑鬑頗有鬚。』《説文》：『鬑，鬋也。一曰長貌。』晉陸璣《毛詩草木鳥獸魚蟲疏》：『白鷺頭上有毛十數枚，長尺餘，毵毵然與衆毛異。』《玉篇》：毵，先含切，音鬖，『毛長貌。』後人借作花木長盛貌。《楚辭》劉向《九歎》：『服雲衣之披披。』王逸註：『披披，長貌也。』屈原《九歌》：『靈衣兮被被。』王逸註：『被被，長貌。』一作披，洪興祖《補註》：『被與披同。』又王逸《九思》：『冬夜兮陶陶。』註：『陶陶，長貌。』《離騷》：『矯菌桂以紉蕙兮，索胡繩之纚纚。』《文選》劉良註：『纚纚，索好貌。』唐孫樵《興元新路記》：『路傍樹往往如挂塵纓，纚纚而長，從風紛然，訊於薪者，曰：「此泥榆也。」』《文選・西都賦》註：『颯纚，長袖貌。』《廣雅》：纚，所綺切，音躧。唐韓愈《答張徹詩》：『石梁平侹侹。』《説文》：『侹，長貌。』他鼎切。晉顧凱之《雷電賦》：『磕磕隆隆，閃閃夐夐。』宋錢惟演《春雪賦》：『有卉夐夐，有鳴嚶嚶。』◎案：《廣韻》

《集韻》《韻會》，敻音絢，又音詗。《廣雅》：『遠也，又長也。』顧、錢二《賦》俱用作平聲。梁江淹《青苔賦》：『夜永永以空長。』

校按：

【一】今本《南史》無此句。

一·五　洋洋、邕邕、熙熙、央央、莽莽井井**，廣也**

《詩·大雅》：『牧野洋洋。』毛傳：『洋洋，廣也。』《禮·檀弓》：『南宮縚之妻之姑之喪，夫子誨之髽曰：「爾毋邕邕爾。」』鄭註：『邕邕，謂太廣。』魏文帝《浮淮賦》：『白旄沖天，黄鉞邕邕。』《左傳·襄二十九年》：『廣哉熙熙乎。』《周語》：『熙，廣也。』漢司馬相如《長門賦》：『覽曲臺之央央。』《文選》李善註：『央央，廣貌。』宋玉《九辨》：『泊莽莽而無垠。』《元包經》：『晉梺井井。』傳：『梺井井，地之廣也。』井與莽同。

一·六　丕丕、簡簡、芒芒茫茫**、訏訏**滸滸**、甫甫、奕奕、業業、藐藐、濯濯、京京、俁俁**偘偘**、詡詡、曠曠**㬍㬍、廣廣、壙壙**、盪盪、渾渾**混混**、汪汪、顥顥**昊昊、顛顛**、閬閬、佬佬、奆奆、戴戴、閎閎、宏宏、洪洪、豐豐、潢潢、堂堂、唐唐、俟俟、泱泱、槃槃、漫漫、迴迴**回回**、恢恢、皇皇、騆騆、酋酋、豁豁，大也。**

《書·立政》：『以並受此丕丕基。』《爾雅·釋訓》：『丕丕，大也。』《詩·周頌》：『降福簡簡。』毛傳：『簡簡，大也。』又《商頌》：『宅殷土芒芒。』毛傳：『芒芒，大貌。』芒通茫。晉束晳《補亡詩》：『茫茫九壤。』《文選》呂向註：『茫茫，大也。』又《大雅》：『川澤訏訏。』毛傳：『訏訏，大也。』《太平御覽》引作滸滸。又：『魴鱮甫甫。』毛傳：『甫甫然大也。』又：『奕奕梁山。』毛傳：『奕奕，大也。』又：『赫赫業業。』朱傳：『業業，大也。』又：『藐藐昊天。』毛傳：『藐藐，大也。』又《商頌》：『濯濯厥靈。』毛傳：『濯濯，大也。』又《小雅》：『憂心京京。』朱傳：『京京，亦大也。』又《邶風》：『頭人俁俁。』毛傳：『俁俁，容貌大也。』朱傳：『俁俁，大貌。』《宋史·樂章》：『陰邑有宮，侐侐俁俁。』《釋文》引《詩》作『傴傴』，《正字通》：傴與俁通。《易林·離之中孚》：『魴鱮詡詡。』北周庾信《宗廟歌》：『齊房芝詡詡。』《廣雅》：『詡詡，大也。』《史記·日者傳》：『天地曠曠。』《廣雅》：『曠曠，大也。』《淮南子·兵略訓》：『曠曠如夏。』註：『曠同曠。』《漢書》：『燕王歌：「橫術何廣廣兮。」』註：『廣，音曠。』《荀子·非十二子篇》：『恢恢然，廣廣然，是父兄之容也。』楊倞註：『恢恢、廣廣，皆容衆之貌。』又通作壙。《新書·修政語下篇》：『天下壙壙，一人有之。』《漢書·揚雄傳》：『廓盪盪其亡雙。』師古註：『盪盪，大也。』《揚子法言·問神篇》：『虞夏之書渾渾爾。』《五臣音註》：『深，大。』《廣雅》：『渾渾，大也。』渾音魂，通作混。《史記·自序》：『乃合大道混混。』混與渾同。晉郭璞《題墓詩》：『巨海混混。』與昆叶。班固《典引》：『汪汪乎，丕天之大律。』《廣雅》：『汪汪，大也。』唐陳子昂《臨邛縣令封群遺愛碑》：『聖人顥顥。』顥同昊。◎案：諸韻書，顥、昊俱胡老、下老二切。《爾雅》『昊天』疏：『昊者，元氣博大之貌。』李巡曰：『夏萬物盛壯，其氣昊昊，故曰昊天。』《釋名》：『夏曰昊天，其氣布散顥顥也。』昊，《說文》作昦，云：『春爲昦天，元氣昦昦。』又與灝同。《廣雅》：『灝灝，大也。』◎案：《說文》《玉篇》《廣韻》無灝字，王氏謂灝灝當作顥顥。《玉篇》：顥，公老切，『廣大貌。』《後漢書・張衡傳》：『集太微之閬閬。』註：『閬閬，明大也。』《玉篇》：『佬佬，大貌。』力彫切，音遼。《集韻》：『奆奆，大貌。』徐嗟切，音邪。《說文》：『𢧁，大也，讀若《詩》「𢧁𢧁大猷。」』遲匹反。《玉篇》引作『𢧁𢧁』。《太玄經・交》：『大圈閎閎。』註：『圈，求晚切。司馬光曰：「閎閎，大貌也。」』《太平廣記》引《集異記》云：『山玄卿撰《蒼龍溪新宮銘》云：「新宮宏宏。」』魏王粲《遊海賦》：『洪洪洋洋。』《楚辭》宋玉《九辨》：『歷群靈之豐豐。』《方言》：『豐，大也。』又劉向《九歎》：『揚流波之潢潢。』王逸註：『潢潢，大貌。』晉何晏《景福殿賦》：『建高基之堂堂。』《文選》李善註：『《史記》曰：「楚國，堂堂之大也。」』《玉篇》：『蕘稱唐者，蕩蕩道德至大之貌。』《說文》：『唐，大言也。』《通雅》：『唐唐，猶堂堂也。』《說文》：『俟，大也。』引《詩》『伾伾俟俟。』徐曰：『此直訓大。竢，俟字。』牀史反。《漢書・地理志》：『泱泱乎大風也哉。』注：『泱泱，宏大之意也。』《續晉陽秋》：『時人語曰：「大才槃槃謝道安。」』《禮・冠禮》鄭註云：『弁之名出於槃。槃，大也。』晉束晳《補亡詩》：『漫漫方輿，迴迴洪覆。』《文選》李周翰註：『漫漫、迴迴，大貌。』迴通作回，唐杜甫《有事於南郊賦》：『地回回而風淅淅。』《老子・任爲篇》：

『天網恢恢，疎而不失。』註：『天所網羅，恢恢甚大。』晉束晳《補亡詩》：『恢恢大圜。』《文選》吕向註：『恢恢，大也。』《莊子・知北遊》：『其求無迹，其往無崖，無門無房，四達之皇皇也。』註：『皇皇，通達貌。』◎案：《説文》：『皇，大也。』『四達皇皇』正是『大』意。《古音複字》：『騆騆，體貌大也。』騆，魚容切，《玉篇》：『大貌。』唐杜牧《洛中送冀處士東遊詩》：『壇宇寬帖帖，符采高酋酋。』《經典釋文》：『「施罟濊濊」，馬云：「大魚罔，目大豁豁也。」』晉劉琨《散騎常侍劉府群誄》：『堂堂漢祖，豁豁高韻。』《史記・高祖紀》：『意豁如也。』師古註：『豁然開大之貌。』【一】

校按：

【一】『意豁如也』，此句出自《史記・高祖本紀》，《漢書・高帝紀》仍之。顏師古所注乃《漢書》本。

一・七　磑磑、矜矜、兢兢、仡仡、栗栗、實實、庚庚、[illegible][illegible]**、硍硍、硜硜**硜硜、礰礰、誙誙、脛脛、硱硱、礊礊**、硌硌、磽磽貞、牢牢、跰跰、亘亘、掔掔、介介，堅也。**

《周武王刀銘》：『刀利磑磑。』漢張衡《思玄賦》：『行積冰之磑磑。』《方言》：『磑，堅也。』牛哀切。《詩・小雅》：『矜矜兢兢，不騫不崩。』毛傳：『矜矜兢兢，以言堅强也。』又《大雅》：

『崇墉仡仡。』朱傳：『仡仡，堅强貌。』又：『實穎實栗。』毛傳：『栗，其實栗栗然。』又《魯頌》：『實實枚枚。』朱傳：『實實，鞏固也。』《説文》：『庚，位西方，象秋時萬物庚庚有實也。』徐曰：『《史記》曰：「大横庚庚。」堅强之貌。《索隱》曰：「庚庚，猶更更。」』《説文》：『鞏，車堅也。』鞏與輷同。《廣雅》：『輷輷，堅也。』輷，曹憲音苦耕反。《衆經音義》引《廣雅》作『輷輷』。《集韻》：硍，里黨切，音恨。《廣雅》：『硍硍，堅也。』《論語》：『硜硜然小人哉。』何晏註：『硜硜，猶碌碌也。』朱註：『硜，小石之堅確者。』通作踁。《晉書·范弘之傳》：『雖有踁踁之稱，而無大雅之致。』《音義》：『踁當作硜。』亦作硻。唐韓愈《城南聯句詩》：『焉能守硻硻。』《莊子·至樂篇》：『吾觀俗之所樂，舉群趨者，誙誙然如將不得已。』《釋文》：『誙誙，亡耕反，又胡挺反。李云：「趨死貌。」崔云：「以是爲非，以非爲是，爲誙誙。」』本又作脛脛。《别雅》：『踁踁、誙誙、脛脛、硱硱、硻硻，硜硜也。』唐元結《丹崖翁宅銘》：『怪石臨淵，硱硱自顛。』《通雅》：『硱硱蓋硜硜也。』◎案：《論語》皇侃疏云：『硜硜，堅正難移之貌也。』《樂記》：『石聲磬，磬以立辨，辨以致死。』《史記·樂書》：『磬作硜。』《集解》引王肅註云：『硜，聲果勁也。』《釋名》：『磬，罄也，其聲罄罄然堅緻也。』並聲近而義同。硜古磬字。《老子·法本篇》：『硌硌如石。』《韻會》：硌，歷各切，音洛。『硌硌，石堅不相入貌。』唐李賀《唐兒歌》：『頭玉磽磽眉刷翠。』《玉篇》：『磽，堅硬也。』唐釋齊已《讀李白集詩》：『竭雲濤，刳巨鼇，搜括造化空牢牢。』《太玄經·逃》：『利逃跰跰，盜行嬰城。』陳漸註：『跰音餅，又蒲賢切。《字書》：「跰，胝皮堅也。」』《唐韻》：『亘亘，硬貌。』陟革切。音責。《説文》：『掔，固也。從手臤聲。讀若《詩》「赤舄掔掔」。』苦閑反，今《豳風》作几几，《長箋》指爲逸《詩》。唐韓愈《法曹參軍盧君墓銘》：『介介其守。』

一·八　烝烝、振振、蚩蚩、戎戎茙茙、濃濃、穠穠、塗塗、啿啿、湛湛、種種、惇惇、醇醇、淳淳、偆偆、腆腆，厚也。

《詩·魯頌》：『烝烝皇皇。』毛傳：『烝烝，厚也。』《後漢書·吳祐傳論》：『吳季英視人畏傷，發言烝烝，似夫愞者，而懷憤激揚，折讓權枉，又何壯也。』【一】◎案：其語意，烝烝是仁厚貌，註言『烝烝，猶仍也』，可以意會之。又《周南》：『宜爾子孫，振振兮。』毛傳：『振振，仁厚也。』又：『振振公子。』毛傳：『振振，信厚也。』又《衛風》：『氓之蚩蚩。』毛傳：『蚩蚩，敦厚之貌。』《後漢書·崔駰傳》注引《詩》云：『蚩蚩，殷厚之貌。』又《召南》：『何彼穠矣。』毛傳：『穠，猶戎戎也。』唐杜甫《放船詩》：『江市戎戎暗。』《韓詩》作茙茙。《集韻》：『茙茙，厚貌。』通作戎。◎案：以石經『何彼襛矣』，字從衣。《説文》：『襛，衣厚貌。』引《詩》與石經同。唐張參《五經文字》云：『穠，從禾者，譌。』又《小雅》：『零露濃濃。』毛傳：『濃濃，厚貌。』唐杜甫《朝獻太清宮賦》：『至精濃濃。』唐李騭《徐襄州碑銘》：『公仁之豐，沈積濃濃。』《楚辭》劉向《九歎》：『白露紛以塗塗。』王逸註：『塗塗，厚貌。』《漢書·樂志》：『群生啿啿，惟春之祺。』師古註：『啿啿，豐厚之貌也。音徒感切。』又《司馬相如傳》：『紛湛湛其差錯。』師古註：『湛湛，積厚之貌。音徒感切。』《楚辭》屈原《九章》：『忠湛湛而願進。』王逸註：『湛湛，重厚貌。』湛又叶羊戎切，音容。宋玉《九辨》：『棄精氣之摶摶兮，騖諸神之湛湛。驂白霓之習習兮，歷群靈之豐豐。』《莊子·胠篋篇》：『舍夫種種之機，而悅夫役役之佞。』《釋文》：『種種，章勇反，李云：「謹慤貌。」一云淳厚也。』《後漢書·第五倫傳論》：『惇惇歸諸寬厚。』註：『惇惇，純厚之貌也。』《老子·順化篇》：『其政悶悶，其民醇醇。』註：『政教寬大，故民醇醇，富厚相親睦也。』醇音純。《呂氏春秋·士容篇》：『淳淳乎慎謹，畏化而不肯自足。』《道德指歸論》：『沌沌偆偆，不曉東西。』《集韻》：偆，音蠢，『厚也。』《說文》：『腆，設膳腆腆多也。』他典切。《玉篇》：『厚也。』

校按：

【一】今本《後漢書·吴祐傳論》：『似夫儒者。』

一·九　顯顯憲憲、光光、班班、章章彰彰、犖犖、灼灼焯焯、旳旳、昭昭、炤炤、秩秩戜戜、皎皎、爽爽、察察、的的、聆聆、朗朗、折折、雕雕、赫赫、扶扶、鄂鄂、翼翼、忽忽、邴邴、曠曠、鮮鮮鱻鱻、潦潦、燎燎，明也。

《詩·大雅》：『顯顯令德。』毛傳：『天嘉樂成王有光光之善德也。』《廣雅》：『顯顯，著也。』《中庸》引《詩》作『憲憲令德。』憲，呼典切，音顯。《韻會》：『興盛貌。』《正字通》：『憲，有顯示之義。』唐韓愈《贈元十八詩》：『冠珮立憲。』憲押入、上聲，蓋用此。《漢書·敘傳》：『子明光光，發迹西疆。』《梁樂府》：『月明光光星欲墜。』《後漢書·趙壹傳》：『不敢班班顯言，竊爲《窮鳥賦》一篇。』註：『班班，明貌。』《史記·貨殖傳》：『此其章章尤異者也。』《呂氏春秋·本生篇》：『萬物章章。』高誘註：『章章，明美貌。』與彰通。《道德指歸論》：『顯的的以彰彰。』《史記·天官書》：『此其犖犖大者。』註：『《索隱》曰：「犖犖，事之分明也。」』《詩·周南》：『灼灼其華。』毛傳：『灼灼，華之盛也。』《廣雅》：『灼灼，明也。』《漢書·外戚傳》：『咎敗灼灼，若此豈可以忽哉。』師古註：『灼灼，明白貌也。』《新書·匈奴篇》：『若日出之灼灼。』通作焯。音酌，《説文》：『明也。』引《書》『焯見三有俊心。』今《書·立政》作灼。唐鄭薰《楚國公仇士良碑銘》：『焯焯楚公，俊乂邁德。』《漢司隸較尉忠惠魯君碑》：『喚矣的的。』張受先《東漢文選註》：『的，灼也。』與樂叶。《莊子·達生篇》：『昭昭乎若揭日月而行也。』《禮·中庸》：『今夫天，斯昭昭之多。』鄭註：『昭昭，猶耿耿，小明也。』昭，章遥反，本亦作炤，同。《荀子·儒效篇》：『炤炤乎其用智之明也。』楊倞註：『炤炤，明見之貌。』與照同。《詩·大雅》：『德音秩秩。』箋：『教令清明也。』《秦風》：『秩秩德音。』毛傳：『秩秩，有知也。』知音智。《爾雅·釋訓》：『秩秩，智也。』又：『秩秩，清也。』《宋書·王微傳》：『巖穴人情所高，吾當得此，則雞鷟變作鳳凰，何爲干餙廉隅，秩秩見於面目。』又《小雅》：『秩秩大猷。』毛傳：『秩秩，進知也。』《説文》：『𢧢，大也。讀若《詩》「𢧢𢧢大猷。」』徐曰：『今《詩》借「秩」。』《楚辭》屈原《九歌》：『夜皎皎兮既明。』《廣雅》：『皎皎，明也。』洪興祖《楚辭補註》：『晈字從日，與皎同。』《南史·何子朗傳》：『子朗早有才思，周捨每與談，服其精理，世人語曰「人中爽爽有子朗。」』《世説新語》：『刁玄亮之察察。』唐李白《明堂賦》：『聽天語之察察。』《廣雅》：『察察，著也。』唐黎逢《觀風臺賦》：『衣冠察察。』《淮南子・説林訓》：『的的者獲。』高誘註：『的的，明也，爲衆所見，故獲。』陳徐陵《與楊僕射書》：『的的宵烽。』《淮南子・齊俗訓》：『不通於道者若迷惑，告之以東西南北，所居聆聆。』高誘註：『聆聆，猶了了，言迷解也。』《世説新語》：『時人目夏侯太初「朗朗如日月之入懷」。』唐韓愈《奉使常山詩》：『朗朗聞街鼓。』《管子・内業篇》：『折折乎如在其側。』註：『折折，明貌，言心明察若在其側。』《荀子・議兵篇》：『雕雕焉懸貴爵重賞於其前。』楊倞註：『雕雕，章明之貌，猶昭昭也。』《詩・小雅》：『赫赫南仲。』朱傳：『赫赫，威名光顯也。』《廣雅》：『赫赫，明也。』《漢孔廟置守廟百石卒史孔龢碑》：『讚曰：「巍大聖，㚘㚘彌章。」』張受先《東漢文選註》云：『㚘，赫也。』《集韻》：㚘，簿旱切，盤去聲，『並行也。』輦字從此。又《小雅》：『鄂不韡韡。』毛傳：『鄂猶鄂鄂然，言外發也。』朱傳：『鄂鄂然，外見之貌。』晉束皙《補亡詩》：『顯猷翼翼。』《廣雅》：『翼翼，明也。』《爾雅・釋詁》：『翌，明也。』郭璞註引《金縢》『翌日乃瘳』。◎案：翌爲明日之明，又爲明顯之明。字通作翼。《吕氏春秋・下賢篇》：『忽忽乎其心之堅固也。』高誘註：『忽忽，明貌。』◎案：此則忽與聰明之聰同。《莊子・大宗師》：『邴邴乎其似喜乎！』註：『簡文云：「邴邴，明貌。」』《廣雅》：『曠曠，明也。』唐王泠然《初月賦》：『鮮鮮綿綿，點青漢而連娟。』又唐元結《招太靈辭》：『木修修兮草鮮鮮。』通作鱻。《元包經》：『大有，燾亣亣，彡鱻鱻，眀鋈于頁，晶灼于天。』彡音衫。《説文》：『毛飾畫文也。』《墨子・親士篇》：『是故天地不昭昭，大水不潦潦，大火不燎燎，王德不堯堯。』註：『《説文》云：「潦，雨大皃。」然此義與明瞭同。《老子》云：「水至清則無魚也。」』

一・一〇　湜湜、粼粼磷磷、潾潾**、漻漻**瀏瀏**、泠泠、洮洮、浄浄、肅肅、泓泓、澄澄、泯泯，清也。**

《詩・邶風》：『湜湜其沚。』箋：『湜湜，持正貌。』朱傳：『湜湜，清貌。』《説文》：『湜，水清底見也。』引《詩》作『湜湜其止』。常職切。唐柳宗元《邕州刺史李公墓誌銘》：『湜湜李公，惟道之宣。』又《唐風》：『白石粼粼。』毛傳：『粼粼，清澈也。』宋方岳《寄友人詩》：『霜篷肯負月粼粼。』通作磷。魏劉楨《贈從弟詩》：『磷磷水中石。』《文選》李善註引《毛詩》作『白石磷磷』。張銑曰：『磷磷，水中見石貌。』又通作潾。唐杜甫《雜述文》：『泗水潾潾瀰以清。』潾音鄰。《玉篇》：『水清貌。』與粼通。《道德指歸論》：『偆偆漻漻，消如冰釋。』唐李華《高宗無疆頌》：『漻漻景風，扇彼嘉穀。』又李商隱《楚宮詩》：『湘波如淚色漻漻。』《説文》：漻，音聊，『清深也。』又音留，與瀏同。宋蘇軾《與子由同游寒溪西山詩》：『瀏瀏霜雪鳴寒溪。』晉陸機《文賦》：『音泠泠而盈耳。』《文選》吕向註：『泠泠盈耳，音韻清也。』又陸機《招隱詩》：『山溜何泠泠。』《世説新語》：『洮洮清便。』註：『言洮洮世故之外而清且便也。』洮，土刀切，音叨。《春秋繁露・山川頌》：『鄣防止之能淨淨，既似知命者。』[二]《後漢書・張衡傳》：『出紫宮之肅肅。』註：『肅肅，清也。』《釋名》：『簫，肅也，其聲肅肅然清也。』唐韋應物《休沐東還詩》：『泓泓野泉潔。』

《説文》：『泓，水清貌。』唐李賀《秦王飲酒詩》：『青琴醉眼淚泓泓。』晉阮修詩：『澄澄緑水。』唐李藝通《金吾將軍隴西李公墓銘》：『澄澄汪容。』唐杜甫《漫成詩》：『江流泯泯清。』

校按：

【一】今本《春秋繁露·山川頌》：『鄣防山而能清静，既似知命者。』

一·一一　井井、察察、皎皎、滌滌⿱艹俶⿱艹俶、蔋蔋、**濯濯、洗洗，潔也。**

《易·井》：『往來井井。』疏：『《正義》曰：「此明性常，井井，潔静之貌也。往者來者，皆使潔静，不以人有往來，改其洗濯之性，故曰『往來井井』也。」』《楚辭》屈原《漁父》：『安能以身之察察，受物之汶汶者乎？』王逸註：『察察，清潔也。』吕向註：『潔白也。』孫奭《孟子疏》：『介士察察。』晉陸機《擬古詩》：『皎皎彼姝女。』《文選》吕向註：『皎皎，明潔貌。』《詩·大雅》：『滌滌山川。』毛傳：『滌滌，旱氣也。』朱傳：『謂山無木、川無水，如滌而除之也。』《説文》引《詩》作『⿱艹俶』，『⿱艹俶，草旱盡也。』《玉篇》引《詩》作蔋，『蔋蔋，又音焦，旱山無草曰蔋。』【二】《孟子》：『是以若彼濯濯也。』趙註：『濯濯，山禿貌。』朱註：『光潔之貌。』唐柳宗元《東平吕君誄》：『濯濯夫子，故潔其儀。』宋黄庭堅《寄李德叟詩》：『原田水洗洗，何時稼如雲。』

校按：

【一】今本《玉篇・艸部》：『菽菽，旱氣也。』

一・一二 枚枚、緜緜、緻緻、沐沐，密也。

《詩・魯頌》：『實實枚枚。』毛傳：『枚枚，礱密也。』又《周頌》：『緜緜其麃。』《爾雅・釋訓》疏：『孫炎曰：「緜緜，言詳密也。」』魏曹植《洛神賦》：『思緜緜而增慕。』《文選》李善註：『緜緜，密意也。』唐韓偓《屐子詩》：『六寸圓膚光緻緻。』《説文》：『緻，密也。』梁簡文《南郊頌》：『故以熊熊灼灼，炫兩明而仰七曜；紛紛沐沐，承五煙而帶三靈。』《太玄經・少》：『密雨溟沐。』註：『溟沐，細密之雨也。』◎案：沐沐，亦細密意。

一・一三 坦坦墠墠、亶亶、**殖殖**植植、**踧踧、町町、浼浼、灝灝、漫漫、蕩蕩、畇畇、均均、覃覃、衍衍、旃旃，平也。**

《易・履》：『履道坦坦。』疏：『坦坦，平易之貌。』《釋文》引《廣雅》：『坦坦，明也。』◎案：今《廣雅》『坦坦，平也。』《管子・極言篇》：『坦坦之利不以功，坦坦之備不爲用。』注：『坦坦，謂平平。』《荀子・王霸篇》：『是墠墠非變也。』楊倞註：『墠與坦通，言坦坦然無變也。』坦，儻旱切，灘上聲，通作壇。司馬彪《子虛賦註》：『壇曼，平博也。』亦作亶，音同。《新書・君道篇》引《書》曰：「大道亶亶，其去身不遠。」《詩·小雅》：「殖殖其庭。」毛傳：「殖殖，言平正也。」殖通植。宋歐陽修《會聖宫頌》：「庭兮植植。」又《小雅》：「踧踧周道。」毛傳：「踧踧，平易也。」又《鄭風》：「東門之墠。」毛傳：「墠，除地町町者。」《釋名》：「鄭，町也，地多平町町然也。」又《邶風》：「河水浼浼。」朱傳：「浼浼，平也。」《揚子法言·問神篇》：「《商書》灝灝爾。」《五臣音註》云：「夷曠。宋咸曰：『灝灝，猶漫漫也。』」《廣雅》：「漫漫，平也。」南朝宋沈約《早發定山詩》：「歸海流漫漫。」《文選》吕向註：「漫漫，平流貌。」晉束皙《補亡詩》：「蕩蕩夷庚。」《廣雅》：「蕩蕩，平也。」晉左思《魏都賦》：「原隰畇畇。」《文選》吕向註：「畇畇，平坦貌。」《元包經》：「規均均。」《説文》：「均，平也。」《釋名》：「簟，覃也，布之覃覃然平正也。」又：「筵，衍也，舒而平之衍衍然也。」又：「氊，旃也，毛相著旃旃然也。」

疊雅卷二

樂亭　史夢蘭　香厓

二·一　堂堂棠棠、赫赫、焞焞啍啍、瀌瀌麃麃、浮浮、淒淒、萋萋、且且、蓬蓬逢逢、裳裳常常、騤騤、彭彭、苐苐、卬卬、烝烝、皇皇、耳耳緝緝、振振、淠淠、浘浘、鏕鏕、孽孽、湑湑、洋洋、渙渙、旁旁騯騯、濟濟、藹藹、驛驛繹繹、歎歎、奕奕、嘽嘽、几几、渠渠、烰烰、童童、敦敦勃勃、孛孛、浡浡、翼翼、鏘鏘、闐闐嗔嗔、滇滇、填填、震震、戡戡、閑閑、隱隱、殷殷、誾誾、裒裒褎褎、歊歊歔歔、暐暐、馮馮、軫軫、沇沇、溶溶、侈侈、晋晋、蓁蓁、采采、盍盍、芒芒、沈沈、茂茂、喬喬、璜璜、菲菲、晏晏、雄雄、蒙蒙、薿薿儗儗、嶷嶷、猗猗、駢駢、酣酣、斟斟、闛闛、列列、汪汪、郁郁、彧彧稶稶、英英，盛也。

《論語》：『堂堂乎張也。』邢疏：『堂堂，容儀盛貌。』《後漢書·伏湛傳》：『容貌堂堂，國之光輝。』通作棠。《漢司隸校尉忠惠魯君碑》：『棠棠忠惠。』《隸辨》云：『棠棠作堂堂。』《詩·小雅》：『赫赫南仲。』毛傳：『赫赫，盛貌。』又：『嘽嘽焞焞。』毛傳：『焞焞，盛也。』《釋文》：

『焞，本又作啍，同。』《漢書・韋元成傳》作『嘽嘽推推』。又：『雨雪瀌瀌。』箋：『雨雪之盛，瀌瀌然。』《漢書・劉向傳》引《詩》作麃麃。又：『雨雪浮浮。』毛傳：『浮浮，猶瀌瀌也。』瀌，瀟、尤二韻通。《大雅》：『江漢浮浮。』毛傳：『浮浮，衆彊也。』朱傳：『水盛貌。』唐劉巖夫《植竹記》：『翠筠浮浮。』又《周南》：『維葉萋萋。』毛傳：『萋萋，茂盛貌。』《小雅》：『有渰萋萋。』毛傳：『萋萋，雲行貌。』朱傳：『盛貌。』《説文》引《詩》作『有渰淒淒』，云：『雲雨起貌。』《秦風》：『蒹葭萋萋。』《漢石經》亦作淒淒。晉潘岳《藉田賦》：『襲春服之萋萋。』《文選》李周翰註：『萋萋，色盛貌。』《周頌》：『有萋有且。』箋：『其來威儀，萋萋且且。』疏：『萋萋且且，威儀多之狀。』且，七序切。萋，七稽切，音妻；又此禮切，音泚。左思《魏都賦》：『珍樹猗猗，奇卉萋萋。惠風如薰，甘露如醴。』又《小雅》：『其葉蓬蓬。』毛傳：『蓬蓬，盛貌。』漢高誘《淮南子敘》：『時民歌之曰：「一尺繒，好童童；一升粟，飽蓬蓬。」』蓬通作逢。《墨子・耕柱篇》：『夏后開鑄鼎於昆吾，使翁難乙灼目若之龜，繇曰：「逢逢白雲。」』逢音蓬。又《小雅》：『裳裳者華。』毛傳：『裳裳，猶堂堂也。』古本作常。《廣雅》：『常常，盛也。』又《小雅》：『四牡騤騤。』毛傳：『騤，彊也。』《廣雅》：『騤騤，盛也。』漢張衡《南都賦》：『駟飛龍兮騤騤。』又《大雅》：『駟駟彭彭。』疏：『彭彭然皆强盛。』《魯頌》：『以車彭彭。』毛傳：『彭彭，有力有容也。』又《大雅》：『臨衝茀茀。』毛傳：『茀茀，彊盛貌。』又《大雅》：『顒顒卬卬。』毛傳：『卬卬，盛貌。』又《魯頌》：『烝烝皇皇。』朱傳：『烝烝、皇皇，盛也。』又：『六轡耳耳。』毛傳：『耳耳然，至盛也。』

耳與緝通。《玉篇》：『緝，轡盛貌。』《釋名》：『輒，耳也，縣於左右前後，銅魚、摇絞之屬，耳耳然也。』又《周南》：『宜爾子孫，振振兮。』朱傳：『振振，盛貌。』《左傳・僖五年》：『均服振振。』杜註：『振振，盛貌。』又《小雅》：『萑葦淠淠。』毛傳：『淠淠，衆也。』《廣雅》：『淠淠，茂也。』◎案：衆、茂俱是盛意。　又《邶風》：『河水浼浼。』《釋文》：『浼，每罪反。』《韓詩》作浘浘，云：『盛貌。』又《衛風》：『朱幩鑣鑣。』毛傳：『鑣鑣，盛貌。』又：『庶姜孽孽。』毛傳：『孽孽，盛貌也。』漢李尤《東觀賦》：『東觀之秝，孽孽洋洋。』又《唐風》：『其葉湑湑。』朱傳：『湑湑，盛貌。』《釋文》：『湑湑，私敘反，不相比次也。』《小雅》：『零露湑兮。』疏：『湑湑，露在物之狀。』唐柳宗元《湘源二妃廟碑》：『南風湑湑。』《揮麈餘話》：『蔡元長侍燕太清樓，誦曰：「有石巖巖，有泉湑湑。」』又《衛風》：『河水洋洋。』毛傳：『洋洋，盛大也。』《論語》：『洋洋乎盈耳哉。』朱註：『洋洋，美盛意。』《中庸》：『洋洋乎，如在其上，如在其左右。』朱註：『洋洋，流動充滿之意。』又《鄭風》：『溱與洧，方涣涣兮。』毛傳：『涣涣，盛貌。』涣，叶二元切。又：『駟介旁旁。』《廣雅》：『旁旁，盛也。』《説文》引《詩》作騯騯，云：『馬行貌。』《廣雅》：『馬盛貌。』《書・大禹謨》：『濟濟有衆。』孔傳：『濟濟，衆盛之貌。』《詩・大雅》：『藹藹王多吉士。』毛傳：『藹藹，猶濟濟也。』《爾雅・釋訓》：『藹藹、濟濟，止也。』註：『皆賢士盛多之容止。』《南史・虞玩之傳》：『玩之東歸朝廷，無祖餞者，劉休與親知書曰：「虞公散髮海隅，同古人之美，而東都之送，殊不藹藹。」』晉束皙《補亡詩》：『瞻彼崇丘，其林藹藹。』《文選》張銑註：

「藹藹，茂盛貌。」《詩·周頌》：「驛驛其達。」朱傳：「驛驛，苗生貌。」《廣雅》：「驛驛，盛也。」《爾雅·釋訓》作繹繹，云：「生也。」漢揚雄《甘泉賦》：「迺望通天之繹繹。」《文選》李善註引薛君《韓詩章句》云：「繹繹，盛貌。」又《商頌》：「庸鼓有斁。」毛傳：「斁斁然盛也。」又《魯頌》：「新廟奕奕。」王肅註云：「奕奕，盛大。」《周官·隸僕》註引作「寢廟繹繹。」《玉篇》：「睪睪，生也。」◎案：《集韻》，驛、繹、斁、奕、睪，並夷益切，音亦，驛、繹、睪之訓爲「生」者，亦言其生之盛也。奕，又叶弋灼切。晉陸機《七徵》：「敷延袤之廣廡，矯陵霄之高閣。秀清輝乎雲表，騰藻蔭之奕奕。」又《豳風》：「赤舄几几。」《廣雅》：「几几，盛也。」《太玄經·親》：「飲食几几。」註：「几几，偕也。」又《秦風》：「夏屋渠渠。」《廣雅》：「渠渠，盛也。」《大雅》：「王旅嘽嘽。」毛傳：「嘽嘽然盛也。」《爾雅·釋訓》：「烰烰，烝也。」註：「氣出盛貌。」疏：「《大雅·生民》云：「烝之浮浮。」毛傳：「浮浮，氣也。」烰、烰音義同。」《蜀志》：「先生舍東南角桑樹童童如小車蓋。」註：「童童，盛貌。」《藝文類聚》引作幢幢。《淮南子·時則訓》：「教教陽陽，惟德是行，養長化育，萬物繁昌。」教，音孛，與勃同。《廣雅》：「勃勃，盛也。」勃，蒲没切，通作孛。《漢書·文帝紀》註：「孛星光芒短，其光四出，蓬蓬孛孛也。」◎案：《廣韻》孛有蒲昧、蒲没二切，徐氏解《説文》引《論語》「色勃如也」作孛如。《一切經音義》：「浡浡，《聲類》亦勃字，同蒲没反。」《廣雅》：「浡，盛也。」漢張衡《東京賦》：「京邑翼翼。」《文選》薛綜註：「翼翼，禮儀盛貌。」《廣雅》：「翼翼，盛也。」晉左思《魏都賦》：「重闈洞出，鏘鏘濟濟。」《文選》

劉良註：『鏘鏘、濟濟，衣冠盛貌。』《文中子·述史篇》：『子將之陝，門人從者鏘鏘然被於路。』《廣雅》：『鏘鏘，盛也。』《説文》：『闐，盛貌。』又：『嗔，盛氣也。』引《詩》『振旅嗔嗔。』笛前反，《小雅》作闐闐。《廣雅》：『闐闐，盛也。』《漢書·樂志》：『泛泛滇滇從高斿。』應劭註：『滇滇，盛貌也。』晉潘岳《藉田賦》：『震震填填，塵騖連天。』《文選》李善註：『震震，盛也。』震音真。劉良註：『填填，車馬衆貌。』◎案：闐、嗔、滇、填，並徒年切，音田，義亦相通。《廣雅》：『戡戡，盛也。』《集韻》：戡，徒感切，音毯；又虚金切，音欣，『火盛貌。』又：『[illegible][illegible]，盛也。』王氏《疏證》：『《大雅·皇矣》篇：「臨衝閑閑，崇墉言言。臨衝茀茀，崇墉仡仡。」傳云：「閑閑，動揺也。言言，高大也。茀茀，彊盛也。仡仡，猶言言也。」◎案：言言、仡仡皆謂城之高大，則閑閑、茀茀亦皆謂車之彊盛。茀茀與勃勃同。《廣雅》以閑閑、勃勃俱訓爲盛，蓋本諸三家也。』◎案：王氏所論頗通，《字典·門部》及《韻府·霽韻》閉字下俱引《廣雅》『閉閉，盛也。』則是閑當作閉，二者必有一誤。漢司馬相如《上林賦》：『沈沈隱隱。』《文選》李善註：『隱隱，盛貌。』《史記·蘇秦傳》：『輷輷殷殷，若有三軍之衆。』註：『輷輷、殷殷，盛貌。』隱，於謹切，音隱。漢司馬相如《長門賦》：『芳酷烈之誾誾。』《文選》李善註：『酷烈、誾誾，香氣盛也。』誾，魚斤切。《漢書·敘傳》：『樂安褎褎，古之文學。』師古註：『褎褎，盛貌。』褎亦作褏。《集韻》：『褏褏，禾黍盛貌。』又《敘傳》：『成都煌煌，假我明光。曲陽歊歊，亦朱其堂。』師古註：『歊歊，氣盛也。』音許驕反，宋黃公紹引《漢書》作『歊歊』，歊同歊。又《敘傳》：『世宗曄曄。』師古註：

『曅曅，盛貌。』又《樂志》：『華曅曅固靈根。』又《樂志》：『桂華馮馮翼翼。』師古註：『馮馮，盛滿也。』《太玄經廓》：『百辟馮馮。』註：『馮，古憑字。馮馮，盛多貌。』漢揚雄《羽獵賦》：『殷殷軫軫。』《文選》李善註：『殷、軫，盛貌也。』《史記·律書》：『軫者，言萬物益大而軫軫然也。』《漢書·樂志》：『沇沇四塞。』註：『孟康曰：「沇，音兖。」師古曰：「沇沇，流行之貌也。」』揚雄《羽獵賦》：『沇沇溶溶，遥噱乎紘中。』《文選》吕向註：『沇沇溶溶，禽獸奔走貌。』又：『萃從沇溶』註，李善曰：『沇、溶，盛多之貌也。』南朝宋沈約《遊仙詩》：『玉鑾隱雲霧，溶溶紛上馳。』晉左思《蜀都賦》：『侈侈隆富，卓鄭埒名。』《文選》吕延濟註：『侈侈，盛貌。』又《魏都賦》：『習習冠蓋。』《文選》張銑註：『習習，盛也。』漢張衡《思玄賦》：『建罔車之幕幕。』《文選》劉良註：『幕幕，盛也。』漢禰衡《鸚鵡賦》：『采采麗容。』《文選》註：『薛君《韓詩章句》曰：「采采，盛也。」』《毛詩·秦風》傳：『采采，猶萋萋也。』《孟子》：『盎於背。』趙註：『其背盎盎然盛。』朱註：『豐厚盈溢之貌。』《韓詩外傳》：『子貢曰：「賜之師何如？」姑布子卿曰：「得堯之顙、舜之目、禹之頸、皋陶之喙，從前視之，盎盎乎似有王者，從後視之，高肩弱脊，此惟不及四聖者也。」』《淮南子·俶真訓》：『茫茫沈沈，是謂大治。』高誘註：『茫茫沈沈，盛貌。』茫讀王莽也，沈讀水出沈沈正白之沈。又《天文訓》：『斗指卯，卯則茂茂然，律受夾鐘。』茂，音懋，又音末。《周武王筆銘》：『毫毛茂茂，陷水可脱，陷文不可活。』《太玄經·交》：『物登明堂，矞矞皇皇。』註：『矞，音聿，王涯曰：「矞矞皇皇，明盛之貌。」』《揚子法言·孝至篇》：『武義璜璜，兵征四方。』《五臣音註》：『吴祕曰：「璜璜，猶言煌煌也。」司馬光曰：「璜，音黄。」』《離騷》：『芳菲菲其彌章。』王逸註：『菲菲，猶勃勃也。』晉左思《吴都賦》：『曄曄菲菲。』《文選》李周翰註：『曄曄，盛貌。菲菲，美貌。』《集韻》：『菲，草盛貌。』宋玉《九辨》：『被荷裯之晏晏。』王逸註：『晏晏，盛貌也。』《楚辭·大招》：『雄雄赫赫。』王逸註：『威勢盛也。』◎案：《爾雅·釋訓》：『薨薨、增增，衆也。』顧舍人本薨薨作雄雄，註云：『皆衆夥之貌。』衆夥即盛意。漢東方朔《七諫》：『微霜降之蒙蒙。』王逸註：『蒙蒙，盛貌。』《詩·小雅》：『黍稷薿薿。』箋：『薿薿然而茂盛。』唐韓愈《秋懷詩》：『窗前兩好樹，衆葉光薿薿。』《漢書·食貨志》引《詩》『薿薿』作儗儗，儗與薿通。唐王光庭《送張説巡邊詩》：『虎貔紛儗儗。』《白帖》引《詩》又作嶷。唐柳宗元《平淮夷雅歌》：『王師嶷嶷。』《詩·衛風》：『緑竹猗猗。』毛傳：『猗猗，美盛貌。』魏稽康《琴賦》：『微風餘音，靡靡猗猗。』《文選》註：『猗猗，衆盛貌。』猗，於离切，音漪，又叶於何切，音窩。《毛詩》猗猗與下磋、磨爲韻。唐歐陽詹《迴鑾賦》：『振振騈騈。』宋蘇洵《張尚書畫像記》：『公在西園，草木騈騈。』唐崔融《寒食題臨江驛詩》：『桃李正酣酣。』《説文》：『卙卙，盛也。汝南名蠶盛曰卙。』徐曰：『《詩》曰：「宜爾子孫，蟄蟄兮。」蟄，衆也。此卙義近之也。』姊入反。又：『闛闛，盛貌。』從門堂，意兼聲。《太玄經·將》：『日失烈烈。』范望註：『烈烈，盛也。』唐杜殷《華嚴寺杜順和尚行記》：『甲鎧汪汪。』《論語》：『郁郁乎文哉。』朱註：『郁郁，文盛貌。』《史記·天官書》：『郁郁紛紛，蕭索輪囷，是謂卿雲。』又《顓頊紀》：『其色郁郁。』漢張衡《南都賦》：

『紛郁郁其難詳。』《文選》張銑註：『郁郁，衆美貌。』郁與彧通。晉何晏《景福殿賦》：『嗟瓌瑋以壯麗，紛彧彧其難分。』《文選》呂延濟註：『紛彧彧，文章多貌。』◎案：衆美文章多，正是盛意。《詩·小雅》：『黍稷彧彧。』毛傳：『彧彧，茂盛貌。』與稶同。《玉篇》：『稶稶，黍稷盛貌。』◎案：彧，又音越逼切，與下酒、食叶。《呂氏春秋·古樂篇》：『其音英英。』註：『英英，和盛之貌。』

二·二　莫莫、夭夭枖枖、媄媄、蓁蓁溱溱、棧棧、榛榛、臻臻、菶菶唪唪、䶬䶬、穟穟遂遂、幪幪、蒼蒼、青青菁菁、蓬蓬、楚楚、牂牂藏藏、將將、肺肺芾芾、市市、驕驕喬喬、穚穚、桀桀、芃芃梵梵、芊芊阡阡、仟仟、莽莽茻茻、務務、堇堇、茀茀拂拂、蔚蔚、蔚蔚、葆葆、芘芘柅柅、稖稖厭厭、稶稶與與、稯稯翼翼、柚柚油油、菀菀、鬱鬱、蕁蕁、沈沈、依依、蘱蘱、蔪蔪蘄蘄、漸漸、含含、蔓蔓、離離、芸芸、蕙蕙、稴稴、青青、蔞蔞、蓊蓊、苒苒、茸茸、蔥蔥、芩芩、亹亹、蘭蘭、植植、莘莘、藊藊、囊囊、甬甬、丰丰、方方，茂也。

《詩·周南》：『維葉莫莫。』毛傳：『莫莫，成就之貌。』朱傳：『茂密貌。』晉左思《蜀都賦》：『稉稻莫莫。』《文選》張銑註：『莫，茂盛貌。』《五臣》本作漠漠。又《周南》：『桃之夭夭。』毛傳：『夭夭，其少壯也。』朱傳：『少好貌。』《邶風》：『棘心夭夭。』毛傳：『夭夭，盛貌。』通作枖。《說文》：『枖，木少盛貌。』引《詩》『桃之夭夭。』又作媄。《說文》：『媄，女子笑貌。』引《詩》『桃之娱娱。』徐曰：『少而速壯也。』《廣雅》：『娱娱，茂也。』又《周南》：『其葉蓁蓁。』毛傳：『蓁蓁，至盛貌。』《齊詩》作『其葉溱溱。』漢班固《靈臺詩》：『百穀溱溱。』《後漢書》註：『溱溱，盛貌。』《漢書・司馬相如傳》：『覽竹林之榛榛。』師古註：『榛榛，盛貌。』又《藝文志》：『息夫躬詩「叢棘棧棧」。』[一]《集韻》：棧，音榛，『衆盛貌。』漢王逸《荔支賦》：『緑葉臻臻。』南朝宋謝惠連《仙人草贊》：『莫莫臻臻。』◎案：《玉篇》臻訓聚、訓衆，亦是盛意，與蓁、溱、榛音義竝同。又《大雅》：『菶菶萋萋。』毛傳：『梧桐盛也。』又：『瓜瓞唪唪。』毛傳：『唪唪然多實也。』《説文》字註云：『讀若《詩》曰：「瓜瓞菶菶。」』◎案：《説文》唪字只訓『大笑』，無多實之義，多實似應從菶，《説文》所引《詩》當是古本。《廣雅》：『菶菶，茂也。』《集韻》：『𤬪，瓜多實貌。』引《詩》『瓜瓞𤬪𤬪』，云：『通作唪。』又《大雅》：『禾役穟穟。』毛傳：『穟穟，苗好美也。』《説文》：『穟，禾采之皃。』引《詩》云『䆅』[二]，或從艸，又通作遂。晉夏侯湛《春可樂賦》：『麥遂遂以揚秀。』又《大雅》：『麻麥幪幪。』毛傳：『幪幪然盛茂也。』又《秦風》：『蒹葭蒼蒼。』毛傳：『蒼蒼，盛也。』又《衛風》：『菉竹青青。』毛傳：『青青，茂盛也。』朱傳：『堅剛茂盛之貌。』青，音精，或作菁。《唐風》：『其葉菁菁。』《小雅》『菁菁者莪』，《韓詩》引作蓁蓁，《集韻》引作葏葏，云：『茂盛。』通作菁。又《小雅》：『楚楚者茨。』朱傳：『楚楚，盛密貌。』又《陳風》：『其葉牂牂。』毛傳：『牂牂然盛貌。』牂，玆郎反，音臧，與藏通。《廣雅》：『藏藏，茂也。』又通作將。《易林・革之大有》：『南山之楊，其葉將將。』又《陳風》：『其葉肺肺。』

毛傳：『肺肺，猶牂牂也。』肺，普貝反，與芾通。《廣雅》：『芾芾，茂也。』《說文》作『市』，草木盛市市然。[三]讀若輩。又《齊風》：『維莠驕驕。』朱傳：『驕驕，張王之意。』通作喬，《揚子法言·修身篇》：『田甫田者莠喬喬。』《廣韻》：穚，音驕，『禾秀貌。』通作驕。又：『維莠桀桀。』毛傳：『桀桀，猶驕驕也。』又《鄘風》：『芃芃其麥。』毛傳：『芃芃然方盛長。』《曹風》：『芃芃黍苗。』毛傳：『芃芃，美貌。』《小雅》：『芃芃黍苗。』毛傳：『芃芃，長大貌。』《大雅》：『芃芃棫樸。』毛傳：『芃芃，木盛貌。』《說文》：『芃，草盛也。從艸凡聲。』徐曰：『汎汎然若風之起也。』父忠反。《廣韻》[四]。《漢都鄉正衛彈碑》『梵梵黍稷』借作芃芃。◎案：梵有房戎、扶風二切，並音馮，木得風貌。《類篇》：『風行木上曰檒，或作梵。』《列子·力命篇》：『齊景公遊於牛山，北臨其國城，曰：「美哉國乎，鬱鬱芊芊。」』《廣雅》：『芊芊，茂也。』通作阡。南齊謝朓《遊東田詩》：『遠樹曖阡阡。』《文選》李善註：『阡與芊同，亦作仟仟。』呂向註：『仟仟，茂美貌。』晉潘岳《懷縣詩》：『稻栽肅仟仟。』《楚辭·天問》：『草木莽莽。』王逸註：『莽莽，草深貌。』通作茻。《廣雅》：『茻茻，茂也。』魏武帝《氣出唱樂府》：『乘雲駕龍，鬱何務務。』務，武道切，音媢，《廣雅》：『務務，茂也。』《玉篇》：『葟，花美也。』音皇。《廣雅》：『葟葟，茂也。』《說文》：『茀，道多草不可行。』《廣雅》：『茀茀，茂也。』《夏小正》：『拂桐芭。』傳云：『言桐芭始生貌拂拂然。』拂與茀同。唐顧況《公子行》：『紅肌拂拂酒光獰。』漢張衡《東京賦》：『鬱蓊薆薱。』註：『草木盛貌。』《廣雅》：『薱薱，茂也。』《漢鐃歌·上陵》：『醴泉之水，光澤何蔚蔚。』晉傅玄《李賦》：

『嘉列樹之蔚蔚。』《廣雅》：『蔚蔚，茂也。』《漢書·燕刺王旦傳》：『頭如蓬葆。』註：『葆，草木叢生之貌。』《廣雅》：『葆葆，茂也。』《詩·大雅》：『維葉泥泥。』《釋文》：『泥泥，張揖作苨苨，云：「草盛也。」』◎案：今《廣雅》云：『苨苨，茂也。』《潛夫論·德化篇》引《詩》作柅柅，晋左思《蜀都賦》：『總莖柅柅。』《文選》劉淵林註：『柅柅，茂盛貌也。』《廣韻》：『稖稖，苗齊等也。』一監切，音厭，通作厭。《周頌》：『厭厭其苗。』箋：『衆齊等也。』疏：『厭厭者，苗長茂盛之貌。』◎案：厭，於豔切，又於監切，同猒，足也。稖，又於禁切，音蔭，禾苗茂盛也。《集韻》：『穥穥，黍稷美也。』穥，羊茹切，音豫，通作與，平聲。又：『稄稄，黍稷蕃蕪貌。』稄，逸織切，音弋。亦作翼。《詩·小雅》：『我黍與與，我稷翼翼。』箋：『與與、翼翼，蕃蕪貌。』《集韻》：『秞秞，禾黍盛也。』唐元結《樂歌》：『其生如何兮秞秞。』通作油，晋左思《蜀都賦》：『黍稷油油。』《文選》張銑註：『油油，茂盛貌。』《毛詩·小雅》傳：『菀，茂木也。』菀，於阮切，音婉，又紆勿切，音鬱，與鬱通。《文選·古詩》：『鬱鬱園中柳。』註：『鬱鬱，茂盛也。』◎案：古本《文選》鬱鬱作菀菀。菀又叶平聲。《楚辭》劉向《九歎》：『芳若茲而不御兮，指林薄而菀菀。子僑之奔走兮，申徒狄之赴淵。』漢張衡《南都賦》：『森蕁蕁而刺天。』《文選》李善註：『茂盛貌。』《說文》：『蕁，叢木也。』兹損切。南齊謝朓《始出尚書省詩》：『衰柳尚沈沈。』《文選》李周翰註：『沈沈，茂盛也。』晋潘岳《金谷集作詩》：『青柳何依依。』《文選》李善註：『《韓詩》「楊柳依依」，薛君曰：「依依，盛貌。」』《易林·歸妹之鼎》：『夏麥穬穬，霜擊其芒。』穬同䵃，古猛切，音礦。《玉篇》：『大麥也。』陳新蔡王籟記《明庶風賦》：『疇蘄蘄其秀麥。』《埤蒼》：『蘄蘄，麥秀貌。』《集韻》作蘄蘄。通作漸。《史記・宋微子世家》：『麥秀漸漸兮。』漸，子廉反。《後漢書・梁鴻傳》：『麥含含兮先秀。』註：『麥含含，盛貌。』《漢書・樂志》：『蔓蔓日茂，芝成靈華。』師古註：『蔓蔓，言其長久，日以茂盛也。』晉左思《蜀都賦》：『布綠葉之萋萋，結朱實之離離。』《文選》呂向註：『萋萋、離離，茂盛貌。』唐竇庠《上陽宮感興詩》：『愁雲漠漠草離離。』又溫庭筠《郭處士擊甌歌》：『三十六宮花離離。』晉陸雲《九愍》：『悲江草之芸芸。』《詩・小雅》：『裳裳者華，芸其黃矣。』毛傳：『芸、黃，盛也。』《釋文》：『芸，音云，徐音運。』《集韻》：『藼藼，草木盛貌。』皮冰切，音憑。又：『䅖䅖，禾苗美也。』衣廉切，音淹。又：『蓑蓑，艸木葉茂皃。』蓑，所乖切。《莊子・德充符》：『受命於地，唯松柏獨也在冬夏青青。』如字。《張由詩》：『其雨復其雨，豆稀草葽葽。』《漢書・樂志》：『豐草葽。』註：『草盛貌。』葽，音腰，又於笑切，義同。唐韓愈《別知賦》：『樹蓊蓊其槮。』《集韻》：鄔孔切，翁上聲，『蓊鬱，草木盛貌。』唐白居易《有木詩》：『有木香苒苒。』《類篇》：『苒，草盛貌。』唐皇甫湜《春心文》：『草茸茸兮既長。』《說文》：『茸，草茸茸貌。』乳逢反。唐皮日休《九諷》：『彼群小之茸茸兮，如慕臭之蟞蜉。』《後漢書・光武帝紀》：『望氣者至南陽，曰：「氣佳哉，鬱鬱葱葱然。」』南齊王儉《靈丘竹賦》：『幹葱葱而特秀。』唐元結《望仙府詩》：『雲溶溶兮木棽棽。』棽音琛。《說文》：『木枝條棽儷貌。』徐曰：『繁蔚貌。』又韓愈《感春詩》：『奮奮新葉大。』王註：『奮奮，翠色貌。』又沈顏《化洽亭記》：『蘭蘭青青，疎篁盈庭。』◎案：揚子《太玄經》『萬物艽蘭。』註：『艽蘭，茂密也。』蘭蘭當即艽蘭之義。又元結《補樂歌》：『植植萬物兮，滔滔根莖。』宋玉《高唐賦》：『涉莽莽馳苹苹。』《文選》李善註：『苹苹，草貌。』劉良註：『草聚生貌。』唐韓愈、孟郊《城南聯句》：『騁遥略苹苹。』《集韻》：藲藲，眠見切，音麪，『藲藲，草貌。』《字彙》：囊，囊去聲。『囊囊，草貌。』《説文》：『甬，草木華甬甬然也。』徐曰：『甬之言涌也，若水涌出也。』與恐反。又：『丰，草盛丰丰也。從生，上下達也。』徐曰：『察荁之乞，二盛者，其下必深根也。』甫蚤反。《尢射》：『楊柳方方，倉庚噂止。』◎案：方方二字，可從《毛詩》『既方既皁，實方實苞』會意。

校按：

【一】今本《漢書·息夫躬傳》：『（息夫躬）著絶命辭曰：「叢棘棧棧……」』

【二】今本《説文》引《詩》作『繸』。

【三】今本《説文》無『芾』字。另：『市：韠也。上古衣蔽前而已，市以象之。天子朱市，諸侯赤市，大夫葱衡。從巾，象連帶之形。』

【四】此處有脱文。《廣韻·東韻》：『芃芃，草盛也。』

二·三　業業𤁥𤁥、言言、仡仡、翹翹、𨉖𨉖、㕓㕓、嶢嶢、岌岌、險險、戲戲、攸攸、孽孽，危也。

《詩・大雅》：『兢兢業業。』毛傳：『業業，危也。』漢張衡《西京賦》：『反宇業業。』《文選》註：『大屋飛邊頭瓦，皆微使反上，其形業業然。』通作業。宋石介《慶曆聖德頌》：『汝時小臣，危言業業。』《大雅》：『崇墉言言。』箋：『言言，猶孽孽，將壞貌。』又：『崇墉仡仡。』《釋文》：『仡仡，魚乙反，《韓詩》云：「摇也。」』又《豳風》：『予室翹翹。』毛傳：『翹翹，危也。』《易・困》：『困于葛藟，于臲卼。』疏：『《正義》曰：「葛藟，引蔓纏繞之草。臲卼，動摇不安之貌。」』臲，魚列切，卼音兀，臲或作臲。《廣雅》：『臲臲、卼卼，危也。』《後漢書・黄瓊傳》：『嶢嶢者易缺。』《廣雅》：『嶢嶢，危也。』《孟子》：『天下殆哉岌岌乎。』朱註：『岌岌，不安貌。』《漢書・韋賢傳》：『岌岌其國。』師古註：『岌岌，危動也。』漢枚乘《七發》：『險險戲戲。』《文選》李周翰注：『險、戲，危貌。』戲，許宜反。唐柳宗元《晉問》：『攸攸恤恤，卒自旣賊。』《左傳》：『湫乎攸乎。』註：『攸，懸危也。』《集韻》：『孽孽，將壞貌。』

二一四　耳耳、眗眗、嬈嬈、靹靹、儒儒，柔也。

《詩・魯頌》：『六轡耳耳。』朱傳：『耳耳，柔從也。』《管子・小問篇》：『苗，始其少也，眗眗乎何其孺子也。』房註：『眗眗，柔順貌，穀苗始則柔順，故似孺子也。』漢王褒《洞簫賦》：『優嬈嬈以婆娑。』《文選》李善註：『嬈嬈，柔弱也。』李周翰曰：『柔雅貌。』嬈，伊鳥切，音杳。《玉篇》：『靹靹，耎也。』奴答切，音納。楊奐《東遊記》：『子美「浮雲連海岱，平野入青徐」，《登南樓詩》也。徐在南四百里，青在東北七百里，海在東北又不啻千里，岱岳百餘里，二三千里之遥，一舉而至，其與終身拘拘儒儒於百里之内者，不亦異乎？』《説文》：『儒，柔也。』

二·五　嫋嫋裊裊、褭褭**、楺楺**荏荏**、姌姌**冄冄、苒苒**、邑邑、削削、爰爰、靃靃、靡靡、橈橈、娜娜、顛顛，弱也。**

漢卓文君《白頭吟》：『竹竿何嫋嫋。』《廣雅》：『嫋嫋，弱也。』嫋與裊通。晉陸機《擬古詩》：『白煬信裊裊。』《文選》李周翰註：『裊裊，弱貌。』李善作褭褭。褭與裊同。南朝宋鮑照妹令暉《擬青青河畔草樂府》：『褭褭淩窗竹。』北周庾信《豳國公趙廣墓誌銘》：『荏荏風流。』《廣雅》：『楺楺，弱也。』北魏高允《羅敷詩》：『姌姌善趨步。』《廣雅》：『姌姌，弱也。』◎案：《詩·小雅》毛傳：『荏染，柔意也。』荏與楺通，染與姌通。魏曹植《美女篇》：『柔條紛冄冄。』《説文》作冄，云：『毛冄冄也。』徐曰：『冄冄，弱也。』魏王粲《迷迭賦》：『挺苒苒之柔莖。』冄冄、苒苒並與姌姌同。《説文》：『嫋，姌也。』『姌，弱長貌。』《楚辭》劉向《九歎》：『張絳帷以襜襜兮，風邑邑而蔽之。』王逸註：『邑邑，微弱貌也。』唐元稹《夜池詩》：『荷葉團團莖削削。』晉傅玄《李賦》：『美弱枝之爰爰。』唐郭元超《水藻賦》：『靃靃靡靡。』洪興祖《楚辭補註》：『靃靡，弱貌。』靃音髓。唐元結《訟木魅辭》：『槢橈橈兮未堅。』《漢書·外戚傳》：『何姗姗其求遲。』《藝文類聚》作『偏娜娜』『何冉冉其來遲』。宋梅堯臣《和永叔、子履冬夕小齋聯句詩》：『萬柳枝娜娜。』《集韻》：『顛顛，頭貌。一曰弱也。』時鴆切。音甚。

二·六　纖纖摻摻、攕攕、鑯鑯、**瀸瀸、緜緜、藹藹、碎碎、屑屑、霏霏、靡靡、亹亹、絲絲、縷縷，細也。**

《詩·魏風》：『摻摻女手。』毛傳：『摻摻，猶纖纖也。』《荀子·大略篇》：『禍之所由生也，生自纖纖也。』楊倞註：『自纖纖微細。』纖通作攕。唐韓愈《酬司門盧雲夫詩》：『樓頭完月不共宿，其奈就缺行攕攕。』或作鑯。《太玄經·斂》：『墨斂鑯鑯。』范望註：『鑯，息廉切，鑯鑯，少也。』司馬光曰：「墨貪也，小人貪於聚斂，喜見小利。」』《廣韻》：『鑯，細也。』《爾雅·釋水》註：『瀸，纔有貌。』將廉切，音尖。《瑯嬛記》：『誰謂長河水，化爲瀸瀸流？』《詩·大雅》：『緜緜瓜瓞。』疏：『微細之辭。』《禮·玉藻》：『言容藹藹。』疏：『藹藹，猶緜緜，聲氣細微。』晉陸機《爲周夫人贈車騎詩》：『碎碎纖細練。』梁江淹《水上神婦賦》：『雨屑屑而稍落。』《後漢書·崔駰傳》：『子笑我之沈滯，吾亦病子屑屑而不已也。』注：『屑屑，猶區區也。』南齊謝朓《思歸賦》：『睇微英之霏霏。』《集韻》：『霏霏，細貌。』漢王延壽《魯靈光殿賦》：『何宏麗之靡靡。』《文選》李善註：『靡靡，細也。』郭璞《方言註》：『靡靡，細好也。』漢王褒《洞簫賦》：『被淋漓其靡靡。』《文選》註：『靡靡，聲之細好也。』《世說新語》：『張茂先論《史》《漢》，靡靡可聽。』《一切經音義》：『亹亹，亡匪反，亹亹，猶微微也。』唐司空圖《情賦》：『雨絲絲兮羃暗芳。』又陸龜蒙《送小雞山樵人序》：『突晨煙兮蓬縷縷。』

二·七　佌佌㐰㐰、[illegible][illegible]、**瑣瑣**璅璅、**交交、眇眇**紗紗、**幺幺、么么、區區、嗛嗛、庯庯、**[illegible][illegible]、**戔戔、**

呫呫、扁扁、魏魏、稍稍、杪杪、藐藐、剽剽、規規⿰目規⿰目規、⿱規女⿱規女、**肩肩、翦翦、涓涓、礫礫、耿耿、芮芮、陋陋、微微、侊侊，小也。**

《詩·小雅》：『仳仳彼有屋。』毛傳：『仳仳，小也。』《説文》引《詩》作『佌佌』，七紫反。《石經》作『⿱徙女⿱徙女』。⿱徙女音徙。《玉篇》：『小也。』又音此，義同。又《小雅》：『瑣瑣姻亞。』毛傳：『瑣瑣，小貌。』瑣或作璅。漢張衡《東京賦》：『既璅璅焉。』《文選》註：『璅璅，小也。』◎案：《經典釋文》：『瑣瑣，素火反，小也。或作璅，非。璅，音早。』又《秦風》：『交交黄鳥。』毛傳：『交交，小貌。』《書·顧命》：『王再拜，興，答曰：「眇眇予末小子。」』孔傳：『言微微我淺末小子。』《太玄經·堅》：『截蟖紗紗。』王涯註：『紗與眇同。小宋本紗作幺，音幽，云：「幺，微貌。」』《元包經》：『復么么玄玄，雷㡉龍旋。』么，伊堯切。《説文》：『小也。』《左傳·襄十七年》：『宋國區區而有詛有祝。』《釋文》：『區區，小貌。』《漢書·楚元王傳》：『豈爲區區之禮哉？』師古註：『區區，謂小也。』《晉語》：『嗛嗛之德，不足就也；嗛嗛之食，不足狃也。』註：『嗛嗛，猶小小也。』《漢書·梅福傳》：『毋若火始庸庸。』註：『庸庸，微小貌。』唐玄宗妃江采蘋《樓東賦》：『嫉色庸庸，妒氣沖沖。』又《鮑宣傳》：『願賜數刻之閒，極竭毣毣之思。』師古註：『毣毣，猶蒙蒙也。』《方言註》：『毣毣，小好貌。』音沐，唐柳宗元《龍城録》：『台人既辭去，舟回如歸，但覺風毣毣而過。』《駢雅》：『毣毣，微薄也。』《易·賁》：『束帛戔戔。』《集韻》：『戔戔，淺小之貌。』戔，將先切，音箋，又宗親切，音津。《劉孟陽碑銘》：『有父子然後有君臣，理財正辭，束帛戔戔。』《唐書・王叔文傳》：『呫呫小人。』呫，他叶切，音帖。《正韻》：『小貌。』《太玄經・達》：『小達大迷，扁扁不救。』註：『扁，必沔切。司馬光曰：「扁扁，狹小貌。」』《方言》：『魏，細也。自關而西，凡細而有容，謂之魏。』郭註：『魏魏，小成貌。』《周禮・地官・小宰》：『凡王之稍事。』鄭註云：『稍事，有小事而飲酒，重言之則曰稍稍。』《説文》：『𨛬，國甸，大夫稍稍所食邑也。』《廣雅》：『稍稍，小也。』各本譌作梢梢，非。《涼昭武王述志賦》：『杪杪余躬。』杪，彌沼切，音藐。《方言》：『杪，小也，木細枝謂之杪。』晉郭璞《元帝哀策文》：『藐藐孤沖。』《廣雅》：『藐，小也。』漢王褒《移金馬碧雞文》：『剽剽碧雞，處南之荒。』《爾雅・釋樂》疏：『剽，小也。』《莊子・庚桑楚》：『今女又言而信之，若規規然若喪父母，揭竿而求諸海也。』《釋文》：『規規，細小貌。』《荀子・非十二子篇》：『瞡瞡然。』楊倞註：『瞡與規同。瞡瞡，小見之貌。』《方言》：『嫢，細也。秦晉之間，凡細而有容謂之嫢。』注：『嫢嫢，小成貌。』又《德充符》：『其脰肩肩。』《釋文》：『肩肩，胡田反，又胡恩反，李云：「羸小貌。」』又《在宥篇》：『翦翦。』註：『或云狹小之貌。』唐柳宗元《宋清傳》：『彼之爲利，不亦翦翦乎。』《孔子家語》：『金人銘：「涓涓不壅，終爲江河。」』《説文》：『涓，小流也。』唐萬齊融《三日緑潭篇》：『金沙礫礫窺魚泳。』《説文》：『礫，小石也。』《楚辭》劉向《九歎》：『進雄鳩之耿耿。』王逸註：『耿耿，小節貌。』《説文》：『芮芮，草生貌。讀若汭。』徐曰：『芮芮，細皃，若言蚊蚋也。』汝歲反。《本草註》：『石龍芮生于石上，其葉芮芮短小，故名。』◎案：潘岳《西征賦》：『蕞芮于城隅者，又百不處一。』註：『芮，小貌。』晉潘岳《馬汧督誄》：『陋陋窮城。』又傳咸《申懷賦》：『微微小子。』又陸機《感時賦》：『魚微微以求偶，獸岳岳而相攢。』《一切經音義》：『麼麼，莫可反，《三倉》云：「麼，微也。」亦細小也，謂微細蟲也。』《説文》：『侊，小貌。《春秋國語》曰：「侊飯不及一食。」』是侊侊然小也，骨庚反。

二·八　種種董董、促促、竨竨、几几、䂂䂂、翦翦、芟芟、孑孑、孒孒，短也。

《左傳·昭三年》：『余髮如此種種。』杜註：『種種，短也。』種或作董。《群經音辨》：『董董，短也。《左傳》：「余髮董董。」』今本作種種。』晉陸機《豫章行》：『促促薄暮景。』《文選》劉良註：『促促，短貌。』《説文》：『竨竨，短人立竨之貌。』【一】竨，傍下切，音跁。又：『鳥之短羽几几然。』【二】慵朱切，音殳。《韻會》：『有鈎挑者爲几案之几，不鈎挑者爲殳，鳥短羽也。』《篇海類編》：『䂂䂂，短貌。』渠勿切，音屈。《莊子·在宥篇》『翦翦』註：『李云：「短淺貌。」』宋范成大《寒亭詩》：『早穗已垂垂，晚苗猶翦翦。』唐元稹《山頭鹿樂府》：『角芟芟，尾促促，貧兒多租輸不足。』◎案：《説文》：『芟，刈草也。』味元詩，意『芟芟』『促促』俱當作短小解。《廣雅》：『孑孑，短也。』一曰無右臂。又：『孒孒，短也。』一曰無左臂。

校按：

【一】今本《説文》：『竨，短人立竨竨貌。』

【二】今本《説文》：『鳥之短羽飛几几也。』

二·九　堇堇厪厪、**些些、落落、靡靡、菁菁、稀稀，少也。**

《漢書·地理志》：『豫章出黄金，然堇堇。』註：『堇堇，少也。』讀曰僅。《史記·貨殖列傳》作厪厪。《舊唐書·楊嗣復傳》：『近日事亦漸好，未免些些不公。』《廣韻》：『些，寫耶切，少也。』晉陸機《歎逝賦》：『親落落而日稀，友靡靡而愈索。』《文選》李善註：『落落，稀貌。靡靡，盡貌。』張銑註：『靡靡，少貌。』《詩·唐風》：『其葉菁菁。』鄭箋：『菁菁，稀少之貌。』《天禄閣外史》：『魯王大酺賓客，客曰：「有數仞之木，其葉扶疎，油然而陰，不知蟲生其下，以枯葉綢繆而爲巢，附絲於枝上，潛飲朝露，旬日之間，其葉稀稀，向也扶疎，而今則無完葉矣。」』

二·一〇　盪盪宕宕、**閬閬、寥寥、荒荒、皓皓、廓廓**鞹鞹、瞭瞭、**阬阬、嘐嘐、窅窅、坎坎，空也。**

《漢書·郊祀志》：『求之盪盪，如繫風捕影，終不可得。』師古註：『盪盪，空曠之貌。』盪，音蕩，與蕩同。亦作宕。魏曹植《吁嗟篇》：『宕宕當何依。』《漢書·揚雄傳》：『閌閬閬其寥廓。』師古註：『閬，音浪。閬閬，空虛貌。』晉潘岳《寡婦賦》：『仰神宇之寥寥。』《文選》劉良註：『寥寥，空也。』《吕氏春秋·情欲篇》：『九竅寥寥。』高誘註：『極三關之欲以病其身，故九竅皆寥寥然虛。』唐杜甫《漫成詩》：『野日荒荒白。』《大戴禮·衛將軍文子篇》：『常以皓皓，是以眉壽。』註：『皓皓，虛曠貌。』《鹽鐵論·西域篇》：『皓皓乎，若無網羅而漁江海。』《唐書·李密傳》：『天下廓廓無事矣。』《説文》：『廓，空也。』苦郭切，與鞹通。《説文》作：『鞹，去毛皮也。』《管子·

白心篇》：『韕乎其圓也，韕韕乎莫得其門。』唐樊宗師《絳守居園池碑》：『䁨䁨千幅。』䁨，《集韻》：音忽郭切。《玉篇》：『驚視也。』◎案：韕韕、䁨䁨猶言廓廓也。《通雅》引《管子》作『韕韕』，誤。《爾雅·釋詁》：『阬阬，虛也。』註：『阬阬，謂阬壍也。』疏：『阬阬者，坎陷之虛也。』《玉篇》：『口㗝㗝也。』虛加切。《集韻》：『與谺同，谷中大空貌。』《集韻》：『宑宑，空貌。』胡貢切，音哄。《太玄經·窮》：『羹無糝，其腹坎坎。』王涯註：『坎坎然空乏。』

二·一一 **冥冥**溟溟、**曀曀**𡔷𡔷、**昧昧**眤眤、**梅梅**、**媒媒**、**每每**、**晦晦**、**晻晻**、**蒙蒙**雺雺、**幽幽**、**朦朦**、**夢夢**瞢瞢、懵懵、懜懜、**昬昬**惛惛、惽惽、**墨墨**、**杳杳**、**黲黲**慘慘、**焞焞**、**貿貿**瞀瞀、**寐寐**、**曖曖**、**薆薆**、**靉靉**、**瞁瞁**、**茫茫**芒芒、**盲盲**、**藹藹**、**矇矇**、**翳翳**、**䪼䪼**朏朏、**闇闇**、**黯黯**、**黤黤**、**䁅䁅**，**暗也。**

《詩·小雅》：『維塵冥冥。』朱傳：『冥冥，昬晦也。』《史記·蘇秦傳》：『豈揜於衆人之言，而以冥冥決事哉？』《廣雅》：『冥冥，暗也。』或通作溟。唐歐陽詹《明水賦》：『阻溟溟之永夜。』又《邶風》：『曀曀其陰。』《爾雅·釋文》：『陰而風曰曀。』《說文》引《詩》作『𡔷𡔷其陰』，云：『天塵也。』曀、𡔷，並於計切。《書·秦誓》：『昧昧我思之。』《史記·屈原傳》曰：『昧昧其將莫。』《廣雅》：『昧昧，暗也。』《古文尚書》作『眤眤』。又通作媒、梅。《禮·玉藻》：『視容，瞿瞿梅梅。』疏：『梅梅猶微微，謂微昧也。』陳澔註：『梅梅猶昧昧。』楊慎、方以智俱云音昧。《莊子·知北遊》：『媒媒晦晦，無心而不可與謀。』《釋文》：『媒音妹，李云：「媒媒，晦貌。」』又《胠篋》：『故天下每每大亂。』《釋文》引李註：『每每，猶昬昬也。』《集韻》：每，謨杯切，音枚。《正字通》：『《古尚書》，昧昧與梅梅、媒媒、每每通聲，古人以聲狀義，類如此。』漢班彪《北征賦》：『日晻晻其將暮。』《廣雅》：『晻晻，暗也。』《楚辭》宋玉《九辨》：『願浩日之顯行兮，雲蒙蒙而蔽之。』漢杜篤《首陽賦》：『卉木蒙蒙。』《廣雅》：『蒙蒙，暗也。』與霿通。《爾雅·釋天》：『天氣降地不應曰霿。』註：『言蒙暗。』疏：『《書·洪範》曰：「霿。」註：「霿，聲近蒙蒙闇也。」』今《洪範》作蒙。《元包經》：『屯雲霿霿蚼𢆶𢆶。』𢆶同幽。宋晁補之《求志賦》：『冬朦朦其將雨。』《詩·小雅》：『視天夢夢。』朱傳：『夢夢，不明也。』通作瞢。《周禮·春官》：『六曰瞢。』註：『日月瞢瞢無光也。』亦作懵。梁江淹《貽袁常侍詩》：『懵懵雲外山。』懵同懜，懜懜，無知貌。◎案：《集韻》，夢、瞢、懵、懜，俱有謨中、彌登二切。《孟子》：『今以其昏昏，使人昭昭。』唐歐陽詹《送王式東遊序》：『惛惛貿貿乎泥滓。』《集韻》：惛，音昏，『闇也。』《管子·四時論》：『五漫漫，六惛惛，孰知之哉？』房註：『漫漫，曠遠貌。惛惛，微暗貌。五謂每時之政，其理曠遠。六謂陰陽四時，其理微暗。』◎案：惛、惛，並與昏同義。又《四稱篇》：『政令不善，墨墨若夜。』註：『言其昏闇之甚也。』《新序·雜事篇》：『晉平公閒居，師曠侍坐，平公曰：「甚矣，子之墨墨也。」師曠曰：「天下有五墨墨，臣之墨墨，小墨墨耳。」』宋何夢桂《虎圖行》：『陰崖幽幽雲墨墨。』漢張衡《思玄賦》：『日杳杳而西匿。』王逸《九思》：『衆穢盛兮杳杳。』《玉篇》：『今謂物將敗時，顔色黲黲也。』魏王粲《登樓賦》：『天慘慘而無色。』《文選》李善註：『《通俗文》：「暗色曰黲。」』慘與黲古字通。《左傳·僖五年》：『天策焞焞。』杜註：『天策，傳説星，時近日，星微。焞焞，無光耀也。』《禮·檀弓》：『貿貿然來。』鄭註：

『貿貿，目不明之貌。』高誘註《呂覽》引作『瞢瞢然來。』唐韓愈《猗蘭操》：『雪霜貿貿，薺麥之茂。』貿，莫候切，音茂，與瞀同。梁何遜《七召》：『瞀瞀填乎溝壑。』《易林·咸之大過》：『耽耽寐寐，公懷大憂。』《說文》：『寐之言迷也，不明之意。』【二】《晏子春秋》：『星之昭昭，不如月之曖曖。』《離騷》：『時曖曖其將罷。』王逸註：『曖曖，昏昧貌。』《太玄經·瞢》：『測曰：瞢瞢之離，中薆薆也。』薆音愛。《爾雅·釋言》：『薆，隱也。』元顧瑛《碧梧翠竹堂詩》：『高堂梧與竹，靉靉排空青。』◎案：曖、薆、靉三字，並烏代切，音愛，義亦通。晉左思《吴都賦》：『萬物蠢生，芒芒黖黖。』《文選》李善註：『杜篤《論都賦》曰：「蠢生萬類，黖黖不明。」』李周翰註：『芒芒黖黖，氣不明貌也。』黖，許既切。晉陸機《歎逝賦》：『何視天之茫茫。』《文選》吕向註：『茫茫，不明也。』李善作芒芒，曰：『芒芒，猶夢夢也。』《易緯是類謀》：『望之莫莫，視之盲盲。』漢司馬相如《長門賦》：『望中庭之藹藹。』《文選》李善註：『藹藹，月光微闇之貌。』漢班固《幽通賦》：『心矇矇未察。』《詩》疏：『矇者，言其矇矇然無所見，故知有眸子而無見曰矇。』晉陸機《文賦》：『理翳翳而愈伏。』《文選》吕延濟註：『翳翳，暗貌。』《楚辭》王逸《九思》：『時昢昢兮旦旦。』註：『日月始出，光明未盛爲昢。』一作朏。《楚辭·天問》：『明明闇闇，惟時何爲？』闇，烏紺切，音暗。晉陶潛《祭程氏妹文》：『黯黯高雲。』《說文》：『黯，深黑也。』乙減切。唐杜甫《梅雨詩》：『黤黤長江去。』《說文》：『黤，青黑也。』於檻切。《一切經音義》：『黤黤，鳥感反。黤黤，不明也。』《集韻》：『[illegible][illegible]，月不明。』虎孔切，音嗊。

校按：

【一】今本《説文》：『寐，卧也。』

二·一二　榛榛、蕪蕪、莽莽、荒荒，穢也。

《漢書·揚雄傳》：『枳棘之榛榛兮，猨狖擬而不敢下。』註：『榛榛，梗穢貌。』南齊謝朓《遊後園賦》：『上蕪蕪兮蔭景。』《左傳》：『暴骨如莽。』註：『草之生於曠野，莽莽然，故曰草莽。』唐李商隱《祭楊郎中文》：『荒荒宿莽。』

二·一三　汶汶、莫莫、坲坲、塺塺、坌坌，垢也。

《楚辭·漁父》：『安能以身之察察，受物之汶汶者乎？』王逸註：『汶汶，蒙垢塵也。』洪興祖《補註》：『汶，音門，一音民。』《漢書·揚雄傳》：『莫莫紛紛，山谷爲之風猋，林叢爲之生塵。』師古註：『莫莫，塵埃貌。』《楚辭》王逸《九思》：『塵莫莫兮未晞。』註：『莫莫，合也。』《楚辭》劉向《九歎》：『飄風蓬龍，埃坲坲兮。』王逸註：『坲坲，塵埃貌。』一作浡。洪興祖《補註》：『坲，音佛，塵起也。』浡音同。又王褒《九懷》：『霾土忽兮塺塺。』王逸註：『風俗塵濁不可居也。』塺一作梅。洪興祖《補註》：『塺，音梅，塵也。』《石鼓文》：『趚趚坌坌。』楊慎《音釋》：『坌，大來切，今作坌，煙塵也。』

疊雅卷三

樂亭 史夢蘭 香垞

三·一 綽綽、䌟䌟、伎伎、閑閑、爰爰𢓜𢓜**、啍啍**噋噋**、靡靡**𢕟𢕟**、遲遲、泄泄、徐徐**荼荼、余余**、繟繟、㧄㧄、縵縵、川川**巛巛**、欵欵、舒舒，緩也。**

《詩·小雅》：『綽綽有裕。』《爾雅·釋訓》：『綽綽，緩也。』又：『檀車幝幝。』《韓詩》作『䌟䌟』。《廣雅》：『䌟䌟，緩也。』《說文》：『䌟，偏緩也。』昌善切。又：『鹿斯之奔，維足伎伎。』毛傳：『伎伎，舒貌。』《駢雅》：『伎伎，緩也。』又《大雅》：『臨衝閑閑。』朱傳：『閑閑，徐緩也。』又《王風》：『有兔爰爰。』毛傳：『爰爰，緩意。』《集韻》：『𢓜𢓜，兔行皃。』通作爰。又：『大車啍啍。』朱傳：『啍啍，重遲之貌。』《唐韻》引作『噋噋』。又：『行邁靡靡。』毛傳：『靡靡，猶遲遲也。』疏：『靡靡，行舒之意。』《玉篇·彳部》引《詩》傳作『行邁𢕟𢕟』。又《邶風》：『行道遲遲。』毛傳：『遲遲，舒行貌。』《豳風》：『春日遲遲。』毛傳：『遲遲，舒緩也。』又《邶風》：『雄雉於于飛，泄泄其羽。』朱傳：『泄泄，飛之緩也。』《大雅》：『無然泄泄。』《孟子》：『泄泄，猶沓沓也。』朱註：『怠緩悦從之貌。』《易・困》：『來徐徐。』《釋文》：『徐徐，疑懼貌。馬云：「安行。」』《子夏易傳》作荼荼，虞註：『荼荼，舒遲也。』荼讀爲舒，古文假借字，王肅作余余。《説文》：『余，語之舒也。』《廣雅》：『繟繟，緩也。』《玉篇》：『繟，充善切。繟繟，猶緩緩也。』《廣雅》：『扏扏，緩也。』扏，渠尤切。《集韻》：『扏扏，緩持也。』虞帝《卿雲歌》：『卿雲爛兮，糺縵縵兮，日月光華，旦復旦兮。』《韻補》：縵，叶莫半切，『緩縵也。』《太玄經・難》：『大車川川。』范望註：『川川，重遲之貌。宋、陸、王本川川作巛巛，吳曰：「巛，古川字。」』唐杜甫《秋興詩》：『點水蜻蜓欵欵飛。』宋梅堯臣《送石昌言使匈奴詩》：『莽莽黄塵車欵欵。』《後漢書・馬援傳》：『御欵段馬。』註：『欵，猶緩也，言形段遲緩也。』唐韓愈《此日足可惜詩》：『淮之水舒舒。』

三二　肅肅、捷捷、薄薄、瀟瀟、偈偈竭竭、揭揭**、嘌嘌、發發、駸駸**兓兓**、惕惕、騷騷、赫赫、躍躍、沓沓、濈濈**傱傱、從從**、蔌蔌、湯湯**蕩蕩**、駭駭、汩汩、瀏瀏、馺馺、䮖䮖、騋騋、駿駿、勃勃、忽忽、倏倏、激激、鶩鶩、烈烈、溘溘、霍霍、岌岌、飈飈、暼暼**瞥瞥**、鸒鸒、翩翩，疾也。**

《詩・召南》：『肅肅宵征。』毛傳：『肅肅，疾貌。』又《大雅》：『征夫捷捷。』毛傳：『捷捷，言樂事也。』朱傳：『疾貌。』又《齊風》：『載驅薄薄。』毛傳：『薄薄，疾驅聲也。』又《鄭風》：『風雨瀟瀟。』毛傳：『瀟瀟，暴疾也。』又《檜風》：『匪車偈兮。』毛傳：『偈偈，疾驅非有道之車。』疏：『偈偈，輕舉之貌，故爲疾驅。』又：『匪車嘌兮。』毛傳：『嘌嘌，無節度也。』疏：『由疾，故無節。』亦與上同。偈通作竭。《易林・涣之乾》：『猋風阻越，車馳竭竭，棄名追亡，失共和節。』《漢書・王吉傳》引《詩》作揭，義亦同。又《小雅》：『飄風發發。』毛傳：『發發，疾貌。』又：『載驟駸駸。』毛傳：『駸駸，驟貌。』梁簡文《納涼詩》：『斜日晚駸駸。』《説文》：『殑殑，鋭意也。』子林切。《正韻》：『通用駸。』《禮・玉藻》：『凡行容愓愓。』鄭註：『愓愓，直疾貌也。』音傷。又《檀弓》：『故騷騷爾則野。』鄭註：『騷騷，謂太疾。』劉向《九歎》：『聊假日以須臾兮，何騷騷而自放。』《爾雅・釋訓》：『赫赫、躍躍，迅也。』註：『皆盛疾之貌。』◎案：躍，樊光本作濯，引《詩》云：『濯濯厥靈。』《漢書・樂志》：『騎沓沓。』師古註：『沓沓，疾行也。』漢揚雄《甘泉賦》：『風漎漎而扶轄。』《文選》李善註：『漎漎，疾貌。』音竦。《漢書》作從從，師古註：『從從，前進之意也。』宋玉《九辨》：『後輜乘之從從。』註：『即從從也。』南朝宋鮑照《蕪城賦》：『蔌蔌風威。』《文選》李善註：『蔌蔌，風聲勁疾之貌。』《南史・王晏傳》：『晏見屋桷子悉是大蛇，就視之猶木也。晏惡之，方以紙裹桷子，猶紙内動摇，蔌蔌有聲。』漢東方朔《七諫》：『疾風過之湯湯。』王逸註：『湯，一作蕩，一云疾風舒之蕩蕩。』唐韓愈《鄆州谿堂詩》：『其鼓駭駭。』楊慎云：『疾雷擊鼓曰駴，即韓文所謂駭也。』《方言》：『汩、遥，疾行也。南楚之外曰汩，或曰遥。』郭註：『汩汩，急貌也。』千筆反。唐杜甫《自閬州赴蜀山行詩》：『汩汩避群盜。』汩字從日。宋玉《九辨》：『椉騏驥之瀏瀏兮，馭安用夫彊策。』王逸註：『衆賢並進，職事修也。』洪興祖《補註》：『椉與乘同。瀏，流、柳二音，水清也。』◎案：瀏一作風疾解，此用瀏瀏，殆有捷疾意。魏文帝《述征賦》：『馳萬騎之瀏瀏。』句本此。《方言》：『馺，馬馳也。』郭註：『馺馺，疾貌也。』

索答反。《玉篇》：『䮖䮖，驟也。』士洽切，音蝶。《石鼓文》：『右驂騝騝。』從矢，矢有急疾之意，《字彙》改從夫，非。鄭音速。◎案：本文諧奕、德韻，非速音。宋田晝《華清宮詞》：『策駿駿兮奔螭。』《爾雅·釋詁》：『駿，速也。』鄭《詩·周頌》箋：『駿，疾也。』《揚子法言·淵騫篇》：『巽以揚之，勃勃乎其不可及乎。』《五臣音註》：『宋咸曰：「勃勃，輕迅貌。」』劉向《九歎》：『年忽忽而日度。』洪興祖《補註》：『忽忽，去速也。』唐蔣王惲《五色卿雲賦》：『英倏倏也。』倏，式竹切，音叔，本作倏。漢《戰城南樂府》：『水深激激。』《說文》：『激，礙衺疾波也。』[一] 唐皮日休《霍山賦》：『有雲鶩鶩，其勃如怒。有泉烈烈，其來如決。』鶩音務。《玉篇》『奔也，疾也。』《方言》：『烈，暴也。』《戰國策》註：『烈，猛也。』◎案：猛、暴，皆疾意。《孔叢子·儒服篇》：『堯舜千鐘，孔子百觚，子路溘溘，尚飲一榼。』《說文》：『溘，奄忽也。』口荅切。唐李賀《塘上行》：『飛下雌鴛鴦，塘水聲溘溘。』宋劉子翬《諭俗詩》：『晚雹明霍霍。』《古木蘭詩》：『磨刀霍霍向豬羊。』晉潘岳《笙賦》：『霅燁岌岌。』《文選》李周翰註：『霅燁岌岌，急疾貌。』梁陶弘景《尋山誌》：『鹿飈飈而來群。』飈，俗省作飇。王逸《九思》：『日瞥瞥兮西沒。』唐沈佺期《入少密溪詩》：『游魚瞥瞥雙釣童。』《說文》：『瞥，過目也。』徐曰：『瞥然，暫見也。』匹蔑切，與瞥通。《廣韻》：『瞥瞥，日落勢也。』《說文》：『䮛，馬行徐而疾。』引《詩》『駟牡䮛䮛。』以諸切，音余。《說文繫傳》引魏文帝書云：『書記翩翩。』言疾速也。

校按：

【一】今本《説文》：『激，水礙衺疾波也。』

三·三　淠淠、蠢蠢惷惷、偆偆、業業、螾螾、蠉蠉、蟫蟫、萌萌、搜搜叟叟、懀懀、騷騷搔搔、慅慅、慴慴、蹷蹷蹶蹶、感感、欻欻歘歘、撓撓、擛擛聶聶、歙歙、蜿蜿、蝹蝹、歆歆，動也。

《詩·小雅》：『其旂淠淠。』毛傳：『淠淠，動也。』又：『蠢爾蠻荊。』疏：『我所伐者，乃蠢蠢爾不遜之蠻荊。』《晉書·天文志》：『庶物蠢蠢。』《説文》：『蠢，蟲動也。』通作惷。《左傳·昭二十四年》：『今王室實蠢蠢焉。』杜註：『蠢蠢，動擾貌。』《説文》引《春秋傳》作惷惷。尺允切。又與偆通。《白虎通義·五行篇》：『春之爲言偆偆動也。』【二】又《大雅》：『赫赫業業。』毛傳：『業業然動也。』《淮南子·天文訓》：『斗指寅則萬物螾螾也。』高誘注：『動生貌。』螾，羊進切，音釼。又《俶真訓》：『無無蠉蠉，將欲生興而未成物類。』【三】《楚辭》王逸《九思》：『貒貉兮蟫蟫。』《後漢書·馬融傳》：『蠉蠉蟫蟫，充衢塞路。』註：『蠉，音而兗反。《説文》曰：「動也。」蟫，音似林反，亦動貌也。』《易緯是類謀》：『期防萌萌之衝。』註：『防其萌萌之始動。』《莊子·寓言篇》：『景曰：「搜搜也，奚稍問也。」』郭註：『動運自爾，無所稍問。』《釋文》：『搜，本又作叟，同素口反，又音蕭，向曰：「動貌。」』屈原《九歌》：『風颯颯兮木蕭蕭。』王逸註：『蕭蕭，《文苑》作

「搜搜」。』洪興祖《補註》：『搜搜，動貌。』與蕭同。又王逸《九思》：『心怛傷之憯憯。』註：『肝膽剖破，血凝滯也。』《集韻》：憯，杜覽切，『動也。』漢張衡《思玄賦》：『寒風凄其永至兮，拂穹岫之騷騷。』《文選》註引《毛詩》傳曰：『騷，動也。』南齊謝朓《酬德賦》：『意搔搔以杼柚。』搔與騷通。又通作慅。漢蔡邕《述行賦》：『山風泊以飈涌兮，氣慅慅而厲涼。』慅，蘓遭切。《説文》：『動也。』本作慅。《隋書·李德林傳》：『軍中慅慅，人情大異。』《説文》：『慅，動也。』《莊子·至樂篇》：『支離叔與滑介叔觀於冥伯之丘、崐崘之虚，黄帝之所休，俄而柳生其左肘，其意蹷蹷然惡之。』《釋文》：『蹷蹷，紀衛反動也。』亦作蹶。《太玄經·玄錯》：『勤蹶蹶。』《太玄經·迎》：『玄黄相迎，其意感感。』《元包經》：『大壯劈仡仡，趯欻欻。』傳：『欻欻，動也。』欻，許勿切，本作欻，《通雅》：『王國寶謂王緒曰：「汝爲此欻欻，曾不慮獄吏之爲貴乎？」欻欻，猶言倏忽速變之意。』欻，許勿切。《説文》：『有所吹起也。』陸法言曰：『暴起也。』二火、三火義同。《莊子·在宥篇》：『挈汝適復之撓撓。』註：『撓撓，自動也。』《集韻》：『擛擛，動貌。』弋涉切，音葉，或從三耳。又：『歃歃，氣動貌。』尺涉切，音謵。《廣雅》：『蜿蜿，蝹蝹也。』《集雅》引《廣雅》『蜿蜿、蝹蝹，動也。』《毛詩·大雅》傳：『歆，動也。』姜嫄出祀郊禖，見大人跡而履其拇，遂歆歆然如有人道之感。

校按：

【一】今本《白虎通義・五行》：『春之爲言蠢蠢動也。』

【二】今本《淮南子・俶真訓》：『無無蠕蠕，將欲生興而未成物類。』

三・四　莫莫嘆嘆、漠漠**、緜緜**民民**、愔愔、深深、蟄蟄、默默、微微、寂寂、嫫嫫、肅肅、悄悄、謐謐、怗怗，靜也。**

《詩・小雅》：『君婦莫莫。』毛傳：『莫莫，言清靜而敬至也。』《文選・古詩》：『脈脈不得語。』《廣韻》引作嘆嘆。《玉篇》莫、嘆音義同。又通作漠。《荀子・解蔽篇》：『掩耳而聽者，聽漠漠而以爲哅哅。』楊倞註：『漠漠，無聲也。』又《大雅》：『緜緜翼翼。』毛傳：『緜緜，靚也。』《釋文》：『緜，如字。』《韓詩》作『民民』，同。◎案：靚與靜通。魏稽康《琴賦》：『愔愔琴德。』《文選》註：『愔愔，和靜貌。』《莊子・大宗師》：『其息深深。』註：『深深，不躁。』《釋文》：『李云：「内息之貌。」』又《天運篇》：『蟄蟄始作，吾驚之以雷霆。』《釋文》：『蟄，沈執反，郭音執，《爾雅》云：「蟄，靜也。」』又《在宥篇》：『至道之極，昏昏默默。』漢張衡《南都賦》：『清廟肅以微微。』《文選》註：『微微，幽靜貌。』《南史・王融傳》：『融自恃人地，三十内望爲公輔。及爲中書郎，嘗撫案歎曰：「爲爾寂寂，鄧禹笑人。」』《說文》：『寂，無人聲也。』本作宋。《廣韻》：『靜也。』《元包經》：『嫫嫫闃嫇。』嫫，音模，嫫本字，又莫白切，音陌。《廣韻》：『靜也。』晉潘岳《寡婦賦》：『墓門兮肅肅。』《文選》張銑註：『肅肅，靜貌。』唐白居易《西樓夜詩》：『悄悄復悄悄，城隅隱林杪。』梁江淹《靈丘竹賦》：『上謐謐而留閒。』《爾雅・釋詁》：『謐，靜也。』唐元稹《高荷詩》：『不學著水荃，一生長怗怗。』《玉篇》：『怗，靜也。』

三．五　婉婉、委委、彎彎𢏳𢏳**、嵎嵎，曲也。**

《離騷》：『駕八龍之婉婉。』王逸註：『言己乘八龍神智之獸，其狀婉婉委委。』錢杲之《集傳》：『婉婉，曲折貌。』一作蜿蜿。《說文》：『委隨也。』於爲切，徐鉉曰：『曲也，從禾垂穗，委曲之貌。』唐樊宗師《絳守居園池記》：『淹淹委委。』唐張籍《樵客吟》：『竹擔彎彎向身曲。』《石鼓文》：『𢏳𢏳囦弓。』楊愼《音釋》：『𢏳，當作彎。』◎案：𢏳，古還切，音關。彎之用𢏳，猶《孟子》『彎弓』之用『關弓』也。唐柳宗元《夢歸賦》：『同嵎嵎以巖立。』《孟子》註：『山曲曰嵎。』

三．六　丸丸、挺挺、脡脡、脛脛、肩肩、倨倨，直也。

《詩・商頌》：『松栢丸丸。』毛傳：『丸丸，易直也。』朱傳：『直也。』《左傳・襄五年》：『周道挺挺。』杜註：『挺挺，正直也。』《唐書・魏謩傳贊》：『謩之議論，挺挺有祖風烈。』《儀禮・少牢饋食禮》『脡脊』疏：『脡者，取脡脡然直。』《漢書・楊敞子惲傳》：『事何容易！脛脛者未必全也。』師古註：『脛脛，直貌也。』《駢雅》：『婞直也。』《莊子・德充符》：『其脰肩肩。』註：『簡文云：「肩肩，直貌。」』《釋名》：『裾，倨也，倨倨然直，亦言在後常見踞也。』

三.七　**規規、團團**專專、敦敦、顓顓、摶摶、**旋旋、圓圓**員員、**完完，圜也。**

《文苑英華·海日初出賦》：『規規質圓。』漢班婕妤《怨歌行》：『裁爲合歡扇，團團似明月。』通作專。宋玉《九辨》：『意專專之不可化。』王逸註：『專專，即團團也。』又通作敦。《詩·豳風》：『有敦爪苦。』疏：『蔓生專專然。』專音團。又通作顓。賈捐之《棄珠崖議》：『顓顓獨居一海之中。』《漢書》師古註：『顓與專同。專專猶區區也。一曰圜貌也。』又通作摶。宋玉《九辨》：『乘精氣之摶摶。』王逸註：『謂團結也。』《考工記·梓人》：『小首而長，摶身而鴻。』註：『摶，徒丸反，圓也。』唐皮日休《網詩》：『閑來發其機，旋旋光平綠。』《莊子》註：『旋，圓也。』【一】去聲。陳徐陵《裴使君墓誌》：『明月圓圓。』圓通作員。梁吴均《筆格賦》：『上管則員員，峻逸若九疑之爭出。』唐韓愈《月蝕詩》：『月形如白盤，完完上天東。』又《酬司門盧雲夫詩》：『樓頭完月不共宿。』朱註：『《月蝕詩》有「完完上天東」之句，言月圓也。此亦同意。』

校按：

【一】《莊子·達生》：『工倕旋而蓋規矩，指與物化而不以心稽。』陸德明《經典釋文》：『倕工巧任規，以見爲圓。』成玄英疏：『旋，規也。規，圓也。』

三.八　**膴膴、腜腜**每每、莓莓、㟂㟂、苺苺、**濯濯、翯翯、龐龐**驡驡、**駉駉、駪駪、嗺嗺、腯腯、便便、**

油油、䑋䑋、夐夐、⿳大目日⿳大目日⿳大口日⿳大口日、⿰月賢⿰月賢，肥也。

《詩·大雅》：『周原膴膴。』毛傳：『膴膴，美也。』箋：『周之原，膴膴然肥美。』膴音武，《韓詩》作腜腜。腜音梅。晉左思《魏都賦》：『腜腜坰野。』《文選》劉淵林註：『腜腜，美也。』《廣雅》：『腜腜，肥也。』腜與每通。《左傳·僖二十八年》：『原田每每，舍其舊而新是謀。』每，亡回反，又梅對反。亦作苺。北周庾信《奉和趙王喜雨詩》：『原野自苺苺。』《廣韻》：『苺苺，美田也。』魏應瑒《迷迭賦》：『動採葉之莓莓。』晉左思《魏都賦》：『蘭渚莓莓。』《文選》註：『草青蒼也。劉良曰：「莓莓，盛貌。」』亦作。《說文》作苺。南朝宋謝靈運《石室山詩》：『苺苺蘭渚急。』◎案：諸家訓解青蒼、美、盛，俱肥貌。又《大雅》：『麀鹿濯濯，白鳥翯翯。』毛傳：『濯濯，娛遊也。翯翯，肥澤也。』箋：『鳥獸肥盛喜樂，言得其所。』疏：『娛樂遊戲，亦由肥澤故也，二者互相足。』朱傳：『濯濯，肥澤貌。翯翯，傑白貌。』《漢書·司馬相如傳》：『濯濯之麟，游彼靈峙。』註：『文穎曰：「濯濯，肥也。」』又《小雅》：『四牡龐龐。』毛傳：『龐龐，充實也。』本作驡，盧東切，音籠。《玉篇》：『驡驡，充實貌。』又《魯頌》：『駉駉特馬。』毛傳：『駉駉，良馬腹幹肥張也。』《說文》：『駫，馬盛肥也。』引《詩》『四牡駫駫。』徐曰：『今《詩》作彭。』居屏反。《說文》：『琟，鳥肥大也。』户工切，音洪，或作鳿。《方言》：『⿰月咸，腯也。』郭註：『腯腯，肥充。』腯音突。《後漢書·邊韶傳》：『韶嘗晝卧，弟子私嘲之曰：「邊孝先，腹便便。」』註：『便，蒲堅反。』晉左思《魏都賦》：『油油麻紵。』《文選》李善註：『《聲類》曰：「油油，麻肥也。」』《說文》：「益州鄙言人盛，諱其肥謂之臁。」如往反。《廣雅》：「臁臁，肥也。」《集韻》：夏，迄力切，音赩。《廣雅》：「夏夏，肥也。」《五音篇海》：夏，許慧切，「肥貌。」《廣雅》：「夏夏，肥也。」◎案：《字典·大部》六畫有字，顯計切，音殢，盛也，肥大也。又顯結切，音絜，義同夏，字在《補遺·大部》。《集韻》：「臔，胡典切，音峴。」《廣雅》：「臔臔，肥也。」

三·九　欒欒臠臠**、觳觳、衰衰、廉廉、巖巖、艵艵**瓶瓶**，瘦也。**

《詩·檜風》：「棘人欒欒兮。」箋：「欒欒，腴瘠也。」《說文》引作臠臠，蔞遣反。《廣韻》：落官切，音鸞。《莊子·天下篇》：「今墨子獨生不歌，死不服，桐棺三寸而無槨。其生也勤，其死也薄，其道大觳。」郭註：「觳，無潤也。」苦角反，音覺，義與瘠同。宋劉敞《東平樂交池亭記》：「觳觳者，墨術也。」《太玄經·衆》：「兵衰衰。」注：「衰衰，瘦瘠之貌也。」晉摯虞《疾愈賦》：「體貌廉廉而轉損。」唐薛能《吴姬詩》：「眼波嬌利瘦巖巖。」魏丁廙妻《寡婦賦》：「顧顔貌之艵艵，對左右而掩泣。」《文選》潘岳《寡婦賦》註引作「丁儀妻」，「顔貌」作「頩貌」，「艵艵」作「瓶瓶」，云：「瓶，普楹切。」◎案：《說文》：「艵，縹色也。」普丁切。「縹，帛青白色。」《廣韻》：「青黄色也。」《說文》訓艵爲縹色，蓋言其色之青黄也。艵與頩同。宋玉《神女賦》：「頩薄怒以自持。」《文選》李善註：「《廣雅》：『頩，色也。』」《方言》曰：「頩，怒色青貌。」」艵艵正用此意，若《楚辭·遠遊》云：「玉色艵以脕顔。」王逸註云：「面目光澤以鮮好。」則又別爲一義矣。

三·一〇　杲杲、皓皓皜皜、暠暠、顥顥、皥皥、滈滈**、景景、皎皎**皦皦**、皭皭、皠皠**翯翯、鶴鶴、皜皜、皬皬**、**

皤皤番番**、皚皚**溰溰**、攕攕、耄耄、皛皛、的的、皒皒，白也。**

《詩·衛風》：『杲杲出日。』《廣雅》：『杲杲，白也。』陳新蔡王籍記《雪賦》：『色杲杲而返母。』又《唐風》：『白石皓皓。』《小爾雅》：『皓，白也。』皓通作皜，又作暠。梁江淹《思北歸賦》：『上暠暠以臨月。』又通作顥。《楚辭·大招》：『天白顥顥。』《説文》：『顥，白貌，從頁、從景。』徐曰：『景日月之光，明白也。』《廣雅》：『景景，白也。』皓又通作皞。《廣雅》：『皞皞，白也。』又與滈通。漢司馬相如《上林賦》：『翯乎滈滈。』《文選》李善註：『滈滈，水白光貌也。』◎案：《集韻》，皓、皜、暠、顥、皞、滈，並下老切，音昊。又《小雅》：『皎皎白駒。』朱傳：『皎皎，傑白也。』皎通作皦，《後漢書·周舉傳》：『語曰：「嶢嶢者易缺，皦皦者易汚。」』《韓詩外傳》：『新沐者必彈冠，新浴者必振衣。莫能以已之皭皭，容人之混汚。』《廣雅》：『皭皭，白也。』晉何晏《景福殿賦》：『皠皠白鳥。』《説文》：『皠，鳥之白也。』與翯同。《詩·大雅》：『白鳥翯翯。』《孟子》：『白鳥鶴鶴。』《賈子·禮》作『白鳥皜皜。』皠又作皬。《廣雅》：『皬皬，白也。』《史記·秦本紀》：『皤皤黄髮。』通作番。《書·秦誓》：『番番良士。』《釋文》：『番，音波，與皤同。』漢劉歆《遂初賦》：『漂積雪之皚皚。』晉左貴嬪《離思賦》：『霜皚皚而依庭。』《説文》：『皚皚，霜雪之白也。』五來切，又魚衣切，音沂。與溰通。漢枚乘《七發》：『浩浩溰溰，如素車白馬帷蓋之張。』《文選》李善註：『溰溰，高白之貌。』《説文》：『攕，好手貌。』引《詩》『攕攕女手』。《方言》：『攕攕，白也。』《釋名》：『七十曰耄，頭髮白耄耄然也。』晉陶潛《還江陵夜行塗口詩》：『畠畠川上平。』《文選》李善註：『《説文》：「通白曰畠。畠，明也。」』李周翰註：『畠畠，謂月光照水上平淨貌。』◎案：今《説文》：『畠，顯也。讀若皎。』無『通白曰畠』四字。唐杜牧《懷鐘陵舊遊詩》：『白鷺煙分光的的。』《廣雅》：『的，白也。』《集韻》：『皒皒，白色。』

三·一一　黮黮、黝黝、曇曇、黲黲、黕黕、黖黖、黭黭，黑也。

晉束皙《補亡詩》：『黮黮重雲。』《文選》李善註：『黮黮，黑貌。』黮，他感切。晉左思《魏都賦》：『黝黝桑柘。』《文選》李周翰註：『黝黝，黑也。』黝，於糾切。晉陸雲《愁霖賦》：『雲曇曇而疊結。』《玉篇》：『曇曇，黑雲貌。』魏陳琳《柳賦》：『蔚曇曇其杳靄。』《玉篇》：『黑雲行黲黲也。』徒對切，音隊。唐玄宗《慶唐觀紀聖銘》：『黕黕一色。』黕，都感切。後魏孝文帝《弔比干文》：『狂夫黕黕其若翳。』唐歐陽詹《泉州六曹新都堂記》：『晻黖黖以祕邃。』黖，同黳，鳥閑、於仁二切。《玉篇》：『黑也。』《説文》：『黭，果實黭黭黑也。從黑弇聲。』

三·一二　赩赩、彤彤、昈昈，赤也。

南朝宋鮑照《河清頌》：『赩赩嶺丹。』赩，許極切，音虩。《説文》：『大赤也。』漢王延壽《魯靈光殿賦》：『彤彤靈宮。』漢張衡《西京賦》：『漸臺立於中央，赫昈昈以弘敞。』《文選》李善註：『《埤蒼》曰：「昈，赤文也。」昈音户。』

三·一三　蒼蒼、谸谸、芊芊、漂漂，青也。

《爾雅》：『春爲蒼天。』註：『萬物蒼蒼然生。』《説文》：『谸，望山谷谸谸青也，從谷千聲。』

七縣反。宋玉《高唐賦》：「仰視山巔，肅何芊芊。」《文選》李周翰註：「芊芊，山色也。」晉潘抽《藉田賦》：「碧色肅其芊芊。」《文選》李善註：「芊芊，碧貌。」

《釋名》：「縹，猶漂也，漂漂淺青色也。」

三一四　戫戫郁郁、彧彧、**彬彬**份份、斌斌、玢玢、**彪彪、陽陽、鶯鶯、采采**彩彩、**股股**般般、斑斑、班班、**斐斐**菲菲、**盼盼、雕雕、章章、絢絢、修修、彡彡，文也。**

《論語》：「郁郁乎文哉。」郁與彧通，並音於六切。《廣雅》：「彧，文也。」晉張華《瓌材枕賦》：「彧彧其文。」《說文繫傳》：「戫，有文章也。《論語》：「郁郁乎文哉。」本作此，戫假借郁字。彧者，川流也。宋王彧字景文，又假借彧字，皆非本文。」又彣字註引《論語》作「戫戫」。《論語》：「文質彬彬。」包註：「彬彬，文質相半之貌也。」朱註：「彬彬，猶班班，物相雜而適均之貌。」《說文》引《論語》作「文質份份」。《宋書·樂志》：「時邕份份，六合同塵。」通作斌。漢蔡邕《答卜元嗣詩》：「斌斌碩人，貽我以文。」又通作玢。《宋史·夏侯嘉正傳》：「彪彪玢玢。」玢音彬。《廣韻》：「文采狀也。」《說文》：「彪，虎文。」唐獨孤及《酬王諫議詩》：「關西仕時俱稚容，彪彪之鬢始相逢。」《詩·周頌》：「龍旂陽陽。」毛傳：「陽陽，言有文章也。」又《小雅》：「有鶯其領。」毛傳：「鶯鶯然有文章也。」又《曹風》：「采采衣服。」朱傳：「采采，華飾也。」采通作彩。唐李濯《內人馬伎賦》：「耀雜粧之彩彩。」《漢書·司馬相如傳》：「股股之獸。」師古註：「謂騶虞也。』般與斑同耳，從丹青之丹。《史記・司馬相如傳》作『般般』。註：『《索隱》曰：「般般，文采之貌。」』◎案：般、般、斑、斑，音義並同。《太玄經・文》：『文質班班，萬物粲然。』魏曹植《魏德論謳》：『班班者鳩。』皆以班爲斑。《孟子》：『頒白者。』趙註：『頒者，斑也，頭半白斑斑者也。』《韓詩外傳》：『斐斐文章。』《太玄經・昆》：『白黑菲菲。』註：『菲，敷尾切，與斐同。王涯曰：「白黑菲菲，分别明白之義。」司馬光曰：「菲菲，白黑相雜貌。」』《方言》：『效、昈，文也。』郭註：『昈昈，文采貌也。』音户。《荀子・法行篇》：『雖有珉之雕雕，不若玉之章章。』楊倞註：『雕雕，謂雕飾文采也。章章，素質明著也。』《廣雅》：『章章，采也。』唐楊炯《惠義寺重閣銘》：『絢絢焕焕。』何晏《論語註》：『絢，文貌。』《釋名》：『繡，修也，文修修然也。』《元包經》：『賁彡彡銘文。』彡音衫。《説文》：『毛飾畫文也。』

三・一五　馡馡菲菲**、馞馞**勃勃**、馠馠、馣馣**掩掩**、馦馦、馛馛、䭯䭯、蔎蔎、[illegible][illegible]、苾苾**馝馝**、芬芬、馥馥、裛裛，香也。**

《廣雅》：『馡馡，香也。』通作菲。漢司馬相如《上林賦》：『郁郁菲菲，衆香發越。』《文選》呂延濟註：『郁郁菲菲，香美貌。』又：『馞馞，香也。』馞，薄没切，音勃。《玉篇》：『大香也。』王逸《離騷註》：『菲菲猶勃勃，芬香貌也。』勃與馞通。又：『馠馠，香也。』呼含切，音哈，或作[illegible]，小香也。又：『馣馣，香也。』烏含、烏感二切。通作掩。宋玉《高唐賦》：『越香掩掩。』《文選》劉良註：『掩掩，香氣貌。』又：『馦馦，香也。』許兼切，音薟。《玉篇》：『香味。』或作嗛。

又：『馛馛，香也。』蒲撥切，音跋。《玉篇》：『大香。』又：『馝馝，香也。』蒲結切，音蹩。《玉篇》：『小香。』又：『蔎蔎，香也。』舒烈切，音設。《楚辭》劉向《九歎》：『懷椒聊之蔎蔎。』王逸註：『蔎蔎，香貌。』《説文》：『蔎，香草也。』《廣韻》：『䭵䭵，大香也。』蒲庚切，音彭。《詩·小雅》：『苾苾芬芬。』《説文》：『苾，馨香也。』與飶通。《宋史·樂志》：『神嗜飲食，飶飶芬芬。』《説文》：『飶，食之香也。』◎案：《集韻》，苾、飶，並簿必切，音邲。又《大雅》：『燔炙芬芬。』毛傳：『芬芬，香也。』晉何晏《景福殿賦》：『馥馥芬芬。』《文選》吕延濟註：『馥馥芬芬，香氣也。』唐李商隱《扶風界見梅花詩》：『非時裛裛香。』裛音邑。《類篇》：『香襲衣也。』

三·一六　茁茁、育育、黖黖，生也。

《詩·召南》：『彼茁者葭。』孔疏：『言筭茁茁然出而始生者，葭草也。』晉劉琨《答盧諶詩》：『彼黍離離，彼稷育育。』《文選》劉良註：『育育，生長貌。』《管子·小問篇》：『浩浩者水，育育者魚。』《釋名》：『寒粥，末稻米投寒水中育育然也。』晉左思《吳都賦》：『萬物蠢生，芒芒黖黖。』《韻會》：『黖黖，物生貌。』許既切。

三·一七　烝烝蒸蒸、亹亹斖斖、冉冉、牟牟、淫淫、將將、炎炎、乾乾、鏩鏩、逝逝、𦤎𦤎，進也。

《書·堯典》：『烝烝乂，不格姦。』孔傳：『烝，進也。』通作蒸。《史記·酷吏傳贊》：『吏治烝烝，不至於姦。』《漢書》作蒸蒸。《漢書·張敞傳》：『亹亹不含晝夜。』漢張衡《思玄賦》：『時亹亹而代序。』《文選》劉良註：『亹亹，進貌。』晉左思《吴都賦》：『清流亹亹。』《文選》呂向註：『亹亹，淥水徐進之勢。』晉陸機《赴洛詩》：『亹亹孤獸騁。』《文選》李善註：『亹亹，走貌也。』亹亦作斖。《漢書·王莽傳》：『斖斖翼翼。』《離騷》：『老冉冉其將至。』《廣雅》：『冉冉，進也。』《淮南子·詮言訓》：『善博者不欲牟。』《太平御覽》引註云：『牟，大也，進也。進謂之牟，故進取利謂之牟利。』重言之則曰牟牟。《廣雅》：『牟牟，進也。』《管子·内業篇》：『淫淫乎與我俱生。』註：『淫淫，增進貌。』《荀子·賦篇》：『道德純備，讒口將將。』楊倞註：『將，去也，言以讒言相退送。或曰，將將讀爲鏘鏘，進貌。』《吴語》：『日長炎炎。』韋昭註：『炎炎，進貌。』《呂氏春秋·士容篇》：『乾乾乎取舍不悦，而心甚素樸。』高誘註：『乾乾，進不倦也。』《太玄經·上》：『上其純心，挫厥鏩鏩。』註：『鏩音讒。王涯曰：「鏩鏩，鋭進貌。」』又《狩》：『獨狩逝逝，利小不利大。』《説文》：『逝，往也。』《元包經》：『朙⿰石至⿰石至。』原註：『⿰石至音臻。』《正字通》：『趙古則曰：「⿰石至，即刃切，音進，前往也。」』

三·一八　**揖揖**戢戢、濈濈、⿰角咠⿰角咠、⿰角戢⿰角戢、**敦敦**、**甡甡**、**總總**、**林林**、**蓴蓴**摶摶、縳縳、傳傳、蹲蹲、**叢叢**藂藂、**簇簇**族族、蔟蔟、**攢攢**簒簒、**蓁蓁**、**蘊蘊**、**麇麇**、**追追**、**稯稯**、**旬旬**、**溱溱**、**汔汔**、**屯屯**、**⿱隹雥⿱隹雥**、**雥雥**，**聚也。**

《詩·周南》：『螽斯羽，揖揖兮。』毛傳：『揖揖，會聚也。』揖，側立切，音戢，與濈通。《小雅》：『爾羊來思，其角濈濈。』毛傳：『聚其角而息，濈濈然。』朱傳：『王氏曰：「濈濈，和也，羊以善觸爲患，故言其和。」謂聚而不相觸也。』《詩詁》：『魚口噞水濈濈然，羊之角多似之。』鄭箋云：『濈又作䚬。』亦作戢。唐杜甫《觀打魚詩》：『小魚脱漏不可紀，半死半生猶戢戢。』元稹《立部伎詩》：『戢戢攢鎗霜雪耀。』◎案：䚬，或作𧤴，角多貌。唐宋之問《始安秋日詩》：『卷雲山𧤴𧤴。』《集韻》，戢濈、𧤴𧤴，並側立切。又《大雅》：『敦彼行葦。』毛傳：『敦，聚貌。』疏：『周先王忠厚之至，見敦敦然道旁之葦，乃禁牧者勿得踐履折傷之。』又：『甡甡其鹿。』《釋文》：『甡甡，所巾反，《聲類》云：「聚也。」』《離騷》：『紛總總其離合。』王逸註：『總總，猶僔僔，聚也。』唐柳宗元《貞符》：『惟人之初，總總而生，林林而群。』晉左思《魏都賦》：『嘉穎合穗以䔿䔿。』《廣雅》：『䔿䔿，聚也。』䔿，茲損切，音撙，與撙通。漢揚雄《甘泉賦》：『齊總總撙撙，其相膠葛兮。』《漢書》師古註：『總總撙撙，降貌也。』《文選》李善註：『束聚貌也。』撙，或作繜，通作僔。唐張楚金《透撞童見賦》：『僔僔就日。』《廣雅》：『僔僔，衆也。』◎案：僔僔，或作譐譐，同蹲，聚語也。又通作蹲。南朝宋鮑照《擬行路難》：『荆棘鬱蹲蹲。』唐黎逢《通天臺賦》：『蹲蹲捧日。』《左傳·成十六年》：『蹲甲而射之。』杜註：『蹲，聚也。』《釋文》：『蹲，在尊反。徐：在損反。』《尚書大傳》：『卿雲叢叢。』鄭註：『叢，一作族。』《新書·修政語下篇》：『萬民藂藂，一人理之。』藂同叢。《説文》：『叢，取也。』《石鼓文》：『射之簇簇。』唐韓愈《祖席詩》：『野晴山簇簇。』《白虎通義》：『簇者，湊也。』《通雅》：『簇簇，一作族族。』《説文》：『矢，鋒也，束之族族也。』又通作蔟。晉潘岳《笙賦》：『歌棗下之纂。』《文選》李善註：『古《咄唶歌》曰：

「束下何攢。」攢，聚貌也。』攢與纂古字通。《楚辭・招魂》：『蝮蛇蓁蓁。』王逸註：『蓁蓁，積聚之貌。』唐柳宗元《襄陽丞趙君墓誌》：『百越蓁蓁。』晉傅玄《鬱金賦》：『英蘊蘊而金黃。』《玉篇》：『蘊，聚也。』漢張衡《西京賦》：『麀鹿麌麌。』劉良註：『麌麌，攢立貌。』《禮・郊特牲》：『母追。』疏：『母，發聲。追，猶堆也。』母音牟。《釋名》：『牟追，牟冒也，言其形冒髮追追然也。』《莊子・則陽篇》：『是稯稯者何爲者耶？』《釋文》：『稯，音揔，字亦作揔，李云：「聚貌。」』《關尹子・八籌篇》：『鳥獸俄旬旬。』《逌雅》：『旬旬，言聚而視也。』《墨子・尚同篇》：『今若天飄風苦雨，溱溱而至者，此天之所以罰百姓之不上同於天者也。』註：『溱同臻，《太平御覽》作臻。』唐盧肇《閱城君廟記》：『汔汔檣檝。』汔，許訖切，音迄。《爾雅・釋詁》疏：『孫炎曰：「汔，近也。」郭璞曰：「謂相摩近。」』柳宗元《答周君巢書》：『屯屯而居。』屯音豚。宋周邦彥《汴都賦》：『雋雋雥雥。』◎案：字書無雋字，當是雋字之譌，雋音淵。《說文》：『群鳥也。』

三・一九　磑磑、即即、儲儲、朏朏、戔戔，積也。

《漢書・樂志》：『磑磑即即。』註：『孟康曰：「磑磑，崇積也。即即，充實也。」師古曰：「磑，音五回反。」』《通雅》：『即即，與穦穦同意。《廣雅》：『穦，積也。』《說文》：『積，禾也。』引《詩》『穦之秩秩。』今《周頌》作積。《靈樞經》：『太陽之人，其狀軒軒儲儲。』註：『軒昂，蓄積也。』《西京雜記》：『廣川王去疾發掘冢，墓床上石枕一枚，塵埃朏朏，甚高，似是衣服。』漢張衡

《東京賦》：『旅束帛之戔戔。』《文選》薛綜註：『戔戔，委積之貌。』梁江淹《學騷》：『石戔戔兮水成文。』又《閩中草木頌》：『石瀨戔戔。』

三·二〇　糾糾、繚繚、繞繞、絞絞、繆繆，纏也。

《詩·魏風》：『糾糾葛屨。』毛傳：『糾糾，猶繚繚也。』《釋文》：『繚，音了，沈音遼。』《益都方物記》：『龍羊形似畜羊而大，其角繚繚，黑質而白文。』《後漢書·仲長統傳》：『任意無非，適物無可，古來繞繞，委曲如瑣。』南齊謝朓《思歸賦》：『夜索綯而繞繞。』唐邵諤《望氣經》：『綿綿絞絞，兵氣也。』宋王安石《和王勝之雪霽借馬入省詩》：『鼻息凍合髭繆繆。』繆，音樛，絞也，又音聊。《集韻》：『繆繆。絲貌。』

三·二一　連連、繩繩、緜緜民民**、繹繹**圛圛、驛驛、奕奕**、井井、生生、彤彤、綴綴、絡絡、聯聯、續續、隱隱、展展、衮衮、繼繼、承承、庚庚、輻輻、纍纍**壘壘、累累、縲縲**，屬也。**

《詩·大雅》：『執訊連連。』朱傳：『連連，屬續貌。』《莊子·駢拇篇》：『則仁義又奚連連如膠漆纆索而遊乎道德之間爲哉！』司馬註云：『連連，謂連續仁義遊道德間也。』又《周南》：『宜爾子孫，繩繩兮。』朱傳：『繩繩，不絕貌。』《尚書大傳》：『微子過殷墟，見麥秀之蘄蘄兮，禾黍之繩繩也，曰：「此父母之邦。」乃作歌。』◎案：楊慎引作蠅蠅，誤。晉左思《魏都賦》：『繩繩八區。』《文選》張銑註：『繩繩，衆也。』◎案：不絕即從衆字生義。又《周頌》：『緜緜其麃。』《釋文》：『緜，如字。《韓詩》作「民民」云：「衆貌。」麃，表嬌反，蕓也。』疏：『王肅云：「蕓者，其衆緜緜然不絕也。」』又《魯頌》：『以車繹繹。』朱傳：『繹繹不絕貌。』《漢書・揚雄傳》：『迺望通天之繹繹。』師古註：『繹繹，相連貌。』又《小雅》：『四牡奕奕。』朱傳：『奕奕，連絡布散之貌。』《說文》：『圛，回行也。』引《逸書》圛，『圛，升雲半有半無。讀若驛。』羊益切。徐鍇曰：『《洪範》：「卜五，曰雨、曰霽、曰蒙、曰圛、曰克。」圛者，氣象絡繹不絕也。』今《尚書》作驛。《通雅》云：『繹繹，一作圛圛。』通作驛驛、奕奕。《魯頌》：「以車繹繹。」《釋文》：『崔本作驛驛。』《廣釋名》曰：『奕之下子亦，謂其連絡奕奕也。』繹、驛、圛、奕，音義並通。《公羊傳・宣八年》註：『彤者，彤彤不絕。』《爾雅・釋天》：『商曰彤。』孫註：『彤者，相尋不絕之意。』《易・井》：『往來井井。』王弼註：『井井，往來連屬貌。』又《繫辭》：『生生之謂易。』疏：『生生，不絕之辭。』《荀子・非十二子篇》：『綴綴然。』楊倞註：『綴綴，不乖離之貌，謂相連綴也。』南齊謝朓《永明樂》：『絡絡結雲騎。』《元包經》：『井機聯聯。』唐韓愈《庭楸詩》：『明珠何聯聯。』唐白居易《琵琶行》：『低眉信手續續彈。』漢張衡《西京賦》：『商旅聯槅，隱隱展展。』《文選》李周翰註：『隱展，相連屬貌。』《晉書・王戎傳》：『裴頠論前言往行，袞袞可聽。』唐杜甫《醉時歌》：『諸公袞袞登臺省。』唐韓愈《平淮西碑》：『聖子神孫，繼繼承承。』陳沈炯《六甲詩》：『庚庚聞鳥囀。』《毛詩》傳：『庚，續也。』唐柳宗元《晉問》：『轠轠轔轔。』轠音雷。《廣韻》：『轠轤，車屬也。』揚雄《羽獵賦》：『繽紛往來，轠轤不絕。』《漢書・石顯傳》：『印何纍纍，綬若若耶？』師古註：『纍纍，重積也。』又《五行志》註：『纍纍，不絕之貌。』漢《丁令威詩》：『何不學仙冢纍纍。』通作壘。晉潘岳《懷舊賦》：「墳壘壘而接隴。」《文選》李善註：「《廣雅》曰：『壘，重也。』」《六臣》本作：「纍纍，墳隴接連貌。」《禮．樂記》：「纍纍如貫珠。」《釋文》：「纍，本作累。」《易林．恒之小過》：「疊疊累累，如岐之室。」又通作縲。《易林．大過之兑》：「栵潔縲縲，綈搆難解。」《坤之晉》作「栵潔累累。」

三．二二　**申申、疊疊、層層、兩兩、雙雙，重也。**

《離騷》：「女嬃之嬋媛兮，申申其詈予。」王逸註：「申申，重也。」《漢書．樂志》：「《安世房中歌》：「施教申申。」」梁江淹《山中楚辭石》：「簁簁兮蔽泉雪，疊疊兮薄樹。」唐白居易《望郡南山詩》：「紅緑層層錦繡斑。」又《費冠卿九華山化成寺記》：「丹素交彩，層層倚空。」《史記．天官書》：「魁下六星，兩兩相比。」梁陶弘景《尋山誌》：「鸖雙雙而赴水。」

三．二三　**作作、暴暴、岪岪**紼紼**、剡剡、庚庚、頴頴、騰騰、烝烝、遂遂、崛崛、迮迮，起也。**

《史記．天官書》：「作作有芒國其昌。」《荀子．富國篇》：「暴暴如丘山。」楊倞註：「暴暴，卒起之貌。」《管子．白心篇》：「天哉岪岪。」註：「岪岪，興起貌。」《通雅》：「岪岪與紼紼同，言興起貌。」《禮．玉藻》：「弁行，剡剡起屨。」註：「急行欲速，身履恒起也。」陳澔註：「剡剡，身起之貌。」《史記．文帝紀》：「占曰：『大横庚庚，余爲天王，夏啓以光。』」庚，叶居郎切。《通雅》云：「庚庚，猶伉伉也，言其盛起之意。」晉潘岳《家風詩》：「義方既訓，家道頴頴。」◎案：《禮．少儀》疏：「頴是頴發之義。」《唐書．五行志》：「高宗時童謠曰：『嵩山凡幾層，不畏登不得，但恐不得登。三度徵兵馬，傍道打騰騰。』唐元稹《立部伎詩》：『騰騰擊鼓風雷磨。』又《仲子陵五絲續寶命賦》：『龍爛蛇伸，光氣騰騰。』《爾雅・釋訓》：『烝烝、遂遂，作也。』註：『皆物盛作之貌。』邵氏《正義》：『《魯頌・泮水》云：「烝烝皇皇。」鄭箋：「烝烝，猶進進也。」《祭義》云：「陶陶遂遂。」鄭註：「相隨行之貌。」《新書・容經》：「祭祀之容遂遂然。」皆言起而行也。』唐張籍《春江曲》：『春江無冰水平滿，江心啒啒鳧雛鳴。』《管城碩記》云：『《括地志》：「王舍國有靈鷲山，胡語耆闍啒山。山是青石頭似鷲鳥，名耆闍啒也。」啒，山石也，張籍詩云云。言其穴湧江心如山石之啒啒也。啒即崛也。』◎案：《增韻》：『勃起曰崛起。』《說文》：『迮迮，起也。從辵、作省聲。』

三・二四　竦竦從從**、摟摟、嶁嶁、矗矗、楝楝、桹桹、擢擢、擎擎、幖幖、耳耳、徤徤**健健**，挺也。**

南朝宋飽照《紹古辭》：『竦竦寒山木。』竦，息拱切，音愯，與聳同。宋梅堯臣《石筍峰詩》：『聳聳雲霧裏。』唐杜牧《念昔遊詩》：『分明摟摟羽林槍。』摟音悚。《禮部韻略》：『挺也。』又韓偓《紅芭蕉賦》：『森森嶁嶁。』嶁，音竦，山峰貌，與嵸同。漢司馬相如《上林賦》：『崇山矗矗。』《正韻》：『矗矗，高起也。』梁王筠《秋夜詩》：『桂枝行楝楝。』《類篇》：『楝，色責切，音漴，木枝上生也。』唐元結《訟木魅辭》：『椲桹桹兮可屈。』桹音郎。《說文》：『高木也。』魏母丘儉《承露盤賦》：『修莖擢擢。』唐柳宗元《雷塘禱雨文》：『擢擢嘉生，惟天之養。』又沈亞之《閩城開新池記》：『扇荷擎擎。』又杜牧《郡齋獨酌詩》：『旌竿幖幖旗㸌㸌。』宋梅堯臣《得餘千李尉書因以寄題詩》：『南斗戛湖波不起，長刀剡峰碧耳耳。』《晉書·五行志》：『義熙二年，小兒相逢于道，輒舉其兩手曰：「盧健健。」當時莫知所謂。其後盧龍内逼，舟艦蓋川，「健健」之謂也。其時復有謡言曰：「盧橙橙，逐水流，東風忽如起，那得入石頭！」盧龍果敗，不得入石頭也。』◎案：字書無健字，當即健字。唐羅隱《題袁溪張逸人所居詩》：『蒲梢健健燕差差。』◎案：健健，一本作獵獵。

三·二五　偁偁稱稱**、格格、提提，舉也。**

《爾雅·釋訓》：『偁偁、格格，舉也。』註：『皆舉持物。』《釋文》：『偁，本又作稱。』◎案：《釋言》云：『稱，舉也。』《釋詁》云：『格，陞也。』馬融《書》註：『陞，猶舉也。』重言之，義同。《考工記·匠人》註引《詩》『約之閣閣』作『格格』，言『縮板之舉也』。《管子·白心篇》：『爲善乎毋提提。』註：『提提，謂有所揚舉也。』

三·二六　跕跕、颮颮、埵埵，墮也。

《後漢書·馬援傳》：『仰視飛鳶跕跕墮水中。』註：『跕跕，墮貌也。』丁協切，音喋。漢班固《西都賦》：『颮颮紛紛。』《集韻》：『颮，物自空墮貌。』弼角切，音雹。《集韻》：『埵埵，上墮貌。』悉盍切，音颯。

疊雅卷四

欒亭　史夢蘭　香厓

四·一　沖沖、旆旆、離離穲穲、帖帖、幨幨、若若、蓑蓑衰衰、摶摶團團、橤橤蘂蘂、繠繠、泫泫、鬖鬖、髿髿、朵朵、卣卣、𧳅𧳅、奲奲、柄柄、縿縿、緌緌、威威、崔崔，垂也。

《詩·小雅》：『鞗革沖沖。』毛傳：『沖沖，垂飾貌。』又：『胡不旆旆。』毛傳：『旆旆，旒垂貌。』《文選》註：『旆旌，旗之垂者。』又：『其桐其椅，其實離離。』毛傳：『離離，垂也。』又《王風·黍離》疏：『離作穲，穲穲謂秀而垂也。』《釋名》：『沐前帷曰帖，言帖帖而垂也。』唐韓偓《雨中詩》：『風襟寒帖帖。』◎案：《太平御覽》引《釋名》三帖字皆作幨。幨，處占切，音襜。《玉篇》：『帷也。』《漢書·石顯傳》：『印何纍纍，綬若若耶？』註：『若若，垂貌。』人者切。漢張衡《南都賦》：『敷華蘂之蓑蓑。』《文選》李善註：『蓑蓑，下垂貌。』蘇回切，音毸。唐韓愈《南山有高樹行》：『花葉何衰衰。』方崧卿註：『衰衰，當作蓑蓑。』◎案：《說文》：『衰，草雨衣，象形。』韓從古字，不必加草也。《釋名》：『桷，或謂之榱，在檼旁下列，衰衰然垂也。』又《思玄賦》：『志搏搏以應懸。』《文選》舊註：『衡曰：「搏搏，垂貌。」』《後漢書・張衡傳》作『團團』，亦訓垂貌。晉盧諶《時興詩》：『欒欒芳華落。』《文選》註：『欒欒，垂也。』如累切，音蘂，通作蘂。唐陸龜蒙《兩觀銘》：『佩玉蘂蘂。』蘂與縈通。《左傳・哀十三年》：『佩玉縈兮。』《釋名》：『緌，有虞氏之旌也。』注：『旌竿首，其形縈縈然也。』南朝宋謝惠連《翫月詩》：『泣泣露盈條。』《文選》李善註：『泣泣，垂貌。』《吴越春秋・勾踐入臣外傳》：『越王夫人歌曰：「淚泫泫兮雙懸。」』黄伯思《東觀餘論》：『顧愷之畫蘇武所執之旌，上員如幢，下復數層紅羽，髿髿然如夜合花，即《周官》所謂析羽也。』唐趙冬曦《三門賦》：『草髿髿而覆水。』《廣韻》：髿，音三，『毛垂也。』宋陸游《賦城南上原陳翁詩》：『但見緑髮覆面垂髟髟。』《玉篇》：『髿，髟髮垂貌。』《説文》：『朵，樹木垂朵朵也。』又：『卤，艸木實垂卤卤然。象形。讀若調。』又：『甤，艸木實甤甤也。從生、豨省聲，讀若綏。』又：『⿰𠂹單，當⿰𠂹單⿰𠂹單兒。』【二】徐曰：『謂重而垂也。』當去聲，兜果反。《集韻》：『柄柄，草木垂實貌。』奴對切，音柄。唐元稹《送崔侍御之嶺南詩》：『緌珮綉縿縿。』縿音衫，《説文》：『旌旗之斿也。』唐杜牧《杜秋詩》：『燕禖得皇子，壯髮緑緌緌。』《漢書・揚雄傳》：『昭華覆之威威。』註：『服虔曰：「昭，明也。華覆，華蓋也。」師古曰：「威威，猶威蕤也。」』《集韻》：『雇雇，垂貌。』祖猥切，音摧。

校按：

【一】今本《説文》：『韡，富韡韡貌。』

四·二　冪冪幕幕**、帟帟、𥊙𥊙、陰陰、籠籠、罯罯、宀宀，覆也。**

《元包經》：『否霿冪冪。』或作冪，亦作冪，覆食巾也。通作幕。《後漢書·張衡傳》：『建罔車之幕幕。』註：『幕幕，罔貌。』唐盧仝《思君吟》：『我心爲風兮淅淅，君身爲雲兮幕幕。』莫狄切，音覓，與冪同。《釋名》：『小幕曰帟，張在人上帟帟然也。』羊益切，音繹。南朝宋謝惠連《長安有狹邪行》：『帟帟雕輸馳。』《集韻》：『𥊙𥊙，蔭也。』覩敢切，音膽。《漢書·樂志》：『靈之至，慶陰陰，相放悲，葱震澹心。』師古註：『陰陰，言垂陰覆偏於下。』梁簡文《南郊頌》：『陰陰仙室。』晉夏侯湛《秋可哀賦》：『進籠籠以投光。』唐元稹《大雲寺詩》：『果攱低罯罯。』音暗，《説文》：『覆也。』《元包經》：『大有肅宀宀。』宀，武延切，音綿，《説文》：『交覆深屋也。』田藝衡曰：『古者穴居野處，未有宫室，先有宀而後有穴。宀當象上阜高凸，其下有冂，可藏身之形，故穴字從此，室、家、宫、宁之制皆因之。』《説文》：『矈，目旁薄緻宀宀也。』

四·三　滃滃翁翁、蓊蓊**、醰醰，濃也。**

漢賈誼《旱雲賦》：『滃滃澹澹而妄止。』《釋名》：『盎齊，盎滃滃然濁色也。』通作翁。《周禮

·天官·酒正》註：『成而翁翁然。』《通雅》：『去濃貌。』◎案：翁翁讀上聲，章黼曰：『可平。』《清異録》：『晉出帝不善詩，時爲俳諧語，《詠天詩》云：「高平上監碧翁翁。」』又通作蓊。宋梅堯臣《送謝師直南陽上墳詩》：『雨來雲蓊蓊。』漢王褒《洞蕭賦》：『良醰醰而有味。』《文選》劉良註：『醰醰，醇濃也。』

四·四　濕濕、漇漇、温温、浥浥、濫濫、浸浸、液液，潤也。

《詩·小雅》：『其耳濕濕。』朱傳：『濕濕，潤澤也。』《楚辭·招隱士》：『凄凄兮漇漇。』王逸註：『毛衣若濡也。』洪興祖《補註》：『漇，疏綺切，潤也。』《荀子·修身篇》：『依乎法而又深其類，然後温温然。』楊倞註：『温温，有潤澤之貌。』宋蘇軾《臺頭寺步月詩》：『浥浥爐香初泛夜。』《説文》：『浥，溼也。』又漬潤也。《釋名》：『桃濫，水漬而藏之，其味濫濫然酢也。』《禮·内則》：『醷濫。』註：『以諸和水也。』《釋文》：『乾桃、乾梅皆曰諸。』《集韻》：濫，魯敢切，音覽，同灠，『漬果也。』唐許堯佐《清濟貫濁河賦》：『貫長川之浸浸。』《參同契·關犍三寶章》：『淫淫若春澤，液液象解冰。』唐張嘉貞《空水共澄鮮賦》：『晶晶液液。』

四·五　溟溟、濡濡、㬥㬥、納納，溼也。

《説文》：『溟，小雨溟溟也。』唐于鵠《早上淩霄第六峰詩》：『桂花濕溟溟。』元柳貫《青山夜行圖歌》：『前山溼霧方濡濡。』《集韻》：㬥，丑赧切，『㬥㬥，温溼貌。』《楚辭》劉向《九歎》：『衣納納而掩露。』王逸註：『納納，濡溼貌也。』《説文》：『納納，絲溼納納也。』

四·六　**汎汎**渢渢、泛泛、**氾氾、濫濫、灑灑、怳怳、漂漂，浮也。**

《詩·邶風》：汎汎其景。『《楚辭》屈原《卜居》：『將汎汎，若水中之鳧乎？』』《漢書·地理志》註：『師古曰：「渢渢，浮貌也。」』音馮。《史記·司馬相如傳》，《索隱》引《廣雅》：『汎汎，群浮也。』古文汎作渢，同汎。又作。《鶡冠子·世兵篇》：『泛泛乎若不繫之舟。』泛又叶音緜。《石鼓文》：『汧殹泛泛，承彼潮淵。』鄭樵讀。《廣雅》：『汎汎、芎芎，浮也。』《字彙補》：芎，扶劍切，音近飯。王氏《廣雅疏證》云：『汎，曹憲音扶弓反，各本扶弓二字誤入正文內，又誤作芎芎二字。《玉篇》：「汎，扶弓切。」今據以訂正。氾，曹憲音孚劍反，各本脱去氾氾二字，孚劍又譌作扶劍。』◎案：《玉篇》《廣韻》《集韻》，氾字俱音孚劍切，不音扶劍切，此因與上文『汎，扶弓反』相涉而誤，汎汎與氾氾連文，後人不知汎、氾之不同音，而誤以爲重出，故删去氾氾二字耳。《漢書·司馬相如傳》：『汎淫氾濫。』顏師古註云：『汎音馮，氾音敷劍反。』司馬貞《史記索隱》云：『汎音馮，氾音芳劍反。』引《廣雅》：『汎汎、氾氾，浮也。』今據以補正。《釋名》：『氾，齊浮蛾在上氾氾然也。』漢桓譚《仙賦》：『氾氾乎，濫濫乎。』陳張正見《秋河曙耿耿詩》：『濫濫宿雲浮。』《説文》：『濫，氾也。』唐李賀《十二月樂詞》：『日腳淡光紅灑灑。』《説文》：『灑，氾也。』《説文》響字註：『聲之外曰響。響猶怳也，怳怳然浮也。』《呂氏春秋·求人篇》：『沸水漂漂。』

四·七　**渾渾、泡泡、沸沸、混混**滾滾、**潏潏、淈淈**汩汩、滑滑、**浤浤**汯汯、**泏泏，湧也。**

《山海經》：『東望泑澤，河水所潛也，其源渾渾泡泡。』郭璞註：『渾渾泡泡，水濆湧之聲也。』

泡，蒲交切，音庖；又皮交切，音咆。又：『丹水中多白玉，是有玉膏，其源沸沸湯湯。』註：『玉膏湧出之貌也。』《孟子》：『原泉混混。』朱註：『混，湧出之貌。』混，音衮，與滚同。唐杜甫《登高詩》：『不盡長江滚滚來。』漢司馬相如《上林賦》：『潏潏淈淈。』《説文》：『潏，水涌出也。』古穴切，音玦。《史記》註：『郭璞曰：「潏潏淈淈，皆水微轉細湧貌也。」』《廣雅》：『淈淈，決流也。』與水旁從日之汩同。又通作滑。《易林·蠱之既濟》：『涌泉汩汩。』《同人之既濟》作『涌泉滑滑』。◎案：淈、汩、滑，並古忽切，音骨。晉木華《海賦》：『浤浤汩汩。』《文選》李善註：『波浪之聲也。』劉良註：『騰湧急激貌。』浤，乎萌切，音宏。與泓通。《集韻》：『泓泓，迅流也。』《文子·通原篇》：『原流泏泏，沖而不盈。』泏，竹律切，音絀。《説文》：『水出貌。』

四·八　湯湯、洹洹、湝湝、潨潨潎潎、活活、潒潒、滂滂汸汸、滳滳、沛沛、決決、淢淢、滮滮彪彪、汧汧汗汗、渭渭、濊濊、涆涆、漉漉、汩汩曶曶、渫渫、沎沎、巛巛、潺潺、濺濺淺淺、澧澧、滉滉、淩淩、湴湴莅莅、濞濞、泚泚、澎澎、湃湃、瀯瀯、泙泙、淜淜漰漰、㶁㶁湱湱、瀧瀧、淙淙、瀨瀨、汃汃、瀿瀿、澐澐、渫渫、溳溳、湉湉、湔湔、沆沆、泊泊洦洦、炪炪、淘淘陶陶、㵌㵌、滔滔、漣漣、浪浪、淫淫、淋淋、洿洿、瀾瀾灡灡、漸漸、靡靡、淹淹、淒淒，流也。

《書·堯典》：『湯湯洪水方割。』孔傳：『湯湯，流貌。』音商。《詩·大雅》：『江漢湯湯。』《詩·鄭風》：『溱與洧，方渙渙兮。』《韓詩》作『洹洹』。音丸。《廣雅》：『洹洹，流也。』又《小雅》：『淮水湝湝。』毛傳：『湝湝，猶湯湯。』湝音皆。《説文》：『水流湝湝也。』徐曰：『衆流之貌。』又《衛風》：『淇水滺滺。』毛傳：『滺滺，流貌。』通作浟。《楚辭・大招》：『東有大海，溺水浟浟只。』王逸註：『浟浟，流貌也。』又《衛風》：『北流活活。』毛傳：『活活，流也。』音括，同涽。《説文》：『潒水，潒瀁也。讀若蕩。』《廣雅》：『潒潒，流也。』《易林・未濟之鼎》：『流潦滂滂。』滂，亦作滂。《廣雅》：『滂滂，流也。』通作汸。《荀子・富國篇》：『汸汸如河海。』楊倞註：『汸讀爲滂，水多貌也。』《列子・力命篇》：『若何滴滴。』註：『滴讀若商。』一作滂。《通雅》云：『滴滴，乃滂滂之譌。』《楚辭》王褒《九懷》：『望淮兮沛沛。』《廣雅》：『沛沛，流也。』唐王建《温泉宫行》：『温泉決決出宫流。』《説文》：『決，行流也。』《廣雅》：『決決，流也。』《説文》『奯』字註云：『讀若《詩》「施罟泧泧」。泧，從水戉聲。』音越。《廣韻》：『泧，大水貌。』《廣雅》：『泧泧，流也。』《説文》：『淲，水流貌。』皮彪切，或作滮。《廣雅》：『滮滮，流也。』通作彪。晉左思《吴都賦》：『彪彪汧汧。』《文選》劉良註：『皆水流貌。』《玉篇》：『汧汧，水迅流貌。』與汗通。晉郭璞《江賦》：『汗汗沺沺。』《通雅》：『汗汗爲汧汧，猶彪彪爲滮滮也。』《初學記》引《春秋説題辭》云：『渭之爲言布也。渭渭，流行貌。』《釋名》：『血，濊也，出於肉流而濊濊也。』《經典釋文》：『施罟濊濊。』《韓詩》云：『流也。』又：『汗，涅也，出在於表涅涅然也。』《爾雅・釋言》：『漦，盝也。』註：『漉漉，出涎沫。』《説文》：『漦，順流也。』『漉，浚也。』盝通作漉。《集韻》：『汩，越筆切，音颮，水流也。』字從日，與曶同。《廣雅》：『曶曶，流也。』《集韻》：『沭沭，水流貌。』雪律切，音卹。又：『⿰氵札⿰氵札，水流貌。』槎轄切，音卹。《玉篇》：『⿸彡夕⿸彡夕，水流貌。』力櫱切，音列。魏文帝《丹霞蔽日行》：『谷水潺潺。』南朝宋沈約《早發定山詩》：『出浦水濺濺。』或作淺。《楚辭》屈原《九歌》：『石瀨兮淺淺。』王逸註：『淺淺，流疾貌。』同濺。劉向《九歎》：『波澧澧而揚澆。』王逸註：『澧澧，波聲也。』音禮。《荀子·宥坐篇》：『其洸洸兮不淈盡，似道。』楊倞註：『洸讀爲滉。滉，水至之貌。淈讀爲屈，竭也。』《鶡冠子·能天篇》：『淩淩乎泳澹波而不竭。』漢司馬相如《上林賦》：『踰波趨浥，涖涖下瀨。』《文選》李善註：『司馬彪曰：「涖涖，水聲也。」』《六臣》本作『莅莅』，張銑曰：『莅莅，流貌。』《説文》：『濞，水暴至聲。』匹備切，音渒。《晉書·五行志》：『尚書謝平妻生女，墮地濞濞有聲。』《孟子》：『其顙有泚。』趙註：『泚，汗出泚泚然也。』《宋史·夏侯嘉正傳》：『嘉正使於巴陵，爲《洞陵賦》曰：「澎澎湃湃，浩爾一致。」』澎，披庚切，音磅。湃，普拜切，音湏。唐柳宗元《鈷鉧潭西小邱記》：『瀯瀯之聲與耳謀。』瀯音謍。唐韓偓《李太舍池上詩》：『雲低池小水泙泙。』泙音平，本作洴。唐沈亞之《文祝延詞》：『閩山之杭杭兮水淜淜。』《集韻》：淜，披冰切，音砰。『淜，滂水聲。』◎案：沈詩淜一作堋，壅水灌溉曰堋。柳宗元《晉問》：『漰漰洶洶。』漰，披朋切，音堋，與淜通，又同塴。唐韓愈《藍田廳壁記》：『水虢虢循除鳴。』《集韻》：虢，霍虢切，音砉，與湱同，『水聲。』《唐詩》：『水脉流冰湱湱鳴。』宋蘇軾《宿南山蟠龍寺詩》：『谷中暗水響瀧瀧。』《唐韻》：瀧，吕江切，音朧，『奔湍也。』晉陶潛《祭從弟文》：『淙淙懸溜。』《説文》：『淙，水聲也。一曰水流貌。』唐元結《補六英樂章》：『我有金石兮，擊拊淙淙。』《吴郡諸山録》：『碧霞峰下有泉出石中，流入寺，瀩瀩有聲。』《字典》云：『瀩，音未詳。』《唐韻》：汃，普八切，攀入聲。唐杜牧《池州送孟遲詩》：『小溪光汃汃。』《説文》：『瀿，大波也。』孚袁切，音翻。唐元結《引東泉詩》：『此流又高懸，瀿瀿在長空。』《説文》：『江水大波謂之澐。』唐獨孤及《招北客文》：『大江澐澐。』《集韻》：渫，達協切，音牒，『渫渫，波連貌。』《文選》郭璞《江賦》註：『濜溳，參差相次也。』溳，于窘切。《古音複字》：『溳溳，疊波貌。』《廣韻》：湉，徒兼切，音甜，『安流貌。』唐杜牧《懷鐘陵舊遊詩》：『徹漣風定翠湉湉。』南朝宋何承天《石流篇》：『石上流水，湔湔其波。』南齊張融《海賦》：『沆沆浩浩。』原註：『沆，于剛切，水流貌。』《水經·巨馬水注》引《風俗通》曰：『沆，漭也，言乎淫淫漭漭無涯際也。』又張融《海賦》：『江洚泊泊。』原註：『許百切。』◎案：字書有洦字無泊字，洦音陌，與泊、湘同。《説文》：『淺水也。』宋梅堯臣《出曹門見水牛拽車詩》：『印頭鬥步塵蒙蒙，不似緩耕泥洦洦。』《集韻》：『烞烞，水聲也。』丁紺切，音馱。又：『淘，徒刀切，音陶。』《廣雅》：『淘淘，流也。』通作陶。《風俗通義·山澤篇》引《詩》云：『江漢陶陶。』《集韻》：『滫，流皃。』引《史記》『汗出滫滫。』松倫切，音旬。《詩·齊風》：『汶水滔滔。』毛傳：『滔滔，流貌。』《大雅》：『武夫滔滔。』朱傳：『滔滔，順流也。』又《衛風》：『涕泣漣漣。』《太玄經·減》：『瀏漣漣。』范望註：『漣漣，泲垂之貌。』《離騷》：『攬茹蕙以掩涕兮，霑余襟之浪浪。』王逸註：『浪浪，流貌也。』唐韓愈《別知賦》：『雨浪浪其不止。』《廣雅》：『浪浪，流也。』浪，魯堂切，音郎。屈原

《九章》：『涕淫淫其若霰。』王逸註：『淫淫，流貌。』劉向《九歎》：『河水淫淫。』《楚辭·大招》：『霧雨淫淫。』漢枚乘《七發》：『其始起也，洪淋淋焉若白鷺之下翔。』《説文》：『淋淋，山下水貌。』魏曹植《愁霖賦》：『聽長空之淋淋。』晉潘尼《苦雨賦》：『聽長霤之涔涔。』唐杜甫《秦州雜詩》：『涔涔塞雨繁。』唐李商隱《途中感懷詩》：『泉客淚涔涔。』唐元稹《聽庾及之彈烏夜啼引》：『烏啼啄啄淚瀾瀾。』《釋名》：『瀾，連也，言其波體轉流相連及也。』瀾亦作灡。《漢桂陽太守周君功勳之紀銘》：『威怒定兮混灡灡。』屈原《九章》：『涕漸漸兮。』王逸註：『漸漸，流貌。』側銜切，音巉。漢王褒《洞簫賦》：『被淋灑其靡靡。』《文選》張銑註：『靡靡，流貌。』《漢桂陽太守周君功勳之紀銘》：『滿瀨洊洊。』◎案：洊，古潺字。《楚辭·悲回風》：『涕泣交而淒淒兮。』淒淒，流貌。

四·九　渾渾混混、淈淈、淊淊、溷溷、涽涽，粥粥，濁也。

晉陸雲《九愍》：『世渾渾其難澄。』《舊唐書·張蘊古傳》：『勿渾渾而濁。』通作混。《楚辭》王逸《九思》：『時混混兮澆饡。』註：『混混，濁也，言如澆饡之亂也。』洪興祖《補註》：『饡，音贊，《説文》云：「以羹澆飯。」』《説文》：『淈，濁也。』古忽切。王逸《九思》：『哀哉兮淈淈。』註：『淈淈，一國並亂也。』《説文》：『淊，泥水淊淊也。一曰繰絲湯。』胡感切。唐侯冽《性猶湍水賦》：『欲淊淊而處下逾潔。』《琴操》：『周文王申憤歌，殷道溷溷浸濁煩兮。』《集韻》：『涽涽，濁水。』《釋名》：『粥，濁於糜，粥粥然也。』◎案：今本《釋名》濁作濯，此據《太平御覽》所引。

四·一〇　滑滑、活活，澾也。

《本草》：『山菌子即竹雞也，蜀人呼曰「雞頭」，鶻南人呼爲「泥滑滑」，因其聲也。』宋梅堯臣《竹雞詩》：『泥滑滑，苦竹岡。』唐杜甫《九日寄岑參詩》：『所向泥活活。』活同濄，與生活之活異。

四·一一　涫涫、澡澡，沸也。

《荀子·解蔽篇》：『涫涫紛紛，孰知其形。』楊倞註：『涫涫，沸貌。』音官，又音貫。《説文》：『鬵也。』《集韻》：『澡澡，欲沸。』澡，倉刀切，音操，本或作澡。

四·一二　凝凝、溓溓、漻漻，凍也。

《楚辭·大招》：『天白顥顥，寒凝凝只。』王逸註：『凝凝，水凍貌也。』叶鄂力切，鬵入聲。晉潘岳《寡婦賦》：『水溓溓以微凝。』《文選》李善註：『丁儀妻《寡婦賦》曰：「水溓溓而晨結。」』《説文》曰：「溓溓，薄冰也。」』音粘，與黏同，一作音斂。《集韻》：『漻漻，手足凍貌。』力求切，音留。

四·一三　熇熇、烈烈、庉庉、焰焰燄燄**、炎炎、焱焱、炵炵、烘烘、焆焆**炔炔**、爞爞、翕翕，熾也。**

《詩·大雅》：『多將熇熇。』毛傳：『熇熇然熾盛也。』◎案：熇有四聲，義並通。又《商頌》：『如火烈烈。』《爾雅·釋天》：『風與火爲庉。』郭註：『庉庉，熾盛之貌。』《孔子家語·觀周篇》：『金人銘曰：「焰焰不滅，炎炎若何。」』焰通作燄。《書·洛誥》：『無若火始燄燄。』◎案：《新書

·審微篇》作『爞爞弗滅，炎炎若何。』字書無爞字。《集韻》：『焱焱，火盛貌。』以贍切，音豔。漢班固《東都賦》：『焱焱炎炎。』《元包經》：『離炎烾烾焱烘烘。』烾，他冬切。《玉篇》：『火焱也。』烘，呼東切，《爾雅·釋言》：『燎也。』《說文》：『焆焆，烟貌。』因悅反。《玉篇》：『火光也。』《說文》：炔，『讀若煙火炔炔。』《集韻》：炔，古穴切，音玦，『煙貌。』或作焆，一曰火始然也。《玉篇》：『爞爞，燒起也。』丑伐切，音察。《廣雅》：『翕，熾也。』重言之義同。唐韓愈《鄭郎中墓誌》：『不爲翕翕熱，亦不爲崖岸斬絶之行。』

四·一四　津津，溢也。

《莊子·庚桑楚》：『其中津津乎猶有惡。』《釋文》：『津津，如字，崔本作「律律」，云：「惡貌。」一云：「津津，溢也。」』

四·一五　幢幢童童**、屏屏、陶陶，翳也。**

漢張衡《東京賦》：『樹羽幢幢。』《文選》薛綜註：『幢幢，羽貌。』唐元稹《聞樂天授江州司馬詩》：『殘燈無焰影幢幢。』通作童。《釋名》：『幢，容也，施之車蓋童童然以隱蔽形容也。』《方言》：『幢，翳也。』唐韓愈《訟風伯文》：『雲屏屏兮吹使醨之。』屏音萍。《說文》：『蔽也。』《釋名》：『翳，陶也，其貌陶陶下垂也。』畢氏《疏證》云：『鄭仲師注《周禮·鄉師職》云：「翳，羽葆幢也。」』

四·一六　童童，禿也。

《釋名》：『山無草木曰童。』宋梅堯臣《楊公蘊之華亭詩》：『禿株立童童。』

四·一七　拂拂、撲撲，掠也。

劉向《九歎》：『飄飄風蓬，龍埃拂拂兮。』《章句》作『坲坲』。唐李賀《七月樂詩》：『曉風何拂拂。』唐吳融《縣竹山詩》：『濃翠霏撲撲。』

四·一八　稍稍、彌彌、冉冉，漸也。

《戰國策》：『稍稍蠶食之。』鮑彪註：『稍稍，漸也。』《漢書·禮樂志》：『稍稍制作。』《說文》：『稍，出物有漸也。』徐曰：『《周禮》謂群臣之祿爲「稍食」，稍稍給之也。』史掉反。《漢書·韋賢傳》：『彌彌其逸。』應邵註：『彌彌，猶稍稍也。』又《陽震傳》：『彌彌滋甚。』註同。《離騷》：『老冉冉其將至。』《五臣》註云：『冉冉，漸漸也。』

四·一九　肅肅、翼翼、泜泜、正正整整、填填、**修修、翦翦、斬斬，齊也。**

《詩·周南》：『肅肅兔罝。』朱傳：『肅肅，整飭貌。』《召南》：『肅肅宵征。』朱傳：『肅肅，齊遬貌。』又《商頌》：『商邑翼翼。』朱傳：『翼翼，整敕貌。』《後漢書·蔡邕傳》：『泜泜庶類，含甘吮滋。』註：『泜泜，齊貌。』《孫子·軍爭篇》：『無邀正正之旗。』魏武帝註：『正正，整齊也。』《北堂書鈔》引《孫子》作『不擊整之旗』，即『正正』也。《說文》：『整，齊也。』《淮南子·兵略訓》：『無繫填填之旗。』高誘註：『填填，旗立牢端貌。』◎案：此語亦本《孫子》，填與鎮同，與正音近，故借用之。《荀子·儒效篇》：『脩脩兮其用統類之行也。』楊倞註：『脩脩，整齊之貌。』

《子華子・晏子問黨篇》：『其民顒而從，法疏而弗失，上下翦翦，唯其君之聽。』唐沈亞之《閩城開新池記》：『新蒲翦翦。』宋范成大《勞畬耕詩》：『麥穗黃翦翦。』◎案：《爾雅・釋言》：『翦，齊也。』重言之亦爲齊。唐韓愈《曹成王碑》：『持官持身，内外斬斬。』◎案：《説文》：『斬，截也。』斬斬，亦猶翦翦之義。元稹《和樂天遊嶺南詩》：『曙潮雲斬斬。』同此。

四・二〇　踽踽偊偊、**睘睘**嬛嬛、焭焭、煢煢、惸惸、**趨趨、佻佻、眐眐**聑聑、**會會、伶伶、孑孑、鹿鹿、亭亭，獨也。**

《詩・唐風》：『獨行踽踽。』毛傳：『踽踽，無所親也。』通作偊。《列子・楊朱篇》：『偊偊爾。』又：『獨行睘睘。』毛傳：『睘睘，無所依也。』又《周頌》：『嬛嬛在疚。』箋：『嬛嬛然孤特在憂病之中。』《釋文》：『嬛，其傾反，崔本作焭焭。』《正字通》引作睘睘。漢班固《幽通賦》：『魂焭焭與神交。』《文選》劉良註：『焭焭，孤貌。』焭同煢。張衡《思玄賦》：『何孤行之煢煢。』《文選》劉良註：『煢煢，獨也。』◎案：《小雅》：『哀此惸獨。』鄭箋：『惸，獨也。』《孟子》引作『煢獨。』惸與嬛同，惸訓憂，嬛訓獨。近日字書多分，然經書於惸字訓憂、又訓是，蓋憂從獨生，而惸、嬛、焭、煢、睘、嬛等字，錯引互見，大抵皆通。《説文》：『趨，獨行也。讀若煢。』徐曰：「《詩》云：「獨行煢煢。」本作此「趨」字。』又《小雅》：『佻佻公子。』毛傳：『佻佻，獨行貌。』《楚辭》嚴忌《哀時命》：『魂眐眐以寄獨。』王逸註：『眐眐，獨行貌也。』洪興祖《補註》：『眐，音征，從目，獨視也。』《廣雅》：『聑聑，行也。』其字從耳。《通雅》：『曾曾，猶伶伶也。許沖《後敘》自言「曾曾小子」。』◎案：《集韻》：伶，郎丁切，音零，『獨也。』唐韓愈《食曲河驛詩》：『孑孑萬里和。』孑音結。《説文》：『人無右臂形。』《玉篇》：『單也。』◎案：朱子《詩傳》：『孑孑，特出之貌。』亦從單字起義。《禮·王制》：『老而無子者謂之獨。』《正義》曰：『獨，鹿也，鹿鹿無所依也。』《釋名》：『楹，亭也，亭亭然獨立旁無所依也。』

四·二一　贊贊、攎攎，助也。

《書·皋陶謨》：『思曰贊贊襄哉。』蔡傳：『惟思曰贊助於帝，以成其治而已。』《太玄經·增》：『崔嵬不崩，群士攎攎也。』註：『王涯曰：「攎攎者，扶助之貌。」』又《彊》：『爰聰爰明，左右攎攎。』吴祕曰：『攎，從手，字書無之。從木者，音薑。』◎案：《集韻》：攎，渠良切，音强，『扶持貌。』

四·二二　㢟㢟町町、靡靡，盡也。

《廣雅·釋訓》：『㢟㢟，盡也。』又《釋詁》：『鋌，盡也。』《方言》：『物空盡者曰鋌鋌。』與㢟同。《論衡·語增篇》：『傳語曰：「町町若荆軻之閭。」言荆軻爲燕太子丹刺秦王，後誅軻九族，其後恚恨不已，復夷軻之一里，一里皆滅，故曰町町。』◎案：《集韻》，町與㢟，並丈梗切。鋌，待鼎切，音義通。晉陸機《歎逝賦》：『親落落而日稀，友靡靡而愈索。』《文選》李善註：『靡靡，盡也。』

四·二三　休休、停停、渟渟、已已、徽徽，止也。

《莊子・刻意篇》：『聖人休休焉則平易矣。』《釋文》：『休，虚求反，息也。』《關尹子・八籌篇》：『草木俄茁茁，俄停停。』註：『停停，樸遬不長也。』《埤蒼》：『渟，水止也。』唐白居易《冷泉亭記》：『夏之夜，吾愛其泉渟渟。』《世説新語》：『庾文康亡，何揚州臨葬，云：「埋玉樹於土中，使人情何能已已。」』《爾雅・釋詁》：『徽，止也。』邵氏《正義》曰：『《坎》上六云：「係用徽纆。」揚雄《解嘲》：「徽以糾纆。」以徽爲止也。《太玄經・從》：「上九，從徽後，乃升于階終。」』

四・二四　蹇蹇、反反、礥礥、砏砏、戛戛，難也。

《易・蹇》：『王臣蹇蹇。』《廣雅》：『蹇蹇，難也。』《詩・大雅》：『威儀反反。』毛傳：『反反，難也。』《太玄經・礥》：『陽氣微動，動而礥礥，物生之難也。』註：『礥礥，難也。』下珍切，音韵。《玉篇》：『難貌。』又：『拔石砏砏，力没以盡。』註：『砏，之人切。范望曰：「石以論難。砏砏，難致之貌。」』《集韻》：『砏，石不平皃。』唐韓愈《答李翊書》：『惟陳言之務去，戛戛乎其難哉。』《字典》：『戛戛，齟齬貌。』

四・二五　混混渾渾**、沌沌、豚豚、㒕㒕、轂轂、轒轒、旋旋，轉也。**

漢枚乘《七發》：『沌沌混混，狀如奔馬。』《文選》註：『沌沌混混，波相隨之貌也。』《廣雅》：『混混、沌沌，轉也。』混，户衮切，音倱，通作渾。《孫子・兵勢篇》：『渾渾沌沌，形圓而不可敗。』魏武註：『車騎轉而形圓者，出入有道，齊整也。』《管子・樞言篇》：『聖人用心，沌沌乎博而圜，豚豚乎莫得其門。』《通雅》：『豚豚，沌沌也。』《玉藻》：『圈豚行不舉足。』陳澔註：『豚之言循，讀爲上聲，謂徐趨之法，當曳轉其足，循地而行，故云「不舉足」也。』◎案：沌、豚，並有徒渾、杜本二切。《禮・曲禮》：『立視五巂。』《釋文》：『巂，惠圭反，車輪轉一周爲巂。』晉束皙《餅賦》：『巂巂和和，䐣色外見。』唐皮日《休苦雨詩》：『怒鯨瞪相向，吹浪山轂轂。』又《九諷》：『心轆轆以似車兮。』轆音龍，《廣韻》：『軸頭也。』《元包經》：『小畜飆旋旋，夰宀宀。』

四·二六　奄奄、洋洋、曶曶，忽也。

晉李密《陳情表》：『日薄西山，氣息奄奄。』《楚辭》宋玉《九辨》：『年洋洋以日往。』王逸註：『歲月已盡去，奄忽也。』又屈原《九章》：『歲曶曶其若頽。』曶音忽，與忽通。

四·二七　斐斐、縱縱，輕也。

南朝宋謝惠連《翫月詩》：『斐斐氣幂岫。』《文選》李善註：『斐斐，輕貌。』《東坡志林》：『倅武林日，夢神宗召入禁中，宮女送出，睨視裙帶間有六言詩，「百疊漪漪風皺，六銖縱縱雲輕，植立含風寶殿，微聞環珮摇聲。」』

四·二八　頻頻、比比、每每、數數、往往迬迬、婁婁，屢也。

《揚子法言・學行篇》：『頻頻之黨，甚於鷰斯。』《廣雅》：『頻頻，比也。』《漢書・哀帝紀》：『郡國比比地動。』師古註：『比比，猶頻頻也。』《莊子・胠篋篇》：『故天下每每大亂。』又《逍遥遊》：『列子御風而行，泠然善也，旬有五日而後反。彼於致福者，未數數然也。』《釋文》：『數音朔。』《史記・五帝紀序》：『至長老皆各往往稱黃帝、堯、舜之處，風教固殊焉。』《漢書・高帝紀》：『上從復道上望見諸將往往耦語。』漢揚雄《甘泉賦》：『迬迬離宮，般以相燭兮。』迬，古往字。《漢書・師丹傳》：『變婁婁臻。』注：『婁，古屢字。』

四・二九　慆慆、遲遲、厭厭懕懕，**久也。**

《詩・豳風》：『慆慆不歸。』毛傳：『慆慆，言久也。』又《商頌》：『昭假遲遲。』朱傳：『遲，久也。』又《小雅》：『厭厭夜飲。』朱傳：『厭厭，安也，亦久也。』《説文》引《詩》作『懕懕夜飲』。厭通懕。

四・三〇　落落、婁婁樓樓，**疎也。**

《後漢書・耿弇傳》：『帝謂弇曰：「將軍前在南陽建此大策，常以爲落落難合，有志者事竟成也。」』註：『落落，猶疎闊也。』晉左思《詠史詩》：『落落窮巷士。』《文選》張銑註：『落落，疎寂貌。』唐劉禹錫《送張盥序》：『向所謂同年友，當其盛時，聯袂齊鑣，互絶九衢，若屏風然。今來落落，若曙星之相望。』《管子・地員篇》：『五穀之狀婁婁然，不忍水旱。』註：『婁婁，疏也。』婁通作樓，《釋名》：『樓謂牖户之間有射孔，樓樓然也。』◎案：《太平御覽》引此作『婁婁然』，《説文》：『婁，空也。』《急就篇》註：『簍者，疏目之籠，言其孔樓樓然也。』

四・三一　棱棱、刺刺、切切、怦怦、慓慓、詵詵、紇紇、給給、革革，急也。

南朝宋鮑照《蕪城賦》：『棱棱霜氣。』《文選》註：『棱棱霜氣，嚴冬之貌。』唐楊炯《庭菊賦》：『霜刺刺兮棱棱。』又李商隱《送李千牛赴闕詩》：『去程風刺刺。』南朝宋謝朓《郡內登望詩》：『切切陰風暮。』梁江淹《傷愛子賦》：『心切切而內圮。』唐白居易《琵琶行》：『小絃切切如私語。』梁簡文《筍賦》：『時怦怦而不竑。』《集韻》：怦，披庚切，音烹，『心急也。』唐柳宗元《寄許京兆孟容書》：『慓慓然欷歔惴惕。』慓音飄。《廣雅》：『急也。』又音摽，義同。《釋名》：『柵又謂之徹。徹，緊也，詵詵然緊也。』又：『心痛曰疝。疝，詵也，氣詵詵然上而痛也。』『陰腫曰隤，又曰疝，亦言詵也。詵詵，引小腹急痛也。』《齊民要術》：『煮餔法，用黑餳糵末一斗六升殺，米一石，臥煮如法，但以蓬子押取汁，匕匙紇紇攪之不須揚。』《集韻》：紇，九傑切，音扢，『急也。』宋梅堯臣《和晚花詩》：『霜前給給開，霜後差差萎。』又《刑部廳海棠詩》：『日光苦給給。』給，訖立切，音急。宋方岳《題畊雨室詩》：『吁嗟先生，誰使汝苦要革革換雙屨。』革，訖力切，音亟，本作⿰革亟，急也。《禮·檀弓》：『夫子之病革矣。』註：『革，急也。』

四·三二　掩掩、迵迵，同也。

宋玉《高唐賦》：『越香掩掩。』《文選》李善註：『越香，言氣發越。掩掩，言同時發也。』《方言》：『掩，同也。江淮南楚之間曰掩。』《太玄經·達》：『中冥獨達，迵迵不屈。』註：『迵，徒弄切。范望曰：「迵，同也。」』

四·三三　扁扁，卑也。

《詩·小雅》：『有扁斯石。』毛傳：『扁扁，乘石貌。王乘車履石。』朱傳：『扁，卑貌。』

四・三四　涼涼，薄也。

《孟子》：『行何爲踽踽涼涼？』朱註：『涼涼，薄也。不見親厚於人也。』

四・三五　夬夬，決也。

《易・夬卦》：『君子夬夬。』

四・三六　八八、癶癶，背也。

《元包經》：『艮屾八八北癶癶。』傳曰：『兩人相背也。』註：『北，背也。』◎案：癶，音撥，從二止，相背有分癶象。別作撥、蹳，非。

四・三七　牽牽，引也。

《元包經》：『開機聊聊組牽牽。』《説文》：『牽，引前也。從牛，象引牛之縻也。』

四・三八　明明，察也。

《詩・大雅》：『明明在下。』毛傳：『明明，察也。』又《小雅》：『明明上天。』

四・三九　庸庸，用也。

《書・康誥》：『庸庸。』孔傳：『用可用。』《廣雅》：『庸庸，用也。』◎案：《説文》：『庸，用也。』重言之義同。

四・四〇　朐朐、于于、乙乙軋軋，屈也。

《禮・曲禮》：『以脩脯置者，左朐右末。』鄭註：『朐謂中屈也，屈脯朐朐然也。』《韻會》：

『申曰脡，屈曰朐。』《太玄經・飾》：『白舌于于屈于根。』范望註：『于于，屈貌。君子居無道之時，言不見信，正當屈舌緘口而已。』《説文》：『乙，象春艸木冤曲而出，陰氣尚彊，其出乙乙也。』徐曰：『此與「燕燕乙」之字音義皆別，亦宜有分。此甲乙字，下迂曲也。乙乙，未展也。』殷筆反。晉陸機《文賦》：『思乙乙其若抽。』《文選》李善註：『乙乙，難出之貌。』乙，音軋，一本作軋軋，《史記・律書》：『甲者，言萬物剖符甲而出也。乙者，言萬物生軋軋也。』◎案：《通雅》：『乙乙，昰欲出而屈鬱也。』通作軋軋。乙，億姞切；乚，乙黠切，古皆通假，後因分之。甲乙、魚腸乙、玄鳥乙，字才分三形臆也。

四・四一　暨暨，及也。

《春秋公羊傳・隱公元年》：『及，猶汲汲也；暨，猶暨暨也。及我欲之，暨不得已也。』

四・四二　陳陳，故也。

《漢書・食貨志》：『太倉之粟，陳陳相因。』註：『陳，謂久舊也。』唐歐陽詹《甘露述》：『天冥冥，其間蓄靈；地陳陳，其蓄神。』

四・四三　慊慊、猒猒、填填，足也。

《後漢書・耿恭傳贊》：『慊慊伯宗，枯泉飛液。』又《杜根欒巴傳贊》：『慊慊欒杜，諷辭以興。』《集韻》：慊，詰葉切，『足也。』《荀子・儒效篇》：『猒猒兮其能長久也。』楊倞註：『猒，足也。亂生於不足，故知足，然後能長久也。』又《非十二子篇》：『填填然。』楊倞註：『填填然，滿足之貌。』

四·四四　嚻嚻，虛也。

《揚子法言·君子篇》：『或曰：「人有齊死生、同貧富、等貴賤，何如？」曰：「信死生齊、貧富同、貴賤等，則吾以聖人爲嚻嚻。」』吴秘註云：『若信是言，則吾以聖人《六經》之貞，爲嚻嚻之虛語耳。』又《君子篇》：『或曰：「世無仙，則焉得斯語？」曰：「語乎者，非嚻嚻也歟？惟嚻嚻，能使無爲有。」』吴秘註云：『嚻嚻然，方士之虛語耳。』《廣雅》：『嚻嚻，虛也。』

四·四五　蔌蔌速速**，陋也。**

《詩·小雅》：『蔌方有穀。』毛傳：『蔌蔌，陋也。』《爾雅·釋訓》：『速速、蹙蹙、惟逑，鞫也。』速與蔌通，《後漢書·蔡邕傳》：『速速方轂。』註：『速速，言鄙陋之小人也。』

四·四六　嚾嚾、艶艶，醜也

《玉篇》：『嚾嚾，醜也。』私盍切，音僿。《集韻》：『艶艶，醜貌。』謨中切，夢平聲。

四·四七　惎惎，毒也。

《説文》：『惎，毒也。從心其聲。』《周書》曰：「來就惎惎。」』健侍反。

四·四八　譙譙，殺也。

《詩·豳風》：『予羽譙譙。』毛傳：『譙譙，殺也。』《釋文》：『譙，或作燋。』

四·四九　幝幝、翛翛消消、脩脩**、藍藍、瑣瑣，敝也。**

《詩・小雅》：『檀車幝幝。』毛傳：『幝幝，敝貌。』《説文》：『幝，車弊貌。』徐曰：『車敝則木連，及韋革金鐏飾皆起若敗巾然，故從巾。』昌善反。又《豳風》：『予尾翛翛。』毛傳：『翛翛，敝也。』疏：『翛翛作消消。』又或作脩。《集韻》：『脩脩，羽敝也。』《史記・楚世家集解》引《左傳服氏註》：『藍縷，言衣敝壞，其蔞藍藍然。』《易・旅卦》：『旅瑣瑣。』《釋文》引馬註：『瑣瑣，疲弊貌。』

四・五〇　存存、萌萌蕄蕄**，在也。**

《爾雅・釋訓》：『存存、萌萌，在也。』註：『萌萌，未見所出。』疏謂：『存，在也。《易・繫辭》傳云：「成性存存。」《後漢書・杜篤傳》：『不若近而存存也。』萌萌當作蕄蕄，《説文》：『蕄，存也。」《玉篇》引《爾雅》作『蕄蕄』。《通雅》：『蕄蕄即「萌萌」，通作夢夢、瞢瞢、儚儚、貿貿，古「萌」亦通。東韻，非，如今在蒸韻也。』明劉基詩：『璇題瑣窗肅蕄蕄。』◎案：此則蕄蕄有幽深之義。《集韻》引《爾雅》云：『或作悳。』俗作亯，非是。

四・五一　棱棱，柧也。

唐元稹《重修桐柏觀記》：『棱棱巨幢。』

四・五二　璞璞，素也。

梁元帝《曠野寺》：『璞璞銀榜。』

四・五三　拍拍、抨抨、考考、撞撞、摐摐，擊也。

《漢書·東方朔傳》：『擊之拍拍。』唐韓愈《病鴞詩》：『青泥揜兩翅，拍拍不得離。』宋梅堯臣《和春日偶書詩》：『野水新秧拍拍湌。』《説文》作：『拍，拊也。』《釋名》：『擊也。』又宋梅堯臣《絶句》：『鼓底抨抨駕浪風。』抨，普耕切。《説文》：『撣也。』《毛詩·唐風》傳：『考，擊也。』唐韓愈《鄆州谿堂詩》：『既歌以舞，其鼓考考。』唐李益《迎日詩》：『仙鐘撞撞迎海日。』《廣雅》：『摐，撞也。』唐韓愈《病中贈張十八詩》：『扶几導之言，曲節初摐摐。』又王建《宮詞》：『紘索摐摐隔綵雲。』

四·五四　劃劃，裂也。

宋梅堯臣《博陽山火詩》：『炎炎火龍奔，劃劃陰電笑。』

四·五五　礱礱，䃺也。

漢王延壽《夢賦》：『礱礱礚礚，精氣充布。』《説文》：『礱，䃺也。』

四·五六　鎃鎃，斲也

《方言》：『鎃，摫裁也。梁益之間裁木爲器曰鎃，裂帛爲衣曰摫。鎃，又斲也，晉趙之間謂之鎃鎃。』鎃，劈歷反。摫音規。

四·五七　粅粅，粉也。

《集韻》：『粅粅，粉貌。』文拂切，音物。

四·五八　喒喒，味也。

《集韻》：『嗒嗒，味也。』子感切，音昝。

四.五九　貞貞，正也。

《太玄經·傒》：『傒福貞貞，食于金洌。』曰：『傒福貞貞，正可服也。』

四.六〇　差差，舛也。

《太玄經·度》：『小度差差，大攋之階。』註：『攋，音賴。司馬光曰：「攋，毀裂也。小度差差，大攋之階，皆言所失雖小，所毀將大也。」』

四.六一　畇畇畇畇**、平平、匀匀，均也。**

《詩·小雅》：『畇畇原隰。』毛傳：『畇畇，墾辟貌。』《周禮·地官·均人》註引作『畇畇原隰。』賈疏以爲均田之意。◎案：畇、畇同音。《廣韻》：『畇，均也。』《太玄經·割》：『宰割平平。』王涯註：『宰割於物，有均平之德。』唐柳宗元《晉問》：『敞兮匀匀。』

四.六二　歆歆，饗也。

晉傅玄《天郊饗神歌》：『神之至，舉歆歆。』

四.六三　帖帖，服也。

唐韓愈《施先生墓銘》：『貴游之子弟，時先生之説二經，來太學，帖帖坐諸生下，恐不卒所聞。』《廣雅》：『帖，服也。』

四.六四　胥胥，皆也。

唐李翱《舒州新堂銘》：『樂哉胥胥。』《毛詩・小雅》：『君子樂胥。』傳：『胥，皆也。』重言之義同

四・六五　修修，持也。

《水經・淄水注》：『七級寺禪房，繩坐疏班，錫鉢間設，所謂「修修釋子，眇眇禪棲」者也。』

四・六六　僢僢，匹也。

《白虎通義》：『謂之堯者何？堯，猶嶢嶢也，至高之貌。謂之舜者何？舜，猶僢僢也，言能推信堯道而行之。』《玉篇》：『僢，同舛，相背也。』《集韻》：『樞絹切，音釧，又尺尹切，音蠢，義同。』◎案：《禮・王制》：『雕題交趾。』註：『浴同川，卧則僢。』疏：『首在外而足相嚮內。』《周禮・冬官》：『玉人兩圭五寸，有邸。』註：『有邸，僢共本也。』疏：『亦一玉俱成兩圭，尺相對爲僢也。』據此，則僢有相背意，亦有相對意。《白虎通》所云『僢僢』，蓋取相對意，猶言與堯比美也，即重華協帝之義。

四・六七　蓁蓁、孽孽，戴也。

《爾雅・釋訓》：『蓁蓁、孽孽，戴也。』

疊雅卷五

樂亭 史夢蘭 香厓

五·一 肅肅、翼翼翌翌、**穆穆、僮僮、秩秩、踖踖、畏畏、祇祇、洞洞、屬屬、齊齊、誾誾**訢訢、言言、齦齦、**油油、濟濟、翔翔、匑匑、翊翊、廙廙、恭恭、粥粥、撣撣、乾乾、慺慺、虔虔、欽欽、齊齊、恂恂**悛悛、逡逡、遜遜、**切切**漆漆、**洋洋、愁愁，敬也。**

《詩·大雅》：『肅肅在廟。』毛傳：『肅肅，敬也。』又：『厥猶翼翼。』毛傳：『翼翼，恭敬。』晉王讚《桑樝頌》：『翌翌皇儲，克光其敬。』翌與翼同。又《唐頌》：『天子穆穆。』《爾雅·釋訓》：『穆穆，敬也。』穆，莫六切，又叶莫筆切。《荀子·賦篇》：『湣湣淑淑，皇皇穆穆，周流四海，曾不崇日。』《詩·召南》：『被之僮僮。』毛傳：『僮僮，竦敬也。』又《小雅》：『左右秩秩。』毛傳：『秩秩然肅敬也。』又：『執爨踖踖。』朱傳：『踖踖，敬也。』《書·微子》：『乃罔畏畏。』《廣雅》：『畏畏，敬也。』又《康誥》：『祇祇。』孔傳：『敬可敬。』《廣雅》：『祇祇，敬也。』[一]《禮·祭義》：『洞洞乎，屬屬乎，如弗勝。』疏：『洞洞、屬屬，是嚴敬之貌。』《禮器》：『洞洞乎其敬也，屬屬乎其忠也。』《說文》：『忠，敬也。』又《祭義》：『齊齊乎其敬也。』《論語》：『與上大夫言，誾誾如也。』孔傳：『侃侃，和樂之貌。誾誾，中正之貌。』皇侃疏云：『卿貴不敢和樂，接之宜以謹正相對，故誾誾如也。』《玉篇》：『誾誾，和敬貌。』《漢書·石奮傳》：『僮僕訢訢如也。』師古註：『此訢讀與「誾誾」同，謹敬之貌也。』音牛巾反。《禮·玉藻》：『二爵而言言，斯禮已。三爵而油油，以退。』鄭註：『言言，和敬貌。油油，説敬貌。』言，魚巾反，同誾。《太玄經·爭》：『次三，爭射齦齦。』范本齦作誾，司馬光曰：『齦與「誾」同。誾誾，恭讓貌。孔子曰：「君子無所爭，必也，射乎？揖讓而升，下而飲，其爭也君子。」』又《玉藻》：『朝廷濟濟翔翔。』鄭註：『莊敬貌也。』《史記·魯世家》：『匔匔如畏然。』徐廣註：『匔匔，謹敬貌也。』音窮，一本作蘷蘷。《正字通》云：『音麴，又音躬。』皆非。《漢書·樂志》：『共翊翊，合所思。』師古註：『翊翊，敬也。』《晉書·樂志》：『廙廙大君，民之攸塈。』廙，羊吏切，音異，《玉篇》：『謹敬也。』《北齊鄉老舉孝義雋脩羅碑》：『恭恭易色。』《漢書·樂志》：『粥粥音送。』註：『晉灼曰：「粥粥，敬懼貌也。」師古曰：「粥，弋六反。」』《太玄經·盛》：『何福滿肩，提禍撣撣。』范望註：『撣撣，敬也。何福持禍而自儆戒也。』撣，徒旱切，但上聲。漢張衡《東京賦》：『懋乾乾。』《文選》薛綜註：『乾乾，敬也。』李善註：『《周易》曰：「君子終日乾乾。」』魏曹植《求通親親表》：『是臣慺慺之誠。』《文選》李善註：『慺慺，謹慎也。』呂向註：『慺慺，敬也。』《逸周書·祭公篇》：『虔虔在位。』注：『虔敬也。』南朝宋謝惠連《祭禹廟文》：『呱呱弗顧，虔虔是欽。』唐李觀《故人墓誌》：『周旋二人，久用欽欽。』又杜牧《黄州准赦祭百神文》：『齊齊惕慄。』《廣雅》：『齊，敬也。』《論語》：『恂恂如也。』《廣雅》：『恂恂，敬也。』《史記・孔子世家》：『恂恂似不能言者。』《索隱》云：『或本作逡逡。』《漢書・李廣傳》：『恂恂如鄙人。』《史記》作『悛悛』。《廣雅》：『悛，敬也。』《漢山陽太守祝君碑頌》云：『鄉黨逡逡，朝廷便便。』又《慎令劉伯麟碑》云：『其於鄉黨，遜遜如也。』◎案：恂恂、悛悛、逡逡、遜遜，並字異而義同。漢經無雕本，師傳各異，此類甚多。《論語》：『朋友切切。』《廣雅》：『切切，敬也。』切，千結切，音竊。通作漆。《禮・祭義》：『漆漆者，容也自反也。』鄭註：『漆漆，讀如「朋友切切」。自反，猶言百修整也。』◎案：此則鄭意亦以切切爲敬。漢傳毅《舞賦》：『或有矜容愛儀，洋洋習習。』《文選》李善註：『鄭玄《毛詩》註曰：「洋洋，莊敬貌。」』唐柳宗元《三戒文・黔之驢篇》：『虎見之，龐然大物也，以爲神。蔽林間窺之，稍出近之，慭慭然莫相知。』慭，魚覲切，《説文》：『敬謹也。』

校按：

【一】今本《尚書・康誥》：『祇祇。』《廣雅・釋訓》：『祇祇，敬也。』形近而誤。

五・二　肅肅、翼翼、灟灟屬屬、**俅俅**絿絿、頻頻、**齊齊、恂恂、賓賓、顒顒、卬卬，恭也。**《爾雅・釋訓》：『肅肅、翼翼，恭也。』《詩・大雅》：『小心翼翼。』毛傳：『翼翼，恭慎貌。』

《廣雅》：『灟灟，恭也。』灟、屬同。《禮・祭義》：『屬屬乎。』《詩・周頌》：『戴弁俅俅。』毛傳：『俅俅，恭順貌。』《釋文》：『俅俅，音求，恭慎也。』《説文》作『絿』，同。《玉篇・頁部》引作『戴弁頼頼。』《禮・玉藻》：『廟中齊齊。』鄭註：『恭慤貌也。』《論語》：『恂恂如也。』王肅註：『恂恂，温恭貌。』《莊子・德充符》：『無趾語老蚺曰：「孔丘之於至人，其未邪？彼何賓賓以學子爲？」』註：『司馬云：「賓賓，恭貌。」』《一切經音義》：『顒顒，今作喁，同魚凶反。《詩》云：「顒顒昂昂。」傳曰：「温恭貌。」』又卬、昂，同五剛反。卬卬，恭敬之貌也。玷曰昂，即卬字俗也。

五・三　反反昄昄**、抑抑、繩繩**憴憴**、兢兢**矜矜**、顒顒、頊頊、逯逯、熒熒、毣毣，慎也。**

《詩・小雅》：『威儀反反。』毛傳：『反反，言重慎也。』反如字，《韓詩》作昄昄，音蒲板反，善貌。又：『威儀抑抑。』毛傳：『抑抑，慎密也。』又《周南》：『宜爾子孫，繩繩兮。』毛傳：『繩繩，戒慎也。』《爾雅・釋訓》作憴憴。憴、繩音義同。《書・臯陶謨》：『兢兢業業。』孔傳：『兢兢，戒慎。』《文選》韋孟《諷諫詩》：『矜矜元王。』李善註引《孔傳》作『矜矜戒慎』。《魏志・高堂隆傳》：『矜矜業業，惟恐有失。』《説文》：『頭顒顒，謹貌。』又：『頭頊頊，謹貌。』又：『行謹，逯逯也。』《元包經》：『上媚媚，下逯逯。』逯，力玉切，音録。《古音複字》：『嫈嫈，小心貌。』嫈音嚶。《説文》：『小心態。』《漢書・鮑宣傳》：『極竭毣毣之思。』注：『師古曰：「毣，音沐。」』如淳曰：「毣毣，謹愿之貌也。」』

五・四　斷斷、肫肫忳忳、純純**、慥慥、恂恂、悾悾**空空**、慤慤**殼殼**、旦旦**怛怛**、灌灌、懇懇**豤豤**、惻惻、**

悃悃、欵欵、專專、顛顛、叩叩、祝祝，誠也。

《書・秦誓》：『斷斷猗。』孔疏：『斷斷，守善之貌。』《大學》朱註：『誠一之貌。』《禮・中庸》：『肫肫其仁。』鄭註：『肫肫，讀如「誨爾忳忳」之「忳忳」。忳忳，懇誠貌。或作純純。』《楚辭》宋玉《九辨》：『紛純純之願忠兮。』王逸註：『思碎首腦而伏節也。』又《中庸》：『君子胡不慥慥爾。』鄭註：『慥慥，守實言行相應之貌。』朱註：『篤實貌。』《論語》：『恂恂如也。』朱註：『恂恂，信實之貌。』《後漢書・召馴傳》：『德行恂恂召。』《論語》：『悾悾而不信。』包咸註：『悾悾，慤也。』通作空。《呂氏春秋・下賢篇》：『問於我，空空如也。』《釋文》：『空空，鄭或作悾悾。』晉庾亮《讓中書令表》：『是以悾悾，屢陳丹欵。』《廣雅》：『悾悾、慤慤，誠也。』慤，曹憲音苦角反。慤，或作殼，見《周禮註》。唐釋貫休《送僧歸南康詩》：『殼殼學得律，還鄉見苦情。』

◎案：殼殼當即慤慤。《詩・衛風》：『信誓旦旦。』箋：『言其懇惻欵誠。』《説文》引《詩》作『怛怛』。又《大雅》：『老夫灌灌。』毛傳：『灌灌，猶欵欵也。』《漢書・司馬遷傳》：『意氣懃懃懇懇。』《廣雅》：『懇懇，誠也。』或作貇。《劉向傳》：『貇貇數奸死亡之誅。』師古註：『貇貇，欵誠之意。』《後漢書・張酺傳》：『誾誾惻惻，出於誠心，可謂有史魚之風矣。』註：『誾誾，忠正也。惻惻，懇切也。』《楚辭》屈原《卜居》：『吾寧悃悃欵欵，朴以忠乎？』王逸註：『志純一也。』洪興祖《補註》：『悃，苦本切。欵，苦管切，誠也。』宋玉《九辨》：『計專專之不可化兮，願遂推而爲臧。』《莊子・馬蹄篇》：『其視顛顛。』《釋文》：『顛顛，丁田反。崔云：「專一也。」』魏繁欽《定情詩》：『何以致叩叩，香囊懸肘後。』《廣雅》：『叩叩，誠也。』各本譌作叨叨，非。《一切經音義》：『祝祝，之育反。祝祝，猶專專也。』

五·五　雝雝廱廱、**熏熏**薰薰、**逢逢、優優、温温、習習、騂騂**觲觲、**詵詵、蟄蟄、顒顒**禺禺、**晏晏**安安、**怡怡、申申**伸伸、**夭夭、愉愉**俞俞、**陶陶、熙熙**㵟㵟、**愔愔、融融**肜肜、**洩洩**泄泄、**麀麀、旼旼、穆穆**睦睦、牧牧、**姁姁**嘔嘔、**繹繹、暢暢、輯輯、祁祁、婉婉、盎盎、娭娭、趍趍、煦煦、煖煖、翼翼、衎衎、膠膠、擾擾、頤頤、翊翊，和也。**

《詩·大雅》：『雝雝在宮。』毛傳：『雝雝，和也。』《爾雅·釋訓》作廱廱。又：『公尸來止熏熏。』毛傳：『熏熏，和悦也。』通作薰。唐黎逢《觀風臺賦》：『庭宴薰薰。』又喬潭《裴將軍劍舞賦》：『夷夏薰薰而載和。』又侯喜《德宗降誕節獻壽文》：『風來薰薰。』又：『鼉鼓逢逢。』毛傳：『逢逢，和也。』又《商頌》：『敷政優優。』毛傳：『優優，和也。』又《小雅》：『温温恭人。』毛傳：『温温，和柔貌。』《大雅》毛傳：『温温，寬柔貌。』◎案：寬柔，亦和意。又：『習習谷風。』毛傳：『習習，和舒貌。』箋：『和調之貌。』又：『騂騂角弓。』毛傳：『騂騂，調和也。』《説文》引《詩》作觲觲，『用角低仰便也。』息營切。又《周南》：『詵詵兮。』朱傳：『詵詵，和集貌。』又：『蟄蟄兮。』毛傳：『蟄，和集也。』　又《大雅》：『顒顒卬卬。』毛傳：『顒顒，温貌。』通作禺。唐符載《祭何大夫文》：『禺禺昂昂。』又《衛風》：『言笑晏晏。』毛傳：『晏晏，和柔也。』漢班固《曲成侯蟲達銘》：『晏晏曲成，與從龍騰。』《後漢書·馮衍第五倫陳寵傳》註並引《尚書考靈燿》云：『《堯文》：「[illegible]、晏晏。」』今《尚書》作『安安』。《釋名》：『安，晏也，晏晏然和喜無動懼也。』◎案：安、晏音義通。《論語》：『逞顏色，怡怡如也。』邢疏：『怡怡然和悅也。』又：『兄弟怡怡。』馬註：『怡怡，和順之貌。』皇疏：『和從之貌。』又：『與下大夫言，侃侃如也。』孔註：『侃侃，和樂貌。』又：『申申如也，夭夭如也。』馬註：『申申、夭夭，和舒之貌。』申通作伸。《漢書·敘傳》：『夭夭伸伸。』又：『私覿，愉愉如也。』鄭註：『愉愉，顏色和也。』《〈聘禮〉釋文》作俞俞。愉，又叶員丘切，音尤。張衡《東京賦》：『敞慎威儀，示民不偷。我有嘉賓，其樂愉愉。』《詩·王風》：『君子陶陶。』毛傳：『陶陶，和樂貌。』《釋文》：『陶，音遥。』《左傳·襄二十九年》：『廣哉熙熙乎。』杜註：『熙熙，和樂聲。』《漢書·樂志》：『衆庶熙熙。』師古註：『熙熙，和樂貌也。』唐楊倞《馬中丞墓銘》：『皇道[illegible][illegible]天寶末。』◎案：字書無[illegible]字，陶宗儀《古刻叢鈔》如此，當即熙字別體。《左傳·昭公十二年》：『祈招之愔愔。』杜註：『愔愔，安和貌。』《晉書·載記》：『石勒謂徐光曰：「大雅愔愔，殊不似將家子。」』《文選·魏都賦》註引《韓詩》『愔愔夜飲』，『薛君曰：「愔愔，和悅之貌也。」』◎案：晉傅咸《燭賦》：『嘉湛露之愔愔。』正用《韓詩》，若蘇子瞻詩之『愔愔清露涵。』則直以愔愔狀露，失其本義矣。《左傳·隱元年》：『公入而賦：「大隧之中，其樂也融融。」姜出而賦：「大隧之外，其樂也洩洩。」』◎案：《漢石經》本作泄泄，《唐石經》避諱改。漢張衡《思玄賦》：『聆廣樂之九奏兮，展洩洩以彤彤。』《文選》舊註：『衡曰：「洩洩、彤彤，皆和樂貌。」』李善曰：『融與彤，古字通。』』《逸周書·太子晉解》：『《詩》云：「馬之剛矣，轡之柔矣。馬亦不剛，轡亦不柔。志氣麀麀，取予不疑。』以是御之。』註：『麀麀，亦和擾也。』《漢書・司馬相如傳》：『旼旼穆穆，君子之態。』註：『孟康曰：「旼旼，和也。」張揖曰：「旼，音旻，穆穆。」』《史記》作『睦睦』。睦與穆通。《説文》：『睦，敬和也。』《書・舜典》：『四門穆穆。』蔡傳：『穆穆，和之至也。』《易林・臨之歸妹》：『域域牧牧，憂和相半。』《通雅》云：『域域牧牧，猶欝欝穆穆也。』◎案：《集韻》，穆、睦、牧，並莫六切。《漢書・韓信傳》：『項羽言語姁姁。』註：『姁姁，和好貌。』《史記・韓信傳》作嘔嘔。◎案：《集韻》，姁、嘔，並匈于切，音詡。又《韋少翁傳》：『繹繹六轡。』師古註：『繹繹，調和貌。』《晉書・樂志》：『暢暢飛舞氣流芳。』晉束晳《補亡詩》：『輯輯和風。』《文選》註：『輯輯，風聲和也。』漢班固《靈臺詩》：『習習祥風，祁祁甘雨。』《文選》劉良註：『習習、祁祁，風雨和也。』晉謝瞻《張子房詩》：『婉婉幙中畫。』《文選》李善註：『婉婉，和順貌也。』唐韓愈《徐偃王廟碑》：『婉婉偃王，惟道之耽。』唐杜牧《李賀文集序》：『春之盎盎，不足爲其和也。』唐元結《治風詩》：『至化之深兮，猗猗娭娭。』自註：『娭嬉同。』《周宣王石鼓文》：『趍趍六馬。』註：『趍趍，調和閑習之貌。』音馳。唐元稹《縣尉元君墓誌》：『煦煦然窮年無温厲。』晉孫綽《三月三日詩》：『温風煖煖。』《離騷》：『高翺翔之翼翼。』王逸註：『翼翼，和貌。』《禮・檀弓》：『子夏既除喪。』疏：『子夏喪畢，夫子與琴，援琴而弦，衎衎而樂。』《廣雅》：『衎衎，和也。』《莊子・天道篇》：『膠膠擾擾乎。』《釋文》：『膠膠，交卯反。司馬云：「和也。」擾擾而小反，司馬云：「柔也。」』《太玄經・裝》：『鴻裝於淄，飲食頤頤。

測曰：「鴻裝于淄，大將得志也。」」唐韓愈《柳子厚墓誌》：「翊翊强笑語，以相取下。」翊，況羽切，《廣韻》：「和也。」

五·六　**厭厭**懕懕、**提提**媞媞、折折、**休休**、**几几**己己、**蛇蛇**、**逮逮**棣棣、**遲遲**、**綏綏**、**懙懙**惥惥，**安也。**

《詩·秦風》：「厭厭良人。」毛傳：「厭厭，安靜也。」厭通懕，於監切。《爾雅·釋訓》：「懕懕，安也。」又《魏風》：「好人提提。」毛傳：「提提，安諦也。」朱傳：「安舒之意。」《淮南子·説林訓》：「提提者射。」高誘註：「提提，安也。」提與媞同。《爾雅·釋訓》：「媞媞，安也。」晉傅休奕《豔歌行》：「有女懷芬芳，媞媞步東廂。」◎案：《荀子·修身篇》：「難進曰偍。」楊倞註：「偍與提、媞同，皆謂舒緩也。」《禮·檀弓》：「吉事欲其折折爾。」《釋文》：「折，大兮反。鄭註：「折折，安舒貌。」」引《詩》「好人提提」。《通雅》云：「折折，矩折之容也。《禮》舊註音「提」，因好人提提而附會之，此葢言磬折威儀、從容盤辟之容也。《淮南子》：「矩折之容。」言方步迂緩也。」又《唐風》：「良士休休。」朱傳：「休休，安閑之貌。」又《豳風》：「赤舃几几。」朱傳：「几几，安重貌。」《太玄經·親》：「飲食几几。」王註：「几几，有法度也。」◎案：《説文》引《詩》作「赤舃己己」。己，古文作巹，云：「謹身有所承也。從己、丞。」居隱切。又《小雅》：「蛇蛇碩言。」朱傳：「蛇蛇，安舒貌。」《禮·孔子閒居》：「威儀逮逮。」鄭註：「逮逮，安和之貌也。」逮，大計反。《詩·邶風》作棣棣。《釋文》：「棣，本或作逮，同徒帝反。又音代，富而閑習也。」又《孔子閒居》：「其在《詩》曰：「昭假遲遲。」」鄭註：「遲遲然安和。」又：「無體之禮，威儀遲遲。』《荀子·儒效篇》：『綏綏兮其有文章也。』楊倞註：『綏綏，安泰之貌。』◎案：《書》『五百里綏服』傳、《詩》『福履綏之』傳，俱訓綏爲安。《漢書·敘傳》：『長倩懙懙。』註：『蘇林曰：「懙懙，行步安舒也。」師古曰：「懙，音弋於反。」』《說文》作『惥，趨步惥惥也。』徐曰：『惥惥，美也。』尹女反。唐韓愈《送陸暢歸江南詩》：『惥惥江南子。』本或作舉舉。

五·七　好好、欣欣訢訢、忻忻**、憲憲、謔謔、言言、語語、嘽嘽、衎衎、憘憘、嘕嘕、嗖嗖、忥忥、欯欯、姁姁**區區、嘔嘔**、喻喻**俞俞**、婁婁、輷輷、殿殿、倄倄、施施、栩栩、邴邴、姸姸**研研**、娛娛、款款，喜也。**

《詩·小雅》：『驕人好好。』毛傳：『好好，喜也。』朱傳：『樂也。』又《大雅》：『旨酒欣欣。』毛傳：『欣欣然樂也。』《漢書·賈山傳》：『天下皆訢訢焉。』師古註：『訢與欣同。』《淮南子·原道訓》：『其爲懽天忻忻。』《類篇》：忻，本作訢。又：『無然憲憲。』毛傳：『憲憲，猶欣欣也。』疏：『喜樂貌也。』憲，叶虛言切。又：『無然謔謔。』毛傳：『謔然喜樂。』又：『于時言言，于時語語。』《廣雅》：『言言、語語，喜也。』又：『徒御嘽嘽。』毛傳：『嘽嘽然喜樂也。』《釋文》：『嘽嘽，吐丹反，鄭云：「安舒。」』《易·漸》：『飲食衎衎。』疏：『衎衎，樂也。』《說文》：『衎行，喜貌。』苦旰切。《大戴禮·曾子立事篇》：『兄弟憘憘。』憘同憙。《說文》：『悅也。』《楚辭·大招》：『宜笑嘕只。』王逸註：『嘕，笑貌。』《廣雅》：『嘕嘕，喜也。』嘕，許連切。《方言》：『嗖，樂也。』郭璞註：『嗖嗖，歡貌。』音僖。《廣雅·釋詁》：『忔、欯，喜也。』忔與忥同，許氣切。欯，許一切。《釋訓》：『忥忥、欯欯，喜也。』《吕氏春秋・論大篇》：『燕雀爭善處於一室之下，子母相哺也，姁姁焉相樂也。』《務大篇》作區區。高誘註：『區區，得志貌也。』當作嘔嘔。《漢書・王褒傳》註：『應劭曰：「嘔喻，和悅貌。」』《廣雅》：『嘔嘔、喻喻，喜也。』《莊子・天道篇》：『無爲則俞俞。俞俞者，憂患不能處，年壽長矣。』《釋文》引《廣雅》：『俞俞，喜也。』《說文》：『嫛嫛，至也。』脂利切，俗作執。《廣雅》：『嫛嫛，喜也。』《吕氏春秋》：『天子輷輷殷殷，莫不載悅。』註：『喜悅之貌。』◎案：此乃《廣韻》所引，今本《吕賢・慎人篇》作『丈夫女子，振振殷殷，無不戴悅。』輷音田，殷音榛。《春秋繁露・陽尊陰卑篇》：『春之爲言猶偆偆也。偆偆者，喜樂之貌也。』偆音蠢。《孟子》：『施施從外來。』趙註：『施施，猶扁扁，喜悅之貌。』《音義》：丁如字，張音怡。《莊子・齊物論》：『昔者莊周夢爲蝴蝶，栩栩然蝴蝶也。』《釋文》：『栩栩，況羽反，喜貌。』又《大宗師》：『邴邴乎其似吉乎。』【二】《釋文》：『邴邴，徐音丙，郭甫杏反，向云：「喜貌。」』《魏書・汪渠蒙遜傳》：『蒙遜聞劉裕滅姚泓，怒甚，有校書郎言事於蒙遜，蒙遜曰：「汝聞劉裕入關，敢妍妍然也。」遂殺之。』《北史》作『研研』，《通雅》云：『妍妍，得意貌。楊升菴以爲即憲憲。』唐柳宗元《吊屈原文》：『褱折火烈兮，娭娭笑舞。』《太玄經・樂》：『獨樂款款，淫其内也。』范曰：『款款，獨樂貌。』

校按：

【一】今本《莊子・大宗師》：『邴邴乎其似喜乎。』

五・八　睠睠眷眷**、渠渠、勿勿、怟怟**姼姼**、愓愓、戀戀**攣攣**、拳拳**搼搼、卷卷、惓惓**、悢悢、慺慺、區區、款款、扶扶、懃懃**勤勤**、綣綣，愛也。**

《詩・小雅》：『睠睠懷顧。』朱傳：『睠睠，勤厚之意也。』《韓詩》作眷眷。漢張衡《思玄賦》：『魂眷眷而屢顧。』眷同睠。睠，居倦切，音卷，又叶逵員切，音權。劉向《九歎》：『思念郢路兮還顧睠睠，流涕交集兮泣下漣漣。』又《秦風》：『於我乎，夏屋渠渠。』箋：『渠渠，猶勤勤也，言其意勤勤然。』《禮・祭義》：『勿勿諸其欲其饗之也。』鄭註：『勿勿，愨愛之貌。』《爾雅・釋訓》：『怟怟、愓愓，愛也。』註：『《詩》云：「心焉愓愓。」《韓詩》以爲悅人，故言愛也。怟怟未詳，李巡曰：「怟怟，和適之愛也。」』徒啟反，或作姼。《漢書・敘傳》註：『孟康曰：「姼姼、愓愓，愛也。」』《史記・范睢傳》：『公之所以得不死者，以綈袍戀戀有故人之意。』《廣韻》：戀，力卷切，音變，『係慕也。』通作攣。《漢書・李夫人傳》：『上所以攣攣顧念我者，乃以平生容貌也。』師古註：『攣，音力全反，又讀曰戀。』《漢書・貢禹傳》：『不勝拳拳。』註：『拳拳，忠謹貌。』《後漢書・馬后紀》：『至孝之行，安親爲上，而欲先營外封，違慈母之拳拳乎。』《廣雅》：『拳拳，愛也。」拳古作捲。《廣漢屬國侯夫人碑》：「勤養捲捲。」《漢書・賈捐之傳》：「敢昧死竭卷卷。」師古註：「卷讀與拳同。」又《劉向傳》：「念忠臣雖在甽畝，猶不忘君惓惓之義也。」師古註：「惓惓，忠謹之義，讀與拳同，音其專反。」《後漢書・陳蕃傳》：「天之於漢，悢悢不已。」註：「悢悢，猶眷眷也。」又《楊賜傳》：「豈敢愛惜垂暮之年，而不盡其慺慺之心哉？」註：「慺慺，猶勤勤也，音力侯反。」漢李陵《與蘇武書》：「區區之心，竊慕此耳。」《文選・古詩》：「一心抱區區，懼君不識察。」《廣雅》：「區區，愛也。」漢司馬遷《報任少卿書》：「誠欲效其款款之愚。」《廣雅》：「款款，愛也。」《太玄經・礥》：「赤子扶扶，父母詹也。」司馬光註：「扶扶，扳援依慕之意。」《漢書・司馬遷傳》：「意氣懃懃。」懃同勤。《詩・豳風》：「恩斯勤斯。」朱傳：「勤，篤厚也。」唐韓愈《答殷侍御書》：「其孰能勤勤綣綣，若此之至綣？」《説文・新附字》：去阮切，「繾綣也。」

五.九　慇慇殷殷、**惸惸**嬛嬛、焭焭、煢煢、營營、**怲怲、奕奕、挈挈**栔栔、**烈烈**烈烈、**愈愈、悠悠、京京、慘慘、懆懆**慅慅、草草、**忉忉、惕惕、慱慱、欽欽、忡忡**爞爞、**惙惙、悄悄、養養、怛怛、愮愮**䍃䍃、**懽懽**灌灌、**顛顛、悒悒**邑邑、**憚憚、戚戚**慼慼、**恤恤、湫湫、愁愁、恐恐**邛邛、**擾擾、忳忳、懤懤、怞怞、悁悁、閔閔**悯悯、**隱隱、騷騷、怮怮、啒啒、悊悊、悹悹、惄惄、悴悴、拳拳，憂也。**

《詩・小雅》：「憂心慇慇。」毛傳：「慇慇然痛也。」通作殷。《鄘風》：「憂心殷殷。」箋：「心爲之憂殷殷然。」《釋文》：「殷、慇同，於巾反，又音隱。《爾雅》云：「憂也。」」又《小雅》：「憂心惸惸。」毛傳：「惸惸，憂意也。」又《周頌》：「嬛嬛在疚。」箋：「嬛嬛然孤特在憂患之中。」嬛與惸通，又通作煢、焭。《後漢書・東平王傳》：『夙夜煢煢。』煢同焭。《玉篇》：『焭，憂思也。』《左傳・哀十六年》：『焭焭余在疚。』《楚辭》屈原《九章》：『魂識路之煢煢。』《遠遊》：『魂焭焭而至曙。』一本並作營營。◎案：《漢書・王莽傳》註：『正營，惶恐不安之意。』《後漢書・清河王慶傳》註：『屏營，彷徨也。』惶恐、彷徨俱有憂意，是營營亦可與煢煢通。又：『憂心怲怲。』毛傳：『怲怲，憂盛滿也。』怲，丙柄二音，又叶音謗。又：『憂心奕奕。』毛傳：『奕奕然無所薄也。』《爾雅・釋訓》：『奕奕，憂也。』又：『契契寤歎。』毛傳：『契契，憂苦也。』契通作栔。《廣雅》：『栔栔，憂也。』又：『憂心烈烈。』箋：『烈烈，憂貌。』烈與㤠同。《廣雅》：『㤠㤠，憂也。』又：『憂心愈愈。』毛傳：『愈愈，憂懼也。』朱傳：『愈愈，益甚之意。』又：『悠悠我里。』毛傳：『悠悠，憂也。』又：『憂心京京。』毛傳：『京京，憂不去也。』又：『憂心慘慘。』毛傳：『慘慘，猶戚戚也。』慘，七感切，音黲，又叶七各切，音錯。《大雅》：『我心慘慘。』與樂叶，又音懆。又《大雅》：『念子懆懆。』朱傳：『懆懆，憂貌。』懆音草，通作慅。《廣雅》：『慅慅，憂也。』又通作草，《小雅》：『勞人草草。』毛傳：『草草，勞心也。』朱傳：『憂心。』又《陳風》：『心焉忉忉。』朱傳：『忉忉，憂貌。』忉音刀。《匡謬正俗》：『《甫田篇》云：「勞心忉忉。」《爾雅音切》：「切，憂也。」切字與忉字相類，切字從刀、七聲，傳寫誤亂，或變爲忉，今之學者諷誦辭賦，皆爲忉怛，不復言切，失之遠矣。』又：『心焉惕惕。』毛傳：『惕惕，猶忉忉也。』又《檜風》：『勞心慱慱兮。』毛傳：『慱慱，憂勞也。』又《秦風》：『憂心欽欽。』毛傳：『思望之心中欽欽然。』朱傳：『欽欽，憂而不忘之貌。』又《召南》：『憂心忡忡。』毛傳：『忡忡，猶衝衝也。』箋：『憂不當君子，無以寧父母，故心衝衝然。』忡與𢥞通。屈原《九歌》：『極勞心兮𢥞𢥞。』王逸註：『𢥞𢥞，憂心貌也。一本作忡忡。』又：『憂心惙惙。』毛傳：『惙惙，憂也。』又《邶風》：『憂心悄悄。』毛傳：『悄悄，憂貌。』又：『中心養養。』朱傳：『養養，猶漾漾，憂不知所定之貌。』又《齊風》：『勞心怛怛。』毛傳：『怛怛，猶忉忉也。』《廣雅》：『怛怛，憂也。』又《王風》：『中心搖搖。』毛傳：『搖搖，憂無所愬。』《爾雅・釋訓》：『愮愮，憂無告也。』疏云：『愮、搖音義同。』又《大雅》：『老夫灌灌。』《爾雅・釋訓》：『懽懽，憂無告也。』疏云：『懽、灌音義同。』《禮・玉藻》：『色容顛顛。』鄭註：『顛顛，憂思貌。』顛音田。《大戴禮・曾子立事篇》：『君子終身守此悒悒。』註：『悒悒，憂念也。』又《曾子制言篇》：『君子無悒悒然於貧。』通作邑。《史記・商君傳》：『安能邑邑待數十百年。』又《曾子立事篇》：『君子終身守此憚憚。』註：『憚憚，憂惶也。』《論語》：『小人長戚戚。』鄭註：『長戚戚，多憂懼。』戚，亦作慼，《廣雅》：『慼慼，憂也。』《左傳・昭十二年》：『恤恤乎，湫乎，攸乎。』杜註：『恤恤，憂患。』《春秋繁露・陽尊陰卑篇》：『秋之爲言猶湫湫也。湫湫者，憂悲之狀也。』《楚辭》劉向《九歎》：『心愁愁而思舊邦。』《廣雅》：『愁愁，憂也。』又《九歎》：『志蛩蛩而懷顧。』王逸註：『蛩蛩，懷憂貌。』一作邛邛。又屈原《九章》：『傷余心之懮懮。』王逸註：『懮痛貌也。』洪興祖《補註》：『懮音憂。《說文》云：「愁也。」』又《九章》：『中悶瞀之忳忳。』王逸註：『忳忳，憂貌也。』又王褒《九懷》：『懼吾心兮懤懤。』王逸註：『惟我憂思意愁毒也。」洪興祖《補註》：『幬，憂也。』音儔。又《九懷》：『永余思兮怞怞。』王逸註：『怞音抽，愁心長慮，憂無極也。』《詩·陳風》：『中心悁悁。』毛傳：『悁悁，猶悒悒也。』《後漢書·張衡傳》：『情悁悁而思歸。』註：『《説文》：「悁悁，憂也。」音於緣反。』《左傳·昭三十二年》：『閔閔焉如農夫之望歲。』杜註：『閔閔，憂貌。』與憫通。《集韻》：『憫，憂也。』梁簡文《傷離新體詩》：『憫憫愴還途。』《荀子·儒效篇》：『隱隱兮其恐人之不當也。』楊倞註：『隱隱，憂戚戚貌。』劉向《九歎》：『蹇騷騷而不釋。』王逸註：『心中愁思不可解釋也。』《玉篇》：『騷，愁也。』《説文》：『怮，憂貌。』於柳、於流二切，《廣雅》：『怮怮，憂也。』《廣韻》：『啒，憂貌。』呼骨切，音忽，《廣雅》：『啒啒，憂也。』或作唿。《集韻》：『惁，先的切，音錫。』《廣雅》：『惁惁，憂也。』或作悊，非。《集韻》：『𡪢𡪢，無依也。一曰憂也。』或作悺。唐皮日休《九諷》：『永惄惄以何言。』又柳宗元《與李睦州論服氣書》：『悴悴焉膚日皺、肌日虛。』《集韻》：『拳拳，憂也。』

五·一〇　愴愴、慛慛、悢悢、哀哀、悽悽、惻惻、怊怊、憯憯、嗸嗸謷謷、熬熬、慠慠、慠慠**、充充、咉咉、憀憀、惋惋、顏顏、楚楚、號號、吸吸、哽哽、咽咽，悲也。**

《楚辭》王褒《九懷》：『心愴愴兮自憐。』《廣雅》：『愴愴，悲也。』陳新蔡王籟記《野哭賦》：『聲慛慛以激予。』《廣雅》：『慛慛，悲也。』《蜀志·法正傳》：『顧念宿遇，瞻望悢悢然。』《廣雅》：『悢悢，悲也。』力仗切，音亮。《詩·小雅》：『哀哀父母。』《廣雅》：『哀哀，悲也。』南朝宋謝靈運《道路憶山中詩》：『悽悽《明月吹》，惻惻《廣陵散》。』《文選》李周翰註：『悽、惻皆哀聲，《明月吹》《廣陵散》並琴曲名。」晉潘岳《寡婦賦》：「情惻惻而彌甚。」王逸《九思》：「余顧瞻佤怊怊。」音超，《説文》：「悲也。」又叶丑鳩切，音抽。唐皮日休《悼賈文》：「浮沅波之滄洫兮，或漾棹以夷猶。望靈均之没所兮，顧其心之怊怊。」《詩·小雅》：「憯憯日瘁。」箋：「憯憯，憂之。」《唐石經》作「慘慘日瘁。」又：「哀鳴嗸嗸。」本又作謷。《説文》：「謷，哭不止，悲聲謷謷也。」《漢書·食貨志》：「天下謷謷然陷刑者衆。」師古註：「謷謷，衆口愁聲也。」通作熬。《陳湯傳》：「熬熬苦之。」師古註：「熬熬，衆愁聲。」《集韻》：「慠慠，憂心也。」或書作慦。《禮·檀弓》：「始死，充充如有窮；既殯，瞿瞿如有求而弗得；既葬，皇皇如有望而弗至。」鄭註：「皆憂悼在心之貌也。」孔疏：「事盡理屈爲窮。言親始死，孝子匍匐而哭之，心形充屈，如急行道極無所復去，窮極之容也。」吴澄曰：「充充，懣悶填塞之意。」《唐韻》：「怏怏，悲咽也。」於良、倚朗二切。魏王粲《鸚鵡賦》：「又憀憀而不休。」《説文》：「憀憀然也。」憀，聊、留二音。《韻補》：「悲恨也。」陳新蔡王簫記《巷笛賦》：「聲惋惋其愁子。」唐孟郊《懊惱詩》：「終日悲顔顔。」《後漢書·王允傳》：「楚楚苦痛。」唐元稹《聽庾及之彈烏夜啼引》：「吴調哀絲聲楚楚。」又李賀《勉愛行》：「郊原晚吹悲號號。」《楚辭》劉向《九歎》：「悲吸吸而長懷。」南朝宋謝莊《與江夏王義恭牋》：「吸吸惙惙，常如行尸。」《宋史·錢乙傳》：「有士病欬，面青而光，氣哽哽。」唐元稹《丁溪館別李景信詩》：「雨蕭蕭兮鵾咽咽。」

五·一一　虩虩覤覤、愬愬、**蘇蘇、索索、惴惴、嘵嘵**憢憢、**兢兢、赫赫、業業、戰戰**戳戳、**慄慄**栗栗、慄慄、夔夔、懍懍廩廩、鰓鰓⿰犭思⿰犭思、諰諰、悚悚、恇恇怇怇、惵惵㥍㥍、迋迋、沛沛、惄惄惕惕、偒偒、崵崵、怵怵、憺憺、惶惶、恜恜、悸悸、縵縵、伈伈、慞慞章章、㥑㥑、懹懹、懾懾、歙歙、歔歔、恂恂，懼也。《易·震》：『震來虩虩。』王弼註：『虩虩，恐懼之貌也。』《莊子·天地篇》：『蔣閭葂覤覤然驚。』註：『覤與虩同。』《釋文》：『覤，許逆反。又生責反。』《集韻》：『覤覤，驚懼貌。』本作愬，亦作虩。《易·履》：『履虎尾，愬愬，終吉。』《說文》引《易》作『履虎尾虩虩。』『恐懼。』【二】『震來虩虩』，荀爽本作『震來愬愬。』又：『震蘇蘇。』王弼註：『不當其位位，非所處，故懼而蘇蘇也。』《釋文》引王肅註：『蘇蘇，躁動貌。』又：『震索索。』王弼註：『居震之極，求中未得，故懼而索索。』《詩·秦風》：『惴惴其慄。』朱傳：『惴惴，懼貌。』又《豳風》：『予維音嘵嘵。』毛傳：『嘵嘵，懼也。』《爾雅·釋訓》作『憢憢』。又《大雅》：『兢兢業業。』毛傳：『兢，恐也。』又：『赫赫在上。』《釋文》：『赫赫，呼伯反，恐也。』《書·皋陶謨》：『兢兢業業。』孔傳：『業業，危懼。』又《仲虺之誥》：『小大戰戰，罔不懼于非辜。』《廣雅》：『戰戰，懼也。』隸書作戰。《漢武都太定李翕天井道記》：『過者戰戰以爲大慼。』又《湯誥》：『慄慄危懼。』通作栗。《漢書·元帝紀》：『朕戰戰栗栗，日夜思過失。』慄本作懍。《廣雅》：『懍懍，懼也。』《大禹謨》：『夔夔齊慄。』孔傳：『夔夔，悚懼之貌。』又《泰誓》：『百姓懍懍。』疏：『懍懍，怖懼之意。』通作廩。《漢書·食貨志》：『可以爲富安天下，而直爲此廩廩也。』《漢書·刑法志》：『鰓鰓然常恐天下之一合而共軌已也。』註：『蘇林曰：「鰓，音慎，而無禮則葸之葸。鰓，懼貌也。」』葸又作⿰犭思。漢王延壽《魯靈光殿賦》：『魂悚悚其驚斯，心猑猑而發悸。』《文選》李善註：『猑與葸同。』吕延濟曰：『悚悚、猑猑，皆恐懼也。』又通作諰。《荀子・議兵篇》：『諰諰然常恐天下之一合而軋已也。』《後漢書・梁鴻傳》：『嗟恇恇兮誰留。』註：『鄭玄註《禮記》曰：「恇恇，恐也。」音匡。陰復春引作「怇怇」。』◎案：《唐韻》無怇字，陰氏無怇字。又《寒朗傳贊》：『惵惵楚黎，寒君爲命。』註：『惵惵，危懼也。』徒協切，音牒。或作悇。漢張衡《東京賦》：『悇悇黔首。』《文選》李善註：『老子曰：「聖人在，天下悇悇焉。」』張銑註：『悇悇，畏懼貌。』漢司馬相如《長門賦》：『魂迋迋若有忘。』《文選》李善註：『迋迋，恐懼之貌。』狂往切。《楚辭》王褒《九懷》：『望淮兮沛沛。』王逸註：『臨水恐慄，畏禍患也。』又屈原《九章》：『悼來者之悐悐。』朱註：『悐悐，憂懼貌。』悐，《説文》本作愓。傷亦古愓字。愓，他歷切，音剔，又叶汀藥切，音託。《太玄》愓與舄、壑叶，舄音削。枚乘《七發》：『愓愓怵怵，卧不得瞑。』《文選》劉良註：『怵愓，驚貌。』《説文》：『怵，恐也。』屈原《九章》：『心怛傷之憯憯。』註：『憯，叶膽，恐懼貌。』唐達奚珣《華山賦》：『憯憯威棱而可畏。』《世説新語》：『戰戰惶惶，汗出如漿。』《顔氏家訓》：『卜得惡卦，反令忕忕。』《集韻》：忕，蓄力切，音敕，『愓也。』《元包經》：『小過下佛佛，上悸悸。』傳：『下佛佛，愎其上也。上悸悸，懼其下也。』《莊子・齊物論》：『小恐惴惴，大恐縵縵。』註：『縵縵，驚懼不寧。』《釋文》：『縵縵，齊生死貌。』唐韓愈《祭鱷魚文》：『伈伈伣伣，爲民吏羞。』伈，斯甚切，心上聲。《玉篇》：『伈伈，恐貌。』◎案：《集韻》《類篇》皆引《廣雅》：『伀伀，懼也。』今本《廣雅》無伀伀二字。《揚子法言·寡見篇》：『孔子用於魯，齊人章章，歸其侵疆。』《五臣音註》：『吴祕曰：「章章，宜爲慞慞，蓋古通用也。慞慞，懼也。」』《集韻》：『㥓㥓、悚悚，悸也。』音揆。唐元結《閔岭中辭》：『久懹懹以悽惋。』懹音讓。《廣韻》：『憚也。』《易林·節之艮》：『噂噂懾懾，夜行晝伏。』《集韻》：懾，失涉切，音攝，『恐懼也。』《老子·任德篇》：『聖人在，天下歙歙，爲天下渾其心。』《釋文》引顧注：『歙歙，危懼貌。』簡文《河上》本作『怵怵』。《一切經音義》：『歔歔，所力反。《通俗文》：「小怖曰歔。」』《埤蒼》：「歔，恐懼也。」《公羊傳》：『歔然而駭論。』又作㱡，《一切經音義》：『恂恂，私遵反，《爾雅》：「恂恂，戰慄也。」』◎案：今《爾雅》無此語。

校按：

【一】『恐懼』是《説文》對『虢』的釋義。

五·一二　亹亹（娓娓）**、勿勿、切切、偲偲、懋懋、慔慔、忞忞，勉也。**

《易·繫辭》：『成天下之亹亹。』孔疏：『亹亹，勉也。』《禮·禮器》：『君子達亹亹焉。』鄭註：『亹亹，勉勉也。』《詩·大雅》：『亹亹文王。』崔靈恩《集註》作『娓娓文王。』毛晃曰：『娓娓，不倦也。』《禮·祭義》：『勿勿諸其欲其鄉之也。』鄭註：『勿勿，猶勉勉也。』《論語》：『朋友切切偲偲。』馬註：『切切偲偲，相切責之貌。』皇疏：『相切磋之貌。』朱註：『胡氏曰：「切切，懇到也。偲偲，詳勉也。」』《後漢書·竇憲傳》註：『切切，猶勤勤也。』《爾雅·釋訓》：『懋懋、慔慔，勉也。』註：『皆自勉强。』疏：『慔，與慕同。』《揚子法言·問神篇》：『著古昔之㖧㖧，傳千里之忞忞者，莫如書。』《五臣音註》：『宋咸曰：「忞忞，猶勉勉。」吴祕曰：「忞忞，自彊勉也。千里自勉之行，書以傳焉，所以明道也。」司馬光曰：「忞，武巾切。」』

五·一三　蹶蹶、踖踖、衎衎，敏也。

《詩·唐風》：『長士蹶蹶。』毛傳：『蹶蹶，動而敏於事。』《爾雅·釋詁》：『蹶，動也。』《釋訓》：『蹶蹶，敏也。』又《小雅》：『執爨踖踖。』毛傳：『言爨竈有容也。』《爾雅·釋訓》：『踖踖，敏也。』《漢書·張敞傳贊》：『張敞衎衎，履忠進言。』註：『衎衎，彊敏之貌。』

五·一四　瞿瞿、休休，儉也。

《詩·唐風》：『良士瞿瞿。』毛傳：『瞿瞿然顧禮義也。』又：『良士休休。』毛傳：『休休，樂善之心。』《爾雅·釋訓》：『瞿瞿、休休，儉也。』疏：『李巡曰：「皆良士顧禮節之儉也。」』◎案：瞿有懼、衢二音，義同。《唐書·吴湊傳》：『湊爲人彊力劬儉，瞿瞿未嘗擾民。』《書·秦誓》：『其心休休焉。』疏：『休休，好善之意。』《後漢書·吴蓋陳臧傳贊》：『宫俊休休。』

五·一五　粥粥鬻鬻**、嗛嗛、臣臣、恭恭、就就，謙也。**

《禮·儒行》：『粥粥若無能也。』鄭註：『粥粥，卑謙貌。』疏：『粥粥，柔弱專愚之貌。』《集韻》作『鬻鬻』。《漢書・藝文志》：『易之嗛嗛。』師古註：『嗛與謙同。』《太玄經・盛》：『小盛臣臣，大人之間。』范望註：『臣臣，自賤卑之意也。』《文中子・王道篇》：『韋鼎請見子，三見而三不語，恭恭若不足。』《呂氏春秋・下賢篇》：『就就乎其不肎自是。』高誘註：『就就，讀如由與之由。』

◎案：由與即猶豫。

五・一六　啞啞呝呝、呃呃**、嘻嘻、⿰㞢欠⿰㞢欠、咥咥**唏唏**、瑳瑳**齹齹**、呵呵、⿰口閜⿰口閜、歌歌、⿰言口⿰言口、噳噳、臄臄、咭咭、款款、哇哇、喭喭、嚇嚇、局局、吃吃、咍咍、咳咳、呬呬、哂哂、噱噱，笑也。**

《易・震》：『笑言啞啞，』烏格切，音⿰食尼。《廣雅》：『啞啞，笑也。』《說文繫傳》引《易》作『笑言呝呝。』晏索反。又《說文》：『謚，笑貌。從言益聲。』徐曰：『猶「笑言呝呝」也。』伊昔反。又《家人》：『婦子嘻嘻。』疏：『嘻嘻，喜笑之貌也。』《說文》：『⿰㞢欠⿰㞢欠，戲笑貌。從欠之聲。』軒其切。《詩・衛風》：『咥其笑矣。』疏：『我兄弟不知我之見遇如此，若其知之則咥咥然其笑我矣。』咥通作唏。《廣雅》：『唏唏，笑也。』又《衛風》：『巧笑之瑳。』毛傳：『瑳，巧笑貌。』宋梅堯臣《金明池遊詩》：『女齒笑瑳瑳。』瑳，倉何、此我二切，與齹通。魏阮籍《首陽山賦》：『衆齹齹而笑人。』《五燈會元》：『有緑禪師曰：「野馬走時，鞭轡斷石，人拊掌笑呵呵。」』《廣雅》：『呵呵，笑也。』又《廣雅》：『⿰口閜⿰口閜，笑也。』⿰口閜，火下切。《玉篇》：『⿰口閜，大笑也。』又：『歌歌，笑也。』乎下切。又：『⿰言口⿰言口，笑也。』音口，又音蝦。《集韻》：『⿰言口，或作叩。』《廣韻》：『噳噳，笑貌。』又：『臄臄，大笑也。』極虐切，音噱。《玉篇》：『咭咭，笑貌。』本作故。《元包經》：『言侃侃，笑赥赥。』《正韻》：『赥赥，笑聲。』迄逆切，音鬩。又：『言唯唯，笑哇哇。』《易林・家人之坤》：『喭喭諤諤，虎豹相齘。』《集韻》：喭，語限切，音眼，『小笑貌。』《朝野僉載》：『雪占。古諺云：「正月見三白，田公笑嚇嚇。」』《莊子・天地篇》：『季徹局局然笑。』《釋文》：『局，其玉反。局局，大笑之貌。』　《飛燕外傳》：『帝昏夜擁昭儀居九成殿，笑吃吃不絶。』唐皇甫湜《吉州刺史廳壁記》：『昔民嗷嗷，今民哈哈。』《説文》：『哈，蚩笑也。』《古音複字》：『咳咳，小兒笑也。』◎案：《説文》咳下無複字。《太玄經・疑》：『初一，疑恫恫。』小宋本恫作呬，『虛次反，呬呬，笑也。』◎案：《爾雅》《方言》《説文》，俱訓『呬，息也。』無笑義。《一切經音義》：『哂哂，失忍反。《論語》云：「夫子哂之。」哂，小笑也。』經文作『咥』，舊烏雞、呼雞二反，非也。《漢書・敘傳》：『談关大噱。』注：『師古曰：「关，古笑字。噱噱，笑聲也。音其略反。」』

五・一七　涕涕、滻滻、眐眐、潸潸、灌灌，泣也。

《周禮・地官・保氏》註：『喪紀之容，涕涕翔翔。』《類篇》：『滻滻，出涕貌。』音産。《集韻》：『眐眐，目欲泣貌。』音汪。　唐元稹《臺中鞫獄憶開元觀舊事詩》：『分司別兄弟，各各淚潸潸。』《毛詩・小雅》傳：『潸，涕下貌。』◎案：潸有平、上、去三音，義並同。晉陸機《弔魏武帝文》：『指季豹而灌焉。』《文選》註：『灌，涕泣垂貌。』唐韓愈《憶昨行》：『淚落不掩何灌灌。』灌，七罪切，音璀。

五・一八　嗟嗟⿱髟差⿱髟差、慨慨、喟喟、契契、唌唌、啾啾，歎也。

《詩·周頌》：『嗟嗟臣工。』毛傳：『嗟嗟，勑之也。』朱傳：『重歎以深勑之也。』《太玄經·曹》：『時蹉蹉，不獲其嘉。』王涯註：『蹉，古嗟字。』《韓詩外傳》：『湯之慨慨，天地同憂。』劉向《九歎》：『情慨慨而長懷。』又《九歎》：『行唫累欷，聲喟喟兮。』王逸註：『喟，歎聲也。』《通雅》：『契契、唌唌，歎也。』契，欺結切。唌音顛。《説文》：『歎也。』《集韻》：『啾啾，歎聲。』之六切，音祝。

五·一九　矍矍㑋㑋、瞿瞿、睘睘、逃逃、適適、迋迋、愀愀、愕愕、吁吁，驚也。

《易·震》：『視瞿瞿。』疏：『矍矍，視不專之容。』《説文》矍字註，徐曰：『左右驚顧也。』《太玄經·養》：『燕食扁扁，其志㑋㑋。』註：『或得或失，㑋㑋然也。』《字彙補》：㑋與矍同。《禮·玉藻》：『視容瞿瞿。』疏：『瞿瞿，驚遽之貌。』瞿，懼、衢二音，義同。《説文》：『睘，目驚視也。』引《詩》『獨行睘睘。』《關尹子·八籌篇》：『鳥獸俄旬旬，俄逃逃。』《通雅》云：『逃逃，言驚而獝也。』《莊子·秋水篇》：『適適然驚。』註：『適適，驚貌。』他歷切，音惕。漢司馬相如《長門賦》：『魂迋迋若有忘。』《文選》張銑註：『迋迋，驚貌。』唐孟郊《寒溪詩》：『魚心明愀愀。』愀音悄。《集韻》：『容色變也。』又音酋，義同。《元包經》：『悸愕愕。』《説文》：『吁，驚也。』況于切。唐柳宗元《乞巧文》：『吁吁爲詐。』

五·二〇　徐徐、遲遲，疑也。

《易·困》：『來徐徐。』註：『徐徐者，疑懼之辭也。』《釋文》：『徐徐，疑懼貌。』《後漢書·

鄧張徐張胡傳論》：『遲遲於歧路之間。』注：『遲遲，疑不全之貌也。』

五·二一　彊彊姜姜**、奔奔**賁賁**、觺觺、㘖㘖，鬭也。**

《詩·邶風》：『鶉之彊彊，鵲之奔奔。』《禮·表記》引作姜姜、賁賁，註：『姜姜、賁賁，爭鬭惡貌也。』唐柳宗元《憎王孫文》：『王孫之德躁以囂，勃諍號呶，唶唶彊彊，雖群不相善也。』《楚辭·招魂》：『土伯九約，其角觺觺些。』王逸註：『觺觺，猶狺狺，角利貌也。』洪興祖《補註》：『觺，音疑，又牛力切。』唐王無競《北使長城賦》：『兩龍鬭觺觺。』叶上、起。《玉篇》：『觺觺，猶岳岳也。』《韓非子·揚權篇》：『毋弛爾弓，一棲兩雄。一棲兩雄，其鬭㘖㘖。』㘖，牛姦切，音顏，《集韻》：『㘖㘖，爭貌。』

五·二二　洸洸、悻悻、怫怫、闞闞、𩓐𩓐、虓虓、馯馯，怒也。

《詩·邶風》：『有洸有潰。』毛傳：『洸洸，怒也。』《孟子》：『悻悻然見於其面。』朱註：『悻悻，怒意也。』《說文》：『怫，恨怒也。』引《詩》『視我怫怫。』蒲昧切，今《小雅》作『邁邁』。《周禮·地官·保氏》註：『軍旅之容，闞闞仰仰。』《朱子詩傳》：『闞，奮怒之貌。』唐獨孤及《招北客文》：『餓虎爭肉，吼怒闞闞。』《方言》：『𩓐，怒也。』郭註：『𩓐𩓐，恚貌也。』巨廩切。唐孟郊《懊惱詩》：『衆誚瞋虓虓。』五閑切。《說文》：『虓，虎怒也。』《玉篇》：『馯馯，馬怒貌。』音卬。

五·二三　居居、究究、速速、疾疾、懀懀，憎也。

《詩・唐風》：『自我人居居。』毛傳：『居居，懷惡不相親比之貌。』又：『自我人究究。』毛傳：『究究，猶居居也。』《爾雅・釋訓》：『居居、究究，惡也。』註：『皆相憎惡。』◎案：居居，王肅讀去聲。屈原《九歌》：『躬速速而不吾親。』王逸註：『速速，不親附貌也。』《荀子・非十二子篇》：『禮節之中，則疾疾然、訾訾然。』楊倞註：『謂憎疾毀訾也。』唐岑參《感舊賦》：『上帝慒慒，莫知我冤。衆人憎憎，不爲我言。』憎，烏外切，音薈，嫌惡也。

五・二四　蹻蹻（蟜蟜）、旭旭、振振、傜傜，驕也。

《詩・大雅》：『小子蹻蹻。』毛傳：『蹻蹻，驕貌。』《尚書大傳》註引作『小子蟜蟜。』《說文》：『蹻，舉足行高也。』徐曰：『《左傳》：「舉趾高，心不固矣。」』其雀反。《爾雅・釋訓》：『旭旭、蹻蹻，憍也。』註：『皆小人得志憍蹇之貌。』《釋文》：旭旭，郭『呼老反。』『是郭氏讀旭旭爲好好。《小雅・巷伯》云：「驕人好好。」鄭箋云：「好好，喜讒言之人也。」』《釋文》又云：『謝「許玉反。」』則旭讀如字。◎案：旭，又叶已有切。《太玄經・從》：『方出旭旭，朋從爾醜。』《公羊傳・僖公九年》：『葵丘之會，桓公震而矜之，叛者九國。震之者何？猶曰振振然。』註：『亢陽之貌。』《說文》：『傜傜，驕也。從人蚤聲。』

五・二五　仇仇、敖敖、藐藐、邁邁、訑訑、睢睢、盱盱，傲也。

《詩・小雅》：『執我仇仇。』毛傳：『仇仇，猶謷謷也。』《爾雅・釋訓》：『仇仇、敖敖，傲也。』註：『皆傲慢賢者。』敖、謷音義同。又《大雅》：『誨誨諄諄，聽我藐藐。』毛傳：『藐藐然不入也。』疏：『不聽受之貌。』朱傳：『忽略貌。』《尚書大傳・洪範五行志》作『聽我眊眊。』《淮南子・修務》注作『聽我邈邈。』又：『念子懆懆，視我邁邁。』毛傳：『邁邁，不悦也。』朱傳：『不顧也。』《孟子》：『訑訑之聲音顔色。』趙註：『訑訑，自足其智不嗜善言之貌。』《莊子・寓言篇》：『老子曰：「而睢睢盱盱，而誰與居。」』郭註：『睢睢盱盱，跋扈之貌。』

五・二六　赧赧、望望、負負、縮縮、慝慝，愧也。

《孟子》：『觀其色赧赧然。』趙註：『赧赧，面赤心不正之貌。』朱註：『慙而面赤之貌。』又：『望望然去之。』趙註：『望望，慚愧之貌。』《後漢書・張步傳》：『負負無可言者。』註：『負，愧也。』再言之者，愧之甚。《唐書・吐蕃傳》：『弄贊見中國服飾之美，縮縮愧阻。』唐皮日休《九諷》：『面慝慝以奚色兮。』慝音匿。《廣韻》：『愧也。』

五・二七　恈恈、鄉鄉、啖啖、狧狧、嘬嘬、湫湫逐逐、愁愁、婪婪、饕饕，食也。

《荀子・榮辱篇》：『恈恈然惟利之見。』楊倞註：『恈恈，愛欲之貌。』《方言》云：『牟，愛也。宋魯之間曰牟。』又《榮辱篇》：『亦呥呥而嚌，鄉鄉而飽已矣。』楊倞註：『鄉鄉，趨飲食貌。』許亮反。又《王霸篇》：『啖啖常欲人之有。』楊倞註：『啖啖，並吞之貌。』《太玄經・狩》：『熒狩狧狧。』註：『狧，他合切。王涯曰：「狧狧，犬食貌。」范望曰：「狧狧，食欲之意也。」』又《翕》：『測曰：翕食嘬嘬，利如舞也。』註：『嘬，楚未切。范望曰：「嘬嘬，食疾貌。」王涯曰：「嘬嘬，盡臠貪之甚也，欲利之速如舞之赴節。」』《漢書・敘傳》：『六世耽耽，其欲湫湫。』師古註：

「《易·頤卦》：「其欲浟浟。」浟浟，欲利之貌也。』今《易》作『逐逐』。◎案：《集韻》，浟、逐，並亭歷切，音狄。通作惄。屈原《九章》：『悖來者之惄惄。』王逸註：『惄惄，欲利貌也，言傷今世人見利惄惄然欲競之也。』惄一作狄。晉潘岳《馬汧督誄》：『婪婪群狄，豺虎競逐。』《潛虛》：『豨腹饕饕，爲人益膏。』解曰：『豨腹饕饕，貪欲不厭也。』

五·二八　空空悾悾、蚩蚩癡癡、沌沌、芚芚、啍啍、憨憨、嚚嚚，愚也。

《論語》：『有鄙夫問於我，空空如也。』皇侃疏：『空空，無識貌。』又：『悾悾而不信。』朱註：『悾悾，無能貌。』《詩·衛風》：『氓之蚩蚩。』朱傳：『蚩蚩，無知之貌。』《揚子法言·重黎篇》：『六國蚩蚩，爲嬴弱姬。』《通雅》云：『蚩蚩即癡癡。』《北史·齊本紀》：『顛顛癡癡，成何天子。』《說文》：『癡，不慧也。』《老子·異俗篇》：『我愚人之心也，哉沌沌兮。』註：『無所分別。』沌音頓，與忳同，愚貌。《莊子·齊物論》：『聖人愚芚。』註：『芚芚然無知而直往之貌。』又《胠篋篇》：『釋夫恬淡無爲，而悅夫啍啍之意。』《釋文》：『啍啍，之閏反，又之純反，司馬云：「少智貌。」』宋范成大《睡起詩》：『憨憨與世共兒嬉。』唐皮日休《十原》：『蚩蚩嚚嚚。』嚚，音銀，《玉篇》：『愚也。』

五·二九　如如、醒醒、惺惺，覺也。

《傳燈録》：『智隍問：「以何爲禪定？」元策曰：「妙湛圓寂，體用如如。」』《一切經音義》：『曆法非一，故曰如如。』《道院集》：『本覺爲如，今覺爲來。』唐釋貫休《山居詩》：『非凡非聖獨醒醒。』

《上蔡語録》：『敬是常惺惺法。』

五·三〇　啐啐、啁啁，戒也。

《五音集韻》：『啐啐、啁啁，戒也。』啐，五割切，音辥。啁，五閑切，音訮。

五·三一　斤斤，仁也。

《廣雅》：『斤斤，仁也。』《集韻》：許斤切，音欣。北齊陸卬《樂章》：『洞洞自形，斤斤表步。』

五·三二　烝烝蒸蒸**，孝也。**

《後漢書·章帝紀》：『陛下至孝烝烝。』烝與蒸同。《新語·道基篇》：『虞舜蒸蒸於父母。』《廣雅》：『蒸蒸，孝也。』

五·三三　謇謇蹇蹇**、怦怦**恲恲**、諄諄，忠也。**

《離騷》：『余固知謇謇之爲患兮，忍而不能舍也。』王逸註：『謇謇，忠貞貌。《易》曰：「王臣謇謇。」』今《易》作『蹇蹇』。《漢書·龔遂傳》：『蹇蹇亡已。』注：『蹇蹇，不阿順之意也。』宋玉《九辨》：『心怦怦兮諒直。』洪興祖《補註》：『怦，披繃切，心急。』一曰忠謹貌。《通雅》：『怦怦，當如恲恲。』東方朔《七諫》：『思比干之恲恲。』王逸註：『恲恲，忠直之貌。』音平。《韻會》：『諄諄，忠謹之貌。』《後漢書·卓茂傳》：『勞心諄諄。』

五·三四　烈烈、震震、嚴嚴，威也。

《詩·小雅》：『烈烈征師。』箋：『烈烈，威武貌。』《商頌》：『相土烈烈。』毛傳：『烈烈，威也。』《太玄經·釋》：『震震不侮。』註：『震震，有威嚴之貌。』《荀子·儒效篇》：『嚴嚴兮其能敬己也。』楊倞註：『嚴嚴，有威重之貌。』嚴或作儼。《舊唐書·高士廉傳贊》：『嚴嚴申公，功名始終。』

疊雅卷六

樂亭　史夢蘭　香厓

六・一　抑抑、穆穆、藐藐、奕奕、濟濟、委委褘褘、佗佗它它、洋洋、暀暀、皇皇、淑淑、皚皚、懿懿、徽徽、翼翼、儀儀、嫋嫋、婉婉、⿰女聶⿰女聶、姼姼媞媞、嬥嬥苕苕、窕窕、睆睆、佼佼、眇眇、婋婋、拘拘、丰丰、盈盈嬴嬴、⿰女嬴⿰女嬴、偞偞葉葉、娥娥峩峩、妦妦、嬛嬛娟娟、娗娗婷婷、停停、亭亭、媉媉、傛傛、闇闇、婥婥、姹姹、嫈嫈、扈扈、美好也。

《詩・大雅》：『威儀抑抑。』毛傳：『抑抑，美也。』又：『穆穆文王。』毛傳：『穆穆，美也。』又：『既成藐藐。』毛傳：『藐藐，美貌。』◎案：《廣雅》：『藐藐，盛也。』盛與美同義。又《魯頌》：『新廟奕奕。』毛傳：『奕奕，美也。』又《齊風》：『四驪濟濟。』毛傳：『濟濟，美貌。』又《鄘風》：『委委佗佗。』《爾雅・釋訓》：『委委、佗佗，美也。』疏：『委委，行之美。佗佗，長之美。』委佗通作褘它，舍人引《詩》釋云：『褘褘它它，如山如河。』◎案：委蛇，《韓詩》作『褘隋』，見《漢衛尉衡方碑》。舍人以委作褘，蓋本《韓詩》也。《書・伊訓》：『聖謨洋洋。』孔傳：

『洋洋，美善。』《爾雅・釋詁》：『暀暀、皇皇，美也。』疏：『《少儀》云：「祭祀之美，濟濟皇皇。」鄭云：「皇皇，讀如歸往之往。」彼言「皇皇」，則此言「暀暀」也。《少儀》又云：「言語之美，穆穆皇皇。」』《荀子・賦篇》：『湣湣淑淑。』楊倞註：『淑淑，未詳，或曰美也。』《方言》：『皚，美也。』郭註：『皚皚，美德也。』呼凱反。《楚辭》劉向《九歎》：『芳懿懿而終敗。』王逸註：『懿懿，芳貌。』漢班固《周勃銘》：『懿懿太尉，惇厚樸誠。』《六書精蘊》：『懿，醇美也。』晉陸機《文賦》：『文徽徽以溢目。』《爾雅・釋詁》：『徽，善也。』疏：『美善也。』漢張衡《東京賦》：『京邑翼翼。』《文選》劉良註：『翼翼，美貌。』《揚子法言・孝至篇》：『麟之儀儀，鳳之師師。』《五臣音註》：『司馬光曰：「儀儀、師師，皆和整尚德之貌。」』《廣雅》：『儀儀，容也。』晉左思《吳都賦》：『嫋嫋素女。』《文選》李善註：『《埤蒼》曰：「嫋嫋，美也。」』晉潘岳《爲賈謐作贈陸機詩》：『婉婉長離。』《文選》吕向註：『長離，鳳也。婉婉，美也。』《集韻》：『孎孎，美貌。』昵洽切，音聶。《漢書・敘傳》：『姼姼公主，乃女烏孫。』師古註：『姼，音上支反。姼姼，好貌也。《魏詩・葛屨之篇》曰：「好人提提。」音義同。』漢東方朔《七諫》：『西施媞媞而不得見。』王逸註：『媞音提。媞媞，好貌。《詩》曰：「好人媞媞。」』◎案：今《詩》作提提。《詩・小雅》：『佻佻公子。』《釋文》：『《韓詩》作嬥嬥，往來貌。《廣雅》：「嬥嬥，好也。」』◎案：《說文》：『嬥，直好貌。』《玉篇》：音徒了、徒聊二切。『嬥嬥，猶言苕苕。』《楚辭・九歎》註引《詩》作『苕苕公子。』《小雅・大東》，《釋文》云：『嬥嬥，本或作窕窕。』揚子《方言》：『美狀爲窕。』窕亦好貌。此句但言其直好，下三句乃傷其困乏。《廣雅》訓嬥嬥爲好，當是《齊》《魯詩》説，若《毛詩》因『行彼周行』而訓爲獨行，《韓詩》因『既往既來』而訓爲往來，皆緣辭生訓，非詩人本意也。《禮·檀弓》：『華而睆。』疏：『睆睆然好也。』《後漢書·劉盆子傳》：『傭中佼佼。』註：『佼佼，好貌。』◎案：《水經·洛水注》引此作『庸中皦皦。』《楚辭》屈原《九歌》：『帝子降兮北渚，目眇眇兮愁余。』王逸註：『眇眇，好貌。』《説文》：『姽，閑體行姽姽也。』徐曰：『閑體，體閑放也。』五累反。《廣雅》：『姽，好也。』《淮南子·精神訓》：『子求行年五十有四，而病傴僂脊，管高于頂，䐈下迫頤，兩脾在上，燭營指天。匍匐自窺於井，曰：「偉哉造化者，其以我爲此拘拘邪。」』高誘註：『偉哉，猶美哉也。拘拘，好貌。』《詩·鄭風》：『子之丰兮。』箋：『面貌丰丰然豐滿，善人也。』《文選·古詩》：『盈盈樓上女。』李善註：『《廣雅》：「嬴嬴，容也。」』盈、嬴，古字通。嬴又作嬴。《方言》：『嬴，好也。宋魏之間謂之嬴。』註：『言嬴嬴也。』《方言》：『自關而西，凡美容謂之奕，或謂之僷。』僷音葉。《廣雅》：『奕奕、僷僷，容也。』《集韻》：『僷僷，華也。』僷通作葉。《漢先生郭輔碑》：『堂堂四俊，碩大婉敏。娥娥三妃，行追太姒。葉葉昆嗣，福禄茂止。』《方言》：『秦晉之間，美貌謂之娥。』註：『言娥娥也。』《文選·古詩》：『娥娥紅粉粧。』《廣雅》：『娥娥，容也。』宋玉《神女賦》：『其狀峩峩。』◎案：峩與娥通，美容謂之峩峩。德容亦謂之峩峩。《詩·大雅》：『奉璋峩峩。』毛傳：『峩峩，盛壯也。』峩峩與儀儀，古亦同聲。《方言》：『凡好而輕者，趙魏燕代之間曰妦。』妦音丰。唐皮日休《桃花賦》：『妦妦婉婉。』《説文》：『嬛，好也。』《集韻》：『嬛嬛，美容貌。』《鐘鼎文》：『嬛。乃願字加女爲嬛，以二目斜視也。』《廣雅》：『嬛嬛，容也。』嬛，音娟，與娟通。唐杜甫《寄韓諫議詩》：『美人娟娟隔秋水。』又《狂夫詩》：『風含翠篠娟娟靜。』《廣雅》：『娗娗，容也。』大丁、唐鼎二反。娗或作婷，通作停、亭。漢蔡邕《青衣賦》：『停停溝側，撽撽青衣。』梁沈約《麗人賦》：『亭亭似月。』義並與娗娗同。《廣雅·釋詁》：『媉，好也。』《釋訓》：『媉媉，容也。』《漢書·外戚傳》：『傛華。』註：『師古曰：「傛傛，猶言奕奕也，便習之意也。」』晉成公綏《延賓賦》：『閻閻偘偘，娛心肆情。』《説文》：『閻，好而長也。』《五音集韻》：『美色也。』唐杜牧《張好好詩》：『婥婥爲當壚。』婥音綽，《集韻》：『美貌。』宋梅堯臣《送張子野知虢州詩》：『谿山小女兒，姹姹兩髻丫。』姹同奼，丑下切。《説文》：『少女也。』又音妒，美婦也。《集韻》：『嫈嫈，好貌。』音縈。《經典釋文》：『「碩人俁俁。」』《韓詩》作扈扈，云：「美貌。」』

六·二　薨薨、詵詵、蟄蟄、栗栗穛穛、穰穰、增增、洋洋、溱溱蓁蓁、嘽嘽、麌麌噳噳、祁祁祈祈、駪駪侁侁、兟兟、莘莘、甡甡、陾陾仍仍、彭彭、儦儦、光光、濔濔爾爾、瀰瀰、采采、泄泄、戔戔、紛紛、分分、翼翼、繩繩、縱縱總總、悠悠、颮颮、衎衎、皤皤、隱隱、莫莫、縰縰、延延、云云、芸芸、紜紜、魂魂、熏熏、萅萅、衝衝、職職、芒芒茫茫、螽螽、繽繽、翹翹、甫甫、伾伾、集集、師師、淖淖、漼漼、[illegible]、[illegible]、[illegible]、[illegible]、旟旟、戎戎、魯魯，衆多也。

《詩·大雅》：『度之薨薨，』朱傳：『薨薨，衆聲也。』《周南》：『螽斯羽，薨薨兮。』毛傳：

『薨薨，衆多也。』又：『螽斯羽，詵詵兮。』毛傳：『詵詵，衆多也。』《陳書·周弘正傳》：『後進詵詵，不無傳業。』又《周南》：『宜爾子孫，蟄蟄兮。』朱傳：『蟄蟄，亦多意。』唐陸參《長城賦》：『蟄蟄而征，沓沓而營。』又《周頌》：『積之栗栗。』毛傳：『栗栗，衆多也。』本作穄。《集韻》：『穄穄，積禾貌。』又：『降福穰穰。』毛傳：『穰穰，衆也。』《史記·淳于髡傳》：『五穀蕃熟，穰穰滿家。』◎案：《潛夫論·正列篇》引《周頌》作『降福禳禳。』晉張華《感婚詩》：『駕言遊東邑，東邑紛禳禳。』借禳作穰，本此，穰有平、去二音。《匡謬正俗》：『傳毅《郊祀頌》云：「飛紫煙以奕奕，紛扶搖乎太清。既歆祀而欣德，降靈福之穰穰。」又張昶作《華山堂闕碑銘》云：「經之營之，不日而志。神其萃止，降福穰穰。」然則穰字亦當音而成反。』又《魯頌》：『烝徒增增。』毛傳：『增增，衆也。』又：『萬舞洋洋。』毛傳：『洋洋，衆多也。』　又《小雅》：『室家溱溱。』毛傳：『溱溱，衆也。』箋：『子孫衆多也。』漢蔡邕《述行賦》：『玄雲黯以凝結兮，零雨集以溱榛。』《潛夫論·夢列》引《詩》作『室家秦秦。』又《小雅》：『戎車嘽嘽。』毛傳：『嘽嘽，衆也。』又：『麀鹿麌麌。』毛傳：『麀麌衆多也。』《釋文》：『麌麌，愚甫反。鄭云：「麠，牡。」曰「麌麌」，復麌言多也。』《說文》作『噳』，云：『麋鹿群口相聚也。』《大雅》：『麀鹿噳噳。』毛傳：『噳噳然衆也。』又《豳風》：『采蘩祁祁。』毛傳：『祁祁，衆多也。』《漢書·韋賢傳》：『祁祁我徒，戴負盈路。』通作祈。晉潘岳《楊荊州誄》：『祈祈搢紳，升堂入室。』又《小雅》：『駪駪征夫。』毛傳：『駪駪，衆多貌。』通作侁。《楚辭·招魂》：『豺狼從目，往來侁侁些。』《文選》張銑註：『侁侁，衆貌。』

又作㹝。《玉篇》：『㹝㹝，衆多貌。』唐柳宗元《晉問》：『師師㹝㹝。』駪、莘通，俱所臻切。《說文》燊字下云：『讀若《詩》「莘莘征夫。」』莘莘即駪駪。漢班固《東都賦》：『俎豆莘莘。』《文選》李善註：『毛萇《詩傳》曰：「莘莘，衆多也。」』晉左思《魏都賦》：『莘莘蒸徒。』又《大雅》：『甡甡其鹿。』毛傳：『甡甡，衆多也。』《元包經》：『臨豕甡甡。』又：『捄之陾陾。』毛傳：『陾陾，衆也。』通作仍。《廣雅》：『仍仍，衆也。』又《齊風》：『行人彭彭。』毛傳：『彭彭，多貌。』《小雅》：『出車彭彭。』朱傳：『彭彭，衆盛貌。』彭，必旁切。又《齊風》：『行人儦儦。』毛傳：『儦儦，衆貌。』又：『垂轡瀰瀰。』毛傳：『瀰瀰，衆也。』《釋文》：『瀰瀰，本亦作爾，同乃禮反。』《集韻》：『爾爾，滿也。一曰衆也。』又作濔。《宋史·樂志》：『降福濔濔。』又《曹風》：『采采衣服。』毛傳：『采采，衆多也。』又《魏風》：『桑者泄泄兮。』毛傳：『泄泄，多人之貌。』《易·賁》：『束帛戔戔。』疏：『戔戔，衆多也。』《漢書·樂志》：『羽旄紛紛。』註：『紛紛，言其多。』《淮南子·繆稱訓》：『福之生也綿綿，禍之生也分分。』註：『分分，猶紛紛。』又《樂志》：『桂華馮馮翼翼。』師古註：『翼翼，衆貌。』又《樂志》：『繩繩意變。』注：『孟康曰：「繩繩，衆多也。」』又《樂志》：『騎沓沓，般縱縱。』師古註：『般，相連也。縱縱，衆也。』縱音總，與總通。《楚辭》屈原《九歌》：『紛總總兮九州。』王逸註：『總總，衆貌。』晉潘岳《河陽詩》：『總總都邑人，擾擾俗化訛。』《文選》呂延濟註：『總總、擾擾，皆衆也。』俗本作緫、揔，並非。《後漢書·朱穆傳》：『悠悠者皆是。』注：『悠悠，多也。』又《崔駰傳》：『悠悠罔極。』注：『悠悠，衆多也。』漢班固《西都賦》：『颮颮紛紛，矰繳相纏。』《文選》李善註：『颮颮紛紛，衆多之貌。』

晉左思《魏都賦》：『豐肴衍衍，行庖皤皤。』《文選》李善註：『皤皤，豐多之貌也。』呂向註：『衍衍、皤皤，並多貌。』漢張衡《東京賦》：『隱隱轔轔。』《文選》薛綜註：『隱隱，衆多貌。』漢揚雄《甘泉賦》：『神莫莫而扶傾。』《文選》呂向註：『莫莫，衆多貌。』宋玉《高唐賦》：『縱縱莘莘，若生於鬼，若出於神。』《文選》李善註：『縱縱莘莘，衆多之貌。』縱，所綺切。《後漢書·五行志》：『桓帝之末，京都童謠曰：「白蓋小車何延延。」』延延，衆也。延音征。《老子·歸要篇》：『云物芸芸，各復其要。』註：『芸芸，物多貌。』與云同。《莊子·在宥篇》：『萬物云云，各復其根。』亦通作紜。《孫子·兵勢篇》：『紛紛紜紜。』唐德宗《宸扆銘》：『萬情紜紜。』《太玄經·玄告》：『魂魂萬物。』註：『魂魂，多貌。』《山海經》：『其光熊熊，其氣魂魂。』《太玄經·交》：『往來熏熏。』王涯註：『熏熏，衆多之貌。』《太玄經·告》：『人朁朁而處乎中。』注：『朁朁，衆多貌也。』《揚子·法言·問明篇》：『君子所貴，亦越用明保慎其身也。如庸行翳路，衝衝而活，君子不貴也。』《五臣音註》：『宋咸曰：「衝衝，多也。」』《莊子·至樂篇》：『萬物職職。』註：『職職，多也。司馬云：「職職，猶祝祝也。」李云：「繁殖貌。」』《宋史·樂志》：『美芳職職。』晉束皙《補亡詩》：『芒芒其稼。』《文選》李善註：『芒芒，多貌。』晉木華《海賦》：『茫茫積流。』《文選》張銑註：『茫茫，多貌。』芒、茫通。又《補亡詩》：『蠢蠢庶類。』《文選》呂向註：『蠢蠢，衆多也。』梁陶弘景《尋山誌》：『鳥迷蘿兮繽繽。』《廣雅》：『繽繽，衆也。』《詩·周南》：『翹翹錯薪，言刈其楚。』《廣雅》：『翄翄，衆也。』◎案：翄翄與錯薪連文，則翄翄爲衆貌，言於衆薪之中，刈取其高者耳。傳、箋以翄翄爲高貌，則與下句相複，《廣雅》以爲衆，必有所本。又《大雅》：『魴鱮甫甫。』《廣雅》：『甫甫，衆也。』又《魯頌》：『以車伾伾。』《廣雅》：『伾伾，衆也。』◎案：伾伾，群行貌。説見卷十『駓駓，過户也』下《説文》集作雧，『群鳥在木上也。』《廣雅》：『集集，衆也。』《易・師彖傳》：『師，衆也。』重言之義同。《廣雅》：『師師，衆也。』《廣雅》：『淖淖、漼漼，衆也。』王氏《疏證》：『《小雅・南有嘉魚篇》「烝然罩罩」、「烝然汕汕」，傳云：「罩罩，籗也。汕汕，樔也。」《正義》引《爾雅》：「籗謂之罩。樔謂之汕。」《毛鄭詩考正》云：「案王肅云：『烝，衆也。』罩罩、汕汕，疊字，形容之辭，不當爲捕魚器。《説文》「鯙」字註云：「烝然鯙鯙。」又「汕」字註云：「魚遊水貌。《詩》曰『烝然汕汕。』」鯙、罩古字通用，罩罩、汕汕蓋皆魚遊水之貌，故以興燕樂。《爾雅》：「籗謂之罩。樔謂之汕。」自釋捕魚器，非釋《詩》之罩罩、汕汕也。謹按：罩罩、汕汕，群遊之貌，故又訓爲衆，亦若伾伾爲群行之貌，而訓爲衆也。』淖淖與罩罩同。漼漼與汕汕同。《方言》：『南楚凡大而多謂之䵋，或謂之𧳋。』𧳋，音濃。《廣雅》：『𧳋𧳋，多也。』《集韻》：『䝅䝅，多貌。』口猥切。又：『伋伋，人衆貌。』逆及切。又：『宂宂，衆多也。』《字彙補》：宂，而隴切，音冗。又：『旟旟，衆也。』《又》：『稓稓，禾衆貌。』即入切，音堲。《説文繫傳》：『《詩》傳：「襛，猶戎戎。」臣以爲：「戎戎，衆也。」』元楊維楨《石婦操》：『峩峩孤竹岡，上有石魯魯。』◎案：魯，古旅字。旅，衆也。

六·三　煌煌皇皇、熿熿、晢晢晣晣、濯濯、旦旦、裳裳堂堂、爗爗燁燁、曄曄、韡韡煒煒、暐暐、焜焜、炳炳、麟麟燐燐、磷磷、爛爛⿰石闌⿰石闌、⿰石蘭⿰石蘭、炫炫、炯炯熲熲、囧囧、耿耿、炅炅、旴旴、晃晃、熒熒、焆焆、⿱代火⿱代火儵儵、鎬鎬、鑠鑠爍爍、⿰火侖⿰火侖、燡燡、繹繹、皓皓⿰氵皓⿰氵皓、旰旰⿰氵旰⿰氵旰、炎炎、熊熊、晶晶、暉暉煇煇、輝輝、晱晱、燦燦粲粲、璨璨、璙璙、焕焕奐奐、電電、曜曜耀耀、炟炟、煜煜昱昱、熠熠、燭燭、炘炘、奕奕、回回、剡剡、琰琰、焱焱、昭昭、燎燎、將將、旭旭、暾暾、爌爌、瑩瑩、曥曥、烺烺、曦曦、昕昕、晎晎、⿰卓人⿰卓人、曛曛、曈曈、曨曨、照照昭昭、皪皪⿰𠂤樂⿰𠂤樂，光明也。

《詩·大雅》：『檀車煌煌。』毛傳：『煌煌，明也。』《廣雅》：『煌煌，光也。』通作皇。《小雅》：『皇皇者華。』毛傳：『皇皇，猶煌煌也。』《太玄經·玄文》：『天炫炫出於無畛，熿熿出於無垠。』註：『熿，户光切。』與煌同。又《陳風》：『明星晢晢。』毛傳：『晢晢，猶煌煌也。』◎案：晢晢，坊本作晢晢，譌晢。亦作晣。《小雅》：『庭燎晣晣。』毛傳：『晣晣，明也。』又《大雅》：『鉤膺濯濯。』毛傳：『濯濯，光明也。』又《衛風》：『信誓旦旦。』朱傳：『旦旦，明也。』北齊《享廟樂辭》：『離光旦旦，載焕載融。』又《小雅》：『裳裳者華。』毛傳：『裳裳，猶堂堂也。』疏：『堂堂然光明也。』又：『爗爗震電。』朱傳：『爗爗，電光貌。』《漢書·揚雄傳》：『颺爗爗之芳苓。』師古註：『爗爗，光盛。』爗音饁，亦作燁。漢崔駰《刀劍銘》：『燁燁吐華。』又通作曄。唐韓愈《獨孤申叔哀辭》：『曄曄其光。』《廣雅》：『曄，明也。』《説文》作：『曄，光也。』又《小雅》：『常棣之華，鄂不韡韡。』毛傳：『韡韡，光明也。』《藝文類聚》引《韓詩》作『夫栘之華，咢不煒煒。』與韡同。◎案：《廣雅》：『煒煒，盛也。』亦言其光明之盛也。又通作暐。魏曹植《車渠椀賦》：『豐玄素之暐暐。』《韻會》：『暐，光盛貌。』◎案：韡、煒、暐，並于鬼切，音偉。魏物曹植《芙蓉賦》：『焜焜韡韡，爛若龍燭。』《唐書・陸贄傳》：『炳炳如丹。』《廣雅》：『炳炳，明也。』揚雄《劇秦美新文》：『炳炳麟麟。』註：『麟與燐通，光明也。』唐王諲《明堂賦》：『燐燐爛爛。』漢司馬相如《上林賦》作『磷磷爛爛。』魏劉楨《遂志賦》作『磷磷𥗽𥗽。』◎案：此則麟與燐、磷，𥗽與爛，音義並通。《廣韻》：爛，郎旰切，『明也。』《晉書・王戎傳》：『戎眼爛爛如嚴下電。』《古鷄鳴歌》：『東方欲明星爛爛。』爛，去聲，又讀平聲。《楚辭・九章》：『曾枝剡棘，圓果摶兮。青黃雜糅，文章爛兮。』唐韓愈《江漢詩》：『淒風結衝波，狐裘能禦寒。終宵處幽室，華燭光爛爛。』《集韻》：『礷礷，玉石貌。』礷同𥗽。《漢書・敘傳》：『炫炫上天。』師古註：『炫炫，光耀之貌。』《廣雅》：『炫炫，明也。』魏王粲《傷天賦》：『夜炯炯而至明。』《廣雅》：『炯炯，光也。』晉潘岳《秋興賦》：『珥金貂之炯炯。』《五臣文選》作『熲熲』，李周翰曰：『熲熲，光明貌。』熲與炯同，又通作冏。梁江淹《雜體詩》：『冏冏秋月明。』又與耿通。南齊謝朓《夜發新林詩》：『秋河曙耿耿。』《文選》李善註：『耿耿，光也。』吕延濟註：『明淨也。』梁江淹《無爲賦》：『負長劍而耿耿。』《宋史・留正傳》：『議論耿耿。』耿亦作炅。唐玄宗《慶唐觀紀聖銘》：『杲杲炅炅。』晉郭璞《鹽池賦》：『光旴旴以晃晃。』《集韻》：旴，音訏，『日始旦也。』《釋名》：『光，晃也，晃晃然也。』《廣雅》：『晃晃，光也。』宋玉《高唐賦》：『煌煌熒熒。』《説文》：『熒，燈燭之光。』《釋名》：「熒熒，照明貌也。」《玉篇》：「熒熒，猶灼灼也。」《史記·趙世家》：「美人熒熒兮，顏若苕之華。」《廣雅》：「熒熒，光也。」王逸《九思》：「鬼火兮熒熒。」註：「熒熒，小火也。」《廣雅》：「煟煟，光也。」煟，於貴切，音胃，《廣韻》：「火光。」《廣雅》：「倏倏，光也。」倏，式竹切，音菽，《集韻》：「光動貌。」通作儵。漢揚雄《侍中箴》：「光光常伯，儵儵貂璫。」晉何晏《景福殿賦》：「故其華表，則鎬鎬鑠鑠。」《文選》李善註：「鎬鎬鑠鑠，皆光顯昭明也。」鑠，式灼切，音爍，與爍通。漢李陵《録別詩》：「爍爍三星列。」爍本作爚。漢班固《西都賦》：「震震爚爚，雷奔電激。」《文選》李善註：「震震爚爚，光明貌也。」漢王延壽《魯靈光殿賦》：「赫燡燡而燭坤。」《文選》李善註：「燡，光明貌。」音亦。《漢書·五行志》：「星隕如雨，長一二丈，繹繹未至地滅。」註：「繹繹，光采貌。」《初學記》引《春秋説題辭》云：「洛之爲言繹也，言水繹繹光耀。」《揚子法言·淵騫篇》：「明星皓皓。」《爾雅》：「皓，光也。」《廣雅》：「皓皓，明也。」字從日。晉何晏《景福殿賦》：「皓皓旰旰，丹彩煌煌。」《文選》李周翰註：「皆旌旗之光明。」皓旰通作澔涆。王延壽《靈光殿賦》：「澔澔涆涆。」《文選》李善註：「澔澔涆涆，光明盛貌。」《史記·天官書》：「炎炎有光。」註：「《正義》曰：「炎，鹽驗反。」」又：「歲星熊熊，赤色有光。」《山海經》：「槐江之山，南望崑崙，其光熊熊，其氣魂魂。」郭璞註：「皆光氣炎盛，相焜燿之貌。」《釋名》：「隆彊，言體隆而彊也。或曰車弓似弓曲也，其上竹曰郎疏，相遠晶晶然也。」《説文》：「晶，精光也。」唐歐陽詹《秋月賦》：「晶晶盈盈。」魏劉楨《大暑賦》：「烈烈暉暉。」暉與煇、輝同，並況韋切，音揮。煇又叶許云切，音熏。漢張衡《西京賦》：『金戺玉階，彤庭煇煇。珊瑚琳碧，瓀珉璘彬。』《文選》薛綜註：『煇煇，赤色貌。』唐杜甫《不寐詩》：『輝輝，星近樓。』唐韓愈《東方半明詩》：『殘月暉暉，太白睒睒。』註：『睒睒，晶熒貌。』音閃。又《和李相公詩》：『燦燦辰角曙。』燦與粲通，《詩·鄭風》：『三英粲兮。』朱傳：『粲，光明也。』又《小雅》：『西人之子，粲粲衣服。』毛傳：『粲粲，鮮盛貌。』又通作璨，唐白居易《黑龍飲渭賦》：『光璨璨而爛爛。』唐蕭森《永仙觀碑文》：『璨璨琪林。』《正字通》：『璨，俗璨字。』《釋名》：『紈，煥也，細澤有光煥煥然也。』◎案：今本煥作渙，此據《太平御覽》所引。《南史·齊長沙王晃傳》：『初沈攸之事起，晃多從武容，赫奕都街，時人爲之語曰：「煥煥蕭四繖。」』煥亦作奐。唐丘光庭《補新室詩》：『奐奐析室，禮樂其融。』明黃輝《日重光賦》：『雖若盤以涼涼，已輔觀而電電。』南朝宋顏延之《郊祀歌》：『月御案節，星驅扶輪。遥興遠駕，曜曜振振。』《文選》李周翰註：『曜曜振振，光明威盛貌。』《漢唐山夫人房中歌》：『電耀耀。』《文選》作曜曜。《元包經》：『雷礉礉，電炟炟。』傳：『電炟炟，其光睒也。』炟，當割切，音怛。梁簡文《詠朝日詩》：『煜煜上層峰。』煜同昱。晉傅休《奕紫花賦》：『渙渙昱昱而奪人目精。』魏阮籍《清思賦》：『色熠熠以流爛。』熠音煜。漢蘇武詩：『燭燭晨明月。』《文選》註：『《蒼頡篇》：「燭，照也。」』《漢書·揚雄傳》：『乘景炎之炘炘。』師古註：『炘炘，光盛貌也。』炘音欣。漢張衡《東京賦》：『六玄蚪之奕奕。』《文選》薛綜註：『奕奕，光明。』又《思玄賦》：『焱回回其揚靈。』《後漢書》註：『回回，光貌。』《文選》註：『光明貌。』《離騷》：『皇剡剡其揚靈。』王逸

註：『剡剡，光貌。』晉夏侯湛《雀釵賦》：『黛玄眉之琰琰。』《韻會》：『琰，以冉切。琰之言炎也，光炎起也。』漢班固《東都賦》：『焱焱炎炎，揚光飛文。』《後漢書》註：『焱焱炎炎，並戈矛車馬之光也。』《文選》註：『《説文》曰：「焱，火華也。」《字林》曰：「炎，火光。」』焱，翊念切。《韓詩外傳》：『昭昭乎若日月之光，明燎燎乎若星辰之錯行。』《荀子·王霸篇》：『如霜雪之將將，如日月之光明。』《易緯是類謀》：『晝視無日，虹蜺煌煌；夜視無月，彗第將將。』註：『無日無月，謂妖氣應期玥。』《新書·修政語下篇》：『君子將入其職，則其用於民也旭旭然如日之始出也。』《楚辭》劉向《九歎》：『日暾暾而西舍。』《唐書·五行志》：『開元五年，洪潭二州災，延燒郡舍，郡人先見火精赤暾暾飛來，旋即火發。』唐呂令問《金莖賦》：『紛爌爌以照野。』爌，苦謗切，音纊。《玉篇》：『光明也。』又徐太亨《丈人祠廟碑》：『仙壁瑩瑩。』又喬潭《群玉山賦》：『赫曠曥曥。』力魚切，音驢，《篇海》：『日色。又日照也。』又柳宗元《答韋中立書》：『不苟爲，炳炳烺烺。』宋張來《大禮慶成賦》：『赫曦曦。』《玉篇》：『曦，日色也。』《元包經》：『昦圻圻。』傳：『昦昕昕，日之明也。』昦與杲同。《集韻》：『哄哄，日欲明也。』虎孔切，音嗊。又：『馸，居案切，音幹，日始出光馸馸也。』《廣韻》：『曛，日入餘光。』唐張祜《訪許用晦詩》：『遠郭日曛曛。』唐閻朝隱《晴虹賦》：『曈曈曨曨。』晉潘岳《悼亡詩》：『朗月何朧朧。』《文選》呂延濟註：『朗，明也。朧朧，月光臨牖也。』晉何晏《景福殿賦》：『烜墉碭基，其光昭昭。』《六臣文選》註：『昭，之紹切。』《五臣》作『照照』。南朝宋鮑照《望水詩》：『照照寒洲爽。』《周宣王石鼓文》：『白魚皪皪。』楊慎

《音釋》：『皪音洛，同皪。鄭《詩》箋：「會，謂弁之縫中，飾之以玉，皪皪而處，狀似星也。」』宋梅堯臣《刑部廳海棠詩》：『低枝明皪皪。』

六·四　楚楚𪓐𪓐、鑿鑿、央央、英英、扈扈、蒨蒨倩倩、瑳瑳、玲玲、瓏瓏、練練、韡韡、豔豔、漼漼、泚泚、珊珊、璀璀、華華，鮮明也。

《詩·檜風》：『衣裳楚楚。』毛傳：『楚楚，鮮明貌。』《晉書·孫綽傳》：『綽所居齋前種一株松，人謂之曰：「樹子非不楚楚可憐。」』《北史·祖瑩傳》：『瑩與陳郡袁翻齊名，時人語曰：「京師楚楚袁與祖。」』◎案：《說文》引《詩》作『衣裳𪓐𪓐』，云：『會五采鮮貌。』徐曰：『今《詩》作楚，假借也。』襯許反。又《唐風》：『白石鑿鑿。』毛傳：『鑿鑿，鮮明貌。』又《小雅》：『旂旐央央。』毛傳：『央央，鮮明也。』又《大雅》：『白旆央央。』《爾雅·釋天》孫註引作『帛旆英英。』又：『英英白雲。』朱傳：『英英，輕明之貌。』晉潘岳《爲賈謐作贈陸機詩》：『英英朱鸞。』《文選》李善註：『毛萇《詩傳》曰：「英，鮮明也。」』《世說新語》：『王公與廟朝士飲酒，舉琉璃謂伯仁曰：「此盌腹殊空，謂之寶器何耶？」答曰：「此盌英英，誠爲清澈，所以爲貴。」』晉傅統妻《菊花頌》：『英英麗草。』漢司馬相如《上林賦》：『煌煌扈扈，照曜鉅野。』《文選》李周翰註：『煌煌扈扈，鮮明貌。』晉束皙《補亡詩》：『蒨蒨士子。』《文選》李善註：『蒨蒨，鮮明貌。』晉湛方生《稻苗讚》：『蒨蒨嘉苗。』蒨與倩通。唐杜甫《舟中伏枕書懷詩》：『披顏爭倩倩。』仇註：『倩倩，笑容。』《宋史·樂志》：『瑲珉瑳瑳，篆金煌煌。』瑳，倉何、此我二切。《說文》：『玉色鮮白。』《正字通》：『凡物鮮盛亦曰瑳。』

唐張嘉貞《空水共澄鮮賦》：『玲玲瓏瓏。』《漢書·揚雄傳》註：『晉灼曰：「瓏玲，明見貌也。」』《文選·甘泉賦》註：『劉良曰：「玲瓏，光明貌。」』梁江淹《麗色賦》：『色練練而欲舊。』又吴均《遥贈周承詩》：『練練波中月。』唐杜甫《泛溪詩》：『練練峰上雪。』《通雅》云：『練練之聲，因於爛爛。其義則以練狀之言其白而豔也。』《説文》：『曄，艸木白華也。從華從白。』徐曰：『《漢書·禮樂志》「華曄曄固靈根」是也。此會意。』炎捷反。梁武帝《歡聞歌》：『豔豔金樓女。』王績《三日賦》：『豔豔風光。』元李孝光《九月一日載酒西湖詩》：『葭葦青漼漼。』《詩·邶風》：『新臺有洒。』《釋文》：『洒，七罪反。』《韓詩》作漼同，云：「鮮貌。」』又：『新臺有泚。』毛傳：『泚，鮮明貌。』《釋文》：『泚，音此。』《説文》作玼，云：「新色鮮也。」』宋程珌《玉泉遇雨詞》：『風泚泚，露珊珊。』唐吴師道《承天護聖寺詩》：『瓦光浮璀璀。』獨孤及《和題藤架詩》：『璀璀花落架。』璀，七罪切，音漼。《説文》：『璀璨，玉光也。』又孟郊《至孝義渡詩》：『伊頠碧華華。』

六·五　噲噲儈儈**、噦噦**⿰亻歲⿰亻歲**，寬明也。**

《詩·小雅》：『噲噲其正，噦噦其冥。』箋：『噲噲，猶快快也。噦噦，猶煟煟也。皆寬明之貌。』《集韻》：『儈儈，屋宇高明也。噦噦，室宇顯敞也。』◎案：儈儈、⿰亻歲⿰亻歲，當即噲噲、噦噦。

六·六　沃沃、泥泥、濯濯、油油、涣涣、涎涎涏涏**、光光，光澤也。**

《詩·檜風》：『天之沃沃。』毛傳：『沃沃，壯佼也。』朱傳：『光澤貌。』又《大雅》：『維葉泥泥。』毛傳：『葉初生泥泥。』朱傳：『泥泥，柔澤貌。』又：『麀鹿濯濯。』毛傳：『濯濯，光澤貌。』《晉書·王恭傳》：『濯濯如春月柳。』《史記·宋微子世家》：『禾黍油油。』註：『油油，禾黍光悦貌。』晉束皙《補亡詩》：『厥草油油。』《漢書·司馬相如傳》：『自我天覆雲之油油。』註：『蘇林曰：「油，音麻油之油。」李奇曰：「油油，雲行貌。」』《楚辭》劉向《九歎》：『油油江湘。』王逸註：『油油，流貌也。』《釋名》：『紈，渙也，細澤有光渙渙然也。』《太平御覽》引作『煥』。《漢書·外戚傳》：『燕燕尾涎涎。』師古註：『涎涎，光澤之貌也。』音徒見切。或作涏，音堂練切。《古音複字》：『光光，音曠。』引《史記》：『漆城光光，寇來不能止。』◎案：今《史記·滑稽傳》作『漆城蕩蕩。』

六．七　言言、仡仡、圪圪、巍巍魏魏**、客客、閌閌、堂堂，高大也。**

《詩·大雅》：『崇墉言言。』毛傳：『言言，高大也。』又：『崇墉仡仡。』毛傳：『仡仡，猶言言也。』《説文》引《詩》作『圪圪』，云：『墻高貌。』魚迄切。《論語》：『子曰：「巍巍乎。」』註：『巍巍，高大之稱。』通作魏。《莊子·知北遊》：『魏魏乎，其終則復始也。』郭象註：『與化俱者，乃積無窮之紀，可謂魏魏。』《釋文》：『魏，魚威反。』《孟子》：『勿視其巍巍然。』《漢石經》作『魏魏』。《楚辭》王逸《九思》：『山皀兮客客。』《集韻》：客，鄂格切，音頟，『山高大貌。』漢揚雄《甘泉賦》：『閌閬閬其寥廓。』《文選》李善註：『閌，高也。』《説文》曰：『閬閬，高大之貌也。』』◎案：今《説文》無此語。《一切經音義》：『《漢書》項岱曰：「堂堂，高大貌也。」』

六．八　滔滔、浩浩灝灝、皞皞、睪睪**、瀚瀚、蕩蕩、實實、昄昄、薄薄、芒芒**茫茫**、斥斥、漫漫、汗**

汗、沺沺、瀇瀇、恢恢、溶溶、買買、漠漠，廣大也。

《詩·大雅》：『武夫滔滔。』毛傳：『滔滔，廣大貌。』又《小雅》：『浩浩昊天。』疏：『浩浩然廣大之昊天。』浩與灝通。《揚子法言·問神篇》：『《商書》灝灝爾。』《五臣音註》：『吳秘曰灝：「灝，猶言浩浩也，謂其遠大也。」』灝又通皞。《荀子·解蔽篇》：『睪睪廣廣，孰知其德。』楊倞註：『睪，讀爲皞。皞皞，廣大貌。』《淮南子·俶真訓》：『浩浩瀚瀚。』高誘註：『廣大貌也。』《書·堯典》：『蕩蕩懷山襄陵。』孔傳：『言水奔突有所滌除。』蔡傳：『蕩蕩，廣貌。』《詩·大雅》：『蕩蕩上帝。』朱傳：『蕩蕩，廣大貌。』又《魯頌》：『實實枚枚。』毛傳：『實實，廣大也。』《釋名》：『板，昄也，昄昄平廣也。』◎案：今本昄譌作般，此據《太平御覽》所引。昄，音半旱切，《説文》：『昄，大也。』與平廣義亦合。《荀子·榮辱篇》：『薄薄之地，不得履之。』楊倞註：『薄薄，謂旁薄廣大之貌。』唐王建《梨花雲歌》：『薄薄落落霧不分。』《吳志·徐盛傳》：『魏文帝大出，有渡江之志。盛建計，從建業築圍，作薄落，圍上設假樓，江中浮船。諸將以爲無益，盛不聽，固立之。文帝到廣陵，望圍愕然，彌漫數百里，而江水盛漲，便引軍退。諸將乃伏。』◎案：《通雅》云：『薄落二字，似宜作長廣貌解。王建詩「薄薄落落」，當因成語而疊之也。』漢張衡《思玄賦》：『瀇青林之芒芒。』《文選》劉良註：『芒芒，廣大也。』通作茫。《韻會》：『茫茫，廣大貌。』晉左思《魏都賦》：『墳衍斥斥。』《文選》李善註：『斥斥，廣大之貌也。』又《吳都賦》：『廓廣庭之漫漫。』《文選》呂向註：『漫漫，寬大貌。』晉郭璞《江賦》：『汗汗沺沺。』《文選》李善註：『皆大無際之貌。』梁王僧孺《送殷、何兩記室詩》：『瀇瀇旦潮平。』《説文》瀇，古文漾字。『瀇瀇，無涯際也。』【一】《文選·吴都賦》註：『沆瀇，廣大之貌。』晉歐陽建《臨終詩》：『恢恢六合間。』《文選》吕延濟註：『恢恢，廣大貌。』《楚辭》劉向《九歎》：『心溶溶其不可量。』王逸註：『溶溶，廣大貌。』《太玄經·應》：『天網罠罠。』註：『陳漸曰：「罠，音朗。」吴秘曰：「朗宕切。」范望曰：「罠罠，廣大貌。」王涯曰：「罠罠者，疎而不漏之義。」』《北邊備對》：『幕者，漠也，言沙磧廣莫，望之漠漠然也。』

校按：

【一】《玉篇·水部》：『瀇瀇，無涯際也。』

六·九　渠渠、噦噦、泱泱、汪汪、浩浩、潢潢、硃硃、漻漻、潒潒、瀜瀜、泫泫，深廣也。

《詩·秦風》：『於我乎，夏屋渠渠。』朱傳：『渠渠，深廣貌。』又《小雅》：『噦噦其冥。』朱傳：『噦噦，深廣之貌。』又：『維水泱泱。』毛傳：『泱泱，深廣貌。』《後漢書·黄憲傳》：『叔度汪汪，若千頃陂。』《説文》：『汪，深廣也。』唐許志雍《太原王公墓銘》：『汪汪王公，德門之秀。』漢枚乘《七發》：『浩浩溰溰。』《文選》李善註：『浩浩，深廣之貌也。』《楚辭》劉向《九歎》：『揚流波之潢潢。』洪興祖《補註》：『潢音晃，水深廣貌。』漢張衡《思玄賦》：『漂通川之硃琳。』《文選》李善註：『琳琳，深貌。』呂延濟註：『深廣貌。』琳，力金反。《文選》木華《海賦》註：『漻澫，水深廣貌。』劉咸《黄河賦》：『漻漻澫漻。』《文選》木華《海賦》註：『沖瀜，水深廣貌。』唐《闕名詩》：『越來溪上水瀜瀜。』又郭璞《江賦》註：『囦泫，廣深之貌。』泫音玄。《漢桐柏淮源廟碑》：『泫泫淮源，聖禹所導。』

六·一〇　**蕩蕩、漭漭、汒汒、漫漫、縵縵、藐藐，廣遠也。**

《論語》：『蕩蕩乎，民無能名焉。』包註：『蕩蕩，廣遠之稱。』朱註同。又：『君子坦蕩蕩。』鄭註：『寬廣貌也。』宋玉《高唐賦》：『涉漭漭。』《文選》李善註：『漭漭，水廣遠貌。』《春秋繁露·山川頌》：『水則源泉，混混汒汒。』汒通作茫，又去聲，同漭。漢班彪《北征賦》：『遵長城之漫漫。』《文選》劉良註：『漫漫，廣遠貌。』《尚書大傳》：『禮縵縵兮。』注：『縵縵，教化廣遠貌也。』

《方言》：『藐，廣也。』郭註：『藐藐，廣遠貌。』

六·一一　**藐藐**邈邈**、亭亭、眇眇，高遠也。**

《詩·大雅》：『藐藐昊天。』朱傳：『藐藐，高遠貌。』通作邈。晉左思《魏都賦》：『邈邈標危，亭亭峻峻。』《文選》李周翰註：『邈邈、亭亭，高遠也。』晉陸機《文賦》：『志眇眇而臨雲。』《文選》註：『眇眇，高遠貌。』

六·一二　**遲遲、漫漫**曼曼**，長遠也。**

《詩·小雅》：『行道遲遲。』毛傳：『遲遲，長遠也。』晉左思《吴都賦》：『廓黄庭之漫漫。』

《文選》註：『漫漫，長遠貌。』或作曼。《離騷》：『路曼曼其修遠。』王逸註：『《釋文》「曼」作「漫」。』

六．一三　幽幽，深遠也。

《詩·小雅》：『幽幽南山。』毛傳：『幽幽，深遠也。』《韓詩外傳》：『幽幽冥冥，神之所藏。』【一】

校按：

【一】今本《韓詩外傳》卷五：『幽幽冥冥，德之所藏。』

六．一四　眩眩，幽遠也。

《揚子法言·問明篇》：『眩眩乎，惟天爲聰，惟天爲明。』《五臣》註：『宋咸曰：「眩眩，猶杳而冥也。」司馬光曰：「眩，胡涓切。眩眩，幽遠貌。」』

六．一五　沕沕、穆穆，深微也。

唐顧璘《祝融峰觀日出賦》：『萬里乍近，沕沕穆穆。』《漢書·賈誼〈鵩鳥賦〉》註：『沕穆，深微也。』

六．一六　暗暗，深空也。

漢揚雄《甘泉賦》：『稍暗暗而靚深。』《文選》李善註：『暗暗，深空貌。』

六．一七　巘巘，高長也

漢張衡《西京賦》：『飛簷巘巘。』《文選》薛綜註：『巘巘，高貌。』吕向註：『偃起貌。』《說文》：『巘，載高貌。』徐曰：『何晏《景福殿賦》：「反宇巘巘。」』顏遏反。《衛風》：『庶姜孽孽。』《韓詩》作『巘巘』，云：『巘巘，長貌。』《吕氏春秋·過理篇》註引《詩》亦作巘巘，云：『高長貌也。』

六．一八　蓼蓼、莽莽、侏侏，長大也。

《詩·小雅》：『蓼蓼者莪。』毛傳：『蓼蓼，長大貌。』《吕氏春秋·知接篇》：『戎人見暴布者而問之，曰：「何以爲之莽莽也？」』高誘註：『莽莽，長大貌也。』《太玄經·童》：『修侏侏，比于朱儒。』註：『侏，音株，修長也。侏侏，長大貌。』

六．一九　森森，長密也。

《釋名》：『山中叢木曰林。林，森也，森森然也。』晉陸機《文賦》：『發青條之森森。』《文選》註：『《字林》曰：「森，木長貌。」』梁丘遲《旦發漁浦潭詩》：『森森荒樹齊。』《文選》張銑註：『森森，長密貌。』晉孫綽《遊天台山賦》：『被毛褐之森森。』《文選》吕向註：『森森，衣貌。』

六．二〇　篧篧、梢梢，長殺也。

《詩·衛風》：『篧篧竹竿。』毛傳：『篧篧，長而殺也。』南齊謝朓《酬王晉安詩》：『梢梢枝早勁。』《文選》李善註：『《爾雅》曰：「梢梢，櫂也。」郭璞曰：「謂木無枝柯，梢櫂長而殺也。」』唐杜甫《鵰賦》：『梢梢勁翮。』唐韓愈《竹溪詩》：『梢梢岸篠長。』唐李賀《唐兒歌》：『竹馬梢梢摇緑尾。』

六·二一　**隋隋，狹長也。**

《説文》：『隋，山之隋隋者。讀若相推落之墮。』《爾雅·釋山》：『巒山，墮。』《釋文》：『墮，狹而長也。』

六·二二　**休休，美大也。**

《公羊傳·文公十二年》：『其心休休。』註：『休休，美大貌。』

六·二三　**蕩蕩，堅清也。**

《漢書·郊祀志》：『天門開，詄蕩蕩。』註：『如淳曰：「詄讀如迭。蕩蕩，天體堅清之狀也。」』

六·二四　**悶悶，寬大也。**

《老子·異俗篇》：『俗人察察，我獨悶悶。』註：『悶悶，無所裁截。』又《順化篇》：『其政悶悶，其民醇醇。』註：『其政教寬大，悶悶昧昧，似若不明也。』悶，莫奔切，音門。

六·二五　**塏塏，高燥也。**

明何景明《憂旱賦》：『山塏塏以頳顔。』《説文》：『塏，高燥地。』

疊雅卷七

樂亭 史夢蘭 香厓

七·一 歷歷、蠡蠡、閣閣、欐欐、鏘鏘、淫淫、裔裔、謣謣、羅羅、陣陣、彔彔，行列也。

《文選·古詩》：『天上何所有，歷歷種白榆。』註：『歷歷，行列貌也。』《楚辭》劉向《九歎》：『覽芷圃之蠡蠡。』王逸註：『蠡蠡，猶歷歷，行列也。』蠡，音螺，叶上、嶲字，又與螺通。《詩·小雅》：『約之閣閣。』毛傳：『閣閣，猶歷歷也。』《廣韻》：『欐欐，黍稷行列也。』欐或作離。晉左思《吴都賦》：『被練鏘鏘。』《文選》吕向註：『鏘鏘，行列貌。』漢司馬相如《子虚賦》：『纚乎淫淫，般乎裔裔。』《文選》李周翰註：『淫淫、裔裔，部伍分列之貌。』漢王延壽《魯靈光殿賦》：『神仙謣謣於棟間。』《文選》張銑註：『謣謣，行列美貌。』《世説新語》：『司馬太傅爲二王目，曰：「孝伯亭亭直上，阿大羅羅清疎。」』唐劉禹錫《淮陰行》：『船頭大銅鐶，摩挲光陣陣。』《廣韻》：『陣，列也。』《説文》：『彔，刻木彔彔。象形也。』徐曰：『彔彔，猶歷歷也，言可數之貌。』

七·二 魚魚、雅雅、陛陛、櫛櫛、齒齒、肆肆、伍伍、行行、列列、疃疃、堆堆、鱗鱗、鴈鴈，

排比也。

唐韓愈《元和聖德詩》：『天兵四羅，旂常婀娜。駕龍十二，魚魚雅雅。』雅，叶語可切。註：『楚鳥名雅魚，與雅鳥飛行皆成隊，故云。』《晉書·劉惔傳》：『惔祖弘，字終嘏；弘兄粹，字純嘏；弘弟潢，字沖嘏，並有名中朝，時人語曰：「洛中雅雅有三嘏。」』唐韓愈《曹成王碑辭》：『蹶蹶陛陛。』註：『猶比比，言衆多層次也。』又杜牧《赴京入汴口即事詩》：『牆形櫛櫛斜。』又李賀《秦王飲酒詩》：『銀雲櫛櫛瑶殿明。』又韓愈《柳州羅池廟碑》：『白石齒齒。』又《袁氏先廟碑》：『柏版松楹，其筵肆肆。』《毛詩·大雅》傳：『肆，陳也。』又杜牧《題池州弄水亭詩》：『紫嵐峰伍伍。』又張説《羽林將軍王公神道碑銘》：『列樹行行。』晉潘岳《懷舊賦》：『列列行楸。』《文選》吕向註：『列列，行貌。』《石鼓文》：『原隰既垣，疆理疃疃。』唐韓愈《路傍堠詩》：『堆堆路旁堠。』《楚辭》屈原《九歌》：『魚鱗鱗兮媵予。』唐黄滔《靈巖寺碑銘》：『其字鱗鱗。』南朝宋鮑照《還都道中詩》：『鱗鱗夕雲起。』梁何遜《下方山詩》：『鱗鱗逆去水。』明楊慎《藥市賦》：『成行鴈鴈。』

七·三　星星、點點、靨靨、磊磊磥磥、礧礧**、簌簌、笭笭、漠漠、敷敷、田田、各各、肸肸、料料，布散也。**

南朝宋謝靈運《游南亭詩》：『星星白髮垂。』◎案：星星猶點點也。隋煬帝《六憶詩》：『憶坐時點點羅帳前。』唐温庭筠《曉僊謡》：『銀河欲轉星靨靨。』《集韻》：『靨，厭上聲，面黑子。』《楚辭》屈原《九歌》：『石磊磊兮葛蔓蔓。』《字林》：『磊磊，衆石也。』宋陸游《錢清夜渡詩》：『天闊星磊磊。』宋玉《高唐賦》：『礫磥而相摩。』《文選》註：『磥磥，衆石貌。』磥與磊通，又通作礧。唐杜甫《白沙渡詩》：『水清石礧礧。』唐元稹《連昌宮詞》：『風動落花紅簌簌。』五代荊浩《畫山水賦》：『秋景則水天一色，簌簌疎林。』《集韻》：『簌簌，蘇谷切，音速，篩也。』《釋名》：『笭，辟經絲貫杼中，一間並一間，疏疏者笭笭然，並者歷辟而密也。』晉陸機《君子有所思行》：『街巷紛漠漠。』《文選》呂向註：『漠漠，布列貌。』南齊謝脁《遊東田詩》：『生煙紛漠漠。』《文選》呂向註：『漠漠，布散也。』唐韓愈《南山詩》：『敷敷花披蕚。』《江南古辭》：『江南可採蓮，蓮葉何田田。』南齊謝脁《遊後園賦》：『下田田兮被谷。』梁江淹《水上神女賦》：『野田田而虛翠。』唐杜頠《白環賦》：『田田月懸。』◎案：《文選·何晏〈景福殿賦〉》註：『駢，田作羅列。』解『田田』亦猶『駢田』之義。唐元稹《松樹詩》：『株株遥各各。』元戴表元《翫月詩》：『洗杯問勞苦，天女笑肸肸。』《說文》：『肸，響布也。』《釋名》：『礫，料也，小石相枝柱其間，料料然出内氣也。』

一〇四　它它他他**、藉藉**藉藉**、狼狼、攘攘**襄襄**、膠膠、擾擾**擾擾**、脊脊、肴肴、沈沈、溪溪、蛾蛾、樊樊、縮縮、綏綏、龐龐、宂宂、駮駮、踳踳、雜雜、合合、午午、摐摐**樅樅**、解解、泊泊，紛錯也。**

《漢書·司馬相如傳》：『它它藉藉，填坑滿谷。』註：『郭璞曰：「言交横也。」師古曰：「它，徒何反。」』《六臣文選》作『他他』，呂向曰：『他他藉藉，言多也。』又《燕刺王旦傳》：『骨藉藉兮亡居。』師古註：『藉藉，縱横貌。』又《劉屈氂傳》：『事藉藉如此，何可祕也？』註：『藉藉，猶紛紛也。』又《江都易王非傳》：『國中口語藉藉。』註：『藉藉，諠聒之意。』◎案：藉藉，並或作籍籍。《周禮·秋官·條狼氏》註：『條當作滌器之滌。狼，狼扈道上。』孔疏：『狼狼扈道者，謂不蠲之物在道，猶今言狼藉也。』《史記·貨殖傳》：『天下攘攘，皆爲利往。』攘或作壤，壤壤，紛錯貌。《吕氏春秋·知接篇》：『戎人見暴布者而問之，曰：「何以爲之莽莽也？」指麻而示之，怒曰：「孰之壤壤也，可以爲之莽莽也。」』《莊子·天道篇》：『膠膠擾擾乎。』《釋文》：『膠膠擾擾，動亂之貌。』膠，古巧切，音絞。《國語》：『唯有諸侯，故擾擾焉。』晉劉伶《酒德頌》：『俯觀萬物擾擾焉，若江海之載浮萍。』〔二〕擾，本作擾，《廣雅》：『擾擾，亂也。』《莊子·在宥篇》：『天下脊脊大亂。』《釋文》：『脊脊，音藉，在亦反，相踐藉也。』本亦作肴肴，《廣韻》：『肴，亂也。』漢枚乘《七發》：『魚鼈失勢，顛倒偃側，沋沋湲湲，蒲伏連延。』《文選》李善註：『沋沋湲湲，魚鼈顛倒之貌。』沋音尤。《太玄經·衆》：『旌旗絓羅，千鉞蛾蛾。』司馬光註：『旌旗絓羅，千鉞蛾蛾，敗亂之貌也。』《釋名》：『鞅，嬰也，其下飾曰樊纓，其形樊樊而上屬纓也。』鄭注《周禮·巾車》云：『樊讀爲鞶帶之鞶，謂馬大帶。』《左傳》作繁纓。樊、繁皆有紛錯義。《易林·歸妹之明夷》：『縮縮亂絲，舉手爲災。』《説文》：『縮，亂也。』《釋名》：『雪，綏也，水下遇寒而凝綏綏然也。』宋梅堯臣《雨中飲詩》：『梅天下梅雨，綏綏如亂絲。』《吴越春秋·越王無余外傳》：『塗山之歌曰：「綏綏白狐，九尾龐龐。」』◎案：《類函·狐部》引作《吕氏春秋》，誤。梁王僧孺《懺悔禮佛文》：『度元元於苦海，拔宂宂於畏途。』晉束晳《餅賦》：『紛紛駮駮，星分雹落。』◎案：駮駮或作皎皎、駁駁，並誤。唐盧照鄰《五悲文》：『容色踖踖。』《玉篇》：『踖駮，色雜不同。』唐僧貫休《富貴曲》：『紈綺雜雜，鐘鼓合合。』宋梅堯臣《泊昭亭山下詩》：『雲中峰午午。』註：『午午，雜沓也。』唐杜牧《寄唐州李玭尚書詩》：『先揖耿弇聲寂寂，今看黃霸事摐摐。』又《晚晴賦》：『甲刃摐摐。』陸龜蒙《憶襲美洞庭觀步奉和次韻詩》：『聞君遊靜境，雅具更摐摐。』摐通樅。宋黃庭堅《送彥符主簿詩》：『簿書敗清談，汗顏吏樅樅。』《太玄經·干》：『次七，何戟解解，遘。測曰：何戟解解，不容道也。』註：『何，胡可切。解，胡買切。司馬光曰：「何，檐也。小人之性多所干犯，如荷戟而行，遇物絓羅，不容于道也。」』唐舒元輿《養狸述》：『有時或缸死踕交，黑暗中又遭其緣榻過面，泊泊上下。』◎案：張衡《西京賦》註：『紛泊飛走，衆多之貌。』泊泊當即紛泊意。

校按：

【一】《全上古三代秦漢魏晉南北朝文》劉伶《酒德頌》：『俯觀萬物之擾擾，如江漢之載浮萍。』《文選》劉伶《酒德頌》：『俯觀萬物擾擾焉，如江漢之載浮萍。』《晉書·劉伶傳》：『俯觀萬物擾擾焉，若江海之載浮萍。』

七·五 閑閑、襘襘佔佔、欻欻、披披、吸吸、嫋嫋臬臬、裹裹、颭颭、澹澹、澱澱、蓰蓰簁簁、漾漾、瀲瀲、灩灩、調調、刁刁、邋邋、施施、幰幰、娜娜、繅繅、荅荅、撥撥、簸簸、晛晛、閃閃，動搖也。

《詩・大雅》：『臨衝閑閑。』毛傳：『閑閑，摇動也。』《楚辭》劉向《九歎》：『裳襜襜而含風。』王逸註：『襜襜，摇貌。』襜，處占切，音幨；又叶稱人切。漢司馬相如《長門賦》：『飄風迴而赴閨兮，舉帷幄之襜襜。桂樹交而相紛兮，芳酷烈之誾誾。』《文選》張銑註：『襜襜，動貌。』唐韓愈《苦寒詩》：『風條坐襜襜。』又白居易《和令狐令公詩》：『碧幢油葉葉，紅旆火襜襜。』襜或作袩，亦作佔。《史記・匈奴傳》：『令喋喋而佔佔。』註：『佔，音昌占反。佔佔，衣裳貌。』《唐韻》：『裧裧，衣動貌。』通作襜。宋梅堯臣《逢羊詩序》：『其毛茸然而長，自髆至腕，裧裧與纓胡相若。』晉潘岳《寡婦賦》：『瞻靈衣之披披。』《文選》劉良註：『披披，動貌。』《楚辭》劉向《九歎》：『雲吸吸以湫戾。』王逸註：『吸吸，雲動貌也。』又屈原《九歌》：『嫋嫋兮秋風，洞庭波兮木葉下。』王逸註：『嫋嫋，風摇木貌。』通作裊、褭。南齊謝朓《秋竹曲》：『從風既裊裊。』南朝宋鮑照《採菱歌》：『褭褭風出浦。』唐温庭筠《臺城曉朝曲》：『褭褭浮航金畫龍。』漢劉歆《遂初賦》：『迴風育其飄忽兮，迴颫颫之泠泠。』《正字通》：『凡風動物，與物受風摇曳者，皆謂之颫。』漢張衡《東京賦》：『渌水澹澹。』《文選》李善註：『《高唐賦》：「水澹澹而盤紆。」《説文》曰：「澹澹，水摇貌。」』《水經・江水注》：『江神歲取童女二人爲婦。冰以其女與神爲婚，徑至神祠勸神酒，酒杯恒澹澹，冰厲聲以責之，因忽不見。』◎案：冰，李冰也。唐韓偓《南亭詩》：『山光溪瀲瀲。』《通雅》：『湖淀波之漾者曰瀲。』《漢樂府・白頭吟》：『竹竿何嫋嫋，魚尾何蓰蓰。』註：『蓰蓰，動摇貌。』蓰，山宜切，音釃，通作簁。梁江淹《山中楚辭》：『石簁簁兮蔽泉。』唐温庭筠《太液池歌》：『花風漾漾吹細光。』《字典》：『漾，水摇動貌。』又楊夔《送鄭谷詩》：『春江瀲瀲清且急。』梁何遜《望新月示同羈詩》：『灩灩逐波輕。』唐元稹《通州丁溪館别李景信詩》：『碧幌青燈風灩灩。』《文選・海賦》註：『瀲灩，水動貌。』《莊子・齊物論》：『厲風濟則衆竅爲虚，而獨不見之調調、之刁刁乎？』郭象註：『調調、刁刁，動摇貌也。』《釋文》：『調音條。刁，都堯反。』《石鼓文》：『邋邋員斿。』《字彙補》：『邋邋，旌旗動摇貌。』又：『㳭斿施施。』楊慎《音釋》：『㳭，讀作㢊，亦古文省。斿，旗也。施音宜，旗動也。』唐劉禹錫《淮陰行》：『隔浦望行船，頭昂尾幰幰。』《説文》：『幰，車幔也。』虚偃切。宋蘇軾《元日詩》：『春風娜娜還吹霰。』元姚文奂《題二喬圖詩》：『春風纚纚柳腰肢。』《荔枝譜》：『園家破竹五七尺，摇之荅荅然，以逐蝙蝠之屬。』《十六國春秋・前趙録》：『劉曜光初三年五月，西明門外大樹風吹折，經一宿，樹撥撥變爲人形。』唐韓愈《鄆州谿堂詩》：『公作谿堂，撥撥流水。淺有蒲蓮，深有蒹葦。』宋黄庭堅《種決明詩》：『霜叢風雨餘，簸簸場功畢。』元柳貫《度淡竹嶺夜宿山家詩》：『雨摵窗扉燈現現。』《周禮・大司樂》註：『魚鮪不淰。』疏：『淰之言閃也，言魚鮪不閃閃畏人也。』唐杜甫《望兜率寺詩》：『閃閃浪花翻。』

七・六　茷茷筏筏、伐伐、斾斾、**旌旌、容容、裔裔**褭褭、**秋秋、彯彯**剽剽、**漂漂**縹縹、飄飄、飃飃、**颻颻、翔翔**鶂鶂、**離離、曳曳、洩洩、淫淫、婉婉、颺颺、髟髟、婆婆、娑娑、旟旟、衫衫、輕輕、悠悠、翩翩**扁扁、**幡幡**翻翻、翲翲、**僊僊**躚躚、蹮蹮、**仚仚、軒軒，飛揚也。**

《詩・魯頌》：『其旂茷茷。』毛傳：『茷茷，言有法度也。』茷，一作筏。朱傳：『筏筏，飛揚也。」《群經音辨・人部》作「其旂伐伐。」◎案：茷、斾，並浦蓋切，音斾，與斾通。《左傳・定四年》：「綪茷旃旌。」疏：「茷，即斾也。」又《小雅》：「胡不斾斾。」朱傳：「斾斾，飛揚之貌。」《大雅》：「荏菽斾斾。」朱傳：「枝旟揚起也。」《楚辭》王褒《九懷》：「過萬首兮嶷嶷。」王逸註：「嶷嶷，一作旌旌。」《通雅》云：「旌旌，猶斾斾也。」又屈原《九章》：「紛容容之無經。」王逸註：「容容，飛揚貌。」《漢書・樂志》：「神之行旌容容。」師古註：「容容，飛揚之貌。」音勇，一曰讀如本字。又《樂志》：「般裔裔。」師古註：「裔裔，飛流之貌。」晉孫綽《遊天台山賦》：「覿翔鸞之裔裔。」又作褎。漢班固《覽海賦》：「風波薄其褎褎。」《集韻》：「褎，音曳，同裔。」又《樂志》：「飛龍秋。」註：「蘇林曰：『秋，飛貌也。』師古曰：「《莊子》有秋駕之法者，亦言駕馬騰驤秋秋然也。」」又叶七遥切，音鍫。《荀子・解蔽篇》：「鳳凰秋秋，其翼若干，其音若簫。」楊倞註：「秋秋，猶蹌蹌，謂舞也。」晉左思《魏都賦》：「清塵彯彯。」《五臣文選》作「剽剽」，李周翰曰：「剽剽，輕舉也。」晉傅休奕《白楊行》：「白雲彯彯。」《史記・賈誼傳》：「鳳漂漂其高遰。」註：「漂漂，高飛貌。」與飄同，《漢書・賈誼傳》作「縹縹」。《史記・馬相如傳》：「飄飄有淩雲之氣。」《漢書・揚雄傳》作「縹縹有淩雲之氣。」◎案：漂、縹、飄三字古通用。飄又作飃。晉陸機《寒蟬賦》：「哀北風之飃飃。」唐崔立之《南至郊壇有司書雲物賦》：「飄飄飖飖。」《穆天子傳》：「吹笙鼓簧，中心翔翔。」《漢書・樂志》：「雲舞翔翔。」《一切經音義》：「鴹鴹，案《漢書・食貨志》，此亦翔字，音似羊反，飛而不動曰翔。經文從革作鞠，非。」漢張衡《思玄賦》：「曳雲旗之離離。』《文選》張銑註：『離離，飛貌。』唐敬括《豫章賦》：『孔翠曳曳。』又孟浩然《行至汝墳詩》：『洛川方罷雪，嵩嶂有殘雲。曳曳半空裏，溶溶五色分。』宋梅堯臣《裴如晦自河陽至詩》：『青綬何曳曳。』◎案：曳曳，即摇曳之意。晉木華《海賦》：『翔霧連軒，洩洩淫淫。』《文選》張銑註：『洩洩淫淫，沈浮貌。』李善註：『飛翔之貌。』《離騷》：『駕八龍之婉婉。』王逸註：『婉婉，龍貌。』北周庾信《遊山詩》：『婉婉藤倒垂。』唐李百藥《笙詩》：『婉婉鴻驚。』唐閻伯璵《歌賦》：『終沿風以颺颺。』《説文》：『颺，風所飛揚也。』唐皮日休《題周尊師所居詩》：『鹿皮巾下雲髟髟。』《後漢書·馬融傳》註：『髟鼬，羽毛飛揚貌。』髟，卑遥切，音猋；又補尤切，音彪；又所銜切，音杉。《集韻》：『姍姍，行貌。』一曰『便姍，衣婆娑貌。』【二】《黄庭經》：『金鈴朱帶坐婆娑。』《毛詩·陳風》傳：『婆娑，舞貌。』《梁書·劉杳傳》：『嘗於沈約坐，語及宗廟犧尊，約云：「鄭康成答張逸，謂爲畫鳳凰娑娑然。今無復此器。」』《後漢書·張衡傳》：『修初服之娑娑。』註：『娑娑，衣貌。』唐皮日休《桃花賦》：『微動輕風，娑娑暖紅。』唐李翺《舒州新堂銘》：『高巖旟旟。』《毛詩·小雅》傳：『旟，揚也。』又劉蛻《憫禱辭》：『舞袂衫衫。』漢劉向《上〈關尹子〉》：『使人泠泠輕輕，不使人狂。』唐王建《玉蕊花詩》：『飄廊點地色輕輕。』晉左思《魏都賦》：『反旆悠悠。』《文選》吕向註：『悠悠，旆旌飛貌。』《易·泰》：『翩翩不富以其鄰。』《釋文》：『翩翩，輕舉貌。』《詩·小雅》：『翩翩者鵻。』《廣雅》：『翩翩，飛也。』《史記·平原君傳》：『翩翩濁世之佳公子也。』通作扁。《太玄經·養》：『燕食扁扁。』註：『扁，音偏。』司馬光曰：「小人得位，志在求利，以自養如燕之飛扁扁然，獵食而已。」』《詩·小雅》：『捷捷幡幡。』毛傳：『幡幡，猶翩翩也。』《釋名》：『旛，幡也，其貌幡幡然也。』又《小雅》：『幡幡瓠葉。』幡與翻通，《楚辭》屈原《九章》：『漂翻翻其上下。』《廣雅》：『翻翻，飛也。』或作飜，宋蘇軾《文與可飛白贊》：『飜飜乎，其若長風之卷旆也。』又《小雅》：『屢舞僊僊。』朱傳：『僊僊，軒舉之狀。』《説苑·指武篇》：『子貢曰：「兩壘相當，旌旗相望，賜願陳説白刃之間，解兩國之患。」孔子曰：「辯哉士乎！僊僊者乎！」』通作躚。晉左思《蜀都賦》：『紆長袖而屢舞，翩躚躚以裔裔。』《文選》註引《詩》曰：『屢舞躚躚。』又作蹮。唐柳宗元《晉問》：『蹮蹮蓬藋。』朱灝《採蓮賦》：『蕩舟約約，馮橈仚仚。』仚，音軒，輕舉貌。《説文》：『仚，人在山上。從人從山。』呼堅切，與『仚』字異。鮑照《書勢》：『鳥仚魚躍。』《淮南子·道應訓》：『軒軒焉迎風而舞。』《世説新語》：『諸公每朝，朝堂猶暗，唯會稽王來，軒軒如朝霞舉。』

校按：

【一】今本《集韻·先韻》：『姍，便姍，衣婆娑皃。』

七·七　翩翩扁扁**、幡幡、交交、營營、憧憧、媻媻、徲徲、婓婓、淫淫、與與、踥踥、回回、復復、踵踵，往來也。**

《詩・小雅》：『緝緝翩翩。』毛傳：『翩翩，往來貌。』《釋文》：『翩翩，音篇，字又作扁。』又：『捷捷幡幡。』毛傳：『幡幡，猶翩翩也。』又《秦風》：『交交黃鳥。』朱傳：『交交，飛而往來之貌。』《小雅》：『交交桑扈。』朱傳：『交交，往來之貌。』又《小雅》：『營營青蠅。』毛傳：『營營，往來貌。』《漢書・揚雄傳》：『羽騎營營。』師古註：『營營，周旋貌。』《廣雅》：『營營，往來也。』《易・咸》：『憧憧往來。』《釋文》：『馬云：「行貌。」王云：「往來不絶貌。」』《廣雅》：『憧憧，往來也。』《廣雅》：『嫛嫛，往來也。』◎案：嫛嫛，曹憲音柈，即盤字也，各本柈字誤入正文，作柈柈，誤。又：『徲徲，往來也。』徲，杜兮切，音啼。《漢書・揚雄傳》：『昔仲尼之去魯兮，斐斐遲遲而周邁。』師古註：『斐斐，往來貌也。』又《羽獵賦》：『淫淫與與，前後要遮。』師古註：『淫淫與與，往來貌。』《廣雅》：『踥踥，行也。』七葉切。《玉篇》：『踥踥，往來貌。』漢馬融《廣成頌》：『紛紛回回，南北東西。』《後漢書》註：『並奔馳貌。』《關尹子・三極篇》：『人之善琴者，有怨心則聲回回然。』宋文天祥《送吉州陳守解任詩》：『遙遙一水間，復復東與西。』元陳旅《瓊奏賦》：『彼婦子之踵踵兮，持傾筐以取盈。』

七・八　港港、洄洄、盤盤、囷囷、蟠蟠、環環、迴迴、宛宛、轉轉、團團、圍圍，回旋也。

梁陸倕《感知己賦》：『浩浩港港。』《廣韻》：『港，音倦，水迴旋貌。』《漢桂陽太守周君功勳之紀銘》：『石縱橫兮迴迴。』唐李白《蜀道難》：『青泥何盤盤，百步九折縈岩巒。』又杜牧《阿房宮賦》：『盤盤焉，囷囷焉，蜂房水渦。』囷，去倫切。《說文》：『廩之圓者。從禾在囗中。』李商隱

《燒香曲》：『鈿雲蟠蟠牙比魚。』《古樂府·女兒子曲》：『我欲上蜀，蜀水難躡蹀，珂頭腰環環。』又《古樂府》：『四角龍子幡，環環當江柱。』唐韓愈《題炭谷湫祠堂詩》：『石盂仰環環。』又杜甫《揚旗詩》：『迴迴偃飛蓋。』《漢書·司馬相如傳》：『宛宛黃龍。』《釋名》：『中央下曰宛丘，有丘宛宛如偃器也。』唐閻朝隱《晴虹賦》：『宛宛轉轉。』《漢書·貢禹傳》：『後世爭爲奢侈，轉轉益甚。』宋蘇軾《送芝上人遊廬山詩》：『團團如磨牛，步步踏陳跡。』元袁桷《悠然閣辭》：『鄱之西兮峰圍圍。』

七·九　秩秩、淳淳，流行也。

《詩·小雅》：『秩秩斯干。』毛傳：『秩秩，流行貌。』《莊子·則陽篇》：『禍福淳淳。』郭象註：『流動反覆。』《釋文》：『淳淳，如字。王云：「流動貌。」』

七·一〇　瀰瀰濔濔、沔沔、洋洋、彌彌**、浼浼、淼淼、溢溢、淡淡、湛湛，平滿也。**

《詩·邶風》：『河水瀰瀰。』毛傳：『瀰瀰，盛貌。』音弭。《説文》：『水滿也。』通作濔，又通作沔。晉左貴嬪《巢父、惠施贊》：『沔沔清波。』《毛詩·小雅》傳：『沔，水流滿也。』彌兗切，音緬；又母婢切，音弭，與濔同。《漢書·地理志》引《邶風》作『河水洋洋。』《白帖》作『河水彌彌。』又《邶風》：『河水浼浼。』毛傳：『浼浼，平地也。』浼音每，叶美辨切，音免。梁沈約《法王寺碑》：『淼淼洪波。』隋煬帝《早渡淮詩》：『平淮既淼淼。』淼音眇。

唐李賀《塘上行》：『塘水聲溢溢。』《爾雅·釋詁》：『溢，盈也。』宋玉《高唐賦》：『潰淡淡而並入。』《文選》李善註：『淡，以冉切，平滿貌。』晉陸機《君子有所思行》：『曲池何湛湛。』《文選》呂延濟註：『湛湛，水平貌。』

七·一一　洛洛、灌灌、瀧瀧潨潨、漎漎**、溜溜、澮澮，會注也。**

《山海經》：『爰有淫水，其清洛洛。』郭璞註：『洛洛，水溜下之貌也。』《詩鄭風》：『溱與洧，方渙渙兮。』《漢書·地理志》引《詩》作『灌灌』。《宋書·五行志》：『晉元康中，洛中童謡曰：「水從西來何灌灌。」』《莊子·秋水篇》：『百川灌河。』南朝宋鮑照《遇銅山掘黄精詩》：『瀧瀧秋水積。』瀧亦作潨，《毛詩·大雅》傳：『小水入大水曰潨。』又作漎。晉潘尼《苦雨賦》：『旦漎漎以達暮。』《集韻》：漎，音叢，與潨同，『水會也。』宋陸游詩：『清波溜溜入新渠。』《説文》：『巜，水流澮澮也。』徐曰：『水注溝曰巜。巜，會也，小水之所聚會也。今人作澮。』古最反。

七·一二　瀼瀼、溼溼，開合也。

晉木華《海賦》：『瀼瀼溼溼。』《文選》張銑註：『瀼瀼溼溼，開合貌。』

七·一三　汩汩、没没、泯泯、溺溺，沈滅也。

宋林逋《雜興詩》：『一壑等閒甘汩汩。』元倪瓚《送盛高霞詩》：『華表不歸塵汩汩。』汩，水旁從日，古忽切，音骨，汩没也。《避暑録》：『今人言「汩没」，當是浮沈之意。』《左傳·襄二十四年》：『子産寓書告宣子曰：「諸侯貳則晉國壞，晉國壞則子之家壞，何壞没没也。」』林註：『没没，沈滅也，言可必沈滅於貨賄。』如此，没如字，一音妹。《南史·王僧達傳》：『大丈夫寧當玉碎，安可以没没求活？』唐韓愈《贈崔立之詩》：『死後賢愚俱泯泯。』宋玉《高唐賦》：『巨石溺溺之瀺灂兮。』《文選》李善註：『溺溺，没也。』

七·一四　檢檢，模範也。

《太玄經·度》：『次六，大度檢檢，于天示象，垂其范。』註：『范與範同。王曰：「六居盛位，度之大者，得位當晝，明于法制，以度檢物，則天之象，而垂法於人也。」』◎案：《爾雅·釋詁》：『檢，同也。』郭註：『模、範，同等。』

七·一五　師師，傚法也。

《書·皋陶謨》：『百僚師師。』孔傳：『師師，相師法。』《梓材》：『我有師師。』孔傳：『我有典常之師可師法。』蔡傳：『師師，以官師爲師也。』

七·一六　元元原原、源源**、本本，博洽也。**

漢班固《西都賦》：『元元本本，殫見洽聞。』《後漢書》註：『元其元，本其本。』《文選》李善註：『元元本本，謂得其元本也。』元元，一作原原。《通雅》：『原原本本，學問如水之原、木之本也。』又通作源。隋薛道衡《老氏碑》：『源源本本。』

七·一七　顒顒、卬卬，尊嚴也。

《詩·大雅》：『顒顒卬卬。』朱傳：『尊嚴也。』

七·一八　岐岐、嶷嶷，聰慧也。

《詩・大雅》：『克岐克嶷。』毛傳：『岐，知意也。嶷，識也。』箋：『能匍匐，則岐岐然意有所知也，其貌嶷嶷然有所識別也。』嶷，魚極反。《說文》作『㘈』，云：『小兒有知。』

七·一九　蕭蕭、悠悠、翼翼，閑暇也。

《詩・小雅》：『蕭蕭馬鳴，悠悠旆旌。』朱傳：『蕭蕭、悠悠，皆閑暇之貌。』唐杜甫《有事於南郊賦》：『簪裾斐斐，樽俎蕭蕭。』又《小雅》：『疆場翼翼。』毛傳：『翼翼，讓畔也。』箋：『閒暇之意。』又：『四牧翼翼。』毛傳：『翼翼，閑也。』疏：『翼翼然閑習。』

七·二〇　倘倘倘倘**、徉徉**徉徉**，戲蕩也。**

《廣雅》：『倘倘，戲蕩也。』倘音常，徉音羊，通作倘、佯。唐皮日休《憂賦》：『倘倘佯佯。』

七·二一　遺遺，逶迤也。

《管子・樞言》：『紛紛乎若亂絲，遺遺乎若有從治。』《正字通》：『遺遺與委蛇通。』《戰國策》：『出遺遺之門。』註：『言其路逶迤也。《釋文》引《詩》「其魚遺遺。」』

七·二二　祛祛、於於、居居、倨倨、眄眄、吁吁、睢睢、盱盱、榛榛、狉狉，質樸也。

《莊子・應帝王》：『其卧祛祛，其覺于于，一以己爲馬，一以己爲牛。』又《盜跖篇》：『神農之世，卧則居居，起則于于，民知其母，不知其父，與麋鹿共處。』《淮南子・覽冥訓》：『卧倨倨，興眄眄，一自以爲馬，一自以爲牛。』高誘註：『倨倨，卧無思慮也。倨，讀虛田之虛。眄眄，視無智巧貌也。』《白虎通義》：『卧之詓詓，起之吁吁，饑即求食，飽即棄餘。』揚雄《劇秦美新文》：『權輿天地，未祛睢睢盱盱。』《廣雅》：『睢睢盱盱，元氣也。』漢王延壽《魯靈光殿賦》：『上紀開闢，遂古之初，五龍比翼，人皇九頭，伏羲鱗身，女媧蛇軀，鴻荒朴略，厥狀睢盱。』張載註：『睢盱，質樸之形。』◎案：祛祛、䀠䀠、居居、睢睢、倨倨、于于、眄眄、吁吁、盱盱，音義並通。唐柳完元《封建論》：『草木榛榛，鹿豕狉狉。』

七·二三　玄玄、空空，微妙也。
漢蔡邕《翟先生碑》：『玄玄焉，測之則無源。』南齊孔稚圭《北山移文》：『談空空於釋部，覈玄玄於道流。』

七·二四　草草，簡率也。
唐韓愈《送劉師服詩》：『草草具盤饌。』《篇海》：『苟簡曰草草。』《五代史·漢臣傳》：『隱帝遣孟業以詔書：「殺郭威於魏州。」威舉兵反，隱帝大懼，謂大臣曰：「昨太草草耳。」』

七·二五　吾吾衙衙，疎遠也。
《晉語》：『暇豫之吾吾，不如烏烏。』註：『吾讀如魚。吾吾，不敢自親之貌。』《玉篇》：『衙衙，疎遠貌。』音魚，與吾通。

七·二六　察察，急疾也。
《老子·異俗篇》：『俗人察察，我獨悶悶。』註：『察察，急且疾也。』又《順化篇》：『其政察察。』註：『其政教急疾，言決於口，聽決於耳也。』《荀子·榮辱篇》：『察察而殘者，怯也。』《晉書

・顧和傳》：『何緣採聽風聞，以察察爲政？』《禮・鄉飲酒義》：『愁以時察，守義者也。』注：『察猶察察，嚴殺之貌也。』察或爲殺。

七・二七　怏怏，縱恣也。

《荀子・榮辱篇》：『怏怏而亡者，怒也。』楊倞註：『肆其怏意而亡，由於忿怒也。』

七・二八　鞅鞅，疎薄也。

《老子・順化篇》：『其政察察，其民鞅鞅。』註：『政教急，民不聊生，故鞅鞅，日以疎薄。』

七・二九　畟畟測測**、錟錟、鏃鏃**契契**、戛戛、翦翦、剡剡、稍稍，鋒利也。**

《詩・周頌》：『畟畟良耜。』毛傳：『畟畟，猶測測也。』《爾雅・釋訓》：『畟畟，耜也。』註：『言嚴利。』疏：『畟畟，耜入地之貌。』◎案：畟，察色切，音測，與測通。《說文》：『畟，治稼畟畟進也。』晉張協《手戟銘》：『錟錟雄戟。』《集韻》：錟，思廉切，同銛，『利也。』《世說新語》：『謝鎮西道敬仁：「文學鏃鏃，無能不新。」』唐王建《荊門行》：『櫟林深深石鏃鏃。』《說文》：『鏃，利也。』《石鼓文》：『彤矢契契。』契與鏃同。《關尹子・一宇篇》：『戛戛乎鬪也。』唐李邕《鶻賦》：『吻戛戛而雄厲。』《一切經音義》：『戛戛，古黠反，齒聲也。』唐韓偓《寒食夜詩》：『側側輕寒翦翦風。』宋黃庭堅《別友賦》：『風剡剡而侵裘。』《說文》：『剡，銳利也。』以冉切。《釋名》：『矛長丈八尺曰稍，馬上所持，言其稍稍便殺也。』稍音朔。

七・三〇　釋釋澤澤、郝郝**、藿藿，解散也。**

《詩·周頌》：『其耕澤澤。』澤音釋。疏：『釋釋然土皆解散。』《爾雅·釋訓》：『郝郝，耕也。』註：『言土解。』疏：『郝郝、澤澤，並音釋，其義亦同。』舍人曰：『釋釋，猶藿藿解散之意。』

七·三一　霏霏、零零、離離、糝糝、茭茭，輕細也。

《詩·小雅》：『雨雪霏霏。』《晉書·胡毋輔之傳》：『吐佳言如鋸木屑，霏霏不絶。』魏武帝《碣石篇》：『繁霜霏霏。』晉潘岳《西征賦》：『應刃落俎，靃靃霏霏。』《文選》劉良註：『靃靃霏霏，細淨貌。』唐杜甫《宣政殿退朝晚出左掖詩》：『宫草霏霏承委珮。』又陸龜蒙《奉和襲美苦雨見寄詩》：『笑電霏霏作天喜。』唐楊夔《溺賦》：『零零兮雨雹。』晉左思《詠史詩》：『離離山上苗。』《文選》張銑註：『離離，輕細貌。』唐盧照鄰《雙槿樹賦》：『糝糝衰風。』宋范成大《木瓜詩》：『糝糝金沙絢。』唐張濛《登春臺賦》：『花競落兮如茭茭。』

七·三二　丫丫、角角，歧乂也。

元馬祖常《絶句詩》：『江南女兒年十五，兩髻丫丫面粉光。』元陳孚《居庸關詩》：『車棱棱，石角角。』

七·三三　尖尖、兑兑，鋭小也。

唐章孝標《小松詩》：『還似天台新雨後，小峰雲外碧尖尖。』宋楊萬里《小池詩》：『小荷纔露尖尖角。』《釋名》：『幘，蹟也，下齊眉蹟然也。或曰兑，上小下大，兑兑然也。』

七·三四　蹻蹻，輕便也。

《釋名》：『屩，蹻也，出行著之蹻蹻輕便。』◎案：《説文》：『蹻，舉足行高也。』故曰輕便。

七·三五　迭迭、軼軼，馳突也。

《關尹子·一宇篇》：『心儻儻而無羈乎，物迭迭而無非乎？』註：『迭迭猶軼軼。』

七·三六　舉舉，端麗也。

唐韓愈《送陸暢歸江南詩》：『舉舉江南子方崧卿。』註：『唐人以舉止端麗爲舉舉。』又孟郊《宿空姪院寄澹公詩》：『茗椀華舉舉。』

七·三七　𨤲𨤲𪑾𪑾**，猥茸也。**

《玉篇》：『𪑾，猥茸貌。』《晉書》有𨤲伯。《顔氏家訓》：『《晉中興書》：「泰山羊曼，頽縱任俠，飲酒誕節，兖州號「𨤲伯」。……俗間有𨤲𨤲語，蓋無所不施、無所不容之意。顧野王《玉篇》誤爲黑旁沓，吾所見數本，並無作黑者。重沓是多饒厚積意，從黑更無意旨。』◎案：𨤲音沓，與沓通。一曰𨤲𨤲，無賢不肖之辨。

七·三八　芆芆、卷卷、滴滴，零落也。

《太玄經·瞢》：『瞢瞢之離，中芆芆也。』宋惟幹註：『芆，符少切。芆芆，雲物之零落貌。范本作蔆蔆。』◎案：《漢書·食貨志》引《孟子》『野有餓而弗知發。』鄭氏曰：『芆，音「蔈有梅之蔈」。芆，零落也。人有餓死零落者，不知發倉廩貸之也。』師古曰：『芆，音頻小反。諸書或作殍，音義同。』唐韓愈《秋懷詩》：『卷卷落地葉，隨風走前軒。』又司空圖《春愁賦》：『燕泥滴滴而簷壞。』

七·三九　㾝㾝、垂垂、𦅊𦅊，低下也

唐元稹《春六十韻詩》：『瑞雲低㾝㾝。』《類篇》：㾝，乙洽切，音浥，『低下也。』陳新蔡王籍記《鴈聲賦》：『雲垂垂其天遠。』

《集韻》：『𦅊𦅊，低也。』彌延切，音綿。

七·四〇　兑兑，柔滑也

《釋名》：『生瀹葱薤曰兑，言其柔滑兑兑然也。』◎案：《太平御覽》引兑皆作瓮，未知孰是。

七·四一　云云、沄沄，運布也

《吕氏春秋·圜道篇》：『雲氣西行云云然。』高誘註：『云，運也，周旋運布，膚寸而合，西行則雨也。』《楚辭》王逸《九思》：『流水兮沄沄。』《説文》：『沄，轉流也。』《宋史·禘祫樂章》：『聲容沄沄被八荒。』又《祭告四瀆樂章》：『沄沄天墟，洞蕩洪濛。』

七·四二　納納、涵涵，包容也

唐杜甫《野望詩》：『納納乾坤大。』又杜頠《灞橋賦》：『順清流之納納。』《通雅》：『納納，包容也。劉向《九歎》云：「衣納納而掩露。」蓋謂其縫紩納納，何必言絲溼乎？叔重在子政後二百餘年，當以子政爲是。』唐韓愈《太原王公神道碑銘》：『涵涵而停。』《毛詩·小雅》傳：『涵，容也。』皮日休《郢州孟亭記》：『涵涵然有干霄之興。』

七·四三　容容，和同也。

《漢書·翟方進傳》：『何持容容之計。』註：『容容，隨衆上下也。』《後漢書·左雄傳》：『白璧不可爲，容容多後福。』註：『容容，猶和同也。』《通雅》：『庸庸，古亦用容容。《左雄傳》，容容猶庸庸也，寓諸庸則容於世矣。』《楚辭》劉向《九歎》：『周容容而無識。』漢桓譚《僊賦》：『容容無爲，壽極乾坤。』《新序》：『諂諛之人，容容在旁。』

七·四四　渾渾，淳雅也。

《揚子法言·問神篇》：『《虞》《夏》之書渾渾爾。』《五臣音註》：『宋咸曰：「渾渾，猶淳淳也。」吴祕曰：「渾渾，猶言混混也，謂其淳雅也。」』

七·四五　奕奕，輕靡也。

晉左思《吴都賦》：『儐從奕奕。』《文選》李善註：『奕奕，輕靡之貌。』◎案：《方言》：『奕、僷，容也。』郭註：『奕、僷，皆輕麗之貌。』

七·四六　靡靡，愔愔，閑麗也。

晉左思《吴都賦》：『荆艷楚舞，吴歈越吟，翕習容裔，靡靡愔愔。』《文選》劉良註：『靡靡愔愔，閑麗也。』

七·四七　嫺嫺，雍容也。

《元包經》：『上嫺嫺。』《説文》：『嫺，雅也。』《漢書·司馬相如傳》：『雍容嫺雅。』

七·四八　僛僛，攲側也。

《詩·小雅》：『屢舞僛僛。』毛傳：『僛僛，舞不能正也。』朱傳：『傾側之狀。』

七·四九　梱梱、酋酋，成就也。

《方言》：『梱，就也。』郭註：『梱梱，成就貌。』格本切。《太玄經·中》：『酋酋火魁，頤水包貞。』范望註：『酋，就也。』司馬光曰：『秋物成就，故曰酋酋。』

七·五〇　間間、離離、析析、八八，分別也。

《莊子·齊物論》：『大知閑閑，小知間間。』郭象註：『間，古閑切。間間，有所間別也。』《釋名》：『離，離也，以柴竹作之疏離離然也。』晉何晏《景福殿賦》：『離離列錢。』《文選》張銑註：『離離，分別貌。』唐陸龜蒙《刈穫詩》：『天職誰司下民籍，苟有區區宜析析。』《元包經》：『乢八八。』八音捌，《説文》：『別也，象分別相背之形。』徐曰：『數之八，兩兩相背，是別也。』乢音詵。《説文》：『二山也。』

七·五一　依依、懸懸、悠悠遥遥**、洋洋**養養**、眊眊**矐矐**，思戀也。**

漢蘇武詩：『胡馬失其群，思心常依依。』《文選》李善註：『依依，思戀之貌也。』唐王建《思遠人詩》：『妾思常懸懸。』《詩·邶風》：『莫往莫來，悠悠我思。』朱傳：『悠悠，思之長也。』悠通作遥。《説苑·辨物篇》引《雄雉》之詩曰：『遥遥我思。』《爾雅·釋訓》：『悠悠、洋洋，思也。』

或作瞿瞿。

◎案：《釋詁》：『悠，思也。』重言之亦爲思。《禮·中庸》：『洋洋乎如在其上。』鄭註：『人想思其傍僾之貌。』《爾雅》疏引《邶風》『中心養養』，云：『洋、養音義同。』《廣雅》：『眊眊，思也。』

七·五二　竊竊，計較也。

《莊子·庚桑楚》：『今以畏壘之細民而竊竊然欲俎豆予於賢人之間。』又：『簡髮而櫛，數米而炊，竊竊乎又何足以濟世哉！』《釋文》：『竊竊，如字，司馬云：「細語也。」一云計較之貌。崔本作「察察」。』

七·五三　招招，號召也。

《詩·邶風》：『招招舟子。』毛傳：『招招，號召之貌。』疏：『王逸曰：「以手曰招，以口曰召。」《韓詩》云：「招招，聲也。」』

七·五四　湎湎，流移也。

《漢書·敘傳》：『風流民化，湎湎紛紛。』師古註：『湎湎，流移也。』

七·五五　播播，舒揚也。

《蜀志·楊戲傳》：『戲贊殷孔休、習文祥曰：「孔休文祥，或才或臧，播播述志，楚之蘭芳。」』

七·五六　堂堂，高顯也。

《釋名》：『堂，猶堂高顯貌也。』

七·五七　蛇蛇、域域、禄禄、煦煦、孑孑，淺狹也。

《詩·小雅》：『蛇蛇碩言。』毛傳：『蛇蛇，淺意也。』《鶡冠子·世兵篇》：『衆人域域，迫於嗜欲。』陸佃註：『域域，淺狹之貌。』《莊子·漁父篇》：『禄禄而受變於俗。』《釋文》：『禄禄，如字，又音緑，謂形貌爲禮也。』唐韓愈《原道》：『老子之小仁義，非毁之也，彼以煦煦爲仁，孑孑爲義，其小之也則宜。』

七·五八　粲粲，爽悟也。

晉束晳《補亡詩》：『粲粲門子。』《文選》劉良註：『粲粲，爽悟貌。』

七·五九　脈脈，矜持也。

《文選·古詩》：『盈盈一水間，脈脈不得語。』劉良註：『脈脈，自矜持貌。』

七·六〇　苦苦，懇切也。

宋蘇軾《戲錢道人直須認取主人翁詩》：『主人苦苦令儂認。』

七·六一　亭亭，安定也。

漢蔡邕《釋誨》：『情志泊兮心亭亭。』《説文》：『亭，民所安定也。』《釋名》：『亭，停也。』《風俗通》：『亭，留也。』◎案：停、留皆有安定義。《黄庭經》：『九原之山何亭亭。』註：『猶心也。』

七·六二　回回，紆屈也。

《楚辭》王褒《九懷》：『腸回回兮盤紆。』王逸註：『意中毒悶，心紆屈也。』

七·六三　抑抑，昂藏也。

晉陸機《漢高祖功臣頌》：『抑抑陸生。』《文選》張銑註：『此謂陸賈也。抑抑，昂藏貌。』

七·六四　鬱鬱，熟灑也。

《莊子·庚桑楚》：『灑濯，孰哉鬱鬱乎！』《釋文》：『崔云：「鬱鬱，熟灑貌。」』

七·六五　離離，剥裂也。

《楚辭》劉向《九歎》：『曾哀悽欷，心離離兮。』王逸註：『離離，剥裂貌。言己不遭明君，無御用者，重自哀傷，悽愴累息，心爲剥裂。』

七·六六　弭弭，滑細也。

《釋名》：『弓又謂之弭，以骨爲之滑弭弭也。』又：『細，弭也，弭弭兩致之言也。』畢氏《疏證》云：『細，本皆作納，誤也。此篇皆兩兩反，對麤之對，當作細。』

七·六七　斂斂，兼并也。

《水經·河水注》引崔浩《廣德殿碑頌》云：『恂恂南秦，歛歛推亡。』

七·六八　菶菶，散亂也。

《說文》：『菶，草盛。』徐曰：『菶菶，散亂也。』

七·六九　厭厭，閉藏也。

《漢書·李尋傳》：『列星皆失色，厭厭如滅。』注引『鄭氏曰：「厭，音檿桑之檿。」』『師古曰：「音烏點反。」』

七·七〇　蹇蹇，平直也。

《太玄經·勤》：『往蹇蹇。』注：『蹇蹇，平直也。』

七·七一　青青，枯虛也。

《太玄經·差》：『過其枯城，或蘖青青。』注：『青青，枯虛也。』

七·七二　還還，周遊也

《集韻》：『還還，周遊也。』王縛切，音矍。《廣韻》：『行不住也。』

疊雅卷八

樂亭 史夢蘭 香厓

八·一 斤斤、肩肩炯炯**、了了、僬僬**潐潐**、監監，明察也。**

《詩·周頌》：『斤斤其明。』毛傳：『斤斤，明察也。』《釋文》：『斤，絶覲反。』《爾雅·釋訓》：『斤斤，察也。』《漢書·敘傳》：『平津斤斤。』《後漢書·吴漢傳》：『斤斤謹慎。』《左傳·襄五年》：『周道挺挺，我心肩肩。』杜註：『肩肩，明察也。』《釋文》：『肩，工迴反。』〔二〕與炯同。《玉篇》：『炯炯，明察也。』司馬彪《續漢書》：『孔融見李膺，膺奇之，陳煒曰：「人小時了了者，大亦未必奇也。」』《唐書·五行志》：『安樂公主於洛州造安樂寺，童謡曰：「可憐安樂寺，了了樹頭懸。」』《荀子·不苟篇》：『其誰能以己之僬僬，受人之掝掝者哉？』楊倞註：『僬僬，明察之貌。』僬或作潐，子誚反。《靈樞經》：『陽明之上監監然。』監通作鑑。監監，如金之監而明察也。

校按：

【一】今本《經典釋文·春秋左氏音義》：『扃，工迥反。』迥、迴因形近而譌。

八·二　脱脱娧娧、**祁祁**祈祈、**連連、安安、洋洋、申申、夭夭、儃儃、儻儻、緩緩、填填**蹎蹎、**翔翔，舒遲也。**

《詩·召南》：『舒而脱脱兮。』毛傳：『脱脱，舒遲也。』《釋文》：『脱，勑外反，音蜕。』本作娧。《集韻》：『娧娧，舒遲貌。』又：『被之祁祁。』毛傳：『祁祁，舒遲貌。』又《大雅》：『祁祁如雲。』毛傳：『祁祁，徐靚也。』與祈通。《小雅》：『興雨祈祈。』毛傳：『祈祈，徐也。』《漢石經》作『興雨祁祁。』又《大雅》：『執訊連連，攸馘安安。』毛傳：『連連，徐也。』箋：『訊，言也。執所生得而言問之，及獻所馘，皆徐徐以禮爲之，不尚促速也。』《孟子》：『少則洋洋焉。』趙註：『洋洋，舒緩摇尾之貌。』《離騷》：『女媭之嬋媛兮，申申其詈予。』王逸註：『申申，舒緩貌。』皇侃《論語疏》：『申申，心申暢故和也，貌舒緩故夭夭也。』朱子《論語註》：『楊氏曰：「申申，其容舒也。夭夭，其色愉也。」』《莊子·田子方》：『有一史後至者，儃儃然不趨。』《釋文》：『儃儃，吐但反。徐音「但」，李云：「舒閒之貌。」』《關尹子·一字篇》：『心儻儻而無羈。』註：『儻儻，猶儃儃。』宋蘇軾《陌上花引》：『吴越王妃每歲春必歸臨安，王以書遺妃曰：「陌上花開，可緩緩歸矣。」』《莊子·馬蹄篇》：『其行填填。』《釋文》：『填填，徐音田，又徒偃反，質重貌。崔云：「重遲也。」』一云詳徐貌。《淮南子·覽冥訓》：『其行蹎蹎。』高誘註：『蹎，讀填寘之填。』《漢書·韋元成傳》：『四牡翔翔。』師古注：『翔翔，安舒貌。』

八·三　侃侃偘偘、衎衎**、觥觥**觵觵**、伉伉**亢亢、頏頏**、棱棱、梗梗、棘棘、懍懍，剛直也。**

《論語》：『侃侃如也。』朱註：『許氏《說文》：「侃侃，剛直也。」』通作偘。《唐書·薛遷老傳》：『偘偘不干虛譽。』《後漢·樊宏族孫準傳》：『每讌會則論難衎衎。』註：『和樂貌。』又《袁安傳》：『誾誾衎衎。』《蜀志》：『楊戲贊費賓伯曰：「當官任理，衎衎辯舉。」』◎案：此皆用《論語》侃侃、誾誾，而變侃侃爲衎衎，則衎衎當訓强直，不當訓和樂矣，蓋衎字原有二音，與侃同讀者，義爲彊直；音苦汗切者，當爲和樂。《後漢書·郭憲傳》：『憲諫爭不舍，乃伏地稱眩瞀不復言。帝令兩郎扶下殿，曰：「常聞『關東觥觥郭子横。』竟不虛也。」』註：『觥觥，剛直貌。』《說文》作『觵，兕牛角可以飲者也。其狀觵觵，故謂之觵。』古横切。華嶠《後漢書》：『劉愷爲太常，論議常引正大義，諸儒語曰：「難經伉伉劉太常。」』《集韻》：伉，口浪切，康去聲。又居郎切，音剛，『正直貌。』與亢通。唐韓愈《送窮文》『矯矯亢亢，惡圓喜方。』◎案：無年卑屈曰亢。《說文》：『亢，人頸也。』古郎切，或從頁作頏。韓愈《河南令張君墓誌銘》：『惟其頏頏，以世厥聲。』《唐書·崔從傳》：『爲人嚴偉，立朝棱棱具風望。』《黃石公素書》：『橛橛梗梗，所以立功。』註：『梗梗者，有所立而不可撓。』《孔叢子·執節篇》：『馬回梗梗亮直。』唐韓愈《河南令張君墓誌銘》：『守法爭諫，棘棘不阿。』《後漢書・陳蕃傳論》：『懍懍乎伊望之業。』注：『懍懍，有風采之貌也。』又《孔融傳論》註：『懍懍焉勁烈如秋霜也。』

八・四　行行、毅毅，剛强也。

《論語》：『子路行行如也。』鄭註：『行行，剛强之貌。』胡浪反。《廣雅》：『行行，更更也。』王氏《疏證》云：『《論語・先進篇》：「子路行行如也。」鄭注：「行行，剛强之貌。」更更讀如庚庚。《釋名》云：「庚，更也，堅强貌也。」庚與更通，行行、更更聲相近，皆彊貌也。更更下蓋脱彊字。』《筆乘》：『載瓢本《漢書述》云「淮陰毅毅，仗劍周章。」』毅，魚既切，音劓，從殳、豙聲。豙，豕怒毛豎也。《正譌》：『豙從辛者，剛也。下從豕，會意。故借爲剛毅字。』

八・五　肅肅、將將、翼翼、齊齊、莊莊、絜絜、矩矩，嚴正也。

《詩・小雅》：『肅肅謝功。』箋：『肅肅，嚴正之貌。』又《大雅》：『應門將將。』毛傳：『將將，嚴正也。』又：『作廟翼翼。』疏：『翼翼然而嚴正。』《禮・玉藻》：『廟中齊齊。』疏：『齊齊，自收持嚴正之貌也。』《管子・小問篇》：『莊莊乎何其士也。』房註：『莊莊，矜直貌也。』唐杜牧《上宣州崔大夫書》：『後進絜絜，以節義自持。』絜，古屑切，音結。◎案：經典『潔』多用『絜』，又胡結切，音擷，有約束義。又牛僧孺《崔相國群家廟碑》：『治官將私，皦皦矩矩。』

八・六　番番（⿰番頁⿰番頁）、矯矯（蹻蹻、蟜蟜）、洸洸（僙僙、潢潢）、赳赳、桓桓、麃麃、仡仡（訖訖）、暨暨、勍勍、競競、⿰犭幾⿰犭幾、趪趪、歁歁、憤憤、堂堂、驍驍、朅朅、偈偈，武勇也。

《詩・大雅》：『申伯番番。』毛傳：『番番，武勇貌。』《廣韻》：『顲顲，勇武貌。』同番。又《魯頌》：『矯矯虎臣。』箋：『矯矯，武貌。』通作蹻。《周頌》：『蹻蹻王之造。』毛傳：『蹻蹻，武貌。』《大雅》：『四牡蹻蹻。』毛傳：『蹻蹻，壯貌。』《魯頌》：『其馬蹻蹻。』毛傳：『言彊盛也。』◎案：强壯皆武意。《經典釋文》：『蟜蟜，本又作矯，亦作蹻，居表反，武貌。』唐王佑《清河郡王李公紀功載政頌》：『蟜蟜我公，爲君武臣。』又《大雅》：『武夫洸洸。』毛傳：『洸洸，武貌。』《韻會》以爲當作僙僙。僙音光，武貌。借作洸，義同。《鹽鐵論・繇役篇》引《詩》作『武夫潢潢。』又《周南》：『赳赳武夫。』毛傳：『赳赳，武貌。』又《周頌》：『桓桓武王。』箋：『桓桓威武之武王。』《書・牧誓》：『尚桓桓，如虎如貔，如熊如羆。』孔傳：『桓桓，武貌。』◎案：《爾雅》：『番番、矯矯，勇也。』『桓桓、烈烈，威也。』『洸洸、赳赳，武也。』《廣雅》則云：『桓桓、矯矯、赳赳，武也。』是勇、威、武三字之訓相通。又《鄭風》：『駟介麃麃。』毛傳：『麃麃，武貌。』《書・秦誓》：『仡仡勇夫。』孔傳：『仡仡，壯勇之夫。』漢揚雄《甘泉賦》：『金人仡仡，其承鐘虡兮。』《漢書》師古註：『仡仡，勇健貌。』《廣雅》：『仡仡，武也。』《説文》引《書》作『仡』。徐曰：『高亢不可摧之貌也。』希氣反。《經典釋文》：『仡仡，馬本作訖訖，無所省録之貌也。』徐云：『强貌。』《禮・玉藻》：『戎容暨暨。』鄭註：『暨暨，果毅貌也。』《廣雅》：『暨暨，武也。』《左傳僖二十二年》：『勍敵之人。』勍，巨京切。《廣雅》：『勍勍，武也。』《爾雅・釋詁》：『競，彊也。』《廣雅》：『競競，武也。』《揚子法言・孝至篇》：『螭虎桓桓，鷹隼𦑣𦑣。』《五臣音註》：『宋咸曰：

「⿰犭戔⿰犭戔，暴也。」』《廣雅》：『⿰犭戔⿰犭戔，武也。』漢張衡《西京賦》：『洪鐘萬鈞，猛虡趪趪。』《文選》薛綜註：『趪趪，張設貌。』劉良註作『力貌』。《玉篇》：『趪趪，武貌。』漢班固《武陽侯樊噲銘》：『⿰黄尣⿰黄尣將軍，威蓋不當。』註：『⿰黄尣⿰黄尣，武勇貌。』姑黄切，音光。《正字通》：『⿰黄尣既訓武勇，從黄、從尣無義，《班氏銘》「⿰黄尣⿰黄尣」，當作桓桓。』◎案：班氏《十八侯銘》冠首俱各用疊字，襄平侯《韓信銘》已云『桓桓將軍』，此不當與之複，張説似不足據。《説苑·指武篇》：『子路曰：「願得白羽如月，赤羽若日，鐘鼓之音上聞於天，旌旗翻翻下蟠於地，由且舉兵而擊之，必也攘地千里。」』孔子曰：「勇哉士乎！憤憤者乎！」』《揚子法言·問黎篇》：『堂堂乎忠。』《五臣音註》：『司馬光曰：「堂堂，勇也。」』晉陸雲《贈顧彦先詩》：『悠悠山川，驍驍征遐。』《集韻》：『驍，勇捷貌。』唐韓愈《胡良公神道碑》：『揭揭胡公，既果以方。』《毛詩·衛風》傳：『揭，武壯貌。』與偈通。《集韻》：『偈偈，武也。』

八·七　業業、翼翼、峩峩俄俄、偕偕、伾伾、祛祛、俋俋、哼哼、乾乾、婧婧、特特、丁丁，壯健也。

《詩·小雅》：『四牡業業。』毛傳：『業業然壯也。』《大雅》：『四牡業業。』朱傳：『健貌。』◎案：《廣雅》：『業業，盛也。』盛亦從壯健起義。又《大雅》：『四騏翼翼。』毛傳：『翼翼，壯健也。』又：『奉璋峩峩。』毛傳：『峩峩，盛壯也。』《釋文》：『峩峩，本又作俄，五哥反。』《漢書·揚雄傳》：『俄軒冕。』註：『俄俄，陳舉之貌。』又《小雅》：『偕偕士子。』毛傳：『偕偕，强壯貌。』《説文》：『偕，强也。黎曰：「能同於人，是强有力也。」』又《魯頌》：『以車伾伾。』毛傳：『伾伾，有力也。』又：『以車袪袪。』毛傳：『袪袪，彊健也。』《莊子・天地篇》：『佀佀乎耕而不顧。』《釋文》：『佀音秩，又於十反。《字林》云：「佀佀，勇壯貌。」』又《胠篋篇》：『釋夫恬淡無爲，而悦夫啍啍之意。』《釋文》：『啍啍，少知而芒也。一云啍啍，壯健之貌。』《廣雅》：『乾乾，健也。』《太玄經・彊》：『陽氣純剛，乾乾萬物，莫不彊梁。』《集韻》：『婧婧，健貌。』子正切，精上聲。《説文》：『婧，竦立也。』一曰有才，此併反。唐温庭筠《常林歡歌》：『烏聲特特荆門道。』鄭《詩》箋：『百夫之特，百夫之中最雄俊也。』《韻會》：『挺立曰特。』唐白居易《畫雕贊》：『鷙鳥之英，黑雕丁丁。』《釋名》：『丁，壯也，物體皆丁壯也。』《一切經音義》三引皆作『丁，壯也。』言物體皆壯健也。

八・八　超超、邁邁、卓卓、犖犖、英英、標標、表表、嶠嶠橋橋**、磊磊、落落、錚錚、翹翹、堂堂、諤諤、倜倜，奇偉也。**

《南史・劉訏傳》：『訏超超越俗，如天半朱霞。』晉夏侯湛《莊周贊》：『邁邁莊周，騰世獨遊。』《世説新語》：『有人語王戎曰：「嵇延祖卓卓如野鶴之在雞群。」』唐韓愈《代張籍與李浙東書》：『惟閣下心事犖犖，與俗輩不同。』《韻會》：『卓犖，超絶也。』劉良《文選》註：『卓犖，特達也。』《晉書・荀闓傳》：『闓字道明，亦有名稱，京師爲之語曰：「洛中英英荀道明。」』唐杜牧《郡齋獨酌詩》：『我愛李侍中，標標七尺强。』唐韓愈《祭柳子厚文》：『子之自著，表表愈偉。』《漢書・敘傳》：『賈生矯矯，弱冠登朝。』師古註：『矯矯，高舉之貌。』◎案：《通雅》云：『高允矯矯風節。』《文子》：『橋橋然。』即矯矯倶喬起之聲意。《晉書・石勒載記》：『大丈夫行事，當礌礌落落如日月。』註：『礌作磊。』◎案：《正字通》：『人性體卓特者曰磊柯。』《通雅》：『落落，猶硌硌也。』《韻略》曰：『硌硌，石堅不相入貌。』《漢書・耿弇傳》：『落落難合。』則落落正從硌硌起義，即磊磊落落亦狀石，而因以狀人之魁儡也。《後漢書・劉盆子傳》：『卿所謂鐵中錚錚。』《晉書》：『洛中諺：「洛中錚錚馮惠卿。」』《詩・周南》：『翹翹錯薪。』朱傳：『翹翹，秀起貌之。』晉潘岳《關中詩》：『翹翹趙王劉良。』註：『翹，出群貌。』晉束皙《補亡詩》：『堂堂處子。』《文選》劉良註：『堂堂，出衆貌。』《世説新語》：『世目李元禮：「謖謖如松下風。」』謖，所六切，音縮。《字彙補》：『謖謖，峻挺貌。』《通雅》：『謖謖，與肅肅通。』《荀子・彊國篇》：『則倜倜然其不及遠矣。』《説文》：『倜儻，不羈也。』他歷切。

八・九　娖娖、⿰足齒⿰足齒(齪齪)**、廩廩，持整也。**

《史記・申屠嘉傳》：『自嘉死後，爲丞相者皆娖娖廉謹，備員而已。』註：『娖娖，持整貌。』《漢書》作『⿰足齒』。⿰足齒與齪同。《史記・貨殖傳》：『鄒魯濱洙泗，猶有周公遺風，故其民齪齪頗有桑麻之業，無林澤之饒。』《唐書・杜牧傳》：『牧剛直有奇節，不爲齪齪小謹。』《漢書・循吏傳敘》：『此廩廩，庶幾德讓君子之遺風矣。』註：『廩廩，言有風采也。』《駢雅》：『廩廩、⿰足齒⿰足齒，持整也。』

八・一〇　僬僬、趨趨、躄躄、戚戚、蹜蹜(縮縮、宿宿、粟粟)**、渠渠，局趣也。**

《禮・曲禮》：『庶人僬僬。』註：『凡行容，尊者體盤，卑者體蹙。』疏：『庶人僬僬者，卑盡之容也。』僬，子肖切，音醮。又《祭義》：『其行也趨趨以數。』註：『趨，讀如促。』疏：『其行步促促，速疾少威儀，舉足而數也。』《詩・小雅》：『蹙蹙靡所騁。』箋：『蹙蹙，縮小之貌。』《禮・玉藻》：『見所尊者齊遫。』註：『猶蹙蹙也。』《釋名》：『縠，粟也，其形戚戚視之如粟也。』◎案：今本作『其形足足而踧。』《太平御覽》引作『其形戚戚。』戚，讀如迫促之促，絲縷急戚則起縐，文如粟矣。俗書戚字下安足，非。《論語》：『足蹜蹜如有循。』邢疏：『言舉足狹數。』通作縮。《禮・玉藻》：『舉前曳踵蹜蹜如也。』馬作宿宿。《易林・觀之同人》：『有頭無目，赫赫粟粟。』《通雅》云：『粟粟，與縮縮同。』《荀子・修身篇》：『有法而無志，其義則渠渠然。』楊倞註：『渠讀爲遽。』古字渠、遽通渠。渠，不寬泰之貌。志，識也，不識其義，謂但拘守文義而已。

八・一一　拘拘、跫跫、拲拲、掣製，拘牽也。

《莊子・大宗師》：『夫造物者又將以予爲此拘拘也。』《釋文》：『拘拘，郭音駒，司馬云：「體拘攣也。」王云：「不伸也。」』《楚辭》劉向《九歎》：『心跫跫而不夷。』王逸註：『跫跫，拘攣貌也。』洪興祖《補註》：『跫，音拱，以韋束也。』唐釋修雅《聞誦法華經歌》：『今日親聞誦此經，始覺無物爲拲拲。』《説文》：『拲，兩手同械也。』晉木華《海賦》：『或掣掣洩洩於裸人之國。』《文選》註：『掣掣洩洩，任風之貌。』

八・一二　庸庸、搖搖、偈偈、搰搰勓勓、捲捲惓惓、獘獘、畜畜、蹩蹩、跛跛、盻盻、矻矻劥劥、

劬劬、屑屑、懃懃、憁憁、頓頓、勖勖、佸佸，勤勞也。

《書・康誥》：「庸庸。」《荀子・大略篇》：「庸庸勞勞。」《爾雅・釋訓》：「庸庸、慅慅，勞也。」疏：「皆劬勞也。有功庸者皆勞也。」《莊子・天道篇》：「又何偈偈乎？揭仁義若擊鼓而求亡子焉。」《釋文》：「偈，居謁反。偈偈，用力之貌。」又《天地篇》：「子貢南遊於楚，反於晉，過漢陰，見一丈人方將爲圃畦，鑿隧而入井，抱甕而出灌，搰搰然用力甚多，而見功寡。」《釋文》：「搰，苦骨切。搰搰，用務貌。」與勖同。《一切經音義》：「勖勖，苦骨反。」《廣雅》：「勖，勤仂也。」又《讓王篇》：「捲捲乎後之爲人，葆力之士也。」《釋文》：「捲，音權。郭音眷，用力貌。」《呂氏春秋》作「惓惓」。又《逍遥遊》：「孰獘獘焉以天下爲事？」《釋文》：「獘，扶世反。簡文云：「獘獘，經營貌。」司馬本作蔽蔽。」又《徐無鬼》：「堯畜畜然仁，吾恐其爲天下笑。」《釋文》：「畜，深六反，李云「行」，仁貌。王云：「卹愛勤勞之貌。」」又《馬蹄篇》：「蹩躠爲仁，踶跂爲義。」《釋文》：「李云：「蹩躠、踶跂，皆用心爲仁義之貌。」」唐盧照鄰《益州玉真觀主黎君碑》：「暨乎蹩躠爲仁，踶跂爲義。」躠，步結反。《孟子》：「使民盻盻然。」趙岐註：「盻盻，勤苦不休息貌。」《漢書・王褒傳》：「工人之用鈍器也，勞筋苦骨，終日矻矻。」註：「應劭曰：「矻矻，勞極也。如淳曰：「健作貌也。」師古曰：「矻，音口骨反。」」《集韻》：「劜劜，勞極貌。」通作矻。唐程俱《和柳子厚讀書詩》：「懸頭苦劬劬。」《方言》：「屑，往勞也。」注：「屑屑、往來，皆劬勞也。」《漢書・董仲舒傳》注：「屑屑，動作之貌。」《漢書・王莽傳》：「晨夜屑屑，寒暑懃懃。」《集韻》：「憁憁，勤力也。』丘候切，音扣。又：『頜頜，勤力也。』居候切，音姤。《廣韻》：『力作劬劬。』《集韻》：『劬劬，用力聲。』《玉篇》：『勤力也。』許轄切，音瞎。《集韻》：『佸佸，力貌。』或作俉，古活切。

八·一三　孜孜孳孳、滋滋、**縱縱**總總、**栖栖**悽悽、**遑遑**皇皇、惶惶、**數數、狂狂、汲汲**彶彶、㤂㤂、伋伋、**劫劫、卒卒、悤悤**怱怱、忩忩、**匆匆、勿勿、俇俇**偟偟、**促促、挈挈、忙忙、急急、波波、忪忪**伀伀，**惶遽也。**

《書·益稷》：『予思日孜孜。』通作孳。《禮·表記》：『俛焉日有孳孳。』又通作滋。《孔叢子·居衛篇》：『滋滋焉，汲汲焉，如農之赴時，商之趨利。』《禮·檀弓》：『喪事欲其縱縱爾。』註：『讀如總領之總。縱縱，急遽趨事貌。』《逸周書·大聚解》：『殷政總總若風草。』《論語》疏：『栖栖，猶皇皇也。』通作悽。《詩大雅》：『六月悽悽。』毛傳：『悽悽，簡閱貌。』朱傳：『悽悽，猶遑遑不安之貌。』《後漢書·蘇竟傳》：『仲尼悽悽，墨子遑遑，憂人之甚也。』遑通作皇。《禮·檀弓》：『皇皇如有望而弗至。』鄭註：『皇皇，猶栖栖也。』皇與惶通。《廣雅》：『惶惶，劇也。』《莊子·逍遙遊》：『彼其於世，未數數然也。』《釋文》：『數，音朔。司馬云：「猶汲汲也。」崔云：「迫促意也。」』又《盜跖篇》：『予之道狂狂汲汲。』註：『狂狂，猶皇皇。』《釋文》：『狂狂，如字，又居況切。』《禮·問喪》：『望望然，汲汲然，如有追而弗及也。』《廣雅》：『汲汲，劇也。』汲與彶通。《衆經音義》卷五、卷十三並云：『《廣雅》：「彶彶，遽也。」字從彳。《說文》：「彶，急行也。」』與㤂㤂通。《新書·匈奴篇》：『人人㤂㤂，惟其復來至也。』唐柳宗元《趙秀才群墓誌》：『嗟然秀才胡伋伋。』《一切經音義》引《説文》云：『伋伋，急行也。』今《説文》無此訓。◎案：汲、彶、忣、伋四字，並居立切，音急。唐韓愈《貞曜先生墓誌》：『人皆劫劫，我獨有餘。』《韻會》：『劫劫，猶汲汲也。』《漢書·司馬遷傳》：『相見日淺，卒卒無須臾之間。』註：『卒卒，匆遽貌。』《説文》：『悤，多遽悤悤也。』《晉書·王彪之傳》：『無故悤悤。』俗作怱，一作忩。張芝云：『忩不暇草書。』又作匆。《雍州童謡》：『莫匆匆，且寬心。』《庶物異名疏》：『《説文》云：「勿，州里所建旗，象其柄，有三斿，雜帛幅半，所以趨民，故遽稱勿勿。」《顔氏家訓》云：「書翰多稱勿勿，皆謂遽如《説文》耳。」今以勿勿中加點作匆匆，非也。』唐杜牧《遣興詩》：『浮生長勿勿。』《楚辭》劉向《九歎》：『魂俇俇而南行。』王逸註：『俇俇，惶遽之貌。』本作偟。《廣雅》：『偟偟，劻也。』魏文帝《蒼舒誄》：『惟人之生，忽若朝露，促促百年，亹亹行暮。』《太玄經·干》：『箝鍵挈契。』司馬光註：『箝者，緘束使不得移。鍵者，固結使不得離。皆縱横之術，説人求合者也。《鬼谷子》有《内鍵》《飛箝篇》。挈挈，急切貌。』唐柳宗元《答韋中立書》：『居長安，炊不暇熟，又挈挈而東，如是數矣。』晉葛洪《流珠歌》：『忙忙急急，忘寢失哺。』唐岑參《闅鄉送上官秀才詩》：『風塵奈汝何，終日獨波波。』李翊《俗呼小録》：『跑謂之波。』《元包經》：『悚悚忪。』《一切經音義》：『伀伀，又作忪，同之容反。《方言》：「怔忪，惶遽也。」』

八·一四　僕僕、役役、屑屑、切切、纖纖、勞勞，煩猥也。

《孟子》：『子思以爲鼎肉使己僕僕爾亟拜也。』朱註：『僕僕，煩猥貌。』《莊子·齊物論》：『終身役而不見其成功。』郭註：『得此不止，復役於彼，疲役終身，未厭其志。』《左傳・昭五年》：『屑屑焉習儀以亟。』《後漢書・王良傳》：『何其往來屑屑不憚煩也。』《説文》：『屑，動作切切也。』本作屑，『從尸、肖聲』。《魏志・公孫度傳》註：『孫權慕義，不念舊怨，纖纖往來，求成恩好。』《輿地志》：『新亭隴有遠望樓，一名勞勞樓，古送別之所。』唐李賀《夜飲朝眠曲》：『腰横半解星勞勞。』

八・一五　暖暖、姝姝、嫚嫚、睮睮腧腧**、煦煦、便便，柔媚也。**

《莊子・徐無鬼》：『有暖姝者，學一先生之方，則暖暖姝姝而私自悦也，自以爲足矣，而未知未始有物也，是以謂暖姝者也。』《釋文》：『暖，吁爰反，又吁晚反，柔貌。姝，昌朱反，妖貌。』《駢雅》：『暖姝，柔媚也。』漢司馬相如《上林賦》：『柔橈嫚嫚。』《漢書》師古注：『嫚嫚，柔屈貌也。音於圓反。』《文選》李善註：『郭璞曰』「柔橈嫚嫚，皆骨體耎弱長豔也。」』《漢書・韋賢傳》：『睮睮諂夫。』註：『如淳曰：「睮睮，目媚也。」』《駢雅》：『嫚嫚、睮睮，柔媚也。』《五音集韻》：『睮睮，媚貌。』羊朱切。唐柳宗元《與顧十郎書》：『蜂附蟻合，煦煦趄趄。』《正字通》：『煦，諂笑貌。』又孫樵《逐痁鬼文》：『愉愉便便，阿意奉權。』

八・一六　録録娽娽、碌碌、逯逯**、陸陸、鹿鹿、平平、常常、庸庸，凡庶也。**

《史記・平原君傳》：『毛遂曰：「公等録録，所謂因人成事者也。」』《廣韻》引《史記》作娽娽。《漢書・蕭何曹參傳贊》：『當時録録未有奇節。』註：『録録，猶鹿鹿，言在凡庶之中也。』《史記·酷吏傳贊》：『九卿碌碌奉其官。』碌與録通。又通作逯。《廣雅》：『逯逯，衆也。』《後漢書·馬援傳》：『李孟嘗折愧子陽而不受其爵，今更其陸陸，欲往附之，將難爲顔乎？』註：『陸陸，猶碌碌也。』《逸周書》：『發人鹿鹿者，若鹿迅走。』註：『發，東夷也。』《後漢書·班超傳》：『任尚爲都護，與超交代，尚曰：「宜有以誨之。」超曰：「宜蕩佚簡易，寬小過，總大綱。」尚私謂所親曰：「我以班君當有奇策，所言平平爾。」』《莊子·山木篇》：『純純常常，乃比于狂。』註：『常常，平常也。』晉左思《魏都賦》：『超百王之庸庸。』《文選》李善註：『馮衍《顯志賦》曰：「非庸庸之所識。」庸謂凡常無奇異也。』

八·一七　靡靡、喁喁禺禺、呴呴、唯唯惟惟、諾諾、爾爾、昵昵、妮妮，隨從也。

《書·畢命》：『商俗靡靡。』疏：『靡靡者，相隨順之意。』《史記·張釋之傳》：『今陛下以嗇夫口辯而超遷之，臣恐天下隨風靡靡，爭爲口辯而無其實。』《史記·日者傳》：『司馬季主謂宋忠、賈誼曰：「公等喁喁者也，何知長者之道乎？」』《漢書·司馬相如傳》：『延頸舉踵，喁喁然皆嚮風慕義，欲爲臣妾。』師古註：『喁喁，衆口向上也。』魚龍反，通作禺。唐獨孤及《賀醴泉表》：『衆庶禺禺，强名聖水。』《漢書·東方朔傳》：『愉愉呴呴，終無益於主上之治。』註：『呴呴，言語順也。』《史記·趙世家》：『簡子有臣曰周舍，好直諫。舍死，簡子每聽朝不悦，曰：「徒聞唯唯，不聞周舍之諤諤。」』《荀子·大略篇》：『惟惟而亡者，誹也。』楊倞註：『惟讀爲唯，以癸反，唯唯聽從貌。』《史記·商君傳》：『千人之諾諾，不如一士之諤諤。』《晉書·張方傳》：『河間王顒使畢，垣迎説邪輔曰：「張方欲反，人謂卿知之。」輔曰：「實不聞方反。」垣曰：「王若問卿，卿但言爾爾，不然，必不免禍。」輔入，顒問曰：「張方反，卿知之乎？」輔曰：「爾。」顒曰：「遣卿取之，可乎？」輔曰：「爾。」』《漢詩爲焦仲卿妻作》云：『諾諾復爾爾。』唐韓愈《聽潁師彈琴詩》：『昵昵兒女語。』一作妮妮。◎案：昵，尼質切，音匿，親近也。妮，女夷切，音尼。《六書故》：『今人呼婢曰妮。』

八·一八　猶猶由由**、與與、媕媕、嬰嬰、絮絮，游移也。**

《淮南子·兵略訓》：『擊其猶猶，陵其與與。』《禮·曲禮》疏：『猶與，三獸皆進退多疑，人多疑惑者似之，故謂之猶與。』或作由豫。劉向《九歎》：『尚由由而進之。』王逸註：『由由，猶豫也。』《説文》：『媕，女有心媕媕也。』依漸反。明宋濂《誥皓華文》：『媕媕嬰嬰。』媕，烏含切。嬰，於何切。媕嬰，不決也。《兩抄摘腴》：『方言以濡滯不決絶爲絮，猶絮之柔韌，牽連無邊幅也。』富、韓並相時，偶有一事，富公疑之，久不決。韓謂富曰：『公又絮。』富變色曰：『絮是何言也！』劉夷叔嘗用爲《如夢令》，云：『休休絮絮，我自玥朝歸去。』

八·一九　佻佻、幡幡、怭怭、捷捷、管管、沾沾、翩翩、巧巧、佞佞、睢睢、盱盱、僷僷、騫騫、儇儇，輕𣈆也。

《詩·小雅》：『佻佻公子。』朱傳：『佻佻，輕薄不奈勞苦之貌。』又：『威儀幡幡。』朱傳：『幡幡，輕數也。』又：『威儀怭怭。』毛傳：『怭怭，媟嫚也。』《説文》作佖佖。◎案：《詩》：『賓筵。』註：『怭怭訓媟嫚。』承上『既醉』而言，謂醉無儀也。《説文》引《詩》作『威儀。』與

《詩》義反，此《説文》之誤，諸韻書仍之，並非。又：『捷捷幡幡。』朱傳：『捷捷，儇利貌。』又《大雅》：『靡聖管管。』毛傳：『管管，無所依繫也。』箋：『管管然以心自恣。』◎案：《廣雅》云：『管管，浴也。』浴字於義不可通，未詳何字之譌。《史記·魏其侯傳》：『竇太后數言魏其侯，孝景帝曰：「太后豈以臣有愛，不相魏其？魏其者沾沾自喜耳，多易。」』註：『徐廣曰：「沾，昌兼反，又當牒反。」張晏曰：「沾沾，言自整頓也。多易，多輕易之行也。」師古曰：「沾沾，輕薄也。」』蔡沈《尚書註》：『小人而謂之憸者，形容其沾沾便捷之狀也。』《漢書·敘傳》：『魏其翩翩。』師古註：『翩翩，自喜之貌。』《北史·陽固傳》：『巧巧佞佞，一何工矣。』《莊子·寓言篇》：『而睢睢盱盱，而誰與居。』《集韻》：『睢盱，小人喜悦貌。』《説文》：『宋衛之間謂華僷。僷，從人葉聲。』徐曰：『亦輕薄之貌也。僷僷，猶佔佔也。』亦接反。唐柳宗元《乞巧文》：『沓沓騫騫，恣口所言。』《一切經音義》：『儇儇咋咋。儇，許緣反，謂家道未成也。』

八·二〇 **儚儚**艶艶、**洄洄**襩襩、恛恛、回回、徊徊、佪佪、**夢夢**、**訰訰**諄諄、忳忳、肫肫、**潰潰**憒憒、憒憒、**湣湣**惽惽、怋怋、**怓怓**、**倀倀**、**覭覭**、**泯泯**涵涵、**棼棼**芬芬、紛紛、枌枌、**倏倏**、**迷迷**、**惑惑**或或、掝掝、**忞忞**、**惛惛**、**芒芒**、**眊眊**、**惐惐**、**狂狂**、**慁慁**，**昏亂也**。

《爾雅·釋訓》：『儚儚，惽也。』儚，彌登切，音萌。《集韻》：『艶艶，神亂也。』◎案：艶，亦音萌，與儚同。又《釋訓》：『洄洄，惽也。』註：『洄本作襩，音韋。』◎案：《説文》：『襩，重衣貌。』引《爾雅》：『襩襩襀襀。』疑即『儚儚洄洄』之異文。襩通作恛。《太玄經·疑》：『初一，疑恛恛。』註：『恛音回。王涯曰：「恛恛，昏亂貌。」』恛通回。魏劉楨《雜詩》：『沈迷簿領書，回回自昏亂。』《文選》劉良註：『回回，心亂貌。』漢揚雄《甘泉賦》：『徒徊徊以徨徨。』《文選》李善註：『言迷惑也。』徊又作佪。《潛夫論·救邊篇》：『佪佪潰潰。』《玉篇》：『佪佪，惛也。』《詩·小雅》：『視天夢夢。』箋：『夢夢然而亂。』《釋文》：『夢夢，莫紅反，沈莫滕反，《韓詩》云：「惡貌也。」』《爾雅·釋訓》：『夢夢、訰訰，亂也。』疏：『《大雅·抑篇》云：「視爾夢夢。」又曰：「誨爾諄諄。」皆是闇亂也。』《荀子·哀公篇》：『繆繆忳忳，其事不可循。』楊倞註：『忳與肫同，雜亂之貌。』《新書·先醒篇》：『彼世主不學道理，則嘿然惛於得失，不知治亂存亡之所由，忳忳然猶醉也。』◎案：訰諄、忳肫，音義同。《詩·大雅》：『潰潰回遹。』毛傳：『潰潰，亂也。』與憒憒通。《莊子·大宗師》：『彼又惡能憒憒然爲世俗之禮？』《釋文》：『憒，上內反。《說文》《蒼頡篇》並云：「亂也。」』《後漢書·何進傳》：『天下憒憒，非獨我曹罪也。』憒，《說文》作『憒』。《廣雅》：『憒憒，亂也。』漢東方朔《七諫》：『處涽涽之溷世。』王逸註：『湣，一作涽，洪曰：一音昏。』」《荀子·賦篇》：『涽涽淑淑。』楊倞註：『涽涽，思慮昏亂也。』涽與惛通，《詩·小雅》：『以謹惛怓。』疏：『惛怓者，其人好鄙事，惛惛怓怓然。』《廣雅》：『惛惛，亂也。』《集韻》：『惽，不明也，亂也，悶也。或從昏。』《說文》：『怓，亂也。』《禮·仲尼燕居》：『治國而無禮，譬猶瞽者之無相與，倀倀乎其何之？』《說文》：『倀，狂也。一曰仆也。』徐曰：『狂妄也，《韓詩外傳》：「老而不學者如無燭而夜行，倀倀然。」是也。』褚良反。《集韻》：『倀倀，無見貌。』凡夫引

《禮記》作『覷覷其何之。』覷，《説文》作：『䁳，視不明也。』丑龙切。《書·吕刑》：『民興胥漸，泯泯棼棼。』孔傳：『泯泯爲亂，棼棼同惡。』泯通作湎。《論衡·寒温篇》：『湎湎紛紛。』棼通作芬。《逸周書·祭公解》：『汝無泯泯芬芬。』孔晁注：『泯芬，亂也。』《鶡冠子·能天篇》：『物乎物，芬芬份份。』陸佃註：『雜亂之貌。』棼與紛通。《漢書·敘傳》註：『師古曰：「紛紛，雜亂也。」』又通作衯。《廣雅》：『衯衯、條條，亂也。』《韓詩外傳》：『耳不聞學，行無正義，迷迷然以富利爲隆，是俗人也。』《漢書·賈誼傳》：『衆人惑惑。』《文選》註：『李奇曰：「惑惑，東西也。」』《史記·賈誼傳》作『或或』。◎案：惑，本作或，後人加心以别之。《孟子》『無或乎王之不智也。』又作惐。《荀子·不苟篇》：『誰能以己之憔憔，受人之惐惐？』楊倞註：『惐，惛也。』《揚子法言·問神篇》：『著古昔之㖧㖧，傳千里之忞忞者，莫如書。』《五臣音註》：『李軌曰：「㖧㖧，目所不見。忞忞，心所不了。」』《廣雅》：『忞忞，亂也。』忞，武粉切，音吻。或作忟。漢班固《幽通賦》：『安慆慆而不萉兮，卒隕身乎世禍。』《文選》李善註：『曹大家曰：「慆慆，亂貌。」』漢司馬相如《上林賦》：『芒芒恍惚。』《文選》吕向註：『芒芒，目亂而不能辨。』《韓詩外傳》：『不聞道術之人，則冥於得失；不知亂之所由，眊眊乎其猶醉也。』《廣雅》：『怴怴，亂也。』怴，乎述切。《公羊傳·桓五年》註：『怴者，狂也。』◎案：狂與亂同義。唐柳宗元《東明張先生墓誌》：『世皆狂狂，奔利死名。』又元結《自述文》：『愚惑者慁慁然，遂忘家國。』慁，胡困切。

八·二一　匈匈洶洶、𠯷𠯷、哅哅、訩訩、恟恟、凶凶、詾詾、兇兇、**嚾嚾**讙讙、**嚄嚄**、**譊譊**、**嚻嚻**嗸嗸、敖敖、嗷嗷、謷謷、譨譨、鬩鬩、齗齗𧮪𧮪、齦齦、聒聒𢟪𢟪、𦖸𦖸、嘖嘖、詾詾、譶譶、㗊㗊、辡辡、呶呶、譁譁、攪攪、嘮嘮、獿獿、嗷嗷、諠諠喧喧、諼諼、𦗓𦗓譟譟，喧擾也。

《荀子・天論篇》：『君子不爲小人匈匈也輟行。』楊倞註：『匈匈，喧嘩之聲。與詾同音凶，又許用反。』又《解蔽篇》：『掩耳而聽者，聽漠漠而以爲𠯑𠯑。』今本作哅哅。楊倞註：『哅哅，喧聲也。』許用反。《吕氏春秋・樂成篇》：『功之難立也，其必由哅哅耶？哅哅之中，不可不味也。中主以之哅哅也止善，賢主以之哅哅也立功。』《揚子法言・孝至篇》：『訩訩北夷。』司馬光註：『訩，翔拱切，又音凶。訩訩，喧嘵之貌。』《易林・姤之夬》：『心乖不同，爭訟洶洶。』一作恟恟。又《屯之漸》：『意乖不同，使我凶凶。』又《大過之坎》：『坐爭立訟，紛紛詾詾。』《漢書・翟方進傳》：『群下兇兇，更相嫉妒。』◎案：匈、洶、𠯑、哅、訩、恟、凶、詾、兇等字並通。《荀子・非十二子篇》：『世俗之溝猶瞀儒，嚾嚾然不知其非也。』【一】楊倞註：『嚾嚾，喧囂之貌，謂爭辯也。』通作讙。唐李程《桓魚扣石鼓賦》：『讙讙之聲相萬。』【二】《三輔決録》：『馬氏兄弟五人，共作客舍養豬賣豚。故民謂之曰：「苑中三公，鉅下二卿。五門嚄嚄，但聞豚聲。」』嚄，胡伯切。《揚子法言・寡見篇》：『譊譊者，天下皆訟也。』《五臣音註》：『吳祕曰：「譊譊，爭聲也。」司馬光曰：「譊，女交切。」』《後漢書・儒林傳》：『雄所謂譊譊之學，各習其師。』《詩・小雅》：『讒口囂囂。』《韓詩》作『謷謷』。《大雅》：『聽我囂囂。』毛傳：『猶謷謷也。』《詩攷》一作敖敖。謷又作嗷。晉潘尼《答傅咸詩》：『嗷嗷衆議。』◎案：囂與敖、嗸、嗷、謷，音義並同。《楚辭》王逸《九思》：『令尹兮謷謷，群司兮譨譨。』註：『謷謷，不聽話言而妄語也。譨譨，猶惚惚也，言皆競於佞也。』洪興祖《補註》：『譨譨，多言也。』奴侯切。又《九思》：『競佞諛兮鬭闃闃。』註：『闃闃，不相聽。』闃，許激切。《説文》：『恒訟也。』《史記·魯世家贊》：『甚矣魯道之衰也，洙泗之間齗齗如也。』註：『齗齗，辯爭貌。』《漢書·劉向傳》：『上内重周堪，又患衆口之寖潤，無所取信。時長安令楊興以材能幸，常稱譽堪。上欲以爲助，乃見問興：「朝臣齗齗不可光禄勳，何耶？」』師古曰：『齗齗，忿嫉貌。』《焦氏易林·豐之晉》：『齫齫讝讝，貧鬼相責。』讝，《集韻》作『齴』，魚斤切，與齗、齦並同。《書·盤庚》：『今汝聒聒。』疏：『多言亂人之意。』《説文》作『聒，讙語也。』《廣雅》：『聲擾也。』《説文》懖字註引《書》作『今汝懖懖。』古活反。古文從耳作聒。《韓詩外傳》：『小人之論也，專意自是，言人之非，瞋目搤腕，疾言噴噴，口沸目赤。』《説文》：『詾，往來言也。』待豪反。《一切經音義》引《三蒼》云：『諠，言語詾詾往來也。』《元包經》：『訟直譶譶曲㗊㗊。』《説文》：『譶，疾言也。讀若沓。』『㗊，衆口也，讀若戢。一曰呶。』徐曰：『呶，讙也。』臻邑反。《元包經》：『師辟辡辡醜甡甡。』辡音辯，《説文》：『罪人相訟也。』唐韓愈《言箴》：『汝不懲耶？而呶呶以害其生耶？』又《辛卯年雪詩》：『譁譁弄陰機。』又《寄崔立之詩》：『攪攪爭附話，無人角雌雄。』唐釋貫休《四皓圖詩》：『何人圖四皓，如語話嘮嘮。』《説文》：『嘮，呶讙也。』與絞、譊同。漢王延壽《夢賦》：『輷輷𤢑𤢑，鬼驚魅怖。』《集韻》：『𤢑，虛交切，音虓，獪也。』《廣雅》：『擾也。』晉孫楚《白起贊》：『嗷嗷讒口，火燎于原。』梁吴均《戰城南樂府》：『陌上何諠諠。』諠與喧同。《釋名》：『塤，喧也，聲濁喧喧然也。』諠又通作諼。唐楊炯《祭劉少監文》：『駟馬諼諼於里閈。』《集韻》：⿰耳巢，莊交切。『⿰耳巢⿰耳巢，聲擾耳。』或從言。

校按：

【一】今本《荀子·非十二子》：『世俗之溝猶瞀儒，嚾嚾然不知其所非也。』

【二】今《全唐文》作《刻桐爲魚叩石鼓賦》。

八·二二　揞揞、儢儢嬑嬑**、離離，倦怠也。**

《淮南子·兵略訓》：『因其勞倦怠亂饑渴凍暍，推其揞揞，擠其揭揭，此謂因勢。』高誘註：『揞揞，欲卧也。揭揭，欲拔也。』楊慎《字説》：『揞同愔，於含反。』《荀子·非十二子篇》：『勞苦事業之中，則儢儢然、離離然。』楊倞註：『儢儢，不勉彊之貌。離離，不親事之貌。陸法言云：「儢，心不力也。音吕。」』《集韻》：『儢儢，不欲爲也。』或從女，作嬑嬑。

八·二三　役役、伋伋、僻僻、狙狙、昭昭、略略，狡詐也。

《莊子·胠篋篇》：『舍夫種種之民，而悦夫役役之佞。』《釋文》：『李云：「役役，鬼黠貌。」』《集韻》：『伋伋，虚詐貌。』《方言》：『儓䑋，農夫之醜稱也。或謂之僻僻，商人醜稱也。』郭璞

註：『僻僻，便黠貌。音擘。』唐韓愈《別趙子詩》：『蚌蠃魚鼈蟲，瞿瞿以狙狙。』《易林・困之同人》：『昭昭略略，非忠信客。言多反覆，以黑爲白。』

八・二四　皤皤、改改，反覆也。

《詩・小雅》：『捷捷皤皤。』朱傳：『皤皤，反覆也。』《太玄經・成》：『次二，成微改改，未成而殆。』司馬光註：『二爲反復而當夜，小人秉心不壹，必無成功。』

八・二五　鼎鼎、謾謾漫漫**，寬慢也。**

《禮・檀弓》：『鼎鼎爾則小人。』註：『鼎鼎，謂太舒。』疏：『鼎鼎爾，不自嚴敬，形體寬慢也。』唐皮日休《九諷》：『又謾謾而不訣。』謾，瞞、慢二音。《廣雅》：『緩也。』《廣韻》：『慢也。』與漫通。《漢書・景十三王傳》：『建使謁者吉請問共太后，太后泣謂吉：「歸以吾言謂而王，王前事漫漫，今當自謹，獨不聞燕、齊事乎？」』《釋名》：『慢，漫也，漫漫心無所限忌也。』

八・二六　嗃嗃，嚴酷也。

《易・家人》：『家人嗃嗃，悔厲吉。』疏：『嗃嗃，嚴酷之意也。』《釋文》引馬註：『嗃嗃，悅樂自得貌。』

八・二七　版版板板**、盪盪**蕩蕩**、介介，褎僻也。**

《爾雅・釋訓》：『版版、盪盪，僻也。』註：『皆邪僻。』疏：『李巡曰：「版版，失道之僻也。盪盪，弗思之僻也。」』《大雅・板篇》：『上帝板板。』毛傳曰：『板板，反也。』鄭箋云：『王爲政，反先王與天之道。』又《蕩篇》云：『蕩蕩上帝。』鄭箋云：『蕩蕩，瀍度廢壞之貌。』版、板，盪、蕩，音義同。《太玄經・傒》：『傒禍介介，凶人之郵。』註：『介介，邪僻之貌。』

八・二八　獷獷，粗惡也。

《漢書・敘傳》：『獷獷亡秦，滅我聖文。』師古註：『獷獷，粗惡之貌。』言無親也。獷音穬，又音九永反。《説文》：『犬獷獷不可附也。』

八・二九　嬬嬬、俔俔、扶扶、娸娸，幼弱也。

《倉頡篇》：『兒，嬬也，謂嬰兒嬬嬬然尤弱之形也。』嬬，詢趨切，音須。《孟子》：『反其旄倪。』趙岐註：『弱小俔俔者也。』《太玄經・礥》：『赤子扶扶。』范望註：『扶扶，幼小貌。』《説文》：『娸，嬰也。從女冥聲。一曰娸娸，小人貌。』莫經切。

八・三〇　痯痯、瘐瘐庾庾**、嘽嘽**瘆瘆、驒驒**、騑騑、傫傫**儡儡、纍纍**、喘喘、瘁瘁、芒芒、圉圉、殟殟、痏痏**侑侑**、尩尩、衰衰，罷病也。**

《詩・小雅》：『四牡痯痯。』毛傳：『痯痯，罷貌。』《爾雅・釋訓》：『痯痯、瘐瘐，病也。』註：『皆賢人失志懷憂病也。』陳氏引瘐瘐作庾庾。瘐，勇主、容朱二切。◎案：瘐通瘉，瘉別作愈。《小雅》『憂心愈愈』，當與『瘐瘐』同義。又《小雅》：『嘽嘽駱馬。』毛傳：『嘽嘽，喘息之貌，馬勞則喘息。』《説文》引作『瘆瘆』，云：『馬病也。』《廣雅》：『瘆瘆，疲也。』瘆，吐安、吐案、吐佐三反。又通作驒。《漢書・敘傳》：『王師驒驒。』註：『鄭氏曰：「驒驒，盛也。」師古曰：「此説非也。《小雅·四牡》之詩曰：「驒驒駱馬。」驒驒，喘息之貌。《敘》言漢遠征西域，人馬疲獘也。』驒，音它丹反。《說文》：撣，『從手單聲。讀若「行遲驒驒。」』《廣雅》：『騑騑，傫傫，疲也。』王氏《疏證》云：『《詩》：「四牡騑騑。」毛傳：「騑騑，行不止之貌。」則與《廣雅》異義。』◎案：首章云：『四牡騑騑，周道委遲。』次章云：『四牡騑騑，嘽嘽駱馬。』則騑騑亦得訓爲疲，《廣雅》之訓或本於三家也。傫本作儽。《說文》：『儽，垂貌。一曰嬾懈。』徐曰：『《孔子家語》《白虎通》：鄭人謂孔子儽儽若喪家之狗。謂家人方喪，意不在於蓄養，則儽垂然也。』落猥反，或作儡，通作纍。《集韻》：『儽儽，敗也。』《淮南子·俶真訓註》高誘云：『身不見用儡儡然也。』《禮·玉藻》：『喪容纍纍。』鄭註：『羸，憊貌也。』纍與儽通。《莊子·大宗師》：『俄而子來，有病喘喘然將死。』《說文》：『喘，疾息也。』又《在宥篇》：『使天下瘁瘁焉人苦其性。』《釋文》：『瘁瘁，在季反，病也。』《孟子》：『芒芒然歸。』趙註：『芒芒，罷倦貌。』又：『始舍之，圉圉焉。』朱註：『圉圉，困而未舒之貌。』《一切經音義》：『殟殟，烏没反。《說文》：「暴無知也。」又《聲類》云：「欲死也。」』◎案：《說文》：『殟，胎敗也。』一曰心悶。此云『暴無知也』，未詳所本。《廣韻》《集韻》並音温，《廣雅》：『殙、殟，病也。』《一切經音義》：『痏痏，諸書作侑，《通俗文》：「于罪反，痛聲曰侑，警聲曰㒄㒄，音于簡反。律文從口，作喡、喂二形，非也。』◎案：《說文》：『痏，疻痏也。』榮美切。《玉篇》：『瘡也。』《集韻》：『尤救切，音宥，顫也。又于六切，音郁，病也。』《太玄經·傒》：『上九，傒尪尪，天捕之顙。』王涯註：『尪者，疾病仰向天也。』又《衆》：『次八，兵衰衰。』註：『衰衰，罷弊貌。』

八·三一　岑岑涔涔**、疼疼，煩悶也。**

《漢書·外戚傳》：『我頭岑岑也，藥中得無有毒。』師古註：『岑岑，痺悶之意。』◎案：唐杜甫《風疾舟中伏枕述懷詩》：『行藥病涔涔。』用此加水旁。《釋名》：『疼，痺也，氣疼疼然煩也。』疼，徒冬、徒登二切。

八·三二　吚吚，呻吟也。

《元包經》：『悸愕愕，愀吚吚。』吚，馨伊切，音咦。《說文》：『唸，吚呻也。』《詩·大雅》：『民之方殿屎。』《釋文》：『殿屎，《說文》作「唸吚」。』

疊雅卷九

樂亭 史夢蘭 香厓

九·一 囂囂、由由油油、皡皡、陽陽揚揚、閑閑、泄泄、委委、佗佗、蛇蛇、蘧蘧、于于杅杅、睍睍、詑詑、姚姚、俞俞、嘻嘻、旭旭，自得也。

《孟子》：『人知之亦囂囂，人不知亦囂囂。』趙註：『囂囂，自得無欲之貌。』又：『故由由然與之偕，而不自失焉。』朱註：『由由，自得之貌。』《列女傳》引作油油。又：『王者之民皡皡如也。』朱註：『皡皡，廣大自得之貌。』《詩·王風》：『君子陽陽。』毛傳：『陽陽，無所用其心也。』疏：『《史記》稱晏子御擁大蓋，策四馬，意氣陽陽甚自得。則陽陽是得志之貌，賢者在賤職而亦意氣陽陽，是其無所用心故不憂。』◎案：《史記·管晏傳》本作『意氣揚揚』。孔穎達引作『陽陽』。陽與揚通。又《魏風》：『桑者閑閑兮。』朱傳：『閑閑，往來者自得之貌。』《釋文》：『往來無別貌。』又：『桑者泄泄兮。』朱傳：『泄泄，猶閑閑也。』又《鄘風》：『委委佗佗。』朱傳：『雍容自得之貌。』又《召南·羔羊》箋：『委蛇，委曲自得之貌。』《釋文》：『委，於危反。蛇音移。沈約讀作

「委委蛇蛇」。』《莊子·齊物論》：『昔者莊周夢爲蝴蝶，栩栩然蝴蝶也。俄而覺，蘧蘧然周也。』《韻會》：『蘧蘧，自得貌。』又《應帝王》：『其卧徐徐，其覺于于。』註：『于于，自得之貌。』唐韓愈《上宰相書》：『于于焉而來矣。』《潛虛》：『其樂于于。』于通作杅，《荀子·儒效篇》：『是杅杅亦富人矣，豈不貧而富已哉。』楊倞註：『杅杅即于于也，自足之貌。』《集韻》：『睍睍，自得貌。』又：『訑訑，自得也。』《説苑·指武篇》：『顔淵曰：「回願得明王聖主而相之，使城郭不修，溝池不越，鍛劍戟以爲農器，使天下千歲無戰鬬之患。如此則由何憤憤而擊，賜又何僊僊而使乎？」孔子曰：「美哉德乎，姚姚者乎。」』《通雅》云：『姚姚，猶繇繇也。』繇古通遥，音《禮記》『猶猶』，訓如『繇繇』。《莊子·天道篇》：『無爲則俞俞。』郭註：『俞俞然，從容自得之貌。』《漢書·揚雄傳》：『千乘霆亂，萬騎屈橋。嘻嘻旭旭，天地稠嶯。』師古註：『嘻嘻旭旭，自得之貌。』

九·二　項項旭旭**、規規、望望、惘惘**罔罔**、嚜嚜**默默、嘿嘿、墨墨**、惝惝、怳怳、忽忽、仍仍、乘乘、纍纍、章章、憕憕，自失也。**

《莊子·天地篇》：『子貢卑陬失色，項項然不自得。』《釋文》：『項項，本又作旭旭，許玉反，李云：「自失貌。」』又《秋水篇》：『適適然驚，規規然自失也。』《釋文》：『適，邕赤反。規規，如字，又虚役反。適適、規規，皆驚視自失貌。』《禮·檀弓》：『望望焉如有從而弗及。』《釋名》：『望，惘也，視遠惘惘也。』《楚辭》屈原《九章》：『超惘惘而遂行。』王逸註：『失志偟遽而直逝也。』《集韻》：『惘憋，失志貌，謂不稱適，罔罔然無知意。』《史記·賈生傳》：『于嗟嚜嚜兮，生之無故。』應劭註：『嘿嘿，不自得。』《漢書·賈誼傳》作『默默』，應劭註：『默默，不得意也。』通作嘿。《漢書·匡衡傳》：『衡嘿嘿不自安。』又通作墨。《竇嬰傳》：『墨墨不得志。』唐沈亞之《劉巖夫哀文》：『魂魄惝惝。』惝與憋同，《玉篇》：『惝怳，失意不悦貌。』漢司馬相如《長門賦》：『神怳而外淫。』《文選》李善註：『王逸《楚辭註》曰：「怳，失意也。」』《説文》：『忽，忘也，忽忽不省事也。』《晏子春秋》：『齊役者歌：「忽忽矣若之何。」』《漢書·蘇建傳》：『李陵謂武曰：「陵始降時，忽忽如狂，自痛負漢。」』《淮南子·精神訓》：『今夫窮鄙之社也，叩盆拊瓴，相和而歌，自以爲樂矣。嘗試爲之擊建鼓、撞巨鐘，乃始仍仍然知其盆瓴之足羞也。』高註：『仍仍，不得志之貌。』《老子·異俗篇》：『乘乘兮若無所歸。』註：『我乘乘如窮鄙無所歸就。』乘乘或作儡儡。《史記·孔子世家》：『纍纍如喪家之狗。』註：『纍纍然，不得志之貌。』《太玄經·進》：『狂章章不得中行。』註：『章章，失據貌。』唐皮日休《九諷》：『心憷憷而何情。』◎案：字書有憕無憷。憕，烏定切，音鎣。《五音集韻》：『忊憕，不得志貌。』憷疑是憕字之譌。

九．三　優優、閑閑、恢恢、綽綽、裕裕，有餘也。

《中庸》：『優優大哉。』朱註：『優優，充足有餘之意。』《詩·商頌》：『敷政優優。』朱傳：『優優，寬裕之意。』《莊子·齊物論》：『大知閑閑。』《釋文》：『閑閑，李云：「有所容貌。」簡文云：「廣博之貌。」』又《養生主》：『恢恢乎其於游刃必有餘地矣。』註：『恢恢，寬裕貌。』《詩·小雅》：『綽綽有裕。』毛傳：『綽綽，寬也。』《孟子》：『豈不綽綽然有餘裕哉。』唐白居易《論友詩》：『窮通各有命，不繫才不才。推此自裕裕，不必待安排。』

九·四　循循、逸逸、秩秩、條條攸攸、井井，有序也。

《論語》：『夫子循循然善誘人。』何註：『循循，次序貌。』朱註：『有次序貌。』《詩·小雅》：『舉疇逸逸。』毛傳：『逸逸，往來次序也。』朱傳：『往來有序也。』又：『左右秩秩。』朱傳：『秩秩有序也。』《春秋繁露·如天之爲篇》：『陰陽之氣，其在人者亦宜行而無留，若四時之條條然也。』《爾雅·釋訓》：『條條，智也。』《釋文》：『條，音由。舍人本作攸攸，沈亦音條。』◎案：條條，與秩秩義同。《荀子·儒效篇》：『井井兮其有理也。』楊倞註：『井井，良易之貌。理，有條有理也。』

九·五　搖搖、菲菲、悠悠、忽忽、蕩蕩、涽涽、憧憧⿰忄重⿰忄重、衝衝⿱雨重⿱雨重，不定也。

《戰國策》：『心搖搖如懸旌而無所終薄。』南齊謝朓《之宣城詩》：『旅思倦搖搖。』《文選》李周翰註：『搖搖，不定貌。』《後漢書·梁鴻傳》：『志菲菲兮升降。』註：『高下不定也。』《晉書·王導傳》：『悠悠之談，宜絕智者之口。』晉木華《海賦》：『或汎汎悠悠於黑齒之邦。』《文選》註：『汎汎悠悠，隨流之貌。』《淮南子·兵略訓》：『與飄飄往，與忽忽來，莫知其所之。』《莊子·天運篇》：『蕩蕩默默，乃不自得。』註：『蕩蕩，神不定。』《集韻》：『涽涽，未定貌。』呼昆切，音昏。《易·咸》：『憧憧往來。』《釋文》：『憧憧，劉云：「意未定也。」』《京氏易》作『⿰忄重⿰忄重』。《太玄經·遇》：『衝衝兒遇，不定之論。』註：『王涯曰：「無心而遇曰衝。衝兒者，童昏無知之稱也。則其所遇何定之有乎？」』梁何遜《七召》：『意衝衝而不定。』《毛詩·召南》傳：『忡忡，猶衝衝也。』

《揚子法言・五百篇》：『衝衝如也。』《五臣音註》：『心相逆鬭之貌。』古《素問》作『䨴䨴』。心中怔忪亦是衝意。

九・六　耿耿炯炯、**儆儆**警警、**迹迹、屑屑、塞塞、省省、介介、蹵蹵、潒潒、忼忼、傛傛、禗禗、次次，不安也。**

《詩・邶風》：『耿耿不寐。』毛傳：『耿耿，猶儆儆也。』耿通炯。《楚辭・遠遊》：『夜炯炯而不寐。』王逸註：『炯炯，猶儆儆不寐貌也。』引《詩》『耿耿不寐。』《集韻》：『炯，或作耿。』《廣韻》：『耿耿、警警，不安也。』警同儆。《方言》：『迹迹、屑屑，不安也。江沅之間謂之迹迹，秦晉謂之屑屑，或謂之塞塞，或謂之省省，不安之語也。』《後漢書・馬援傳》：『介介獨惡此耳。』註：『介介，猶耿耿也。』《素問》：『心咳之狀，咳則心痛，喉中介介如梗狀。』《太玄經・傒》：『傒禍介介。』注：『介介，有害也。』《莊子・天運篇》：『子貢蹵蹵然立不安。』註：『蹵蹵，不安貌。』魏阮籍《清思賦》：『心潒潒而無所終薄。』唐元結《招太靈辭》：『久惻兮忼忼。』《埤蒼》：『忼，心動也。』音充。《集韻》：『傛傛，便習意。一曰不安。』《漢書・樂志》：『靈禗禗象輿轙。』註：『孟康曰：「禗音近枲，不安欲去也。」』又新茲切，音思。《太玄經・養》：『次六，次次一日三饋。』註：『吳祕曰：「次與趑同，音咨。」范望曰：「次次，不安之貌。」』

九・七　怏怏鞅鞅、**慊慊**嗛嗛、**悵悵、恨恨、悢悢、怦怦、悏悏，不足也。**

《史記・絳侯世家》：『此怏怏者非少主臣也。』又《淮陰侯傳》：『由此日怨望，居當怏怏。』【一】

《漢書》皆作鞅鞅。註：『鞅鞅，志不滿也。』《後漢書·五行志》：『「石上慊慊舂黄粱」者，言永樂雖聚金錢，慊慊常若不足，使人舂黄粱而食之也。』慊通作嗛。《晉語》：『嗛嗛之德，不足就也。』《通雅》云：『嗛嗛，上聲，少之也。』《潛夫論·交際篇》：『其意尚猶嗛嗛如也。』《晉書·荀勗傳》：『勗久在中書，專管機事，及爲尚書令，甚惘惘悵悵。或有賀之者，勗曰：「奪我鳳凰池，諸君賀我耶？」』晉陸機《謝平原内史表》：『所以臨難慷慨而不能不恨恨者，唯此而已。』李陵《與蘇武詩》：『徘徊歧路側，悢悢不能辭。』《文選》註：『《廣雅》曰：「悢悢，恨也。」』《五臣》本作恨恨。《玉篇》：『悢悢，惆悵也。』力仗切，音亮。《楚辭》宋玉《九辨》：『心怦怦兮諒直。』《文選》李周翰註：『心存諒直，終日不足也。怦怦，心不足貌。』《集韻》：『恢恢，恨也。』

校按：

【一】《史記·淮陰侯列傳》：『由此日夜怨望，居常鞅鞅。』

九·八　懪懪、邈邈藐藐、怫怫、鬱鬱、憤憤、悱悱、忿忿分分、嘘嘘、慆慆、愊愊、慼慼、懣懣、忤忤，不快也。

《爾雅·釋訓》：『懪懪、邈邈，悶也。』疏：『懪懪，煩悶也。邈邈，憂悶也。』懪音雹，本作懪。邈與藐同。《詩·大雅》：『聽我藐藐。』《釋文》：『藐，美角反。』引《爾雅》云：『悶也。』

《元包經》：『下怫怫，上悖悖。』怫，符弗切，音佛。《説文》：『鬱也。』《漢書·韓信傳》：『王曰：「吾亦欲東耳，安能鬱鬱久居此乎！」』《楚辭》宋玉《九辨》：『馮鬱鬱其何極。』五臣《文選註》：『馮鬱鬱，愁心滿結也。』《後漢書·劉縯傳》：『自王莽簒漢，常憤憤，懷復社稷之慮。』《禮·學記》疏：『既不告語，學者則心憤憤、口悱悱，然後啟之。』《論語》朱註：『憤者，心求通而未得之意。悱者，口欲言而未能之貌。』魏阮瑀《爲曹公與孫權書》：『以爲老夫包藏禍心，使仁君翻然自絶，以是忿忿。』《吕氏春秋·慎大篇》『言者不同，紛紛分分，其情難得。』高誘註：『紛紛，殽亂也。分分，恐恨也。』分與忿通。《揚子法言·問神篇》：『通諸人之嚍嚍者，莫如言。』《五臣音註》：『嚍嚍，猶憤憤也。』嚍，音晉，宋、吴本作『嚍嚍』。《文苑英華》張産《勝露賦》：『恓恓兮，怳若有亡。』張訢《訂正篇海》：『恓，先齊切，音西。恓惶，煩惱之貌。』宋黄庭堅《書吴無至筆》：『門下後省食罷，胸中愊愊，須煮茶，試晁以道所作兖煤，吴君散卓，遂竟此紙。』《集韻》：『愊，音逼，鬱結也。』宋蘇轍《戲作家釀詩》：『愍愍坐相睎，饞涎落盤盂。』愍，於謹切，音近，悶强也。宋陸游《簡蘇劭叟詩》：『胸次懣懣思同澆。』懣音悶。《説文》：『煩也。』《釋名》：『青徐謂女曰娪。娪，忤也，始生時人意不喜忤忤然也。』

九·九　默默嘿嘿、墨墨、**愔愔，不言也。**

《楚辭》屈原《九歌》：『吁嗟默兮，誰知吾之廉貞。』王逸註：『默作嘿。』《五臣》云：「嘿嘿，不言貌。』《韓詩外傳》：『紂以默默而亡。』《史記·商君傳》作『墨墨以亡。』《世説新語》：

『謝車騎見王文度，雖瀟灑相遇，共復愔愔竟夕。』《古今字考》：『愔，烏含切，讀如諒闇之闇，默也。唐昭宗謂杜讓能曰：「朕不欲愔愔度日」言不欲默默也。』《六書故》：『失聲不能言謂之瘖。』瘖音陰。《風俗通義》：『無聲響徒瘖瘖而已。』

九·一〇　兀兀砙砙**、敦敦、澹澹、淰淰、橛橛，不動也。**

唐韓愈《進學解》：『恒兀兀以窮年。』兀，五忽切。兀兀，不動貌。通作砙。宋喻汝礪《八陣圖詩》：『晉大司馬宣武公，常山之蛇中有尾。幙中砙砙何物客，未有一客能解此。』《詩·豳風》：『敦彼獨宿。』朱傳：『敦，獨處不移之貌。』唐韓愈《寄崔立之詩》：『敦敦凭書案，譬彼鳥黏黐。』敦，都回切，音堆。《楚辭》劉向《九歎》：『情澹澹其若淵。』王逸註：『澹澹，不動貌也。』《廣雅》：『淰，水不波也。』唐杜甫《放船詩》：『山雲淰淰寒九家。』註云：『言寒雲凝聚，如不波之水。』《黄石公素書》：『橛橛梗梗，所以立功。』註：『橛橛，有所恃而不可搖。』

九·一一　𨖅𨖅，不行也。

彭賓《避暑賦》：『天幕幕其不高兮，雲𨖅𨖅其相屯。』《說文》：『不行也。』《集韻》：『馬不行貌。』丑凶切，又治據切，音註。

九·一二　參參嵾嵾**、差差、傞傞、佌佌、齬齬，不齊也。**

《水經·河水注》：『遠望嵾嵾，若攢圖之託霄上。』嵾音參。嵾嵯，不齊貌。或作嵾，通作參差。唐楊炯《惠義寺重閣銘》：『參參差差。』《荀子·正名篇》：『君子之言差差然而齊。』楊倞註：『差差，不齊貌。謂論列是非，似若不齊，然終歸於齊一也。』唐温庭筠《東郊行》：『差差小浪吹魚鱗。』又韓愈《送張道士詩》：『劍鋒白差差。』《詩·小雅》：『屢舞傞傞。』《説文》引作傞傞，云：『醉舞貌。』徐曰：『傞，猶參差也。』先多反。又《小雅》：『佌佌彼有屋。』《六書故》：『佌佌，猶差差也，言其鱗比之意。』宋·文同《楚辭》：『塗齬齬而直注兮，盤苔磴乎千尋。』齬音語。《説文》：『齒不相值也。』

九·一三　坎坎、杭杭、嶙嶙、碌碌、學學𡒊𡒊、踝踝，不平也。

《易·坎》：『來之坎坎。』晉潘尼《西道賦》：『坎坎方穴。』梁簡文《馬寶頌》：『情懷坎坎。』唐柳宗元《弔屈原文》：『哀余衷之坎坎兮，獨藴憤而增傷。』唐皇甫湜《答劉敦質書》：『以方輪鹿軸，而求疾趨迅馳，祇足見其坎坷，杭杭輗欹而來不安。』又沈亞之《文祝延詞》：『閩山之杭杭兮水堋堋。』宋歐陽修《盤車圖詩》：『淺山嶙嶙，亂石矗矗，山石磽聱車碌碌。』嶙音鄰。◎案：《漢書·揚雄傳》註：『嶙峋，節級貌。』嶙嶙，即嶙峋義。《集韻》：碌，音禄，又音犖。『碌䃚，石地不平也。』碌碌，即碌䃚義。《後漢書·祭祀志》註引馬第伯《封禪儀記》云：『俛視谿谷，碌碌不可見丈尺。』《釋名》：『山多大石曰礐。礐，學也，大石之形學學然也。』◎案：礐當作嶨，《説文》：『嶨，山多大石也。』胡角切，音學。或作埆，墝埆，不平也。又作𡒊，學學當是𡒊𡒊省文。又《釋名》：『踝，确也，居足兩旁磽确然也。亦因其形踝踝然也。』

九·一四　洋洋，無依也。

《楚辭》屈原《九章》：『焉洋洋而爲客。』王逸註：『洋洋無所歸貌也。』漢班固《西都賦》：『似無依而洋洋。』

九·一五　奔奔、彊彊、梱梱、尾尾、隊隊，相隨也。

《詩·鄘風》：『鶉之奔奔，鵲之彊彊。』箋：『奔奔、彊彊，言其居有常匹，飛則相隨之貌。』漢枚乘《七發》：『梱梱彊彊。』《文選》註：『梱梱彊彊，相隨貌。』宋黄庭堅《明月篇》：『從其友兮尾尾。』《一切經音義》：『隊隊，古文䙺，同徒對反，言群隊相隨逐也。』

九·一六　彭彭、傍傍、傞傞、頟頟鄂鄂**、究究，不止也。**

《詩·小雅》：『四牡彭彭，王事傍傍。』毛傳：『彭彭然不得息，傍傍然不得已。』又：『屢舞傞傞。』毛傳：『傞傞，不止也。』《書·益稷》：『罔晝夜頟頟。』孔傳：『頟頟，肆惡無休息。』頟，五客反，通作鄂。《潛夫論·斷訟篇》：『晝夜鄂鄂，漫遊是好。』《楚辭》劉向《九歎》：『長吟永欷，涕究究兮。』王逸註：『究究，不止貌也。』

九·一七　忚忚，不欲也。

《集韻》：『忚忚，心不欲貌。』力者切，音跍。

九·一八　愖愖，不正也。

《集韻》：『愖愖，心不正。』火禁切，音䫐。

九·一九　瞺瞺，不測也。

《集韻》：『⿰目密⿰目密，不測也。』莫筆切，音密。

九・二〇　⿰目林⿰目林，欲知也。

《淮南子・俶真訓》：『乃始昧昧⿰目林⿰目林，皆欲離其童蒙之心。』高誘註：『昧昧，欲明而未也。⿰目林⿰目林，欲所知之貌也。』

九・二一　安安，自然也。

《書・堯典》：『欽明文思安安。』蔡傳：『安安，無所勉强也。』

九・二二　與與、猶猶，適中也。

《論語》：『與與如也。』馬註：『與與，威儀中適之貌。』朱註：『同《皇疏》：「與與，猶徐徐也。」』《禮・檀弓》：『君子蓋猶猶爾。』鄭註：『疾徐之中。』孔疏：『行禮之時，明習法則，則志意猶猶然。猶猶是曉達之貌。』

九・二三　賓賓，好名也。

《莊子・德充符》：『何彼賓賓以學子爲？』《釋文》：『簡文云：「賓賓，好名貌。」』

九・二四　⿰女夾⿰女夾，得志也。

《説文》：『得志⿰女夾⿰女夾。從女夾聲。』呼帖反。

九・二五　宴宴燕燕，懷安也。

《爾雅・釋訓》：『宴宴、粲粲，尼居息也。』註：『盛飾宴安。近處優閒。』《詩・小雅》：『或燕燕居息。』毛傳：『燕燕，安息貌。』燕與宴通。

九·二六　滃滃翁翁、歙歙、噏噏**、訿訿**訾訾、呰呰**、皋皋、琄琄**鞙鞙**，曠職也。**

《詩·小雅》：『滃滃訿訿。』毛傳：『滃滃然患其上，訿訿然思不稱其上。』朱傳：『滃滃，相和也。訿訿，相詆也。』滃、訿或作翕、訾。《爾雅·釋訓》：『翕翕、訾訾，莫供職也。』《漢書》作『歙歙訿訿。』《荀子·修身篇》引作『噏噏呰呰。』《詩·大雅》：『皋皋訿訿。』毛傳：『皋皋，頑不知道也。訿訿，窳不供事也。』朱傳：『皋皋，頑慢之意。訿訿，務爲謗毁也。』又《小雅》：『鞙鞙佩璲，不以其長。』箋：『以瑞玉爲珮，珮之鞙鞙然，居其官職，非其才之所長也。』鞙與琄同。《爾雅·釋訓》：『皋皋、琄琄，刺素食也。』疏引舍人云：『皋皋，不治之貌。』

九·二七　謞謞，崇讒也。

《爾雅·釋訓》：『謞謞、謔謔，崇讒慝也。』註：『樂禍助虐，增譖惡也。』

九·二八　寡寡，不見也。

《説文》：『寡寡，不見也。一曰寡，不省人。』徐曰：『室中無人也。』忙干反。

九·二九　恰恰，用心也。

《一切經音義》：『恰，苦洽反。恰恰，用心也。』◎案：《説文·新附字》：『恰，用心也。』苦狹切。無複字。宋陳造《春寒詩》：『小杏惜香春恰恰。』又王庭珪《初寒詩》：『火爐恰恰簾垂地。』

九·三〇　垂垂，將及也。

唐杜甫《和裴迪登蜀州東亭送客逢早梅相憶見寄詩》：『江邊一樹垂垂發。』趙註云：『言我草堂江邊亦有一樹將發。』唐釋貫休詩：『一瓶一鉢垂垂老。』◎案：垂，將及也。杜甫有《垂老別詩》。

九·三一　得得，特地也。

《全唐詩話》：『僧貫休入蜀，以詩投王建曰：「一瓶一鉢垂垂老，千水千山得得來。」得得，唐人方言，猶特地也。』

九·三二　佹佹，幾似也。

《列子·力命篇》：『佹佹成者，俏成也，初非成也。佹佹敗者，俏敗也，初非敗也。』張湛註：『佹，姑危反，幾欲之貌。俏，音肖，俏似也。世有幾得幾失之言，而理實無幾也。』《集韻》：『佹，幾似貌。』

九·三三　鼎鼎，方且也。

宋陸游《雨夜有懷詩》：『鼎鼎百年如電速。』◎案：鼎，方也。《漢書·賈誼傳》：『天子春秋鼎盛。』又《匡衡傳》：『無説《詩》，匡鼎來。』註：『鼎，猶言當也，若言「匡且來也。」』

九·三四　云云，如此也。

《漢書·汲黯傳》：『上曰：「吾欲云云。」』註：『猶言如此如此也。』又《金安上傳》：『教當云云。』註：『云云，多言也。』唐韓愈《醉贈張秘書詩》：『諧笑方云云。』

九·三五　弗弗、否否，不可也。

《墨子·親士篇》：『君必有弗弗之臣。』《通雅》云：『古動言唯唯、否否、弗弗，正否否之意。』《史記·自序》：『太史公曰：「唯唯，否否。」』《集解》引晉灼注：『否否，不通也。』

九·三六　俞俞，然許也。

《書·堯典》孔傳：『俞，然也。』蔡傳：『應許之辭。』《齊侯鎛鐘銘釋文》：『外内開闔，都都俞俞。』又《齊鈇鎬鐘銘》：『内外傳詞，都都俞俞。』《通雅》云：『此古人因都、俞而疊用之者也。』

九·三七　都都，歎美也。

註見上，《書傳》云：『都，歎美之辭也。』

九·三八　故故，作意也。

唐杜甫《月詩》：『故故滿青天。』又薛能《春日使府寄懷詩》：『青春背我堂堂去，白髮催人故故生。』

九·三九　耳耳，不喜也。

《魏志·崔琰傳》：『諺言「生女耳」，「耳」非佳語。』宋蘇軾《次葉濤見和韻詩》：『平生無一女，誰復歎耳耳。』王鳴盛《十七史商榷》云：『《三國志·崔琰傳》楊訓發表稱贊功伐，琰與訓書曰：「省表事佳耳。」太祖怒曰：「諺方『生女耳』，『耳』非佳語。」◎案：谷音《柯芝詩》：「耳耳非佳語，陸陸難爲顔。」以耳耳連讀，此宋季人讀，恐不可據，按文當以「女耳」爲句。』

九·四〇　好好，正好也。

唐李商隱《送崔珏往西川詩》：『浣花箋紙桃花色，好好題詩咏玉鈎。』

九．四一　甚甚，益甚也。

《春秋穀梁傳·成公二年》：『君子聞之曰：「夫甚，甚之辭焉。」』

九．四二　易易，甚易也。

《禮·禮運》：『吾觀於鄉而知王道之易易也。』

九．四三　漸漸，漸次也。

《晉書·王如傳》：『漸漸來前。』

九．四四　至至，至極也。

《列子·楊朱篇》：『公天下之身，公天下之物，其惟至人矣，此之謂至至者也。』《淮南子·繆稱訓》：『至至之人，不慕乎行，不慙乎善。』

九．四五　忍忍，不忍也。

《後漢書·崔琦傳》：『琦作《外戚箴》。梁冀令刺客陰求殺之。客見琦耕於陌上，懷書一卷，息輒偃而詠之。客哀其志，以實告琦，曰：「將軍令吾要子，今見君賢者，情懷忍忍，可亟自逃，吾亦從此亡矣。」』註：『忍忍，猶不忍也。』◎案：《通雅》謂爲『忍之又忍』，誤。

九．四六　行行，行也。

《後漢書·桓典傳》：『行行且止，避驄馬御史。』《文選·古詩》：『行行重行行，與君生別離。』

九．四七　送送，送也。

唐王勃《别薛華詩》：『送送多窮路。』

九·四八　小小，小也。

《漢書·王莽傳》：『李松、鄧曄以爲京師小小倉尚未可下，何況長安城。』《虞書》鄭注：『叢脞，總聚小小之事。』

九·四九　少少，少也。

《後漢書·度尚傳》：『所亡少少，何足介意？』

九·五〇　多多，多也。

《史記·淮陰侯傳》：『臣多多而益善耳。』

九·五一　高高，高也。

《詩·周頌》：『無曰高高在上。』

九·五二　卑卑，卑也。

《史記·老莊申韓傳贊》：『申子卑卑，施之於名實。』

九·五三　密密，密也。

《太玄經·密》：『次五，密密不罅。』

九·五四　麤麤，麤也。

《管子·水地篇》：『心之所慮，非特知於麤麤也。』《通雅》：『麤麤，言麤而又麤也。』

九·五五　生生，進進也。

《書·盤庚》：『往哉生生。』孔傳：『自今以往，進進於善。』又：『敢恭生生。』又：『生生自庸。』孔傳皆訓『進進』。◎案：《説文》『生』字訓曰『進也』，孔正與許合。

九·五六　采采，事事也。

《書·皋陶謨》：『載采采。』孔傳：『言其所行某事某事以爲驗。』

九·五七　暀暀，往往也。

《詩·魯頌》：『烝烝皇皇。』箋：『皇皇當作暀暀，猶往往也。』《禮·少儀》：『齊齊皇皇，祭祀之儀。』鄭註：『皇讀如歸往之往。』孔疏：『謂心所繫往，孝子祭祀威儀嚴正，必有繼屬，故齊齊皇皇也。』

九·五八　戚戚，親親也。

《詩·大雅》：『戚戚兄弟。』疏：『戚戚，猶親親也。』

九·五九　兹兹，孳孳也。

《史記·陳杞世家贊》：『苗裔兹兹，有土者不乏焉。』《通雅》云：『言至今在也。兹兹是孳孳之義。』《説文》『孳』，言『汲汲生也。』

九·六〇　彌彌，甚甚也。

《通雅》：『彌彌，言甚甚也。』《漢書·楊震傳》[一]：『彌彌滋甚。』註：『彌彌，猶稍稍。』智謂彌彌言益甚也。

校按：

【一】《楊震傳》見於《後漢書》。

九·六一　竊竊，察察也。

《莊子·齊物論》：『竊竊然知之。』註：『司馬云：「竊竊，猶察察也。」』

九·六二　鳳鳳，梵梵也。

梁簡文《大法頌》：『於時鳳鳳裂序，蒼蒼舛度。』《通雅》云：『鳳諧凡聲，蓋梵梵也。楊慎曰：「字當作颿，從馬。非鳳凰之鳳。」』《字彙補》：颿，奉暗切，音梵。◎案：《字典》云：『内典引古讖語「鳳鳳逆序，蒼蒼叔度。」叔字當是舛字之譌。』

九·六三　安安，安其所安也。

《禮·曲禮》：『安安而能遷。』鄭註：『謂已令安此之安，圖後有害，則當能遷。應氏曰：「安安者，隨所安而安之也。」』

九·六四　止止，止其所止也。

《莊子·人間世》：『虚室生白，吉祥止止。』

九·六五　具具，具其所具也。

《荀子·王制篇》：『具具而王，具具而霸，具具而存，具具而亡。』《通雅》云：『具具，言具具其所具也。』

九·六六　化化，化其所化也。

《列子·天瑞篇》：『不生者能生生，不化者能化化。』

九·六七　同同，不同而同也。

《莊子·天地篇》：『不同同之之謂大。』《春秋公羊傳·莊公四年》：『不可勝譏，故將壹譏而已，其餘從同同。』註：『凡二同，故言同同。』

九·六八　分分，各當其分也。

《荀子·儒效篇》：『分分兮其有終始也。』楊倞註：『事各當其分，即無雜亂，故能有終始。』分，扶問反。

九·六九　窮窮，不恤窮也。

《呂氏春秋·上德篇》：『晉公子重耳之鄭，鄭文公不敬，被瞻諫曰：「臣聞賢主不窮窮。」』

九·七〇　貧貧，不安貧也。

《太玄經·少》：『次四，貧貧，或妄之振。測曰：貧貧妄振，不能守正也。』

九·七一　少少，少夫少也。賤賤，賤夫賤也。

《管子・小問篇》：『桓公使管仲求寧戚，寧戚應之曰：「浩浩乎。」管仲不知，至中食而慮之，婢子曰：「公何慮？」管仲曰：「非婢子之所知也。」婢子曰：「公其毋少少，毋賤賤。」』

九・七二　見見，見所見也。聞聞，聞所聞也。

《莊子・則陽篇》：『況見見、聞聞者也。』《釋文》：『見見、聞聞，見所見，聞所聞。』

九・七三　是是，是爲是也。非非，非爲非也。

《荀子・修身篇》：『是是非非之謂知。』楊倞註：『能辨是爲是、非爲非，謂之智也。』

九・七四　信信，信可信也。疑疑，疑可疑也。

《荀子・非十二子篇》：『信信，信也。疑疑，亦信也。』楊倞註：『信可信者，疑可疑者，意雖不同，皆歸於信也。』

九・七五　姦姦，以姦敵姦也。詐詐，以詐拒詐也。

《揚子法言・吾子篇》：『何其殽且易？曰：「謂其不姦姦，不詐詐也。如姦姦而詐詐，雖有耳目，焉得而正諸？」』《五臣音註》：『不姦姦者，以虛受人。不詐詐者，以正教人。吳祕曰：「孔子之道，已較而易知，猶夾谷齊人于會，孔子以正言卻之，不姦姦也。互鄉童子請見，孔子以潔自己與之，不詐詐也。如使姦以敵姦，詐以拒詐，學者雖有耳目，焉得而正之也？」』

九・七六　上上，上之上也。中中，中之也。下下，下之下也。

《書・禹貢》：『厥田惟上上。』又：『厥田惟中中。』又：『厥田惟下下。』

九·七七　孟孟，孟之孟也。仲仲，仲之仲也。季季，季之季也。

《太玄經》：『九序：一爲孟孟，二爲孟仲，三爲孟季，四爲仲孟，五爲仲仲，六爲仲季，七爲季孟，八爲季仲，九爲季季。』

九·七八　宿宿，再宿也。信信，四宿也。

《爾雅·釋訓》：『有客宿宿，言再宿也。有客信信，言四宿也。』《毛詩·周頌》傳：『一宿曰宿，再宿曰信。』

九·七九　生生、劫劫、朝朝、暮暮、昔昔、刹刹、塵塵、因因、果果、輩輩、種種、類類、火火、頓頓、步步、件件、方方、葉葉、箇箇、色色、各各、一一，積數也

唐白居易《水月菩薩贊》：『生生劫劫，常爲我師。』宋玉《高唐賦》：『朝朝暮暮，陽臺之下。』《列子·周穆王篇》：『昔昔夢爲國君。』張湛註：『昔昔，夜夜也。』《指月録》：『芙蓉道楷禪師偈曰：「刹刹塵塵處處談。」』梁元帝《和劉尚書侍五明集詩》：『因因從此見，果果自能明。』《詩·周頌》箋：『輩作者千耦。』疏：『言輩作者，合家盡行，輩輩俱作。』宋陸游《晚飯罷小立門外詩》：『老覺初心種種非。』◎案：種種，猶物物也。《鶡冠子》：『類類生成。』《司馬法》：『人人正正，辭辭火火。』註：『言火火與一火，猶人人殊之人人也，即俗謂火伴。』唐杜甫《遣悶詩》：『頓頓食黄魚。』《南齊書》：『東昏侯鑿金爲蓮花貼地，令潘妃行其上，曰：「此步步生蓮花也。」』宋王阮《代胡倉進聖德惠民詩》：『件件絲盈軸，方方麥薦籩。』註：『楚語以疋爲件，以三升爲一方。』唐王建

《宮詞》：『羅衫葉葉繡重重。』唐杜甫《秋野詩》：『樵聲箇箇同。』唐元稹《連昌宮詞》：『色色龜茲轟録續。』《後漢書・趙熹傳》：『諸夫人各各前言趙熹篤義多恩。』《韓非子・内儲篇》：『齊宣王使人吹竽，必三百人。南郭處士請爲王吹竽，宣王悦之，廩食以數百人。宣王死，湣王立，好一一聽之，處士逃。』宋蘇軾《次韻答子由詩》：『好語似珠穿一一。』

九・八〇　一一、二二、三三、五五、六六、七七、八八、九九、十十、千千、萬萬、億億、兆兆，數倍也。

《太玄經・玄瑩》：『夫一一所以摹始而測深，也三三所以盡終而極密也，二二所以參事而要中也。』《周禮・天官》疏：『王城十二門，門有三道，三三而九則九道。』《北史・高祐傳》：『設禁賊之方，令五五相保。』《埤雅》：『龍八十一鱗，具九九之數。九，陽也。鯉三十六鱗，具六六之數。六，陰也。』宋范成大詩：『珍重北窗山六六。』《正易心法》：『大衍七七，其用不一。』《京房易傳》：『八八六十四卦。』《漢書・律曆志》：『自黄鐘始而左旋，八八爲伍。』《漢書・梅福傳》：『齊桓之時，有以九九見者。』註：『九九，算術。』《歲時紀》：『俗用冬至次日數至九九八十一，多作九九詞。』漢張衡《東京賦》：『屬車九九，乘軒並轂。』唐宗楚客《九日詩》：『九九侍神仙。』《古豔歌》：『十十五五，羅列成行。』唐王勃《惠普寺碑》：『千千寶樹。』《史記・平準書》註：『巨萬，今萬萬。』崔駰《七依》：『彭蠡之鳥萬萬而群，荆山之獸億億而屯。』　元馮子振《十八公賦》：『生一一之物，所以當兆兆之物；生一一之人，所以當兆兆之人。』

疊雅卷十

樂亭 史夢蘭 香厓

一〇・一 **蹲蹲**墫墫、**蹌蹌**牄牄、**姕姕，舞也。**

《詩・小雅》：『蹲蹲舞我。』毛傳：『蹲蹲，舞貌。』《説文》引作『墫墫』，云：『墫，士舞也。從土尊聲。』慈損切。《爾雅・釋訓》：『坎坎、墫墫，喜也。』註：『皆鼓舞懽喜。』《書・益稷》：『鳥獸蹌蹌。』《釋文》：『蹌蹌，舞貌。』《古文尚書》作牄牄。《説文》：『姕，婦人小物也。』引《詩》『屢舞姕姕。』◎案：今《詩》無此文。姕，又淺氏切，音此，舞也。一曰婦人貌。

一〇・二 **翬翬**𦑻𦑻、**翲翲**、**䎘䎘**、**翗翗**、**𦑛𦑛**、**翍翍**𦐊𦐊、**翓翓**泄泄、翓翓、**嵡嵡**、**𦒁𦒁**提提、**翁翁**翃翃、蕣蕣、薨薨、**翼翼**、**翧翧**、**翪翪**、**翽翽**、**𦒉𦒉**肅肅、鷫鷫、**翰翰**、**鶱鶱**、**翂翂**翁翁、**翐翐**、**翾翾**、**振振**、**習習**、**甄甄**、**籥籥**、**翏翏，飛也。**

《爾雅・釋鳥》：『鷹隼醜，其飛也翬。』註：『鼓翅翬翬然疾。』或作𦑻。《廣韻》：『𦑻𦑻，飛也。』《廣韻》：翲，撫招切，音漂。《廣雅》：『翲翲，飛也。』《集韻》：⿰羽罙⿰羽罙，達合切，音沓。《廣雅》：『⿰羽罙⿰羽罙，飛也。』《集韻》：『翛翛，鳥飛貌。』夷周切，音由。《廣韻》：『⿳宀羽貝⿳宀羽貝，卑民切，音繽。』《廣雅》：『⿳宀羽貝⿳宀羽貝，飛也。』《廣韻》：翄，施智切，音翅。『翄翄，飛貌。』或從氏，作⿰羽氏。晉左思《魏都賦》：『⿰羽氏⿰羽氏精衛。』唐敬騫《射隼高墉賦》：『飛隼⿰羽世⿰羽世。』《廣雅》：『⿰羽世⿰羽世，飛也。』通作泄。《詩·衛風》：『雄雉于飛，泄泄其羽。』◎案：《字典·羽部》六畫增⿰胡羽字，云：『音未詳。』《廣雅》：『⿰胡羽⿰胡羽，飛也。』⿰胡羽當即⿰曶羽字，⿰胡羽與⿰曶羽同。《廣雅》⿰羽世⿰羽世、⿰胡羽⿰胡羽並載，不知何本。⿰羽世又作⿰羽曳。《說文》：『⿸羽寸，飛盛貌。』《集韻》：『⿸羽寸⿸羽寸，羽翼盛也。』赤知、職吏二切。《集韻》：翨，常支切，音匙，『群飛貌。』同提。《詩·小雅》：『弁彼鸒斯，歸飛提提。』毛傳：『提提，群貌。』朱傳：『群飛安閒之貌。』《廣韻》：⿱厷羽，呼宏切，音訇。『⿱厷羽⿱厷羽，飛聲。』《玉篇》：『群鳥弄翅也。』《廣雅》：『⿱厷羽⿱厷羽，飛也。』與翃、⿱薨羽通。《廣雅》：『翃翃、⿱薨羽⿱薨羽，飛也。』晉成公綏《蜘蛛賦》：『⿱薨羽⿱薨羽亂飛。』又通作薨。《詩·齊風》：『蟲飛薨薨。』《離騷》：『高翱翔之翼翼。』魏王粲《贈蔡子篤詩》：『翼翼飛鸞。』《廣雅》：『翼翼，飛也。』《集韻》：翧，許元切，音喧；又荀緣切，音宣。《廣雅》：『翧，飛也。』《揚子法言·孝至篇》：『鷹隼⿰羽戔⿰羽戔。』⿰羽戔，側板切，音醆。《類篇》：『迅飛也。』《詩·大雅》：『鳳凰于飛，翽翽其羽。』箋：『翽翽，羽聲也。』《說文》：『飛聲也。』《廣韻》：⿰肅羽，息逐切，音肅。『⿰肅羽⿰肅羽，鳥羽聲。』《廣雅》：『⿰肅羽⿰肅羽，飛也。』通作肅。《詩·唐風》：『肅肅鴇羽。』毛傳：『肅肅，鴇羽聲也。』《詩·小雅》：『鴻鴈于飛，肅肅其羽。』《釋文》：『肅肅，本或作⿰肅羽⿰肅羽。』《釋名》：『觀，翰也，望之延頸翰翰也。』《易・中孚》註：『翰，高飛也。』唐獨孤及《代書寄裴六冀、劉二潁詩》：『鶱鶱兩黃鵠。』《廣雅》：『鶱鶱，飛也。』《莊子・山木篇》：『東海有鳥焉，其名曰意怠，翂翂翐翐，而似無能。』《釋文》：『翂音分，翐音秩。司馬云：「翂翂翐翐，舒遲貌。」一云飛不高貌」李云：「羽翼聲」』翂與翁同。《廣雅》：『翁翁，飛也。』《揚子法言・問明篇》：『朱鳥翾翾。』《五臣音註》：『朱鳥，燕別名。吴秘曰：「朱鳥，鴈也。翾翾，飛貌。」』《說文》：『小飛也。』《韓詩外傳》：『翾翾，十步之雀。』《詩・魯頌》：『振振鷺。』毛傳：『群飛貌。』晉左思《詠史詩》：『習習籠中鳥。』《文選》李善註：『《說文》曰：「習習，鳥數飛也。」』南朝宋傅亮《感物賦》：『習習飛蚋。』《楚辭》王逸《九思》：『鸖鷂兮軒軒，鶉鷂兮甄甄。』註：『軒軒，將止之貌。甄甄，小鳥飛貌。』《尤射》：『朱鸞籥籥。』原註：『籥籥，飛貌。』《集韻》：『翏翏，飛貌。』

一〇三　騑騑匪匪、彭彭、悠悠繇繇、攸攸、沛沛、儦儦、俟俟、施施俔俔、亹亹、洋洋、姍姍、淫淫、裔裔、與與、蹌蹌鶬鶬、鎗鎗、蹡蹡、鏘鏘、習習、翼翼、衙衙、芟芟、躍躍忂忂、踆踆浚浚、夋夋、趍趍、侁侁、斷斷、衍衍、靡靡、邁邁、蹲蹲、蹝蹝、冉冉、𧺆𧺆伎伎、跂跂、蚑蚑、歧歧、岐岐、豸豸、延延、徠徠、遙遙、奕奕、浮浮、趫趫、趞趞、章章、衝衝衝衝、陶陶蹈蹈、滔滔、憂憂、䞟䞟、跙跙、躚躚、踽踽、蹽蹽、儜儜、徥徥、驖驖、躟躟、傪傪、徒徒、㣙㣙、屐屐、偍偍、趑趑、遮遮、馯馯、邐邐、迆迆、衙衙、躍躍、綏綏夊夊、辵辵、延延、延延、赽赽、蹬蹬、暆暆，行也。

《詩・小雅》：『四牡騑騑。』毛傳：『騑騑，行不止之貌。』通作匪。《禮・少儀》：『車馬之美，匪匪翼翼。』鄭註：『行而有文也。』又《大雅》：『四牡彭彭。』毛傳：『彭彭，行貌。』又：『悠悠南行。』毛傳：『悠悠，行貌。』晉左思《吳都賦》：『直衝濤而上瀨，常沛沛而悠悠。』《文選》註：『沛沛，行貌。悠悠亦行貌。』悠通作繇。《漢書·韋賢傳》：『犬馬繇繇。』師古註：『繇與悠同。悠悠，行貌。』又通作攸。《孔子息鄹操》：『黄河洋洋，攸攸之魚。』又《齊風》：『行人儦儦。』《廣雅》：『儦儦，行也。』《小雅》：『儦儦俟俟。』毛傳：『趨則儦儦，行則俟俟。』又《王風》：『將其來施施。』毛傳：『施施，難進之意。』箋：『施施，舒行伺間獨來見己之貌。』《廣雅》：『施施，行也。』亦作覗。《説文》：『覗，司人。讀若馳。』徐曰：『伺候也。《詩》曰：「將其來施施。」當作此覗字。』申而反。《古今韻略》：『覗覗，舒行貌。』施又與鼀通。《説文》：『䵻鼀，詹諸也。』引《詩》曰：『得此䵻鼀。』『言其行鼀鼀。從黽爾聲。』式支切。今《邶風》作戚施。《史記·日者傳》：『行洋洋也。』晉傳休《奕車遥遥篇》：『車遥遥兮馬洋洋。』《漢書·外戚傳》：『是邪非邪，立而望之，偏何姍姍其來遲。』師古注：『姍姍，行貌。』音先安反。◎案：姍與跚通。漢司馬相如《子虛賦》：『纚乎淫淫，般乎裔裔。』《文選》李善註：『司馬彪曰：「皆行貌也。」』《漢書》註：「郭璞曰：皆群行貌也。」』漢揚雄《羽獵賦》：『淫淫與與，前後要遮。』《文選》李善註：『淫淫與與，皆行貌也。』又：『啾啾蹌蹌。』《文選》李善註：『蹌蹌，行貌。』《禮·曲禮》：『大夫濟濟，士蹌蹌。』鄭註：『皆行容止之貌也。』《釋文》：『蹌，本又作鶬。』或作鏘。晉左思《吳都賦》：『被練鏘鏘。』《文選》劉淵林註：『鏘鏘，行步貌也。』鏘與蹡通。《説文》作『𨘢』，云『行貌』。徐曰：

『《西京雜記》：漢宣帝歌曰：「黄鵠飛兮下建章，羽肅肅兮行蹡蹡。」』《廣雅》：『蹡蹡，走也。』《尚書大傳》引《逸詩》『鶬鶬相從。』《荀子》又作鎗鎗。◎案：此則蹌、鶬、鎗、鏘、蹡等字並通。漢張衡《東京賦》：『肅肅習習。』《文選》薛綜註：『習習，行貌。』《楚辭》宋玉《九辨》：『驂白霓之習習。』又張衡《思玄賦》：『紛翼翼以徐戾。』《文選》李周翰註：『翼翼，行貌。』《楚辭》宋玉《九辨》：『導飛廉之衙衙。』洪興祖《補註》：『衙衙，行貌。』衙，五乎切，又牛吕切，《集韻》：『行衙衙謂之徥。』又《九辨》：『左朱雀之茇茇兮，右蒼龍之躍躍。』洪興祖《補註》：『躍躍，行貌。』其俱切，音劬。亦作躣。茇與跋通，行貌。漢張衡《西京賦》：『怪獸陸梁，大雀踆踆。』《文選》劉良註：『陸梁、踆踆，皆行走貌。』唐杜甫《封西岳賦》：『麒麟踆踆而在都。』通作逡，七均切。漢劉歆《遂初賦》：『鳥脇翼之逡逡。』又與夋同。《說文》：『夋，行夋夋也。一曰倨也。』徐曰：『夋，舒遲也。』七賓反。又：『行速⿺走夋⿺走夋。』七賓反。《楚辭·招魂》：『往來侁侁。』王逸註：『侁侁，行聲也。』《一切經音義》：『侁侁，所憐反。《說文》：「往來行貌也。」』又王逸《九思》：『鹿蹊兮躖躖。』註：『禽獸所踐處也。』躖音斷，《玉篇》：『行速也。』又東方朔《七諫》：『駕青龍以馳鶩兮，班衍衍之冥冥。』《廣雅》：『衍衍，行也。』漢班固《酈商銘》：『衍衍衛尉，德行循規。』《說文》：『衍，水朝宗于海也。從水行。』　晉陸雲《答張士然詩》：『靡靡日夜遠。』《文選》註：『《詩》曰：「行邁靡靡。」』毛萇曰：『靡靡，行貌也。』』晉陶潛《時運詩》：『邁邁時運。』《漢書·揚雄傳》：『蹲蹲如也。』註：『蹲蹲，行有節。』《淮南子·繆稱訓》：『故人之憂喜，非爲蹝蹝焉往生也。』高誘註：『言非爲冀幸往生利意也。』《玉篇》：『䟫，行貌。』《離騷》：『老冉冉其將至。』王逸註：『冉冉，行貌。』《説文》：『䞋，緣大木。一曰行貌。』徐曰：『蟲行曰蚑行，謂四足隨高下逶迤，其背豸豸然。人之緣木有似於此，故曰趨走則足屈，亦有類也。』翅移反。《廣雅》：『䞋䞋，行也。』去倚、巨支二切。《玉篇》：『䞋䞋，鹿走也。』◎案：《小雅》：『鹿斯之奔，維足伎伎。』毛傳：『伎伎，舒貌。』《漢書·東方朔傳》：『跂跂脈脈善緣壁。』謂蟲行貌也。義並與䞋䞋同。跂通蚑。《説文》：『蚑蚑，蟲行貌。』又通作歧。漢蔡邕《篆勢》：『若行若飛，歧歧翾翾。』《集韻》：歧同跂。亦作岐。晉成公綏《螳蜋賦》：『足翅岐岐。』《説文》：『豸，獸長脊行豸豸然，欲有所伺殺形。』徐曰：『豸豸，背隆長貌。欲有所伺殺，謂其行綴也。』池倚反。《後漢書·五行志》：『桓帝之末，京都童謠曰：「白蓋小車何延延。」』延音征。《説文》：『行也。』《廣雅》：『𢓊𢓊，行也。』《説文》：『𢓊，行平易也。』通作夷。《方言》：『遥，疾行也。南楚之外曰遥。』遥與遙同。《廣雅》：『遙遙，行也。』《楚辭》屈原《九章》：『悲秋風之動容兮，何回極之浮浮。』王逸註：『浮浮，行貌。』《廣雅》：『奕奕、浮浮，行也。』《廣雅》：『趫趫，行也。』音喬。《説文》：『善緣木走之才。』又：『趞趞，行也。』趞音錯。《説文》：『行貌。』又：『趿趿，行也。』趿，且及切。《説文》：『進足有所擷取也。』又：『章章、衜衜，行也。』衜衜，一作衝衝。《詩·鄭風》：『駟介陶陶。』毛傳：『陶陶，馳驅之貌。』《釋文》：『音徒報反。』陶陶與蹈蹈同。蹈古作⿰𧾷匋。《廣雅》：『蹈蹈，行也。』◎案：《集韻》，陶、蹈，並大到反，音導。《楚辭》東方朔《七諫》：『年滔滔而日遠兮。』註：『滔滔，行貌。』《説文》：『騊，馬行貌。』徐曰：『猶滔滔也。《詩》曰：「滔滔不歸。」』偷勞反。《説文》：『憂，和之行也。』引《詩》『布政憂憂。』今《商頌》作『敷政優優。』《廣雅》：『夏夏，行也。』◎案：諸書皆無夏夏之文，夏夏當作憂憂，字之誤也。《石鼓文》：『其來趪趪。』《周秦石刻釋音》：『趪趪，行貌，音獨。』《集韻》：『跓跓，行貌。』丘救切，音糗。又：『蹥蹥，行貌。』悉合切，音鞁。又：『踾踾，行貌。』音得。又：『蹽蹽，行貌。』徒等切。又：『儜儜，行貌。』音甯。又：『徥徥，行貌。』又：『騠騠，馬行貌。』音霰。又：『躟躟，急行。』或從彳。又：『傪傪，行貌。』衫去聲。又徒，息葉切。『徒徒，行貌。』《説文》：『徂，行徂徂也。』音笛。又：『𡳐，行𡳐𡳐也。從夂闕。讀若僕。』又卜切。《六書總要》：『𡳐，音嬬，行埱埱而遲也。』梅氏音局，楊慎引『𡳐埱，音僕』，明是《説文》之𡳐，又云：『夌夌，行迅也，與夙同。』◎案：埱，昌六切，音俶。《説文》：『至也。』《説文》：『徥徥，行貌。』音匙，又承紙切。《廣韻》：『行貌。朝鮮語也。』《玉篇》：『行𧼛𧼛。』《類篇》：『𧼛𧼛，行疾貌也。』所甲切。《方言》：『遵、逡，行也。』郭註：『逡逡，行貌也。』魚晚切。《石鼓文》：『鍪勒馯馯。』楊慎《音釋》：『馯，何旦切，與騂同，馬行也。』《説文》：『邐，行邐邐也。』音里。《集韻》：『邐迆，旁行連延也。』宋沈與求《石壁詩》：『迴廊迆迆穿危嶠。』《集韻》：『衙衙，暗行貌。』火禁切，音謲。《集韻》：『躍躍，小兒行態。』典可切，音嚲。《詩·衛風》：『有狐綏綏。』毛傳：『綏綏，匹行貌。』朱傳：『獨行求匹之貌。』《齊詩》作『有狐夊夊。』夊，楚危切。《説文》云：『行遲曳夊夊，象人兩脛有所躧也。』《通雅》云：『《内經》：「隨隨然。」』亦夊夊之音義也。』《漢書・樂志》：『赤蛟綏綏。』《元包經》：『歨辵辵。』辵，丑略切，音㲋。《説文》：『乍行乍止也。』《六書故》：『循道疾行也。』歨音闐。《談薈》：『歨與少同，蹈也。』又：『頁顛顛，跐延延。』延，以然切。《説文》：『長行也。』本或作延，譌。又《説文》：『延，安步延延也。』徐曰：『既引而止，相節調之，故曰安行。』敕連反。又：『䞈，疑之等䞈䞈而去也。從走才聲。』徐曰：『謂疑其不齊，使之並而往，以察驗之也。』七開反。《莊子・徐無鬼》：『聞人足音跫然而喜矣。』《釋文》：『崔云：「跫，行人之聲。」』音蛩。《玉篇》：『蹋聲。』宋蘇轍《次韻子瞻宿南山蟠龍寺詩》：『跫跫深徑馬蹄響。』《説文》：『日行暆暆也。讀若酏。』徐曰：『《詩》曰：「將其來施施。」施施，逶迤漸漸進之貌。行、躔、次、歷，亦其義也。』以支反。

一〇四　繹繹、駓駓伾伾、駍駍(?)**、颿颿**(?)**、從從**從從**、趡趡、逐逐、驫驫、羿羿**(?)**、䞫䞫**(?)跰跰**、蹻蹻、趪趪、偵偵**(?)**、𧽈𧽈**(?)**、踐踐**(?)**、騳騳、趩趩、趯趯**(?)**、趠趠**(?)**、趰趰**(?)**、趚趚、𧾁𧾁**(?)**、驓驓**(?)**，走也。**

《詩・魯頌》：『以車繹繹。』毛傳：『繹繹，善走也。』《楚辭・招魂》：『逐人駓駓些。』王逸註：『駓駓，走貌也。』《魯頌》：『以車伾伾。』《釋文》：『伾字，林作駓，走也。』《説文》『俟』字註引《小雅》『伾伾俟俟。』《後漢書・馬融傳》註：『鄙騃，獸奪迅貌也。』引《韓詩》『駓駓騃騃，或群或友。』《文選・西京賦》註引薛君《韓詩章句》云：『趨曰駍駍，行曰騃騃。』今《毛詩》作『儦儦俟俟。』◎案：駓、駍、伾、鄙、儦，並聲近而通用。《吴越春秋・勾踐入臣外傳》：『越王夫人歌曰：「颿颿獨兮西往。」』《廣雅》：『颿颿，走也。』帆、梵二音。《漢書・樂志》：『騎沓沓，般從從。』《廣雅》：『從從，走也。』《楚辭》宋玉《九辨》：『前輕輬之鏘鏘兮，後輜乘之從從。』從與從通。宋王詵《帝車賦》：『蓐收策白虎之趡趡兮，紛吾行之已遠。』《説文》：『趡，音唯，走貌。』[二]唐盧肇《閱城君廟記》：『逐逐輪蹄。』《元包經》：『駉驫驫。』《廣雅》：『驫驫，走也。』晉左思《吴都賦》註：『驫，衆馬走貌。』甫休切，音彪，又音標。王氏《廣雅疏證》：『驫驫，猶儦儦也。』又：『㚇㚇，走也。』◎案：㚇，《玉篇》音俱永切。《説文》：『驚走也。從夰䀠聲。』䀠，古文冏字也。重言之則曰㚇㚇，各本譌作奰奰，非。又：『⿺走并⿺走并，走也。』⿺走并，音迸，與跰同。《玉篇》：『跰，散走也。或作⿺走并。』跰又部田切。唐皮日休《足箴》：『惟爾跰跰，爲吾所先。』《集韻》：蹻，訖約切，音腳，『走蹻蹻貌。』《類篇》：『趪趪，走也。』趪音黄。《集韻》：『⿰彳貞⿰彳貞，走也。』耻孟切，樘去聲。又：『⿺走詹⿺走詹，疾趨。』止染切，音黵。又：『⿰足炎⿰足炎，疾行也。』以冉切。唐元結《閔岭中辭》：『承予步之⿰足炎⿰足炎。』《六書故》：『兩馬並馳聲騳騳也。』騳，徒鹿切，音獨，馬走也。《石鼓文》：『其來趩趩。』或作⿰足巽。《説文》：『行聲也。』《玉篇》：『走貌。』蓄力切，音敕。又《石鼓文》：『多庶⿺走樂⿺走樂。』郭云：『走也。』鄭云：『與轢同。』狼狄切，音歷。又：『⿺走憲⿺走憲夔夔。』⿺走憲，許建切，音憲。《説文》：『走意。』又：『⿰氵⿱干土⿰氵⿱干土⿺走專⿺走專。』鄭氏音博，或云即遄字。《正字通》：『一説廢官切，音團。』通作專。又：『鹿鹿趚趚。』楊慎《音釋》：『趚，資昔切，正席貌。』又：『其斿⿺走散⿺走散。』楊慎《音釋》：『斿，當作游。⿺走散音散，走貌。』又：『彼走⿰馬齊⿰馬齊。』⿰馬齊音齊，鄭音劑。

校按：

【一】此釋文不符《説文》。《説文》：『趡，動也。』《玉篇》：『趡，走也。』《集韻》：『踓，走貌。或從走。』

一〇·五　蹬蹬、岳岳，立也。

《集韻》：『蹬蹬，立貌。』都騰切，音登。漢王延壽《魯靈光殿賦》：『神仙岳岳於棟間。』《文選》李善註：『岳岳，立貌。』《五臣本》作『諤諤』。晉陸機《感時賦》：『獸岳岳而相攢。』

一〇·六　踏踏，踐也。

《列仙傳》：『踏踏歌，藍采和。』唐僧貫休《輕薄篇》：『繡林錦野，春態相壓。誰家少年，馬蹄踏踏。』踏，《説文》作：『蹋，踐也，足著地也。』

一〇·七　趯趯躍躍、狄狄、跦跦、趵趵、趌趌，跳也。

《詩·召南》：『趯趯阜螽。』毛傳：『趯趯，躍也。』通作躍。《小雅》：『躍躍毚兔。』朱傳：『躍躍，跳疾貌。』《史記·春申君傳》引《詩·小雅》作趯趯。《廣雅》：『趯趯，跳也。』《荀子·非十二子篇》：『狄狄然。』楊倞註：『狄讀爲趯，跳躍之貌。』《左傳·昭二十五年》：『童謠曰：「鸜鵒跦跦。」』杜註：『跦跦，跳行貌。』　唐元稹《田家詞》：『旱塊敲牛蹄趵趵。』趵，北角切，音剥，

《集韻》：『跳躍也。』《通雅》：『殜殜、趌趌，氣動也。唐揚齊莊自突厥逃回，與閻知微同誅，氣殜殜未死，心趌趌然躍不止。』趌⿺走厥，起逸反，又居列反，音子。趌⿺走厥，跳貌。◎案：《唐書·突厥傳》作『楊鸞莊』。

一〇·八　䞿䞿、僇僇、躄躄，跛也。

《説文》：『䞿，蹇行䞿䞿也。讀若愆。』又：『蹇，跛也。』又：『僇，癡行僇僇也。』徐曰：『蹷，蹇也。』良秀反。唐李賀《感諷詩》：『日車何躄躄。』躄，必益切，音辟。《〈禮·王制〉釋文》：『躄，兩足不能行也。』

一〇·九　蹎蹎，躓也。

《路史·前紀》：『大庭氏論伏義、神農之世，其民侗蒙，瞑瞑蹎蹎。』蹎音顛。《漢書·貢禹傳》註：『師古曰：「蹎仆，蹷躓也。」』

一〇·一〇　跙跙，行不正也。

《太玄經·閑》：『跙跙，閑于遽篨。』王涯註：『跙跙，行不正貌。』又《徯》：『徯彽彽。』註：『行不正稱彽。』

一〇·一一　跙跙、逡逡、巡巡、屯屯，行不進也。

《韻會·小補》：『跙跙，行不進貌。』《太玄經·更》：『駟馬跙跙。』註：『跙，才與反。范望曰：「跙跙，不調也。」王涯曰：「行不進也。」』唐李嶠《楚望賦》：『逡逡巡巡，若失其守而忘其真。』《集韻》：『逡巡，行不進也。』唐柳宗元《天對》：『往來屯屯。』《易・屯》：『屯如邅如。』註：『屯、邅，難行不進貌。』屯別作迍。

一〇・一二 **踳踳、跼跼**局局、**蹀蹀、蹴蹴、豖豖**亍亍，**行不利也。**

唐盧照鄰《悲昔騷》：『暮色踳踳。』《説文》：『踳，小步也。』《毛詩・小雅》傳：『絫足也。』【二】《鶡冠子・王鈇篇》：『天地跼跼。』跼，渠玉切，音局。通作局。《詩・小雅》：『不敢不局。』《釋文》：『局，本又作跼。』唐元結《送王及之容州序》：『局局於權勢之門。』《後漢書・祭祀志》註引馬第伯《封禪儀記》云：『初上此道，行十餘步一休，稍疲，咽脣焦，五六步一休。蹀蹀據頓，地不避溼暗，前有燥地，目視而兩腳不隨。』《文選・南都賦》註：『躡蹀，小步貌。』《集韻》：『蹴蹴，曲足貌。』作木切，音鏃。《説文》：『豖，豖絆足行豖豖也。從豖繫二足。』丑六切，又丑玉切，音亍。或作豩，楊慎曰：『又作亍亍。』

校按：

【二】《詩經・小雅・正月》：『不敢不蹐。』毛傳：『蹐，累足也。』因踳、蹐形近而誤引。

一〇・一三 **眽眽**覛覛、脈脈、脉脉、**眩眩、矕矕、睌睌、眓眓、瞥瞥、瞍瞍**叜叜、**狋狋**獮獮、**眂眂、睴睴、睊睊、睇睇、覢覢**睒睒、**晛晛、䁋䁋、瞪瞪、睩睩、瞀瞀、眇眇、昒昒、盹盹、瞠瞠、眈眈**耽耽、覘覰、**睊睊、盻盻、瞵瞵、睢睢、眄眄、睍睍、睆睆、瞻瞻、瞜瞜、闖闖，視也。**

《文選・古詩》：『盈盈一水間，脈脈不得語。』註：『郭璞曰：「脈脈，謂相視貌。」』脈或作覛，又作脈，或作脉。唐白居易《與元九書》：『聞僕《哭孔戡詩》，衆面脉脉，盡不悦矣。』王逸《九思》：『目眩眩兮瘠終朝。』註：『眩眩，視貌也。』《說文》：『眩，目無常主也。』徐曰：『目眩眩也。』回茜反。《說文》：『矕，目矕矕也。』蠻上聲。《廣雅》：『矕矕，視也。』《說文》：『晚，瞀目視貌。』晚，莫限切。《廣雅》：『晚晚，視也。』或作⿰鬼包。《說文》：『眓，視高貌。從目戉聲。讀若《詩》「施罛濊濊」。』呼哲切，音越。《廣雅》：『眓眓，視也。』◎案：《〈衛風・碩人〉釋文》引馬融註云：『大魚罔目大豁豁也。』眓眓，猶豁豁也。《說文》：『⿱般目，轉目視也。』薄官切。《廣雅》：『⿱般目⿱般目，視也。』漢王延壽《魯靈光殿賦》：『目矎矎而喪精。』《文選》張載註：『矎矎，言炫耀而目不正也。』李周翰註：『視不明貌。』《玉篇》：『直視也。』火懸、休正二切，又銷去聲。《廣雅・釋詁》：『矎，視也。』唐李觀《高宗夢得說賦》：『目矎矎而有光。』矎與夐同。《廣雅・釋訓》：『夐夐，視也。』又《魯靈光殿賦》：『齊首目以瞪眄，徒脈脈而狋狋。』《文選》張載註：『脈脈、狋狋，視貌。』《五臣本》『脈脈』作『脉脉』，『狋狋』作『獮獮』，音彌。李周翰曰：『瞪直視也。脉脉、獮獮，亦視貌。』《廣韻》：『眂，視也。』常支切。《集韻》：『眂眂，役目。』亦作眡。◎案：當作從氏爲正。《說文》：『睴，大目出也。』古鈍切。《集韻》：『睴睴，視貌。』《通雅》云：『九峰問禾山：「遠來睴睴隨衆。」即睆睆一聲也。』《廣韻》：『⿰目胃⿰目胃，見也。』王勿切，雲入聲。《集韻》：

『矊矊，視貌。』姑還切，音關。又：『睈睈，照視也。』丑郢切，音逞。《倉頡篇》：『䚩䚩，視貌。』通作睒。《元包經》：『睛睒睒。』《唐書・韓愈傳》：『低首下心伈伈睍。』註：『睍睍，視貌。』或作俔。魏阮籍《莊論》：『奕奕然步，𥌒𥌒然視。』《集韻》：𥌒，丑戹切，檉入聲，『目明也。』又陟革切，音摘，『目竪也。』《元包經》：『婦眎瞪瞪。』眎古視字。《楚辭》王逸《九思》：『哀世兮睩睩。』註：『睩睩，視貌。』洪興祖《補註》：『睩，目睞謹也。』音祿。《荀子・非十二子篇》：『瞀瞀然是子弟之容也。』楊倞註：『瞀瞀，不敢正視之貌。』《説文》：『低目謹視也。』《楚辭》屈原《九歌》：『目眇眇兮愁余。』王逸註：『眇眇，遠視貌。』《説文》：『昒，目冥遠視也。』一曰久也。莫佩、莫撥二切。《廣雅》：『昒昒，視也。』唐柳宗元《天爵論》：『盹盹於獨見。』盹音諄，同𦙶。《類篇》：『鈍目也。』《篇海》：『目藏也。』又去聲。又來鵠《聖政紀頌》：『瞠瞠而視。』《倉頡篇》：『瞠，直視也。』《易・頤》：『虎視眈眈。』《釋文》：『眈眈，虎下視貌。』《漢書・敘傳》：『六世眈眈。』師古註：『眈眈，威視之貌。』或作眈。◎案：漢《張壽碑》『睍睍虎視。』用《易》語而字異。《玉篇》：『睍，内視也。』《孟子》：『睊睊胥讒。』趙註：『睊睊，側目相視。』又：『使民盻盻然。』朱註：『盻盻，恨視也。』胡計切。《篇海》：『瞵瞵，下視貌。』力珍切，音鄰。《漢書・五行志》：『萬衆睢睢，驚怪連日。』註：『睢睢，仰目視貌。』唐鮑溶《湘妃列女操》：『目眄眄兮意蹉跎。』《説文》：『眄，目偏合也。又衺視也。』莫甸切。《荀子・非十二子篇》：『瞡瞡然。』楊倞註：『瞡瞡，未詳。或曰瞡與規同，規規，小見之貌。』《廣雅》：『瞡，視也。』《埤蒼》：『眇視貌。』《莊子·天地篇》：『睆睆在纆繳之中，而自以爲得。』《釋文》：『睆睆，環版反，李云：「窮視貌。」』唐杜審言《和李大夫嗣真詩》：『瞻瞻肅命虔。』《說文》：『瞻，臨視也。』《玉篇》：『仰視曰瞻。』唐歐陽詹《刖卞和述》：『瞜瞜然若見二君之意。』瞜音樓。《玉篇》：『視也。』《釋名》：『瞜，樓也，謂其高明覩遠瞜瞜然也。』唐柳宗元《愚溪對》：『闖闖以守汝。』《唐韻》：闖，丑禁切，音覘。《說文》：『馬出門貌。』《公羊傳·哀六年》：『開之，則闖然公子陽生也。』註：『闖，出頭貌。』《玉篇》：『或作覘。』韓愈《同宿聯句》：『儒門雖大啟，姦首不敢闖。』皆以窺覘爲義。◎案：覘字，私出頭視貌。

一〇·一四　睽睽、盱盱，目張也。

唐韓愈《鄆州谿堂詩序》：『萬目睽睽。』註：『睽睽，張目貌。』《荀子·非十二子篇》：『盱盱然。』楊倞註：『盱盱，張目之貌。』

一〇·一五　眴眴、睒睒，目動也。

《管子·小問篇》：『眴眴乎何其孺子也？』房註：『眴，胡絹切，目摇也。』《素問》：『腎瘧者目眴眴。』註：『眴眴，目摇動不明也。』《集韻》：睒，失冉切，音閃，睒睒，『目數動貌。』

一〇·一六　矏矏，目薄也。

《說文》：『矏，目旁薄緻宀宀也。』徐曰：『《楚辭》：「靡顔膩理，遺視矏矏。」今人云「眼瞼單也」。』名連反。

一〇·一七　睕睕，目深也。

《晉書·載記》：『孫珍患目，崔約戲曰：「溺中則愈珍。」曰：「目何可溺？」約曰：「卿目睕睕，正耐溺中。」』《集韻》：『睕睕，深目貌。』烏九切〔一〕，音剜。

校按：

〔一〕『九』爲『丸』字之譌。九屬有韻，丸、睕屬桓韻。《集韻》：『睕，烏丸切。』

一〇·一八　暶暶、睸睸，目好也。

《靈樞經》：『陰陽和平之人其狀暶暶然。』註：『暶暶，目好貌。』旬宣切，音旋。《集韻》：『睸睸，目好貌。』五委切，危上聲。

一〇·一九　曆曆，目明也。

《集韻》：『曆曆，目明。』狼狄切，音歷。

一〇·二〇　𥇨𥇨，目黑也。

《集韻》：『𥇨𥇨，目瞳子黑。』户犬、隳緣二切，與𥇨通。

一〇·二一　肮肮、瞞瞞、瞑瞑，目不明也。

《靈樞·經脈篇》：『目肮肮如無所見。』《玉篇》：『目不明也。』呼光切，音荒。《荀子·非十二子篇》：「酒食聲色之中，則瞞瞞然，瞑瞑然。」楊倞註：「瞞瞞，閉目之貌。瞑瞑，視不審之貌。」《廣韻》：「瞞瞞，目不明也。」「瞑，含目瞑瞑也。」

一〇·二二 **鰥鰥，目不閉也。**

《釋名》：「無妻曰鰥。愁悒不寐，目恒鰥鰥然也。故其字從魚，魚目恒不閉也。」唐李商隱《晉昌亭詩》：「羈緒鰥鰥夜景侵。」

一〇·二三 **聵聵、聵聵、䏊䏊、聦聦、聊聊，耳鳴也。**

《埤雅》：「聵聵，耳中鳴也。」濃江切，音噥。《集韻》：「聵聵，耳鳴。」樵、曹二音。又：「䏊䏊，耳中鳴。」胡孔切，音澒。又：「聦聦，耳聲。」烏孔切，音蓊。《説文》：「聊，耳鳴也。」洛蕭切。《楚辭》：「耳聊聊而未已。」◎案：此楊升菴《古音複字》所引，今《楚辭章句》無此文，《古今韻略》亦引之。

一〇·二四 **聵聵，耳聾也。**

《大玄經·玄攡》：「曉天下之聵聵。」《説文》：「聵，聾也。」

一〇·二五 **僸僸，頭仰也。**

晉潘岳《思遊賦》：「後僸僸而方馳。」《文字音義》：「僸，仰頭貌。」音禁。

一〇·二六 **員員、顊顊，頭悶也。**

《素問·刺熱論》：「其逆則頭痛員員。」註：「員員，謂似急也。」

《集韻》：『⿰面頁⿰面頁，頭悶貌。』呼公切，音灴。

一〇二七　頵頵，頭大也。

《説文》：『頵，頭頵頵大也。』於倫切，音贇。

一〇二八　頛頛，頭小也。

《説文》作：『頛，小頭頛頛也。』徐曰：『頛，猶規，小貌。』堅隨反。

一〇二九　⿰貴頁⿰貴頁，頭秃也。

《集韻》：『⿰貴頁⿰貴頁，頭無髮貌。』胡對切，音潰。

一〇三〇　⿰朁頁⿰朁頁，頭長也。

《集韻》：『⿰朁頁⿰朁頁，頭長。』七稔、章荏二切。《玉篇》：『低頭貌。』

一〇三一　⿰面尞⿰面尞，面白也。

《三篇》：『面白⿰面尞⿰面尞也。』力小切，音繚。

一〇三二　⿰員頁⿰員頁、顐顐，面急也。

《玉篇》：『面急⿰員頁⿰員頁也。』云粉切，音抎。《説文》：『顐，面色顐顐貌。』胡本切，音混。《集韻》：『顐顐，面急。又面首俱圓謂之顐。』

一〇三三　⿰霝頁⿰霝頁，面瘦也。

《説文》：『⿰霝頁，面瘦淺⿰霝頁⿰霝頁也。』連丁反。

一〇·三四　頷頷，面不平也。

《集韻》：『頷頷，面不平也。』丘檢切，杴上聲。

一〇·三五　髶髶、耏耏，鬚也。

《漢書·高帝紀》註：『師古曰：「在頤爲鬚，在頰爲髯。」』《釋名》：『謂口動摇髯髯然也。』《廣韻》：『耏，頦也。』奴代切，音奈；又如之切，音而。《玉篇》：『頰鬚也。』《釋名》：『耏，耳耏也，耳有一體屬著兩邊耏耏然也。』

一〇·三六　鬣鬣儠儠、髴髴、鬔鬔、鬤鬤、鬞鬞、鬃鬃顠顠、鬉鬉、鬆鬆、鬠鬠，髮髮也。

《説文》：『鬣，髮鬣鬣也。從髟鬣聲。』又儠字註：『長壯儠儠也。』與鬣通。又：『髴，若似也。』徐曰：『毛髮髴髴然似之。』分勿反。《類篇》：『鬔鬔，髮貌。』蘇遭切，音騷。《楚辭》劉向《九歎》：『髮披披以鬤鬤。』王逸註：『披披鬤鬤，髮亂貌也。』《玉篇》：『鬤，汝陽、汝兩二切。』《埤蒼》：『鬞鬞，亂髮。』鬞音醲。《集韻》：『鬃鬃，髮亂貌。』或作顠，紕招切，音漂。又：『鬉鬉，鬠高。』魚教切，音獟。宋洪瑹《水龍吟詞》：『鏡臺前髿髿餘鬢。』髿與鬆同，髮亂貌。元袁桷《扈蹕開平次魯子翚韻詩》：『明對髮鬠鬠。』《玉篇》：『髮亂。』

一〇·三七　齷齷、齴齴、齗齗、齺齺，露齒也。

漢王延壽《王孫賦》：『齒齷齷以齴齴。』《文選》注：『俱露齒貌。』齷，五佳切。齴，魚蹇切。又：『玄熊蚺錟以齗齗。』《文選》李周翰註：『齗齗，齒出貌。』唐孟郊《峽哀詩》：『波齒齗齗開。』

《易林·震之既濟》：『齦齦齧齧，貧鬼相責。』《正字通》：齫，居晏切，音澗。又居閑切，音奸，義同。

一〇·三八　**齾齾，缺齒也。**

宋蘇軾《九日黃樓詩》：『遠水鱗鱗山齾齾。』又劉克莊《築城行》：『君不見高城齾齾如魚鱗，城中蕭疎空無人。』齾，牛轄切，音聐。《説文》：『缺齒也。』《廣韻》：『器缺也。』又牙葛切，音櫱，義同。

一〇·三九　**嗺嗺，撮口也。**

魏賈岱宗《大狗賦》：『南向嗺嗺，則霍山頹。』《玉篇》：嗺，子雖切，音追，『撮口也。』《廣韻》：嗺，素回切，音磓，『送歌。』《晉成帝哀策文》：『哀哀同軌，嗺嗺輓夫。』

一〇·四〇　**哆哆、呀呀**颬颬**、欠欠、㰦㰦**呿呿**，開口也。**

《毛詩·小雅》傳：『哆，大貌。』疏：『哆者，言其寬大哆哆然。』《説文》：『張口也。』宋梅堯臣《開寶塔院詩》：『順風手沙沙，逆風口哆哆。』唐獨孤及《射虎圖詩》：『飢虎呀呀立當路。』又柳宗元《與楊誨之書》：『是無異盧狗之遇嗾，呀呀而走。』《説文》：『呀，張口貌。』許加切，通作颬，漢張衡《西京賦》：『含利颬颬。』《文選》薛綜註：『含利，獸名，性吐金，故曰含利。颬颬，容也。』呂延濟曰：『颬颬，開口貌。』《玉篇》：『欠㰦，張口也。』《通俗文》：『張口運氣謂之欠欨。』《詩・邶風》：『願言則嚔。』《釋文》：『毛訓「嚔」作「欨」，今俗云欠欠欨欨。』欨或作呿，《釋名》：『臥則呿呿。』註：『呿呿，張口貌。』丘居切，音墟；又丘據切，音去。《説文》：『欽，欠貌。』《釋名》：『欠，欽也，開張其口脣欽欽然也。』今本欽上加山，譌。

一〇・四一　齁齁、歃歃、栩栩、嘒嘒，鼻息也。

《廣韻》：『齁，呼侯切，音呴，鼻息也。』宋蘇軾《歐陽晦叔惠琴枕詩》：『鼻息齁齁自成曲。』《集韻》：『歃歃，鼻息。』迄甲切，音呷。《莊子・田子方》：『今視子之鼻間栩栩然。』《釋文》：『栩，況甫反。』《釋名》：『鼻，嘒也，出氣嘒嘒也。』

一〇・四二　丙丙、𢎘𢎘，舌出也。

《説文》：『丙，舌皃。從谷省聲。』徐曰：『丙，人舌出丙丙然。』《靈光殿賦》：『玄熊丙舕也。』【二】他暗反。又：『𢎘，舌也，象形，舌體𢎘𢎘。』徐曰：『舌體𢎘𢎘，謂舌之出口，如華之出柎蘀也。』胡甘反。

校按：

【一】今本《魯靈光殿賦》無此句。《文選》王延壽《魯靈光殿賦》：『玄熊舑舕以斷斷。』李善注：『舑舕，吐舌貌。』

一〇·四三　胚胚，血凝也。

《説文》：『胚，婦孕一月也。』徐曰：『胚胚，即如衃衃，凝血。』普杯反。

一〇·四四　喀喀嗝嗝**、㱿㱿、𦢊𦢊，嘔也。**

《列子·説符篇》：『兩手據地而歐之，不出喀喀然。』《廣雅》：喀，苦格切，音客，『吐聲。』《集韻》：『與嗝同，嘔也。』漢王延壽《王孫賦》：『或嗝嗝而嗀嗀。』《通雅》：『嗝嗝，即喀喀也。』古核切，音隔。◎案：字書有㱿字，無嗀字。㱿，許角切。《説文》：『歐貌。』《玉篇》：『嘔吐貌。』嗀當即㱿字之譌。《集韻》：『𦢊𦢊，欲吐。』以兩切，音養。

一〇·四五　𠯗𠯗，唾也。

《集韻》：『𠯗𠯗，唾貌。』僻去切，音匹。《玉篇》：『唾𠯗𠯗。』

一〇·四六　歆歆，咽也。

《一切經音義》：『歆歆，於滑反。《通俗文》：「大咽曰歆。」《説文》：「咽中氣息不利也。」經文作嗯嗯，非也。』

一〇·四七　呥呥、嗟嗟、啄啄、齧齧、嗺嗺，食也。

《荀子·榮辱篇》：『亦呥呥而嚌，鄉鄉而飽已矣。』楊倞註：『呥呥，嚌貌。』呥，如鹽反。《東方朔別傳》：『蠶之狀，喙呥呥似馬，色斑斑似虎。』董逌用作『喙頩頩類馬，色邠邠類虎。』◎案：字書無頩字。《廣韻》：『嗟嗟，食貌。』私盍切，音僿。唐韓愈《嗟哉董生行》：『家有乳狗出求食，雞來哺其兒。啄啄庭中食蟲蟻，哺之不食鳴聲悲。』《易林・震之既濟》：『䶓䶓齧齧。』宋梅堯臣《早發詩》：『齧齧出岸潮，嚐嚐入蒲葦。』《説文》：『齧，噬也。』五結切。皇侃《論語疏》：『冶長曰：「雀鳴嘖嘖唶唶，白蓮水邊有車翻覆黍粟。」』唶，疾雀切，音嚼。本作嚼。《集韻》云：『同噍，齧也。』

一〇四八　哾哾、酖酖，飲也。

《太玄經・闕》：『飲汗吭吭。』小宋本吭作哾，山劣反，云：『哾哾，小飲也。』《説文》：『酖，樂酒也。』丁含切。

一〇四九　酣酣、醺醺、醄醄，醉也。

《説文》：『酣，酒樂也。』胡甘切，徐曰：『飲洽也。』唐白居易《不如來飲酒詩》：『仰面醉酣酣。』《説文》：『醺，醉也。《詩》曰：「公尸來燕醺醺。」』《詩・大雅》作『熏熏』。《集韻》：醄，徒刀切，音陶。唐白居易《不如來飲酒詩》：『穩臥醉陶陶。』陶與醄通。

一〇五〇　便便辯辯、平平、**諸諸、誾誾**訔訔、**諤諤**鄂鄂、咢咢、愕愕、詻詻、噩噩、**謇謇、炎炎、讞讞、訮訮，讜言也。**

《論語》：『便便言。』鄭註：『便便言，辨貌。』皇疏：『言須流哽，故云便便言也。』《史記・孔子世家》作『辯辯言。』《詩・小雅》：『平平左右。』毛傳：『平平，辯治也。』《釋文》：『平，婢延反。』《韓詩》作便便。古便、平字通用。◎案：《尚書》：『平章百姓。』《史記》引作『便章百姓。』《索隱》引《今文尚書》作『辯章百姓。』據此則便、辯、平三字並通。《書·洪範》：『王道平平。』亦訓辯治。《史記·張釋之馮唐傳贊》引作『王道便便。』徐廣曰：『便，一作辯。』《爾雅·釋訓》：『諸諸、便便，辯也。』註：『皆言辭辯給。』《説文》：『諸，辯也。』徐曰：『別異之辭也。』《論語》：『與上大夫言，誾誾如也。』註：『誾誾，和悦而諍也。』通作訔。《揚子法言·問神篇》：『何後世之訔訔也。』《五臣音註》：『訔，語巾切。訔訔，爭辯之貌，謂學者爭是非。宋、吴本作誾誾。』《韓詩外傳》：『商紂默默而亡，武王諤諤而昌。』通作鄂。《大戴禮·曾子立事篇》：『君子出言以鄂鄂。』註：『鄂鄂，辯厲也。』《禮·坊記》鄭註：『子於父母尚和順，不用鄂鄂。』《釋文》：『鄂，本作諤。』又通作咢。《漢書·韋賢傳》：『咢咢黄髮。』師古註：『咢咢，直言也。』同諤，又通作愕。《鹽鐵論·國病篇》：『愕愕者福也，諓諓者賤也。林中多疾風，富貴多諛言。萬里之朝，日聞唯唯，而後聞諸生之愕愕。』《管子·白心篇》：『愕愕者不以天下爲憂。』《禮·玉藻》：『言容詻詻。』鄭註：『詻詻，教令嚴也。』孔疏：『宣布行教，令宜嚴猛也。』《説文》：『詻，論訟也。《傳》曰：「詻詻孔子容。」從言各聲。』徐曰：『《周禮》註：「軍旅之容，儼儼諤諤。」』言各反。《六書故》：『辭厲也。』《墨子·親士篇》：『君必有弗弗之臣，上必有詻詻之下。』《揚子法言·問神篇》：『《周書》噩噩爾。』《五臣音註》：『吴秘曰：「噩噩，猶言諤諤也，謂其明正也。」』噩與詻通。《漢書·天文志》：『太歲在酉曰作詻。』《爾雅》作『作噩』。《殽阮君神祠碑》亦以詻爲噩，是詻詻即噩噩也。《周禮·春官》『占夢』，《釋文》：『噩、愕同。』《廣韻》：『噩，亦作咢。』《集韻》：『噩，籀作詻。』通作鄂。《類篇》：『詻，或作諤。』據諸書，則諤、咢、愕、噩、詻，音義並同。《後漢書·魯丕傳》：『陛下即廣納謇謇以開四聰，無令芻蕘以言得罪。』《廣韻》：『謇，正言也。』《韻會》：『直言貌。』《莊子·齊物論》：『大言炎炎。』《釋文》：『炎炎，手廉、於凡二反，又音談，簡文云：「美盛貌。」』宋石介《慶曆聖德頌》：『惟修與靖，立朝讞讞。』讞，魚列、魚蹇、魚戰三切，義同。《説文》：『訮，諍語訮訮也。』遏箋反。

一〇˙五一　諄諄訰訰**、謘謘、喁喁，詳言也。**

《詩·大雅》：『誨爾諄諄。』朱傳：『諄諄，詳熟也。』《釋文》：『諄諄，字又作訰，之純反，又之閏反。』《説文》《埤蒼》並云：『告曉之熟。』《左傳·襄三十一年》：『趙孟年未盈五十，而諄諄焉如八九十者。』林註：『諄諄，鄭重之貌。』《荀子·樂論篇》：『衆積意謘謘乎？』註：『元刻無意字。』謘，《説文》作『謘，語諄謘也。』直离切。《太玄經·飾》：『蛁鳴喁喁，血出其口。』註：『蛁與蜩同，喁音顒。司馬光曰：「喁喁，猶諄諄也。君不受諫，臣強以言聒之，不辱則刑矣，如蜩之喁喁不已，雖復血出其口，誰則聽之？」』

一〇˙五二　緝緝咠咠**、捷捷**⿰言疌⿰言疌**、截截**𢧵𢧵**、諓諓**戔戔、淺淺**、喋喋**諜諜**、啞啞、翦翦、哇哇、讙讙，巧言也。**

《詩·小雅》：『緝緝翩翩。』毛傳：『緝緝，口舌聲。』《説文》引《詩》作『咠咠』。七入反。又：『捷捷幡幡。』毛傳：『捷捷，猶緝緝也。』《廣韻》作『⿰言疌⿰言疌』。《書·秦誓》：『惟截截善諞言。』《釋文》：『截，才節反。馬云：「辭語截削省要也。」』蔡傳：『截截，辯給貌。』《説文·言部》諞字下引《書》作『𢧐𢧐善諞言。』《廣雅》：『𢧐𢧐，盛也。』《公羊傳》：『惟諓諓善淨言。』註：『諓諓，淺薄之貌。淨猶撰也。』《釋文》：『諓，在淺反。《尚書》「截截」，淺薄貌也。賈逵註：「《外傳》云，巧言也。」』《楚辭》劉向《九歎》註引《尚書》作『諓諓靖言。』《説文》『戔』字註引《周書》作『戔戔巧言。』又通作淺。《潛夫論·救邊篇》：『淺淺善靖。』◎案：《廣雅》：『諓諓，善也。』《漢書·李尋傳》註：『諓諓，小善也。』善與小善，即巧意。諓有平、上、去三音，義並同。《史記·匈奴傳》：『嗟土室之人，顧無多辭令，喋喋而佔佔。』註：『喋喋，利口也。』通作諜。《張釋之傳》：『豈斆此嗇夫諜諜利口捷給哉？』《漢書·釋之傳》作喋喋。《後漢書·梁鴻傳》：『咸先佞兮唌唌。』註：『唌唌，讒言捷惡之貌。』《莊子·在宥篇》：『佞人之心翦翦者，又奚足以語至道？』《釋文》：『翦如字。司馬云：「善辯也。」一云佞貌。』《太玄經·飾》：『利舌哇哇，商人之貞。』註：『哇，烏佳切。哇哇，展轉之貌也。舌一作口。王涯曰：「文飾虚詞以求衒鬻，故爲商人之貞，而非君子之正道也。」』《元包經》：『言讕讕。』《説文》：『詆，讕也。』《玉篇》：『誣言相加被也。』

一〇·五三　**噂噂、沓沓**譗譗、嗒嗒、**詽詽、諵諵、喃喃、呭呭**詍詍、**詹詹**噡噡、**刺刺、哨哨、唔唔、鉗鉗、啍啍、唊唊、詀詀**呫呫、**嘓嘓、謕謕、嗑嗑、囁囁、謰謰、讕讕，多言也。**

《毛詩·小雅》：『噂沓背憎。』傳：『噂，猶噂噂。沓，猶沓沓。』箋：『噂噂沓沓，相對談語，背則相憎逐也。』《易林·乾之困》：『噂噂所言，莫如我垣。』《説文》：『沓，語多沓沓也。』徐曰：『語多沓沓，若水之流，故從水會意。』《荀子·正名篇》：『愚者之言，誻誻然而沸。』楊倞註：『誻誻，多言也。』誻同沓。《詩·小雅》，《釋文》：『沓，本又作噆。』宋吴曾引程季明《嘲熱客詩》：『噆噆吟何多。』《説文》：『詽詽，多語也。』而淹反。《元包經》：『妄言詽詽。』註：『詽詽，多言也。』亦作諵。唐韓愈《酬司門盧雲夫詩》：『説詩論賦相諵諵。』通作喃。《北史·隋房陵王勇傳》：『「諸王皆得奴，獨不與我？」乃向西北奮頭喃喃細語。』《説文》：『呭，多言也。』引《詩》曰：『無然呭呭。』今《大雅》作泄泄，《言部》又引作『無然詍詍。』《莊子·齊物篇》：『小言詹詹。』註：『詹詹，多言也。』《釋文》引李註：『詹詹，小辯之貌。』或作譫，《集韻》：『噡噡，頌語。』噡本作譫。《管子·白心篇》：『愕愕者不以天下爲憂，刺刺者不以萬物爲筴，孰能棄刺刺而爲愕愕乎？』註：『刺刺，多言貌。』唐韓愈《送殷員外序》：『持被入直，三省丁寧。顧婢子語，刺刺不能休。』刺，七迹切，音磧。從朿不從束，從束音辣。《揚子法言·問道篇》：『匪伏匪堯，禮義哨哨，聖人不取也。』《五臣音註》：『宋咸曰：「哨哨，多言貌。」司馬光曰：「哨，七笑反。」』又《問神篇》：『著古昔之㖮㖮。』《五臣音註》：『宋咸曰：「㖮㖮，猶喋喋。」司馬光曰：「㖮，呼昆切。」』《孔子家語·五儀解》：『哀公問於孔子曰：「請問取人之法。」孔子對曰：「事任於官，無取捷捷，無取鉗鉗，無取啍啍。」』王肅註：『鉗鉗，妄對不謹誠。啍啍，多言也。』◎案：《荀子·哀公篇》『鉗鉗』作『詌』。《廣雅》：『唊唊，多言也。』古協切，音頰。又：『詀詀，多言也。』竹咸、託協二切。通作呫。唐柳宗元《讀韓愈〈毛穎傳〉後題》：『貪常嗜瑣者，猶呫呫然動其喙。』又：『嘓嘓，煩也。』古獲切，音幗。《集韻》：『⿰言虢⿰言虢，多言也。』郭獲切，音虢。又：『嗑嗑，語也。』《説文》：『多言也。從口盍聲。讀若甲。』或作謚。唐獨孤及《夢遠遊賦》：『囁囁嗤嗤。』囁，之涉切。《玉篇》：『口無節也。』《集韻》：『譂譂，語亂也。』力展切，連上聲。又：『讘讘，多言。』力涉切，音獵。

一〇·五四　讗讗⿰口巂⿰口巂**、嘐嘐，誇語也。**

《集韻》：『讗讗，誇也。』又作⿰口巂，雩白切。『⿰口巂⿰口巂，咵也。』《説文》：『嘐，誇語也。從口翏聲。』古肴切。《孟子》：『其志嘐嘐然。』趙註：『嘐嘐，志大言大者也。』

一〇·五五　謜謜，徐語也。

《説文》：『謜，徐語也。』引《孟子》『故謜謜而來。』徐曰：『謜謜，愿也。』魚怨切，今本作源源。◎案：謜，又音銓，言語和悦也。

一〇·五六　嚓嚓、呤呤、呫呫、囁囁，小語也。

唐王建《聽鏡詞》：『寂寂嚓嚓下階拜。』嚓，千結切，音切。《玉篇》：『小語。』又初戛切，音察。《集韻》：『小聲。』《埤蒼》：『呤呤，語也。』《玉篇》：『啨呤，小語也。』呤音靈。宋黄庭堅《次韻正仲三丈詩》：『呫呫兒女語。』《史記·魏其侯傳》註：『呫囁，附耳小語聲也。』呫，尺涉切。囁，質涉切。宋梅堯臣《永叔謝王尚書惠牡丹詩》：『口誦舌摇徒囁囁。』

一〇·五七　䛴䛴，言樸也。

《子華子·問仕篇》：『䛴䛴兮如將孩。』註：『䛴䛴，言樸也。』

一〇·五八　吶吶、詛詛、謕謕，語難也。

《禮·檀弓》：『其言吶吶然如不出諸其口。』鄭註：『吶吶，舒小貌。』與訥同。《集韻》：『言難也。』《說文》作：『㕯，言之訥也。』女滑反。《廣雅》：『詛詛，語也。』艮上聲。《玉篇》：『難語貌。』《廣雅》：『謕謕，語也。』《集雅》：『語難貌。』呼氣、呼幾二切。

一〇·五九　吨吨、咩咩，言不明也。

《玉篇》：『吨吨，不了。』《集韻》：『吨吨，言不明也。』宋穆修《殘春病酲詩》：『風簾窣窣燕咩咩。』咩，郎刀切，音勞。《集韻》：『讕咩、譧謱，言誤不解也。』

疊雅卷十一

樂亭 史夢蘭 香厓

一一·一 嗘嗘、吆吆、呯呯、嚱嚱、吃吃、咞咞、呦呦、嚦嚦、諈諈，聲也。

《集韻》：『嗘嗘，聲也。』堅奚切，音雞。又：『吆吆，聲也。』於宵切，音腰。又：『呯呯，聲也。』蒲兵切，音平。又：『嚱嚱，聲也。』又：『吃吃，聲也。』億姞切，音乙。又：『咞咞，聲也。』牙葛切，音嶭。又：『呦呦，聲也。』乞業切，音怯。又：『嚦嚦，聲也。』郎狄切，音歷。《字彙》：『諈諈，聲也。』昨荅切，音雜。

一一·二 囂囂、嚌嚌、嘈嘈、唧唧、啾啾（噍噍）、喤喤、呷呷、⿰口岌⿰口岌、⿰口豈⿰口豈、叿叿、⿰音曷⿰音曷、⿰口㬎⿰口㬎、聱聱、詷詷、哮哮、潗潗、涾涾，衆聲也。

《詩·小雅》：『選徒囂囂。』毛傳：『囂囂，聲也。』朱傳：『聲衆盛也。』漢班彪《北征賦》：『鶡雞鳴以嚌嚌。』《文選》李善註：『嚌嚌，衆聲也。』音喈。《太玄經·樂》：『鐘鼓喈喈，管弦嚌嚌。』註：『側皆切。』漢王延壽《魯靈光殿賦》：『耳嘈嘈以失聽。』《文選》李善註：『嘈嘈，聲衆也。』晉陸機《鼓吹賦》：『簫嘈嘈而微吟。』《洛陽伽藍記》：『河間寺後園，見溝瀆蹇産，石磴嶕嶢，朱荷出池，緑萍浮水，飛梁跨閣，高樹出雲，咸皆唧唧，雖梁王兔苑不如也。』《古木蘭詩》：『唧唧復唧唧，木蘭當户織。』唐王維《青雀歌》：『猶勝黄雀爭上下，唧唧空倉復如何。』《集韻》：『啾唧，衆聲。』子悉切，音堲。《一切經音義》：『唧唧，子栗反。』《通俗文》：『唧唧，鼠聲也。亦鬧猥也。』《離騷》：『鳴玉鸞之啾啾。』王逸註：『啾啾，鳴聲。』漢揚雄《羽獵賦》：『啾啾蹌蹌。』《文選》李善註：『啾啾，衆聲也。』啾音遒，又音焦。淮南《招隱》：『歲暮兮不自聊，蟪蛄鳴兮啾啾。』通作噍。《羽獵賦》：『噍噍昆鳴。』《文選》李善註：『噍與啾同。』唐李白《大獵賦》：『喤喤呷呷，盡奔突於場中。』呷，呼甲切。《廣韻》：『喤呷，衆聲。』《集韻》：『吸吸，衆聲。』逆及切。《説文》：『喅，音聲喅喅然。』融六反。《集韻》：或作育，又音煜。『喅喅，衆聲。』《集韻》：『叿叿，人直抒己見。一曰呢語，或作哄。』又：『謅謅，衆聲。』楚九切，音鞩。又：『𡅅，鄂合切。𡅅𡅅，衆聲。』宋蘇軾《黠鼠賦》：『嘐嘐聱聱聲在橐中。』《文選·吴都賦》註：『聱，魚嘈切。《倉頡篇》曰：「聱耴，衆聲也。」』《集韻》：『詗詗，衆聲。』南朝宋宗炳《師子擊象圖序》：『釋僧吉云：嘗從天竺，欲向大秦，數十里外，忽聞哮哮㦈㦈，頃見百獸率走，四巨象俄焉而至，又有師子三頭，直搏四象，以殪盤石。』唐柳宗元《晉問》：『啾啾潗潗，旅走叢立。』《文選》木華《海賦》註：『潗㵿，沸聲。』潗，子入切，音噍。㵿，尼立切，音眘。明俞允文《蟋蟀賦》：『㵿㵿濕濕，底壅腐餘。』

一一·三　喤喤、泱泱、渢渢、眩眩弦弦**、輷輷**訇訇、轟轟**、洶洶**汹汹**、旭旭、震震、畾畾、砢砢、隆**

隆、崇崇、砰砰、唬唬、叫叫、喑喑、咋咋，大聲也。

《詩・小雅》：『其泣喤喤。』朱傳：『喤喤，大聲也。』《左傳・襄二十九年》：『美哉！泱泱乎！大風也哉！』杜註：『泱泱，宏大之聲。』又：『美哉！渢渢乎！』杜註：『渢渢，中庸之聲。』《玉篇》：『宏大聲。』《潛虛》：『空谷來風，有聲渢渢。』《揚子法言・問道篇》：『或問大聲曰：「非雷非霆，隱隱耾耾。」』《五臣音註》：『宋、吴本耾作紘，耾、紘皆音宏，大聲也。』宋玉《風賦》：『耾耾雷聲。』《文選》註：『耾，侯萌切。』《埤蒼》曰：「耾耾，風聲。」』《史記・蘇秦傳》：『輷輷殷殷。』《廣韻》：輷，呼宏切，音轟，同轟。一作訇。唐楊炯《碑文》：『訇訇太虛。』晉左思《蜀都賦》：『轟轟闐闐。』《文選》劉良註：『轟轟闐闐，車馬聲。』唐韓愈《貞女峽詩》：『懸流轟轟射水府。』轟，又叶呼光切，音荒。韓愈《此日足可惜詩》：『卑賤不敢辭，忽忽心如狂。飲食豈知味，絲竹徒轟轟。』漢揚雄《羽獵賦》：『洶洶旭旭，天動地岌。』《文選》李善註：『洶洶旭旭，鼓動之聲也。』晉左思《吴都賦》：『濞焉洶洶。』《文選》註：『洶洶，水聲也。』通作汹。唐皇甫湜《讓風詩》：『汹汹湍波。』晉潘岳《藉田賦》：『震震填填，塵騖連天。』《六臣文選》註：『震震，車馬聲也。』音真。唐張仲甫《雷賦》：『聯鼓畾畾。』畾，雷、壘二音。唐顧雲《天威行》：『轟轟砢砢雷車轉。』《詩・大雅》：『蘊隆蟲蟲。』毛傳：『蘊蘊而暑，隆隆而雷。』《漢書・五行志》：『沛城鐵官鑄鐵，鐵不下，隆隆如雷聲。』晉夏侯湛《雷賦》：『奮迅雷之崇崇。』又陸機《鼓吹賦》：『鼓砰砰以輕投。』砰，普耕、蒲迸二切。又柳宗元《解崇賦》：『風雷唬唬。』呼訝切，音嚇。

《説文》：「唬聲也。一曰虎聲也。」又虛交切，音哮，義同。《漢書・揚雄傳》：「大語叫叫。」師古註：「叫叫，遠聲也。」唐儲光羲《京口題崇上人山亭詩》：「叫叫海鴻聲。」《一切經音義》：「喑，於禁反。喑喑，大呼也，亦大聲也。」《元包經》：「節夫咋咋妄悚悚。」《廣韻》：咋，側革切，音窄，「大聲。」《周禮・冬官・考工記》：「鳧氏爲鐘，侈則柞。」註：「柞讀爲咋咋然之咋，聲大外也。」《釋文》：「咋，側百反。」

一一・四　謍謍、僁僁、哨哨、⿰金音⿰金音、濇濇、瑣瑣、鈌鈌、覔覔、呹呹，小聲也。

《説文》：「謍，小聲也。」引《詩》：「謍謍青蠅。」今《小雅》作「營營」。《爾雅・釋言》：「僁，聲也。」疏：「言聲音僁僁然也。」僁音屑。《玉篇》：「小聲也。一曰僁僁，呻吟也。」唐張隨《蟋蟀鳴西堂賦》：「紛哨哨以驚節。」《玉篇》：「哨，小也。」宋蘇軾《東湖詩》：「暮歸仍倒載，鐘鼓已⿰金音⿰金音。」《説文》：「⿰金音，下徹聲。」《周禮・春官》：「微聲⿰金音。」註：「⿰金音，聲小不成也。」恩甘切，音諳。《説文》：「濇，水小聲。」唐僧貫休《酷吏詞》：「霰雨濇濇。」宋范成大《灩滪堆詩》：「時時吐沫作濆淖，濇濇有聲如溺煎。」《顏氏家訓・書證篇》：「道經云：『合口誦經聲瑣瑣。』」唐杜牧《送劉郎中赴闕詩》：「玉珂聲瑣瑣。」《説文》：「瑣，玉聲。」徐曰：「書傳多云『玉聲瑣瑣』。左思詩曰『嬌語若連瑣』是也。」先火反。漢張衡《東京賦》：「和鈴鈌鈌。」《文選》薛綜註：「鈌鈌，小聲。」《倦游雜録》：「古得州之地，渾源出焉，有水蟲類魚，鳴作覔覔之聲。」宋李清照《聲聲慢詞》：「尋尋覔覔。」《莊子・則陽篇》：「吹劍首者呹而已矣。」《釋文》引司馬註：「呹呹然如風過。』《集韻》：『吷，小聲。』許劣切。

一一·五　**諻諻**鍠鍠、喤喤**、鎗鎗**鏘鏘、將將、鶬鶬、瑲瑲**、嚶嚶**譻譻**、關關**⿰口官⿰口官**、喈喈、雝雝**噰噰、嗈嗈、邕邕、雍雍**、央央、鉞鉞**噦噦、鐬鐬**，和聲也。**

《爾雅·釋訓》：『諻諻，樂也。』或作鍠，與喤通。《詩·周頌》：『鐘鼓喤喤。』毛傳：『喤喤，和也。』《說文》引《詩》作『鍠鍠』。《集韻》：鍠，胡光切，音黃；又胡盲切，音橫，義同。《後漢書·馬融傳》：『鍠鍠鎗鎗，奏於農郊大路之衢。』註：『鍠鍠鎗鎗，鐘鼓之聲也。』鍠音橫。鎗，音側庚反，又音瑲，與鏘同。《詩·大雅》：『八鸞鏘鏘。』箋：『鏘鏘，鳴聲。』《左傳·莊二十二年》：『鳳凰于飛，和鳴鏘鏘。』《鄭風》：『佩玉將將。』朱傳：『將將，聲也。』又《小雅》：『鸞鳴將將。』又：『鼓鐘將將。』又《周頌》：『磬筦將將。』又《商頌》：『八鸞鶬鶬。』箋：『鶬鶬然聲和。』又《小雅》：『八鸞瑲瑲。』毛傳：『瑲瑲，聲也。』◎案：《集韻》，鎗、鏘、將、鶬、瑲五字，俱千羊切，音義並同。又《小雅》：『鳥鳴嚶嚶。』箋：『嚶嚶。兩鳥聲也。』朱傳：『鳥聲之和也。』◎案：『嚶嚶』，毛傳訓『驚懼』，疏引王肅云：『鳥聞伐木，驚而相命嚶嚶然，以興朋友切切節節然。』朋友自有切直之義，不必祇此驚懼。故郭璞註《爾雅》取鄭箋不取毛傳。魏陳琳《神女賦》：『鳴玉鑾之嚶嚶。』通作譻，漢張衡《思玄賦》：『鳴玉鑾之譻譻。』《文選》註：『譻譻，聲也。』李翊《夫人碑》：『疇匹啼兮鳴譻譻。』又《周南》：『關關雎鳩。』毛傳：『關關，和聲也。』《集韻》：『⿰口官⿰口官，和鳴也。』通作關。又：『其鳴喈喈。』毛傳：『喈喈，和聲之遠聞也。』又《小雅》：『鼓鐘喈喈。』毛傳：『喈喈，猶將將也。』又《大雅》：『八鑾喈喈。』又《鄭風》：『雞鳴喈喈。』又《邶風》：『雝雝鳴雁。』毛傳：『雝雝，鴈聲和也。』又《大雅》：『雝雝喈喈。』毛傳：『鳳凰鳴也。』又《小雅》：『和鸞雝雝。』通作噰。《爾雅·釋詁》：『關關、噰噰，聲音和也。』疏引《邶風》作『噰噰鳴鴈。』《楚辭》宋玉《九辨》：『鴈噰噰而來游。』又通作嗈。晉孫綽《遊天台山賦》：『順鳴鳳之嗈嗈。』《文選》呂延濟註：『嗈嗈，和鳴也。』魏稽康《幽憤詩》：『嗈嗈鳴鴈。』《五臣文選》作雝雝。又通作邕，漢枚乘《七發》：『螭龍德牧，邕邕群鳴。』《文選》註：『螭龍德牧，並鳥名，未詳。《爾雅》曰：「邕邕，鳴和聲也。」』又通作雍。《易林·豫之豫》：『鳴鴈雍雍。』◎案：雝、噰、嗈、邕等字，並於容切，又叶於王切，音汪。魏陳琳《神女賦》：『深靈根而固蒂兮，精氣育而命長。感仲春之和節兮，歎鳴鴈之噰噰。』又《周頌》：『和鈴央央。』朱傳：『央央，聲和也。』《說文》：『鉞，車鑾聲也。』引《詩》：『鑾聲鉞鉞。』徐曰：『俗作鐬。』呼會切。《玉篇》：『鐬，鈴聲。』《廣雅》：『鐬鐬，盛也。』今《小雅》作『鸞聲噦噦。』《文選·東京賦》註：『噦噦，和鳴聲。』

一一·六　槭槭摵摵、瑟瑟、撼撼、索索**、蕭蕭**搜搜、翛翛、脩脩**、騷騷**搔搔**、策策、窣窣、澌澌、析析**淅淅**、爕爕、梢梢、屑屑，寒聲也。**

晉夏侯湛《苦寒謠》：『草槭槭以疏葉。』槭通作摵。《正韻》：『摵摵，隕落貌。』《六書故》：『摵摵借以狀落葉之聲，解爲隕落誤。』唐白居易《琵琶行》：『楓葉荻花秋瑟瑟。』《正字通》：『蕭搣即蕭瑟，古借用瑟字，瑟瑟即搣搣也。」又通作摵。唐白居易《渭村退居百韻詩》：『早寒風摵摵。』又通作索。梁江總《貞女峽賦》：『山蒼蒼以墜葉，樹索索而搖枝。』宋米芾《題跋王右軍筆陣圖》云：『前有自寫真紙，緊薄如金葉，索索有聲。』楊慎《丹鉛録》云：『梁武帝詩：「瑟居超七淨。」瑟與索同，蕭索字亦作蕭瑟，則索居亦得作瑟居矣。蓋、瑟索俱借用，字正作搣。』晉夏侯湛《苦寒謡》：『木蕭蕭以零殘。』蕭音簫，又叶音飍。《楚辭·九歌》：『風颾颾兮森蕭蕭，思公子兮徒離憂。』古本作摉摉。魏甄后《塘上行》：『邊地多悲風，樹木何摉摉。』摉，音颼。《通雅》云：『溲溲，翛翛也。』南齊謝朓《冬日晚郡事隙詩》：『翛翛蔭窗竹。』翛又作脩。梁何遜《還渡五洲詩》：『蘆岸晚脩脩。』唐韓愈《赴江陵途中詩》：『涼風日脩脩。』俱押入尤韻。王建《江南雜體詩》：『江上風翛翛，竹間湘水流。』脩，書作翛。◎案：蕭尤二韻古通，蕭、摉、翛、脩四字，並可通用。《毛詩古音考》：『「浸彼苞蕭」，叶下周字。』漢張衡《思玄賦》：『行積冰之磑磑兮，清泉冱而不流。寒風淒其永至兮，拂穹岫之騷騷。』《文選》李善注：『騷騷，風勁貌。』音修。吕向注：『騷騷，風聲。』通作搔。梁沈炯《幽庭賦》：『樹搔搔而落花。』◎案：騷，蘇遭切，音搔，古通尤韻。唐韓愈《秋懷詩》：『窗前兩好樹，衆葉光薿薿。秋風一披拂，策策鳴不已。』註：『策策，落葉聲。』又白居易《冬夜詩》：『策策窗户前，又聞新雪下。』唐杜荀鶴《寄温州崔博士詩》：『窣窣陰風有鬼聽。』唐王建《宫詞》：『玉階金瓦雪澌澌。』又李商隱《腸詩》：『隔樹澌澌雨。』南朝宋謝靈運《鄰里相送方山詩》：『析析就衰林。』《文選》劉良註：『析析，風吹木聲也。』通作淅。唐杜甫《雨詩》：『朔風鳴淅淅。』晉陶潛《閑情賦》：『葉燮燮以去條，氣凄凄而就寒。』梁吴均《餅説》：『燮燮曉風。』◎案：燮燮，猶槭槭也，亦以狀隕落之聲。《六臣》註江淹詩『燮燮凉葉奪』云：『燮燮，猶漸也。』其説未允。南朝宋鮑照《野鵝賦》：『風梢梢而過樹。』　唐孟郊《宿峽陵詩》：『莫天寒風悲屑屑。』

一一·七　馮馮、鏗鏗，堅聲也。

《詩·大雅》：『削屢馮馮。』毛傳：『削牆鍛屢之聲馮馮然。』朱傳：『牆堅聲。』《禮·樂記》疏：『「鐘聲鏗」者，言金鐘之聲鏗鏗然。「鏗以立號」者，言鏗是堅剛，故可以興立號令也。』

一一·八　磔磔，裂聲也。

唐劉禹錫《遊桓山詩》：『彈琴石室中，幽響清磔磔。』《旌異記》：『童貫將敗之一年，庖人方治膳，忽鼎釜磔磔有聲。』宋蘇軾《往富陽新城詩》：『春山磔磔鳴春禽。』蘇轍《除日詩》：『爆竹聲磔磔。』

一一·九　㼪㼪㼘㼘**，破聲也。**

《説文》：『㼪，蹈瓦聲。』《玉篇》：『㼪㼪，蹋瓦聲。一曰瓦薄也。』力協切，音䶑。《正字通》：『凡損破聲謂之歷㼪。』或作㼘。《一切經音義》：『㼘㼘，又作㼪，同力頰反。《通俗文》：「瓦破聲曰㼘。」《説文》：「蹈瓦聲躐躐也。」經文作甍甍，誤。』亮吉曰：『㼘，徐本《説文》作「㼪，蹈瓦聲。」脱「躐躐」二字。』

一一·一〇　嚍嚍、嘖嘖，叫聲也。

《揚子法言·問神篇》：『通諸人之嚍嚍者，莫如言。』《五臣音註》：『吴祕曰：「嚍嚍，猶聲聞也。通諸人善惡之聲。」司馬光曰：「嚍，呼陌切，叫呼也。」』宋蘇軾《涪州得山胡詩》：『誰知聲嚍嚍，亦自意重重。』《畫繼》：『周文舉畫《高僧試筆圖》，一僧攘臂揮翰，旁觀數士人，嗟咨嘖嘖之態如聞其聲，真奇筆也。』《玉篇》：『嚍嘖，叫也。』

一一·一一　噭噭，啼聲也。

《莊子·至樂篇》：『莊子妻死，惠子弔之，莊子則方箕踞鼓盆而歌，惠子曰：「不哭亦足矣，又鼓盆而歌，不亦甚乎？」莊子曰：「人且偃然寢於巨室，而我噭噭然隨而哭之，自以爲不通乎命，故止也。」』《釋文》：『噭，古吊反，又古堯反。』南朝宋謝靈運《登石門最高頂詩》：『噭噭夜猿啼。』《文選》李善註：『《楚辭》曰：「聲噭噭以寂寥。」』《集韻》：『噭噭，哭聲。』

一一·一二　㦣㦣，喊聲也。

《輟耕録》：『淮人寇江南，齊聲大喊阿㦣㦣。』㦣，影規切，音威。

一一·一三　斫斫、剌剌，呼聲也。

《晉書·楊駿傳》：『駿徵高士孫登，遺以布被，登截被於門，大呼曰：「斫斫刺刺。」旬日託疾詐死。』

一一·一四　叱叱，訶聲也。

《漢書·東方朔傳》：『上林獻棗，武帝以杖擊殿檻，呼方朔曰：「叱叱，朔來，此篋中何物？」』

朔曰：「上林之棗四十九枚。」上曰：「何以知之？」曰：「呼朔者，上也。以杖擊檻者，兩木也。朔來朔來者，棗也。叱叱者，四十九也。」』【二】《說苑·反質篇》：『親在，叱叱之聲未嘗至於犬馬。』《說文》：『叱，訶也。』《倉頡篇》：『大訶曰叱。』

校按：

【一】今本《漢書·東方朔傳》無此文，實出自《太平御覽·棗部》所引《東方朔傳》。

一一·一五　咻咻，病聲也。

《廣韻》：『咻，病聲。』唐高適《宋中送族姪式顏詩》：『旅雁悲咻咻。』宋蘇軾《江上值雪詩》：『草中咻咻有寒兔。』

一一·一六　唼唼、唅唅、牄牄，食聲也。

漢司馬相如《上林賦》：『唼喋菁藻。』註：『唼，疏甲反。唼喋，鳥食之聲也。』唐溫庭筠《昆明池水戰詞》：『唼唼游魚近煙鳥。』又張籍《春水曲》：『鴨鴨觜唼唼，青蒲生春水。』《南史·宋巴陵王休若傳》：『聽事上有二大白蛇，長丈餘，唅唅有聲。』《廣雅》：『唅，唵也。』《說文》：『牄，鳥獸來食聲也。』引《虞書》：『鳥獸牄牄。』今《尚書》作『蹌』。清常反。

一一·一七　嘒嘒嚖嚖、⿰口慧⿰口慧**、咿咿、嚠嚠、咇咇**吡吡**、呴呴、咬咬、嘄嘄、啁啁**嘲嘲**、⿰口別⿰口別、咏咏、**

噁噁、啺啺、啅啅、咧咧、嘎嘎、喈喈、嘖嘖嘖嘖、啞啞、樝樝、嚄嚄、嘹嘹、嘵嘵、恰恰、穀穀、架架、格格、烏烏嗚嗚、鴉鴉鵶鵶、牾牾，鳴聲也。

《詩·小雅》：『鳴蜩嘒嘒。』毛傳：『嘒嘒，聲也。』又：『鸞聲嘒嘒。』又《商頌》：『嘒嘒管聲。』元趙孟頫《題耕織圖》詩：『嘒嘒聞車聲。』嘒同嚖。《廣雅》：『嚖嚖，鳴也。』又作嚖。晉傅咸《鳴蜩賦》：『有嚖嚖之鳴蜩。』《禽經》：『雞鳴咿咿。』唐李賀《貴主征行樂》：『女垣素月角咿咿。』劉禹錫《秋聲賦》：『樹槭槭兮蟲咿咿。』宋晁補之《豆葉黄詩》：『豕豚啼咿咿。』咿，於夷切，音伊。《廣韻》：『嚶嚶，鳴也。』音繄。又：『咇，鳴咇咇也。』昆必切[二]，音苾，與吡同。《集韻》：『吡吡，鳥聲。』又作咇咇。『咇，哀鳴。』昆至切，音鼻，《楚辭》王逸《九思》：『孤雛驚兮鳴呴呴。』◎案：《集韻》：呴，居候切，音遘，與雊同。《九思》『呴呴』，叶市若切，音芍。漢禰衡《鸚鵡賦》：『咬咬好音。』《文選》李善註：『咬咬，鳥鳴也。』唐温庭筠《常林歡歌》：『沙晴緑鴨鳴咬咬。』《説文》：『嘄，聲嘄嘄然也。』古堯切，音驍。凡夫引『嘄嘄黄鳥。』《禽經》：『鷃雀啁啁，下齊衆庶。』啁，陟交切，音嘲，與嘲通。《埤雅》：『凡鳥朝鳴曰嘲，夜鳴曰咳。』《禽經》：『林鳥以朝嘲，水鳥以夜咳。』唐柳宗元《放鷓鴣詞》：『吴越有鳥甘且腴，嘲嘲自鳴爲鷓鴣。』《廣雅》：『哵哵，鳥聲。』博拔切，音八。又：『咏』，胡孔切，音澒。《玉篇》：『鳥聲咏咏也。』《集韻》：『噁噁，鳥聲。』遏鄂切，音惡。又：『啺啺，鳥聲。』先的切，音錫。又：『啅啅，鳥聲。』陟教切，音罩。又：『咧咧，鳥聲。』力蘖切，音列。又：『嘎嘎，鳴聲。』古黠切，音戛，元馬臻《謾成詩》：『鸡鵲嘎嘎起蘆灣。』《爾雅·釋鳥》：『行鳸唶唶。』疏：『唶唶，鳥聲。』《釋文》：『唶音責。』又《釋鳥》：『宵鳸嘖嘖。』《釋文》：『嘖，莊革反。』嘖亦作嘖。《廣雅》：『唶唶、嘖嘖，鳴也。』《淮南子·原道訓》：『烏之啞啞，鵲之唶唶。』《易林·師之萃》：『鳧雁啞啞，以水爲家。』唐韓愈《雜詩》：『鵲鳴聲楂楂，烏噪聲擭擭。』擭，烏虢切，一本或作嚄嚄。◎案：《廣韻》：『查，大口貌，擭手取也。』查字本無木傍，係後人所加。又或作喳，亦俗字也。此種本無取義，特狀其聲耳。唐李賀《昌谷詩》：『嘹嘹溼蛄聲。』元張翥《鴈聲詩》：『嘹嘹數鴈度。』《潛虛》：『蔽葉之鵰，其鳴嘵嘵，蜚鳥之招。』唐杜甫《江畔獨步尋花詩》：『自在嬌鶯恰恰啼。』趙註：『恰恰，字如王無功之言，「恰恰，來也。」』宋歐陽修《啼鳥詩》：『戴勝穀穀催春耕。』《荆楚歲時記》：『春分日民並種，有鳥如烏，先雞而鳴，架架格格。民候此鳥則入田以爲候。』唐温庭筠《晚歸曲》：『格格水禽飛帶波。』漢《射烏辭》：『烏烏啞啞，引弓射洞左腋。』唐李賀《有所思行》：『鵶鵶向曉鳴森木。』鵶亦作鵐。宋梅堯臣《靈烏賦》：『烏鵶鵶兮。』《尤射》：『白鶴㖞㖞。』原註：『㖞㖞，鳴聲。』

校按：

【一】 㕘爲並母，昆爲見母。昆必切，切不出『㕘』音來。『昆』爲『毘』字之譌。《廣韻》：㕘，毘必切。下『昆至切，音鼻』亦屬此類。

一一·一八　潏潏、汋汋、洶洶、瀝瀝，激聲也。

漢班固《西都賦》：『揚波濤於碣石，激神嶽之潏潏。』《文選》吕延濟註：『潏潏，水激山之聲。』《爾雅·釋水》：『井一有水，一無水爲瀱汋。』《釋名》：『瀱，竭也。汋有水聲汋汋也。』《説文》：『汋，激水聲也。』市若切。《玉篇》：『洶，水浪洶洶聲。一曰水石相激聲。』洶音轟。《逸士傳》：『許由隱箕山，人遺一瓢飯，訖挂於樹上，風吹瀝瀝有聲。』《説文》：『瀝，水下滴。』漢王延壽《魯靈光殿賦》：『動滴瀝以成響。』

一一·一九　坎坎欿欿、竷竷、欽欽、丁丁、田田、腷腷、膊膊、硠硠、磕磕、橦橦、棖棖、錚錚、鏦鏦、鈴鈴令令、錫錫、錯錯、玲玲、瓏瓏、琅琅、琤琤、珊珊、璫璫、札札軋軋、劄劄、啷啷㗘㗘、箯箯，擊聲也。

《詩·小雅》：『坎坎鼓我。』箋：『爲我擊鼓坎坎然。』朱傳：『坎坎，擊鼓聲。』又《魏風》：『坎坎伐檀兮。』毛傳：『坎坎，伐檀聲。』朱傳：『用力之聲。』《漢石經》坎坎作欿欿。《廣雅》：『欿欿，聲也。』《説文》：『竷，舞曲也。』引《詩》：『竷竷舞我。』《廣韻》：竷，苦感切，音坎。又《小雅》：『鼓鐘欽欽。』《廣雅》：『欽欽，聲也。』◎案：欽欽，猶坎坎也。《周南》：『椓之丁丁。』毛傳：『丁丁，椓杙聲。』又《小雅》：『伐木丁丁。』毛傳：『丁丁，伐木聲也。』《禮·問喪》：『殷殷田田，如壞墻然。』陳澔註：『殷殷田田，擊之聲也。』《古兩頭纖纖詩》：『腷腷膊膊雞初鳴，磊磊落落向曙星。』腷，弼力切，音愊。膊，匹各切，音粕。《韻會》：『腷膊，擊聲。』漢司馬相如《子虛賦》：『礧石相擊，硠硠礚礚。』《文選》張銑註：『言轉石相擊而爲聲。』《集韻》：礚，丘蓋切，音嗑。同磕。《楚辭》屈原《九章》：『憚涌湍之礚礚。』王逸註：『礚礚，水激石聲。』唐楊炯《渾天賦》：『聽枹鼓之硠硠。』《尤射》：『方舫伊何，榜人擊鼓，其聲橦橦，歷我江滸。』橦，徒紅切，音同。唐李賀《秦王飲酒詩》：『金槽琵琶夜棖棖。』《後漢書·劉盆子傳》：『卿所謂「鐵中錚錚」。』宋歐陽修《秋聲賦》：『鏦鏦錚錚，金鐵皆鳴。』《廣韻》：鏦，楚江切，音囪，『打鐘鼓也。』《漢書·天文志》：『丙戌，地大動鈴鈴然。』《説文》：『霆，雷餘聲也，鈴鈴所以挺出萬物。』晉孫綽《遊天台山賦》：『振金策之鈴鈴。』《文選》吕向註：『金策，錫杖。鈴鈴，策聲也。』通作令。《詩·齊風》：『盧令令。』毛傳：『令令、纓纓，環聲。』朱傳：『犬頷下環聲。』疏作鈴鈴。《翻譯釋名》：『梵言隙乘羅，此云錫杖，由振時作錫錫聲。』唐顧況《彈箜篌歌》：『珊瑚席一聲，一聲鳴錫錫。』唐王景風《前魏太尉鄧公祠讚》：『草木錯錯兮甲胄聲。』《考工記·工人》疏：『錯錯然不潤澤也。』《文心雕龍》：『聲轉於吻，玲玲如振玉。』梁孔翁歸詩：『車響絶瓏瓏。』晉李充《弔嵇中散文》：『絶琅琅之金聲。』唐温庭筠《蔣侯神歌》：『鐸語琅琅理雙鬟。』元盧琦《題陳允元山居卷詩》：『琤琤碧澗流。』《説文》：『琤，玉聲。』《正字通》：『凡物戛擊有聲，皆曰琤。』宋玉《神女賦》：『拂墀聲之珊珊。』《文選》註：『珊珊，聲也。』《韻會》：『佩聲。』唐杜甫《鄭駙馬宅宴洞中詩》：『時聞雜珮聲珊珊。』又釋齊已《送僧歸南嶽詩》：『逆風眉磔磔，衝雪錫珊珊。』又温庭筠《張靜婉采蓮曲》：『珂馬璫璫度春陌。』《夏小正》：『鳴札札者杼。』《文選·古詩》：『札札弄機杼。』

唐柳宗元《田家詩》：『札札耒耜聲。』《爾雅·釋蟲》註：『蟬似晴蜓，其鳴無韻，但札札然。』札，側八切，音紮；又一黠切，音軋。與軋通。唐温庭筠《江南曲》：『軋軋摇漿聲。』軋，於黠切，音扎。《說文》：『車輾也。』宋劉克莊《運糧行》：『大車小車聲軋軋。』唐釋齊己《還人卷詩》：『金梭剳剳文離離。』《通雅》云：『剳剳，即用「札札弄機杼」。札札，聲義亦從軋軋來。』《廣韻》：『嗷嗷，聲也。』苦郭切，音廓，亦作啷。《集韻》：『叩聲。』《吳越春秋·夫差内傳》：『後房鼓震篋篋。』

一一二〇 **荷荷，怨怒聲也。**

《通鑑》：『梁武帝口苦，索蜜不得，每日荷荷。』註：『荷荷，怨怒聲。』

一一二一 **咄咄、譆譆**誒誒**、出出**詘詘**、胡胡、呼呼，驚怪聲也。**

《後漢書·嚴光傳》：『帝撫光腹曰：「咄咄子陵，不可相助爲理耶？」』《晉書·殷浩傳》：『浩被黜放，口無怨言，但終日書空作「咄咄怪事」四字而已。』《韻會》：『咄咄，驚怪聲。』《左傳·襄三十年》：『或叫于宋太廟曰：「譆譆出出。」』《通雅》曰：『當作「譆譆咄咄」，皆狀鬼神之聲。』舊訓火狀，誤。《說文》引《左傳》作『誒誒出出。』誒，許其切，音僖，可惡之辭。《周禮·秋官·庭氏》註引作『譆譆離離。』《杜陽雜編》：『代宗廣德元年，夢黄衣童歌：「中五之德方峩峩，胡胡呼呼可奈何。」』《通雅》云：『胡胡呼呼，猶譆譆出出也。』

一一二二 **阿阿、則則，歎息聲也。**

《通雅》：『阿阿則則，猶嗢嗢惻惻也。』李端叔《姑溪集》云：「楚令尹子西將死，家老則立子玉爲之後，子玉直則則，於是遂定。昭奚恤過宋，人有饋彘肩者，昭奚恤阿阿以謝。爾後阿阿則則更爲歎息聲，楊元發偶有所系，屢詰之輒阿阿則則，湛若作喝喝惻惻。」喝字見焦弱侯《刊誤》。或曰《華嚴字母》以阿阿爲第一音。』

一一二三　期期、艾艾，口吃聲也。

《漢書·周昌傳》：『昌口吃，嘗廷諍，曰：「臣期期不奉詔。」』

《世説新語》：『鄧艾口吃，語稱艾艾，晉文王曰：「卿言艾艾，定是幾艾？」對曰：「鳳兮鳳兮，故是一鳳。」』

一一二四　驅驅、起起、去去，催促聲也。

《韓詩外傳》：『孔子行，聞哭聲甚悲，孔子曰：「驅驅，前有賢者。」至則皋魚也。』《後漢書·鄭康成傳》：『康成自乞還家，夢孔子告之曰：「起起，今年歲在辰，明年歲在巳。」』《世説新語》：『劉道真少時善歌嘯，有一老嫗甚樂其歌嘯，乃殺豚進之。後爲吏部郎，嫗兒爲小令史，道真超用之，不知所由，母告之，於是齎牛酒詣道真，道真曰：「去去，無可復用相報。」』

一一二五　登登墱墱、噫噫，相應聲也。

《詩·大雅》：『築之登登。』毛傳：『登登，用力也。』朱傳：『相應聲也。』《集韻》：『墱墱，築墻貌。』通作登。◎案：《廣雅》『登登』訓『衆』，其説可互相發明。《一切經音義》：『噫噫，借音於矜反，相答應聲。』

一一·二六　⿰口習⿰口習、吒吒、波波、羅羅、郝郝，忍寒聲也。

《廣韻》：『⿰口習⿰口習，寒聲。』⿰口習音鞨。《玉篇》：『忍寒聲。』《楞嚴經》：『二習相陵，故有吒吒、波波、羅羅。』疏：『吒、波、羅等，忍寒聲也。』《廣韻》：吒，陟嫁切，音奼。《一切經音義》：『郝郝凡，呼各反，寒戰聲。亦因聲爲名也。』

一一·二七　呱呱、喤喤、牙牙鴉鴉、哇哇、喎喎、寣寣，小兒聲也。

《書·益稷》：『啟呱呱而泣。』《說文》：『呱，小兒啼聲。』《詩·小雅》：『其泣喤喤。』《說文》：『喤，小兒聲。』唐司空圖文：『女則牙牙學語，男則雁雁成行。』◎案：《全唐文》所收表聖文不見此語，升菴、密之俱引之不知何據。【一】《通雅》云：『牙牙，猶鴉鴉，言其聲也。』明楊慎《藥市賦》：『成行雁雁，學語鴉鴉。』宋蘇洵《張益州畫像記》：『有女娟娟，閨闥閑閑。有童哇哇，亦既能言。』《韻會》：『哇，小兒聲。』唐僧寒山詩：『兒弄口喎喎。』《集韻》：『喎，喉小兒相應之聲。』喎，古禾切，音戈。《玉篇》：『小兒啼寣寣也。』呼骨切，音忽。

校按：

【一】《全唐文》司空圖《障車文》：『二女則牙牙學語，五男則雁雁成行。』

一一·二八　嗚嗚，拊兒聲也。

唐杜牧《遺興詩》：『浮生長匆匆，兒小且嗚嗚。』《説文》：『魗，鬼彪聲魗魗不止也。』人朱切，音儒；又奴侯、乃豆二切，義並同。

一一·二九　魗魗，鬼聲也。

一一·三〇　轔轔鄰鄰**、軥軥、轞轞**檻檻、轚轚**、轗轗隱隱、軫軫**展展**、轠轠、輷輷、轢轢、軿軿、轆轆、班班**斑斑**、頷頷、嘔嘔、啞啞，車聲也。**

劉勰《新論》：『衛靈公與夫人夜坐，聞車聲轔轔，至闕而止。』〔一〕轔通作鄰。《詩·秦風》：『有車鄰鄰。』毛傳：『鄰鄰，車聲也。』晉左思《魏都賦》：『振旅軥軥。』《文選》李善註：『《蒼頡篇》曰：「軥軥，衆車聲也。」』軥，徒年切，音田。《廣韻》：轞，胡黤切，音檻，『車聲。』與檻通。《詩·王風》：『大車檻檻。』毛傳：『檻檻，車行聲也。』又作轚。晉左思《吳都賦》：『出車轚轚。』《文選》吕向註：『轚轚，車聲。』《五經文字》作『大車艦艦。』《易林·賁之蹇》：『轗轗慎慎，火燒山根。』轗，於謹切，音隱。《廣雅》：『轗轗，車轉也。』通作隱。《易林·遯之困》：『雷車不藏，隱隱西行。』漢張衡《西京賦》：『商旅聯槅，隱隱展展。』《文選》薛綜註：『隱隱展展，重車聲也。』展，叶章忍切，與軫同。漢揚雄《蜀都賦》：『方轅齊轂，隱隱軫軫。』《易林·蠱之坤》：『輷輷轠轠，歲暮編敝。』轠，徒協切，音疊。《玉篇》：『車聲。』又《大畜之大有》：『轟轟輷輷，驅東向西。』《集韻》：輷，呼宏切，音横，『群車聲。』又音春，與輴同。《廣韻》：轢，郎擊切，音歷。《説文》：『車所踐也。』唐張志和《鸑鷟篇》：『雷之聲填然曰：「諜轟轟兮轢轢。」』又李賀《相勸酒樂㡯》：『東洛長安車軿軿。』金元好問《後芳華怨》：『白沙漫漫車轆轆。』《後漢書·五行志》：『車班班入河間。』註：『應劭曰：「徵靈帝者，輪班擁節入河間也。」』《字典》引云：『班班，車聲。』通作斑。唐杜甫《憶昔詩》：『齊紈魯縞車斑斑。』宋蘇軾《太白詞》：『騎裔裔，車斑斑。』《書·益稷》：『罔晝夜頟頟。』《正韻》：『頟頟推車聲。』宋陸游《滄灘詩》：『嘔嘔啞啞車轉急，舟人已在沙際立。』

校按：

【一】劉勰《新論》無此語，實出自《列女傳》卷三。

一一·三一　韸韸逢逢、蓬蓬、**⿰鼓真⿰鼓真**填填、窴窴、闐闐、**鼘鼘**淵淵、鼝鼝、**咽咽、鼕鼕、鼟鼟、⿱鼓合⿱鼓合、⿱鼓空⿱鼓空、⿱鼓堇⿱鼓堇、紞紞、鏜鏜**堂堂、**⿰鼓東⿰鼓東，鼓聲也。**

《詩·大雅》：『鼉鼓逢逢。』《釋文》：『逢逢，本作韸。』《呂覽·季夏》注引作『鼉鼓韸韸。』《太平御覽》引作『鼉鼓蓬蓬。』《類篇》：『⿰鼓真⿰鼓真，鼓聲也。』通作填。《孟子》：『填然鼓之。』朱註：『填，鼓音也。』《楚辭》屈原《九歌》：『靁填填兮雨冥冥。』填古作窴。晉李顒《雷賦》：『若崩岳之窴窴。』填亦作闐。《詩·小雅》：『振旅闐闐。』朱傳：『闐闐，鼓聲也。』《說文》：『鼘，鼓聲也。』引《詩》：『鼗鼓鼘鼘。』今《商頌》作『鞉鼓淵淵。』又《小雅》：『伐鼓淵淵。』毛傳：『淵淵，鼓聲也。』又作鼝。漢張衡《東京賦》：『雷鼓鼝鼝。』《詩·魯頌》：『鼓咽咽。』毛傳：『咽咽，鼓節也。』朱傳：『咽與淵同，鼓聲之深長也。』《六書故》：『淵淵咽咽，其聲不同。淵淵，狀鼓聲多而遠；咽咽，聲近而疊。味其聲可以知其義。』《唐書》：『馬周請置六街鼓院，號鼕鼕鼓。』【一】唐元稹《紀懷詩》：『夢聽鼓鼟鼟。』鼟音登。《玉篇》：『鼓聲。』《唐韻》：『鼓聲鼛鼟也。』苦盍切，音榼。《靈樞經》：『鼛鼛然不堅。』鼛，音空。《集韻》：『鼓聲震也。』《集韻》：『鼕鼕，鼓聲。』多動切，音董。宋孔平仲《十月二十一日夜詩》：『紞紞有如打雨鼓。』《集韻》：紞，都感切，『擊鼓聲。』《晉書·鄧攸傳》：『紞如打五鼓。』《說文》：『鏜，鐘鼓聲也。』唐虞世基《講武賦》：『振鼙鼓之鏜鏜。』唐有《側堂堂》《撓堂堂》之曲，皆鼓聲。堂與鏜通，音湯。《通雅》：『堂堂，鼓聲也。』◎案：《說文·鼓部》又引《詩》作『擊鼓其鼞。』《集韻》：『鼕鼕，鼓聲。』都籠切，音東。

校按：

【一】兩《唐書》均無此語，實出自《古今注·街鼓》。

一一·三二　鐃鐃、丁丁、董董，鉦聲也。

《釋名》：『鐃，聲鐃鐃也。』《說文》：『鐃，小鉦也。』《西湖志餘》：『董宋臣始爲小黃門，日進用事，丁大全作相，與爲表裏。一日内宴雜劇，一人專打鑼，一人扑之曰：「今日排當，不奏他樂，丁丁董董不已，何也？」曰：「方今事皆丁董，吾安得不丁董？」」

一一·三三　滌滌，篴聲也。

《釋名》：「篴，滌也，其聲滌滌然也。」

一一·三四　鐺鐺當當**，漏聲也。**

梁徐陵《與楊僕射書》：「鐺鐺曉漏。」鐺通作當。宋楊萬里《書齋夜坐詩》：「寒生更點當當裏。」

一一·三五　橐橐榛榛、析析**，杵聲也。**

《詩·小雅》：「椓之橐橐。」毛傳：「橐橐，用力也。」朱傳：「杵聲也。」《釋文》：「橐橐，本或作析析。」橐、析並與榛通。《廣雅》：「榛榛，聲也。」

一一·三六　⿱𣪊衣⿱𣪊衣、⿰衤索⿰衤索，衣聲也。

《集韻》：「⿱𣪊衣⿱𣪊衣，衣聲。」胡谷切，音斛。又：「⿰衤索⿰衤索，衣聲。」昔各切，音索。

一一·三七　碦碦、磿磿、礘礘，石聲也。

《集韻》：「碦碦，石聲。」口觥切，音客。又：「磿」，郎狄切，音歷。《説文》：「石聲。」《玉篇》：「磿磿，石小聲。」又：「礘」，乞及切，音泣，「石聲」。又鄂合切，音㬎，「礘礘，石貌」。

一一·三八　⿱艹歰⿱艹歰，草聲也。

《集韻》：「⿱艹歰⿱艹歰，草聲。」色入切，音澀。

一一·三九　⿱⺮蚤⿱⺮蚤，竹聲也。

《集韻》：『⿱⺮蚤，蘇遭切。⿱⺮蚤⿱⺮蚤，竹聲。』

一一·四〇　剥剥、啄啄，叩門聲也。

唐韓愈《剥啄行》：『剥剥啄啄，有客叩門。我不出應，客去而嗔。』

一一·四一　所所許許、滸滸**，伐木聲也。**

《急就篇》註：『所所，斫木聲。』《説文》：『所，伐木聲也。』引《詩》『伐木所所。』疏舉切。今《小雅》作『許許』。朱傳：『許許，衆人共力聲。』火五切，音虎。《後漢書·朱穆傳》註，《顔氏家訓·書證》俱作『伐木滸滸。』

一一·四二　⿰口立⿰口立啦啦**，送舟聲也。**

《集韻》：『⿰口立⿰口立，送舟聲。』又作啦。啦，力人切，音立。

一一·四三　彭彭、魄魄，打麥聲也。

宋張舜民《打麥詩》：『打麥打麥，彭彭魄魄，聲在山南應山北。』

一一·四四　冲冲，鑿冰聲也。

《詩·豳風》：『二之日鑿冰冲冲。』毛傳：『冲冲，鑿冰之意。』《釋文》：『冲，直弓反，聲也。』

一一·四五　剥剥、卜卜，啄木聲也。

宋韓琦《啄木詩》：『剥剥復卜卜，意若念良木。』

一一·四六　挃挃銍銍，**刈禾聲也。**

《詩·周頌》：『穫之挃挃。』毛傳：『挃挃，穫聲也。』《爾雅·釋訓》：『挃挃，穫也。』註：『刈禾聲。』通作銍。《釋名》：『銍，穫禾鐵也。銍銍，斷禾穗聲也。』

一一·四七　溞溞叟叟，**淅米聲也。**

《爾雅·釋訓》：『溞溞，淅也。』註：『淘米聲。』疏引《詩》『淅之溞溞。』今《詩》本作『釋之叟叟。』毛傳：『叟叟，聲也。』溞、叟音異義同。

一一·四八　濊濊泧泧、薉薉，**罛入水聲也。**

《詩·衛風》：『施罛濊濊。』《廣韻》：『濊，呼括切，音豁，與薉同，礙流也。一曰罛入水聲也。』《說文》『奯』字註引《詩》作『施罛泧泧』，歡活反，《水部》作『施罛薉薉。』

一一·四九　嚧嚧、嚕嚕，呼豬聲也。

《集韻》：『嚧嚧，呼豬聲。』龍都切，音盧。又：『嚕嚕，吳俗呼豬聲。』籠五切，音魯。

一一·五〇　嘍嘍、炊炊、盧盧，呼犬聲也。

《廣韻》：『嘍嘍，吳人呼狗方言也。』龍遇切，音屢。又：『炊炊，呼犬子也。』客朱切，音俞。或作欶，亦書作狄。宋紹興中有詩曰：『呼雞作朱朱，呼犬作盧盧。』

一一·五一　朱朱、祝祝、喌喌，呼雞聲也。

《洛陽伽藍記》：『沙門寶公曰：「把粟與雞呼朱朱。」』《風俗通義》：『雞本朱氏翁所化，故呼雞曰朱朱。祝雞翁善養雞，故呼祝祝。』《説文》：『喌，呼雞。』重言之讀若祝。《廣韻》作咮，又或作㖄，音周，義同。

一一·五二　將將、倉倉，商聲也。喔喔、確確，角聲也。倚倚、嚱嚱，徵聲也。詡詡、吁吁，羽聲也。

《宋史·律曆志》：合口通音謂之宮，其聲雄洪，屬平聲。開口吐氣謂之商，音將將倉倉然，西域言『稽識』，『稽識』猶長聲也。聲出齒間謂之角，喔喔確確然，西域言『沙識』，猶質直聲也。齒合而脣啟謂之徵，倚倚嚱嚱然，西域言『沙臘』，『沙臘』，和也。齒開脣聚謂之羽，詡、雨、酗、芋然。《楊慎外集》：『宋白曰：「齒開脣聚謂之羽，其音詡詡、吁吁然。」』

一一·五三　嗚嗚烏烏**、瑟瑟、昔昔**析析**、堂堂，曲調也。**

《史記·李斯傳》：『歌呼嗚嗚快耳目者，真秦之聲也。』亦作烏烏。《漢書楊惲傳》：『仰天拊缶，而歌烏烏。』註：『師古曰：「烏烏，秦聲。關中舊有此曲。」』《魏志·陳思王傳》註：『植嘗爲瑟瑟調歌舞。』《樂苑》：『《昔昔鹽》，羽調曲。』昔，一作析。又：『《堂堂》，角調曲，唐高宗朝曲也。』《樂府詩集》：『隋已來，樂府有《堂堂曲》，再言堂堂者，是唐再受命也。』

疊雅卷十二

樂亭　史夢蘭　香厓

一二·一　**雵雵**霙霙、英英、泱泱**、⿱雨莽⿱雨莽、⿱雨延⿱雨延、⿱雨翁⿱雨翁、⿱雨隱⿱雨隱、靄靄、靉靉、⿱雨飛⿱雨飛**霏霏**，雲也。**

《玉篇》：『雵雵，白雲貌。』倚朗切，音坱，又音央，義同。又作霙，或省作英。《詩·小雅》：『英英白雲。』《釋文》：『英英，如字。』《韓詩》作泱泱。晉潘岳《射雉賦》：『天泱泱以垂雲。』《文選》李善註：『泱與英古字通。』李周翰註：『泱泱，雲貌。』《集韻》：『⿱雨莽⿱雨莽，雲色。』音莽。又：『⿱雨延⿱雨延，雲貌。』音衍。又：『⿱雨翁⿱雨翁，雲貌。』鄔紅切，音翁。又：『⿱雨隱⿱雨隱，雲貌。』倚謹切。晉陶潛《停雲詩》：『停雲靄靄。』《説文》：『靄，雲貌。』《韻會》：『雲集貌。』《玉篇》：『靉靆，雲貌。』靉，烏代切，音愛。唐歐陽詹《迴鑾賦》：『瑞色靉靉而溶溶。』《漢書·揚雄傳》：『雲⿱雨飛⿱雨飛而來迎。』師古註：『⿱雨飛，古霏字。⿱雨飛⿱雨飛，雲起貌。』《楚辭》屈原《九章》：『雲霏霏而承宇。』

一二·二　**⿱雨森⿱雨森、⿱雨言⿱雨言、霿霿、渢渢、湒湒、⿰氵⿱雨品⿰氵⿱雨品**⿱雨⿱品泉⿱雨⿱品泉**、⿱雨咎⿱雨咎、⿱雨录⿱雨录、⿱雨豆⿱雨豆、霫霫、⿱雨豪⿱雨豪**濛濛**、⿺辶雷⿺辶雷**⿱雨迪⿱雨迪**、⿱雨濈⿱雨濈⿱雨戢⿱雨戢、⿱雨沝⿱雨沝、⿱雨粤⿱雨粤、⿱雨要⿱雨要、⿱雨濯⿱雨濯、雭雭、⿱雨沂⿱雨沂**⿱雨素⿱雨素**、⿱雨森⿱雨森、霈霈、⿱雨戳⿱雨戳、⿱埶氺⿱埶氺**⿰氵⿱埶氺⿰氵⿱埶氺**、溹溹、漊漊、**

瀧瀧、瀌瀌、霏霏、⿱雨孚⿱雨孚、雱雱、霶霶滂滂，雨也

漢蔡邕《霖賦》：「懸長雨之霖霖。」魏繆襲《喜雨賦》：「雨霖霖而又隤。」《廣韻》：「雨，霅。」霅，蘇合切，音趿。《廣雅》：「霅霅，雨也。」《廣韻》：霫，鋤針切，音岑，「雨聲。」《廣雅》：「霫霫，雨也。」宋梅堯臣《春雨詩》：「春雨霫霫鳴百舌。」《集韻》：渢，蘇篤切，音裻。《廣雅》：「渢渢，雨也。」又《集韻》：色角切，音朔。「大風雨貌。」《廣韻》：湒，子入切，音⿰口集。《廣雅》：「湒湒，雨也。」《說文》：「灆灆，雨也。」灆音林，或作騾。《廣雅》：「騾騾，雨也。」《說文》：「零，雨下零也。」音洛。《廣雅》：「零零，雨也。」《說文》：「⿱雨㐺，霖雨也。南陽名霖雨曰⿱雨㐺。」徐曰：「⿱雨㐺⿱雨㐺然不止也。」銀箴反。《廣韻》：「雴，丑入切，音湁，大雨。」《廣雅》：「雴雴，雨也。」《廣韻》：霫，先立切，音靸。《廣雅》：「霫霫，雨也。」《玉篇》：「大雨也。」《廣韻》：靀，莫紅切，音蒙。《廣雅》：「靀靀，雨也。」《集韻》：「微雨也。」亦作濛。《詩·豳風》箋：「歸又遇雨濛濛然。」濛，莫紅切，又叶莫江切。魏陳琳《正欲賦》：「拂窮岫之蕭渤兮，飛沙礫之濛濛。玄龍戰於幽野兮，昆蟲蟄而不藏。」《廣韻》：⿺辶雷，徒歷切，音荻，「雨也。」《集韻》：「⿺辶雷⿺辶雷，雨貌。」本作霝，《玉篇》作霝。《集韻》：霵，側立切，音戢，「雨聲。」或作霵。宋歐陽修《寄聖俞詩》：「夜雨聽霵霵。」《集韻》：「霖霖，急雨。」仕莊切，音牀，或作漴。又：「⿱雨甹⿱雨甹，雨貌。」滂丁切，音娉。《說文》：「霎，小雨也。」山洽切，音箑。唐韓偓《夏夜詩》：「霎霎高林簇雨聲。」《廣韻》：「⿱雨濁，直角切，音濁，大雨⿱雨濁⿱雨濁。」《玉篇》：「雭雭雨聲。」《廣韻》：雭，色立切，「小雨聲也。」《元包經》：『霧霡霡。』霡，山責切，音索。《廣韻》：『霰也。』《集韻》：『霡霡，小雨。』《玉篇》或作『𩅸』。《篇海》：霖，狼狄切，音歷。『霖霖，雨不止也。』◎案：即靂字譌省。《廣韻》：霈音沛，『雨多貌。』《説文》作『沛』。宋玉《高唐賦》：『興雲聲之霈霈。』註：『興聲，霈霈然。』霈，浦大切。《集韻》：『細雨謂之䨜。』師咸切，音攕。宋歐陽修《聖俞會飲詩》：『忽值晚雨涼䨜䨜。』《集韻》：『漐漐，小雨不輟也。』直立切，音蟄，或作濕。《集韻》：『濕濕，小雨。』《廣韻》：溹，山責切，音策。『溹溹，雨下貌。』與渫通。《唐韻》：漊，力方切，音縷。《説文》：『雨漊漊也。』一曰小雨不絶貌。』《唐韻》：瀧，盧紅切，音籠。《説文》：『雨瀧瀧貌。』《詩·小雅》：『雨雪瀌瀌。』《廣雅》：『瀌瀌，雨也。』又《小雅》：『雨雪霏霏。』《釋文》：『霏霏，芳菲反，甚也。』《廣雅》：『霏霏，雨也。』《玉篇》：『𩂴𩂴，雨雪貌。』亦作浮。《詩·小雅》：『雨雪浮浮。』《韻會》：『雱雱，雪貌。』《詩·小雅》：『雨雪雱雱。』《廣雅》：『雱雱，雨也。』《楚辭》屈原《九章》：『漱凝霜之雱雱。』唐元稹《大雲寺詩》：『果枝低罯罯，花雨澤雱雱。』《廣雅》：『霶霶，雨也。』與雱司。《詩·邶風》：『雨雪其雱。』《集韻》：『本作滂，沛也。』《文選·謝朓詩》註引蔡邕《初平詩》云：『天陰雨雪滂滂。』滂與霶同。

一二·三　**𩆷𩆷**瀼瀼、**䨫䨫**濃濃、**䨦䨦**漙漙、團團、**湛湛**、**泥泥**苨苨，**露也**。

《廣雅》：『𩆷𩆷，露也。』𩆷音穰，亦作瀼。《詩·小雅》：『零露瀼瀼。』毛傳：『瀼瀼，露蕃貌。』《廣韻》：『䨫音農，露多也。』或作䨫。《廣雅》：『䨫䨫，露也。』通作濃。《詩·小雅》：『零露濃濃。』《集雅》：『霻霻，露多也。』【二】本作溥。《詩・小雅》：『零露溥兮。』《宋史・樂志・白帝送神高曲》：『白露溥溥。』又通作團。梁江淹《雜體詩》：『團團霜露色。』《文選》劉良註：『團團，露凝貌。』《詩・小雅》：『湛湛露斯。』毛傳：『湛湛，露茂盛貌。』《廣雅》：『湛湛，露也。』又《小雅》：『零露泥泥。』毛傳：『泥泥，霑濡也。』《廣雅》：『泥泥，露也。』或作苨。《類篇》：『露濃謂之苨。』

校按：

【一】無《集雅》一書。《玉篇》：『霻，露多也。』《集韻》：『溥溥，露多貌。』《廣雅》無『霻』字。

一二・四　霳霳、靐靐、洅洅、虺虺、磤磤殷殷、震震，雷也。

《集韻》：『霳霳，雷聲。』盧東切，音籠。又：『靐靐，雷聲。』蒲應切，音凭。《説文》：『洅，雷震洅洅也。從水再聲。』作代切。《廣韻》：子罪切，摧去聲。義同。《詩・邶風》：『虺虺其雷。』毛傳：『暴若震雷之聲虺虺然。』朱傳：『虺虺，雷將發而未震之聲。』虺作虺。又《召南》：『殷其靁。』毛傳：『殷，雷聲也。』音隱。漢司馬相如《長門賦》：『雷殷殷而響起。』殷與磤同。《元包經》：『雷磤磤。』《漢鐃歌・上邪》：『冬雷震震夏雨雪。』又《安世房中歌》：『靁震震，電燿燿。』

一二·五　霅霅，電也。

《唐韻》：霅，文甲切，音喋。《説文》：『霅霅，震電貌。』

一二·六　颯颯䬈䬈、颼颼颾颾、飋飋瑟瑟、飂飂翏翏、寥寥、飉飉飉飉、飀飀劉劉、飅飅、飆飆、颸颸、颾颾、䬆䬆、颵颵、飍飍、䬇䬇、颮颮、𩗓𩗓颰颰、弗弗、飋飋、颲颲戾戾、蓬蓬、颲颲烈烈、列列、飈飈獵獵、颾颾、颶颶、颵颵、颸颸、颰颰，風也。

《楚辭》屈原《九歌》：『風颯颯兮木蕭蕭。』王逸註：『颯颯，風聲。』亦作䬈。《廣雅》：『䬈，風也。』漢趙壹《迅風賦》：『啾啾颼颼，吟嘯相求。』《初學記》引《通俗文》云：『小風曰颼。』或省作颾。北周庾信《小園賦》：『風颾颾而樹急。』《玉篇》：『飋飋，秋風也。』或省作瑟。魏劉楨《贈從弟詩》：『瑟瑟谷中風。』《淮南子·覽冥訓》：『至陰飂飂。』唐夏方慶《風過簫賦》：『始飂飂兮清越。』《廣雅》：『飂飂，風也。』飂，劉、聊、溜三音。通作翏。《莊子·齊物論》：『夫大塊噫氣，其名爲風。是唯無作，作則萬竅怒呺，而獨不聞之翏翏乎？』郭註：『翏翏，長風之聲。』李本作飂。又借作寥。唐元結《茅閣記》：『長風寥寥，入我軒檻。』晉陸機《羽扇賦》：『風飄飄以垂婉。』飄音聊，亦作飉。《廣雅》：『飉飉，風也。』晉左思《吳都賦》：『翼颸風之飀飀。』《文選》呂向註：『飀飀，風聲也。』音劉。通作瀏。晉潘岳《寡婦賦》：『風瀏瀏而夙興。』《廣雅》：『瀏瀏，風也。』《韻會》：『飀，或作飅。』晉湛方生《風賦》：『飅飅微扇。』飅又音柳，本作颲。南朝宋謝靈運《上留田行》：「清風飆飆入袖。」飆音標。《説文》：「扶搖風也。」唐温庭筠《罩魚歌》：「風颸颸，雨離離。」颸音思。《説文》：「涼風也。」《集韻》：䬘，虚交切，音虓，「吹貌。又熱風。」明王彝《賞雪詩》：「拔劍起舞風䬘䬘。」《玉篇》：「颲颲，暴風。」力質切，音栗。《説文》：「風雨暴疾也。」《廣韻》：颩，匹尤切，音杯。《玉篇》：「颩颩，風吹貌。」唐張志和《鸑鷟篇》：「風之飄飀然曰颩颩乎？之飍飍乎？」《廣韻》：飍，香幽切，音烋，「驚風。」《集韻》：「颹颹，風偃物也。」武斐切，音尾。又：「䬣䬣，風聲。」先的切，音錫。又：「小風謂之颰。」分物切，音弗。一曰疾風。或作颰。《集韻》：「颰颰，風疾貌。」通作弗。《詩・小雅》：「飄風弗弗。」《廣韻》：飌，呼肱切，音薨。飌飌，「大風。」《集韻》：䬆，郎計切，音麗。「飃䬆，風聲。」省作戾。梁江淹《雜體詩》：「戾颸風舉。」《文選》吕延濟註：「戾，急也。」《莊子・秋水篇》：「蛇謂風曰：『今子蓬蓬然起於北海，蓬蓬然入於南海，而似無有，何也？』」《釋文》：「蓬蓬，步東反。李云：『風貌。』」梁武帝《孝思賦》：「朔風鼓而颲颲。」《玉篇》：「颲，惡風也。」通作烈，又通作列。晉成公綏《嘯賦》：「列列飈揚。」《文選》李周翰註：「列列，風貌。」《集韻》：䬕，力涉切，音獵，「風聲。」通作獵。南齊宋鮑照《還都道中詩》：「獵獵晚風遒。」《文選》吕延濟註：「獵獵，風聲。」唐歐陽詹《迴鑾賦》：「祥風颸颸以淫淫。」颸音聿。《玉篇》：「疾風。」梁宣帝《遊七山寺賦》：「風颮颮而凄凄。」颮，於筆切，音聿。《玉篇》：「大風也。」《集韻》：「颼颼，風聲。」又：「颸颸，小風。」俞絹切，音掾。又：「颭」，許月切。「颭颭，風也。」一曰小風謂之颭。

一二・七　馮馮、翼翼、烟烟氤氤**、熅熅**氳氳**、氛氛、歆歆、欲欲，氣也。**

《淮南子・天文訓》：『天墬未形，馮馮翼翼，洞洞灟灟，故曰大昭。』高誘註：『洞音同，灟音屬。馮翼洞灟，無形之貌。』《廣雅》：『馮馮、翼翼，元氣也。』班固《典引》：『太極之元，兩儀始分，烟烟熅熅，有沈而興，有浮而清。』烟音因。《廣雅》：『烟烟、熅熅，元氣也。』《易》作絪縕，或作氤氳。唐韋執中《白雲無心賦》：『氤氤氳氳，或聚或分。』又玄宗《慶唐觀紀聖銘》：『乃興慶雲，氛氛氳氳。』《集韻》：『歆歆，氣貌。』顯結切，音肸。《說文》：『欲欲，氣出貌。』延朝反。

一二・八　陽陽、滌滌、燠燠、休休烋烋**，煖也。**

《楚辭》王褒《九懷》：『李春兮陽陽。』王逸註：『三月温和，氣清明也。』《歲華紀麗》：『風惟滌滌，木漸欣欣。』註：『滌滌，熛風也。』唐韋應物《冰賦》：『雖亦深居廣厦，珍簟輕箑，而亦鬱鬱燠燠，不能和平。』《神仙傳》：『焦先卧於雪下，氣息休休，如盛暑醉卧之狀。』宋蘇軾《沐浴啟聖僧舍與趙德麟邂逅詩》：『酒清不醉休休暖。』休與烋同。《神仙傳》：『王仲都，漢人也。元帝召至京師，嘗以嚴冬從帝遊，令單衣環水馳走，背上氣蒸烋烋然。』

一二・九　清清、泠泠，涼也。

宋玉《風賦》：『清清泠泠，愈病解醒。』《文選》李善註：『清清泠泠，清涼之貌也。』漢東方朔《七諫》：『下泠泠而來風。』王逸註：『泠泠，清涼貌。』

一二・一〇　蟲蟲爞爞、烔烔**、炎炎、[illegible]、炘炘、陶陶、烝烝、彤彤**融融**、熇熇**嗃嗃**、暍暍，熱也。**

《詩・大雅》：『藴隆蟲蟲。』朱傳：『蟲蟲，熱氣也。』本作爞，《爾雅・釋訓》：『爞爞，熏也。』《韓詩》作炯炯。炯，音徒東反。《廣韻》：『熱氣炯炯。』◎案：邵氏《正義》誤作『炯炯』，非。又《大雅》：『赫赫炎炎。』毛傳：『赫赫，旱氣也。炎炎，熱氣也。』《説文》：『𤆄𤆄，小熱也。』引《詩》『憂心𤆄𤆄。』直廉切。◎案：今《詩》無此文。漢揚雄《甘泉賦》：『垂景炎之炘炘。』《文選》吕延濟註：『炘炘，熱氣也。』炎音豔，炘音忻。《史記・屈原傳》：『陶陶孟夏。』王逸註：『陶陶，盛陽貌。』《楚辭章句》作『滔滔』。宋韓駒《食筍詩》：『烝烝沸鼎中，亂下白玉片。』《説文》：『烝，火氣上行也。』唐房千里《廬陵竹室記》：『外門凄凄而寒者，内室彤彤而熱者。』彤與融通。《説文》：『融，炊氣上出也。』《素問・刺瘧篇》：『先寒後熱，熇熇暍暍然。』《説文繫傳》引《詩・板》作『多將嗃嗃。』《〈易・家人〉釋文》引鄭註：『嗃嗃，苦熱之意。』

一二一　滄滄、凄凄、凜凜、烈烈冽冽、厲厲、**浸浸、瀝瀝、溰溰、惻惻**側側、**凌凌、慄慄、嚴嚴、肅肅、洒洒、湝湝、瘁瘁、瘖瘖、殑殑，寒也。**

《列子・湯問篇》：『日初出則滄滄涼涼。』張湛註：『滄又作滄，《周書》曰：「天地之間有滄熱。」孔晁註云：「滄，寒也。」』《詩・鄭風》：『風雨凄凄。』疏：『言風而且雨，寒涼凄凄然。』又《小雅》：『秋日凄凄。』毛傳：『凄凄，涼風也。』晉潘岳《寡婦賦》：『寒凄凄以凜凜。』《文選》吕延濟註：『凄凄、凜凜，冷貌。』《詩・小雅》：『冬日烈烈。』毛傳：『烈烈，猶栗列也。』與冽通。晉左思《雜詩》：『秋風何冽冽。』◎案：烈、冽並有列、例二音。又通作厲，厲音例，亦音列。

《韻會》：『嚴也。』晉陶潛《歲暮詩》：『厲厲氣遂嚴。』《集韻》：『浸浸，寒貌。』侵上聲。又：『瀝瀝，寒貌。』狼狄切，音歷。晉傅咸《神泉賦》：『波溰溰而含凍。』溰音沂，同溰。《廣雅》：『漼溰，霜雪也。』唐韓偓《寒食夜詩》：『惻惻輕寒翦翦風。』或作側。《古樂府》：『側側力力，念君無極。』唐韓愈《秋懷詩》：『秋氣日惻惻，秋空日凌凌。』宋王禹偁《和馮中允爐邊偶作詩》：『人日雪花寒慄慄。』《道德指歸論》：『霜雪嚴嚴。』南朝宋鮑照《舞鶴賦》：『嚴嚴苦霧。』《文選》李周翰註：『嚴嚴，慘烈貌。』《莊子·田子方》：『至陰肅肅。』註：『肅肅，陰慘之氣。』《漢鐃歌·有所思》：『秋風肅肅晨風颸。』《素問·診要經終論》：『秋刺冬分病不已，令人洒洒時寒。』註：『洒洒，寒慄貌。』《説文》：『湝，寒也。』引《詩》『風雨湝湝。』古諧切。《説文》：『痒，寒病。』踈錦切。《正字通》：『今感寒體戰曰痒。』唐費冠卿《答蕭建詩》：『入林寒痒痒。』《五音集韻》：『寒痞。痞，鄂合切，音噏，病寒也。』唐孟郊《懊惱詩》：『抱山冷殑殑。』自註：『音擎，寒貌。』◎案：《玉篇》《廣韻》《集韻》並音琴。殑殑，欲死貌。一曰掣縮也。或作殑，色矜、色丞二切。

一二·一二　鼾鼾，竪干也

《集韻》：『鼾鼾，竪干貌。』居曷切，音葛。

一二·一三　疏疏、裾裾、襜襜、倨倨、禔禔、袉袉，服美也。

《韓詩外傳》：『子路盛服見孔子，孔子曰：「由疏疏者何也。」子路趨出，改服入。』註：『疏疏，衣服盛貌。』◎案：疏疏，《荀子·子道篇》作裾裾，《説苑·雜言篇》作襜襜，《家語·三恕篇》

作倨倨，《通雅》云：『裾裾，猶褎褎也。班固《敘傳》曰：「安樂褎褎。」匡衡封安樂侯，言其儀象開盛也。』與褎通，褎即袖字。《荀子》曰：『由是裾裾。』註：『衣盛貌。』與班固用褎褎，皆以裾袖重言之，以見其威儀之盛，此古人下字法。《説文》：『禔，衣厚禔禔也。』徐引《詩》『好人禔禔。』敵圭反，《類篇》：『美衣服貌。』《玉篇》：『衣服端正貌。』《玉篇》：『袉袉，美貌。』徒何、待可二切，《廣韻》：『舒貌。』

一二一四　衯衯、裶裶，衣長也。

漢司馬相如《子虚賦》：『衯衯裶裶，揚袘戌削。』《文選》註：『郭璞曰：「衯衯裶裶，皆衣長貌也。」』漢張衡《南都賦》：『建太常兮裶裶。』

一二一五　䙱䙱，衣煖也。

《玉篇》：『熱䙱䙱也。』都盍切，音榻。《集韻》：『皮衣也。』

一二一六　襆襆，袖舉也。

《字彙》：『襆同褾。』《篇海》：『袖端襆襆也。』褾，俾小切，音嫖。又卑妙切，褾去聲。

一二一七　醳醳，酒清也。

《西京雜記》：『漢鄒陽《酒賦》：「流光醳醳，甘滋泥泥。」』《集韻》：醳音睪，又音釋，『清也。』一曰醇酒也。《續古文苑》作『驛驛』，非。

一二一八　胥胥，肉解也。

《説文》：『胥，蟹醢也。』《釋名》：『蟹胥，取蟹藏之，使骨肉解之胥胥然也。』

一二·一九　鐻鐻，器滿也。

晉陸機《大暮賦》：『肴鐻鐻其不毀。』毛傳：『鐻，滿簋貌。』

一二·二〇　饅饅，飯澤也。

《集韻》：『饅饅，飯澤。』謨官切，音瞞。

一二·二一　䭔䭔，食甘也。

《集韻》：『䭔䭔，食甘甚也。』《吕氏春秋》：『甘而不䭔。』【一】

校按：

【一】今本《吕氏春秋》無此句。《吕氏春秋·審時》：『食之不䭔而香。』

一二·二二　𧻓𧻓，鬼見也。

《説文》：『𧻓，見鬼彪貌。』《集韻》：『𧻓𧻓，鬼見也。』盧谷切，音禄。

一二·二三　𪖐𪖐，氣敗也。

《集韻》：『𪖐𪖐，臭敗氣。』薄没切，音勃。

一二·二四　陸陸，索下也。

《太玄經·法》：『繑陸陸，缾寘腹。』註：『繑音橋。司馬光曰：「繑，汲索也。陸陸，索下貌。」』

一二·二五　**即即**節節、**足足，鳳鳴也。**

《論衡·講瑞篇》：『雄曰鳳，雌曰凰。雄鳴曰即即，雌鳴曰足足。』《太平御覽》引《韓詩外傳》『即即』作『節節』。

一二·二六　**鷕鷕、呾呾，雉鳴也。**

晉潘岳《射雉賦》：『雉鷕鷕而朝雊。』《文選》徐爰註：『鷕鷕，雉聲也。』《說文》：『雌雉鳴也。』《一切經音義》：『呾呾，都達反。此是雉聲也，或言鶬鶊。梵音帝栗反。』

一二·二七　**膠膠**嘐嘐、咬咬、**歐歐、喔喔、角角、究究，鷄聲也。**

《詩·鄭風》：『鷄鳴膠膠。』毛傳：『膠膠，猶喈喈也。』《廣韻》引《詩》作嘐嘐。唐柳宗元《遊朝陽巖遂登西亭詩》：『晨雞不余欺，風雨聞嘐嘐。』《正韻》：嘐，亦作咬。《尤射》：『雞鳴歐歐，明星晳晳。』原註：『歐歐，聲也。』唐白居易《贖雞詩》：『喔喔十四雛。』喔音渥。《說文》：『雞聲也。』唐王建《涼州行》：『城頭山雞鳴角角，洛陽家家教胡樂。』角角讀如喔喔。又韓愈《此日足可惜詩》：『角角雄雉鳴。』《轉注略》云：『角音谷。』《一切經音義》：『究究羅，居求反，此是雞聲也。鳩鳩吒，此云鷄。』

一二·二八　**鶂鶂，鵞鳴也。**

《孟子》：『惡用是鶂鶂者爲哉？』趙註：『鶂鶂，鵝鳴聲。』◎案：鶂，韻書作『鵅』，《說文》又作『鵝鷊』。

一二·二九　呷呷，鴨鳴也。

《禽經》：『鴨鳴呷呷。』

一二·三〇　猄猄疆疆**，鵲行也。**

《集韻》：『猄猄，鵲行貌。』通作疆。《詩·鄘風》：『鵲之疆疆。』

一二·三一　𤞷𤞷，羽多也。

《集韻》：『𤞷𤞷，羽多。』疏臻切，音莘。

一二·三二　氄氄，毛細也。

《書·堯典》：『鳥獸氄毛。』孔傳：『鳥獸皆生耎毳細毛以自温。』明王問《翠翠詞》：『氄氄身上衣。』

一二·三三　𤝿𤝿，毛落也。

《集韻》：『𤝿𤝿，毛落也。』敷文切，音芬。

一二·三四　呦呦𢆷𢆷**，鹿鳴也。**

《詩·小雅》：『呦呦鹿鳴。』《說文》：『呦呦，鹿鳴聲也。』《玉篇·口部》亦作『𢆷𢆷』。

一二·三五　㣿㣿徽徽**，狐鳴也。**

《集韻》：『㒚，魚其切，音宜。㒚㒚，狐狸聲。』《楚辭》王逸《九思》：『鴛鴦兮噰噰，狐狸兮㒚㒚。』註：『相隨貌。』洪興祖《補註》：『徾，《釋文》：「音眉。」』一作嶽，非。◎案：《字典》㒚字在《人部》，徾字在《補遺·彳部》。《字彙補》云：『徾，音未詳。』

一二·三六　**嘪嘪、咩咩，羊鳴也。**

《集韻》：『嘪嘪，羊鳴。』母蟹切，音買。《一切經音義》：『咩咩，又作嘪，同，彌爾反。《説文》：「羊鳴也。」』炘曰：『咩，《説文》作芈。』

一二·三七　**豨豨，豕走也。**

《説文》：『豕走豨豨。』虚豈切。《正韻》：『豕走聲也。』

一二·三八　**豯豯，豚腹也。**

《説文》：『豯，生三月豚腹豯豯然也。』徐曰：『奚腹大。』賢迷反。

一二·三九　**喿喿**噪噪**，鼠鳴也。**

《廣韻》：『鳴喿喿。』《篇海》作『喿』，云：『祖郭切，鼠聲。』◎案：《廣韻》《集韻》有喿無喿，喿疑即噪字之譌。

一二·四〇　**狺狺**听听**、猩猩、獿獿、猌猌、啀啀、狋狋，犬吠也。**

《楚辭》宋玉《九辯》：『猛犬狺狺而迎吠。』《文選》吕向註：『猛犬狺狺，開口貌。』狺本作𤜵。《説文》：『犬吠聲。』語斤切。亦作听，唐杜甫《大雲寺贊公房詩》：『泱泱泥污人，听听國多狗。』听同狺。《説文》：『猩猩，犬吠聲。從犬星聲。』桑經切。又：『獿，獶也。』女交切，同獶，『犬獿獿咳吠也。』《集韻》：欲，後教切，音效。『欲欲，犬吠也。』《管子·戒篇》：『東郭有狗嘊嘊，旦暮欲齧我猳。』《集韻》：嘊，宜佳切，音厓。同啀。《玉篇》：『狗欲齧也。』《説文》：『狋，犬怒貌。讀若銀。』徐曰：『《魯靈光殿賦》：「徒脈脈而狋狋。」』銀眉反。

一二·四一　狟狟、獜獜、狂狂、猲猲，犬走也。

《説文》：『狟，犬行也。從犬亘聲。』引《周書》：『尚狟狟。』胡官切，今《牧誓》作桓桓。《説文》：『獜，健也。』引《詩》：『盧獜獜。』黑神反，今《齊風》作『令令』。《集韻》：『狂狂，犬走貌。』局縛切，音懼。《説文》：『猲，犬猲猲不附人也。從犬舄聲。南楚謂相驚曰猲。讀若愬。』徐曰：『犬畏人也。』七削反。

一二·四二　狴狴，牛馬行也。

《集韻》：狴，邊迷切，音鎞。又部禮切，音陛。《廣韻》：『狴狴，牛馬行。』

一二·四三　嚶嚶，獸聲也。

《集韻》：嚶，於迸切。『嚶嚶，獸聲。』

一二·四四　隰隰，牛馬耳動也。

《五音集韻》：隰，昌計切，音卙。『隰隰，牛馬動耳貌。』

一二·四五　蜲蜲、蜿蜿、蝹蝹、蜒蜒、龘龘、蚴蚴、龭龭，龍蛇行也。

宋玉《高唐賦》：『振鱗奮翼，蜲蜲蜿蜿。』《文選》註：『蜲蜲蜿蜿，龍蛇之貌。』漢張衡《西京賦》：『海鱗變而成龍，狀蜿蜿以蝹蝹。』《文選》劉良註：『蜿蜿蝹蝹，龍行之貌。』唐韓愈《南海神廟碑》：『蜿蜿蜒蜒，來享飲食。』《正韻》：『蜿蜒，龍貌。又蛇行也。』◎案：韓文蜒，一作虵。《玉篇》：『龘，音沓，龍行龘龘也。』《集韻》：『蚴蚴，龍貌。』於糾切，音黝。又：『蘢，龍鬐脊上蘢蘢也。』經天切，音堅。

一二·四六　潰潰唯唯、遺遺**、汕汕、發發**鱍鱍、潑潑、鮁鮁、撥撥**、瀫瀫，魚行也。**

《廣韻》：潰，以水切，音唯。『潰潰，魚行相隨貌。』一曰魚盛謂之潰。通作唯。《詩·齊風》：『其魚唯唯。』箋：『唯唯，行相隨順貌。』《韓詩》作遺遺。《詩·小雅》：『南有嘉魚，烝然汕汕。』《説文》：『汕，魚遊水貌。』引《詩》曰：『烝然汕汕。』所晏切。又《衛風》：『鱣鮪發發。』毛傳：『發發，盛貌。』《釋文》：『馬云：「魚著罔，尾發發。」』《韓詩》作鱍鱍。《説文》引《詩》作鮁鮁。《廣韻》：鱍，北末切，音撥，與『鮁』同，『魚掉尾也。』《吕覽·季春》注作潑潑。唐邵説《筌蹄賦》：『魚潑潑以隨波樂只。』又通作撥。元稹《汎渭賦》：『魚樂兮泉底，鬐撥撥兮尾瀫瀫。』晉潘岳《秋興賦》：『翫遊鯈之瀫瀫。』《文選》李善註：『瀫瀫，遊貌也。』

一二·四七　喁喁、噞噞，魚口向上也。

《説文》：『噞、喁，魚口上見也。』噞，魚檢切。喁，魚容切。王應翼《金魚池歌》：『揚鬐唾影復唾香，喁喁噞噞接昏曉。』

一二·四八　閤閤，蛙聲也。

唐韓愈《雜詩》：『蛙黽鳴無謂，閤閤祇亂人。』

一二·四九　儽儽，蠶形也。

《荀子·賦篇》：『有物於此，儽儽兮其狀，屢化如神。』楊倞註：『儽，讀如其蟲倮之倮。儽儽，無毛羽之貌。變化謂即三俯三起成蛾蛹之類也。』

一二·五〇　圥圥、蠕蠕、蜎蜎、⿰虫習⿰虫習、蛡蛡翊翊**、蠅蠅，蟲行也。**

《字彙補》：圥，力谷切，音陸。《說文》：『圥鼀，詹諸也。其鳴詹諸，其皮鼀鼀，其行圥圥。』鼀，七宿切，音蹴。《集韻》：蠕，汝朱切，音儒，『蟲行貌。』唐李賀《感諷詩》：『越婦未織作，吳蠶始蠕蠕。』《詩·豳風》：『蜎蜎者蠋。』毛傳：『蜎蜎，蠋貌。』朱傳：『動貌。』《類篇》：『⿰虫習⿰虫習，蟲貌。』席入切，音習。《集韻》：『蛡蛡，蟲行貌。』與翊通。漢王褒《洞簫賦》：『螻蟻蝘蜒，蠅蠅翊翊。』《文選》李善註：『蠅蠅翊翊，遊行貌，皆蟲之形也。』◎案：《集韻》，蛡、翊，並逸職切，音弋。《說文》：『翊，飛貌。』

一二·五一　⿰虫丵⿰虫丵，蟲集也。

《集韻》：『⿰虫丵⿰虫丵，蟲集貌。』作木切，音鏃。

一二·五二　喓喓、蝱蝱，蟲聲也。

《詩·召南》：『喓喓草蟲。』毛傳：『喓喓，聲也。』《本草綱目》：『蝱以翼鳴，其聲蝱蝱，故名蝱。』武庚切，音盲。

一二·五三　蚛蚛，蟲食物也。

《篇海》：『蚛，直衆切，音仲，蟲食物。』又音沖。《揚子法言》註引《吕氏春秋》：『蚛蚛出放光，蟲食物也。』

一二·五四　鱐鱐，魚尾乾也。

《説文》：『鱐，乾魚尾鱐鱐也。《周禮》有「腒鱐」。』徐曰：『言其尾乾宜捘捘。』猶歷歷也。《詩》曰：『束矢其捘。』色酋反。《集韻》：鱐、鱐同。

疊雅卷十三

樂亭　史夢蘭　香厓

一三·一　兄兄、爸爸八八、巴巴、**爺爺**耶耶、**爹爹，父也。**

《北齊書·南陽王綽傳》：『綽兄弟皆呼父爲兄兄。』《正字通》：『夷語稱老者爲八八或巴巴，後人因加父作爸字。』《玉篇》：『爺音耶，俗呼爲父爺字。』《古木蘭詩》：『軍書三十卷，卷卷有爺名。』通作耶，《南史·王彧傳》：『彧長子絢，年五六歲，讀《論語》至「周監於二代」。外祖何尚之戲之曰：「可改耶耶乎文哉？」絢應聲答曰：「尊者之名，安可戲？寧可道草翁之風必舅？」』《廣韻》：『爹，父也。』屠可、陟邪二切。宋孔平仲《代小子廣孫寄翁翁詩》：『爹爹來密州，再歲得兩子。』

一三·二　家家、姊姊姐姐、**嬭嬭，母也。**

《北齊書·南陽王綽傳》：『綽兄弟皆呼嫡母爲家家，乳母爲姊姊。』又《後妃傳》：『文宣皇后李氏，武成踐祚，逼后淫亂，云：「若不許，我當殺爾兒。」后懼從之，後有娠，太原王紹德至閤，不得見，愠曰：「兒豈不知耶？姊姊腹大，故不見兒。」』◎案：此則北齊稱生母亦爲姊姊，至宋則呼嫡母爲大姊姊，妻之於嫡母亦然，宋高宗母韋后稱徽宗后爲大姊姊，見《后妃本傳》。《西湖志餘》：「憲聖吴太后初不以色幸，自南渡以來，每欲正中宫之位，屬以太后遠在沙漠，不敢舉行。上嘗語之曰：『極知汝相同勞苦，反與後進者齒，朕甚有愧。候姐姐歸，爾其遷矣。』」《説文》：「蜀人呼母曰姐。」兹也切。《字彙》：「嬤，忙果切，音靡，俗呼母爲嬤嬤。」

一三．三　翁翁、婆婆，祖父母也。

《廣雅》：「翁，父也，俗呼大父爲翁翁。」《説文》：「婆，老母稱。」【一】俗稱舅姑爲公婆，又呼作祖母之稱。宋孔平仲《代小子廣孫寄翁翁詩》：「婆婆在輦下，翁翁在省裏。」

校按：

【一】《説文》無「婆」字。《廣韻·戈韻》：「婆，老母稱也。」

一三．四　姆姆母母**、嬸嬸，兄弟婦也。**

吕祖謙《紫薇雜記》：「吕氏母母受嬸房婢拜，嬸見母母房婢拜即答。」今俗兄婦呼弟妻爲嬸嬸，弟妻呼兄嫂爲姆姆，即母母也。

一三．五　妹妹，婦也。

《北齊書·南陽王綽傳》：「綽兄弟皆呼婦爲妹妹。」

一三．六　嫽嫽，外祖母也。

《字典》：『北人呼外祖母爲嫽嫽。』盧皓切，音老，與媪通。

一三．七　孃孃，母后也。

宋蘇軾《龍川雜志》：『仁宗謂劉氏爲大孃孃，楊氏爲小孃孃。』

一三．八　丈丈、叟叟，長者也。

《全唐詩話》：鄭谷幼年，司空圖見而奇之，曰：『曾吟得丈丈詩否？』曰：『吟得。』《丈丈由江晚望斷篇》云：「村南斜日閒回首，一對鴛鴦落渡頭。」即深意矣。』《莊子·寓言篇》：『景曰叟叟也。』註：『影稱罔兩之辭。』

一三．九　元元，百姓也。

《戰國策》：『子元元。』高誘註：『元，善也。民之類善，故稱元。』《史記·文帝本紀》：『以全天下元元之民。』註：『古者謂人云黎元，其云元元者，非一人也。』《後漢書·光武帝紀》：『下爲元元所歸。』註：『元元，謂黎庶也。』元元，猶言喁喁，可矜怜之辭也。元，愚袁切，音原；又叶餘輕切，音盈。宋范仲淹《明堂賦》：『止北伐之威，以助養于生生；道南風之和，以餙喜於元元。』

一三．一〇　云云、亭亭、繹繹、恝恝、夫夫，山名也。

《史記·封禪書》：『封太山，禪云云。』註：『云云，山名，在梁父東。』又：『禪亭亭。』註：『應劭曰：「亭亭，在鉅鹿北十餘里。」』《風俗通義》：『三皇禪于繹繹，五帝禪于亭亭。』《白虎通義》：『泰山傍山名繹繹。』《山海經》：『大荒之中，有栔栔之山。』《轉注古音》：『栔，古計切，音契。』又：『風伯之山東一百五十里，曰夫夫之山。』吴任臣曰：『案《釋文》本作大夫之山，《續通考》引此亦作大夫。又案秦《繹山碑》及漢印篆文，大夫都作夫夫，則二字古相通也。』

一三·一一　決決、濩濩、滽滽庸庸**、脈脈、溼溼、源源、灟灟、淨淨、洋洋、容容、涓涓、憨憨，水名也。**

《山海經》：『龍侯之山，決決之水出焉。』郭註：『音訣。』又：『石山，濩濩之水出焉。』郭註：『濩，音尺蠖之蠖。』又：『宜蘇之山，滽滽之水出焉。』郭註：『音容。』◎案：《水經》作『庸庸出灑南垣縣，俗謂之長川水。』又：『鼇山，滽滽之水出焉。』吴任臣曰：『案《水經注》云，即今之王母澗也，出陸渾縣西南。』《漢書·地理志》：『太湖中有包山，山下有洞庭穴道，潛行水底，去無所不通，號曰脈脈。』[一]《字彙補》：『溼，音未詳，水名。《水經注·魚水》：「北與溼溼水合。」』《水經·沁水注》：『沁水東與丹水合，水出上黨高都縣故城東北阜下，俗謂之源源水。』[二]又《沁水注》：『沁水南與灟灟水合。』[三]灟與飄同。又《獲水注》：『魚溝水北入于獲，俗名之曰淨淨溝也。』[四]又《膠水注》：『柜艾水又謂之洋洋水。』[五]又《斤江水注》：『容容水在南垂。』又《泗水注》：『湖陸縣東南有涓涓水。』《吴郡諸山録》有憨憨泉。

校按：

【一】《漢書・地理志》無此文，應是轉引《康熙字典》『庭』字釋文而誤。《康熙字典》：『太湖中有包山，山下有洞庭穴道，潛行水底，去無所不通，號曰地脈。』原文出自郭璞《山海經注》。《山海經・海内東經》：『湘水出，舜葬東南陬，西環之。入洞庭下。』郭璞注：『洞庭，地穴也，在長沙巴陵。今吴縣南太湖中有包山，下有洞庭穴道，潛行水底，云無所不通，號爲地脈。』

【二】今本《水經注・沁水》：『又東與丹水合，水出上黨高都縣故城東北阜下，俗謂之源源水。』沁水譌作泌水，上黨譌作土黨。

【三】今本《水經注・沁水》：『沁水又南，歷猗氏關，又南與驫水合。』驫水譌作驫驫水。

【四】今本《水經注・獲水》：『獲水又東，淨淨溝水注之。水上承梧桐陂西北流，即劉中書澄之所謂白溝水也。又北入於獲，俗名之曰淨淨溝也。』白溝水譌作魚溝水。

【五】今本《水經注・膠水》：『（拒艾）水出拒縣西南拒艾山，即《齊記》所謂黔艾山也。東北流逕拒縣故城西，王莽之袪同也。世謂之王城，又謂是水爲洋水矣。』拒艾水譌作柜艾水，洋水譌作洋洋水。

一三·一二　單單、盤盤、蠕蠕芮芮、茹茹、**囉囉、羅羅、蚕蚕，國名也。**

《後漢書·東夷傳》：『單單大領以東，沃沮、濊貊悉屬樂浪。』《唐書·南蠻傳》：『單單在振州東南，多羅磨之西。』《梁武帝紀》：『中大通元年，盤盤國遣使獻方物。』《南史·夷貊傳》：『蠕蠕爲族，蓋匈奴之别種也。』《通鑑》：『宋元嘉二十七年，芮芮遣使遠輸誠欵。』胡三省註：『芮芮即蠕蠕，魏呼柔然爲蠕蠕，南人語轉爲芮芮。沈約《宋書》、李延壽《南史》皆以蠕蠕爲芮芮，從南人語音也。』芮，如劣切，音爇，《北齊書》作茹茹。《宋史·天竺國傳》：『又西行二十五日，至囉囉國。』《元史·世祖紀》：『十九年，改羅羅斯宣慰司隸雲南省。』《山海經》：『𧈢邱，一曰嗟丘。蚕蚕在其北，各有兩首，一曰在君子國北。』郭註：『蚕音虹。』《字彙補》：『蚕蚕，海外神名。』

一三·一三　藉藉，地名也。

漢枚乘《七發》：『俟波奮振，合戰于藉藉之口。』王逸註：『藉藉，蓋地名也。』

一三·一四　林林、央央，山神也。

《地鏡》：『未到山百步，呼曰林林央央，此山王名，知之却百邪。』

一三·一五　婆婆，佛稱也。

《法苑珠林》：『比邱白佛言：「世尊，復何因緣故曰婆婆？」告曰：「本爲人時，以婆銑私衣布施供養，故名婆婆。」』

一三·一六　佉佉，文殊眷屬也。

《陀羅尼經》：『佉佉。』註：『文殊眷屬。』

一三·一七　呴呴，藏神也。

《雲笈七籤》：『藏神，心色正赤，名曰呴呴。』

一三·一八　醋醋措措**、榴，精也。**

《博異志》：唐天寶中處士崔玄微，春夜忽有青衣引女子曰楊氏、陶氏、李氏、少女石氏名醋醋，與玄微相見，云欲到封家十八姨處。坐未定，封家姨至，崔命酒，諸女各歌以送之。姨輕佻，翻酒污醋醋衣，醋醋怒，拂衣去，諸女送姨而別。明夜又來，醋醋曰：諸女伴皆住苑中，爲惡風所撓，求芘于姨，今失其意，難以取力，乞處士歲旦作一朱旛，圖日月星辰之文，立于苑東則免矣。崔如其言，果大風，而苑花不動。葢楊桃李花之精，醋醋則石榴也。宋陸游《買石榴薦酒詩》：『追喚風流措措來。』◎案：醋、措通。

一三·一九　危危、飛飛，山精也。

《山海經》：『貳負之臣曰危危，與貳負殺窫窳，帝乃梏之疏屬之山。』《抱朴子》：『山中之精如龍，五色赤角者其名飛飛，呼之不爲害。』

一三·二〇　醽醽，天酒也。

《梵書》：『天酒名醽醽。』

一三·二一　瑟瑟璱璱、[illegible]**，碧珠也。**

《廣雅》：「瑟瑟，碧珠也。」《本草》：「瑟瑟，即寶石。」一作璱璱。《集韻》：「繸繸，色也。」通作瑟。

一三·二二　欇欇、鎖鎖，木也。

《爾雅·釋木》：「楓欇欇。」疏：「楓木厚葉弱枝善摇，一名欇欇。」《輟耕録》：「回紇錦馬川有木曰鎖鎖，燒之其火經年不滅。」

一三·二三　藨藨，草也。

《爾雅·釋草》：「藨藨。」註：「即莓也，江東人呼爲藨莓。」

一三·二四　蔽蔽，小草也。

《説文》：「蔽蔽，小草也。從艸敝聲。」必袂切。

一三·二五　秩秩失失**、泆泆、鶼鶼**蠻蠻、鸞鸞**、灌灌**濩濩、貛貛**、羅羅、翢翢**周周**、鳴鳴、燕燕、鸜鸜、兆兆、命命，鳥也。**

《爾雅·釋鳥》：「秩秩海雉。」疏：「海雉，一名秩秩。」《釋文》：「本又作失失，謝特乙切，施音逸。」又：「寇雉泆泆。」郭註：「寇雉，即鵽鳩也。」又：「南方有比翼鳥，不比不飛，其名謂之鶼鶼。」郭註：「似鳧，青赤色，一目一翼，相得乃飛。」《瑯嬛記》：「姚月華與楊達天會，謂之鶼鶼會，小會謂之白鷁會。」《山海經》：「崇吾之山，有鳥焉，其狀如鳧，而一翼一目，相得乃飛，名曰蠻蠻。」《正字通》引作鸞鸞。◎案：鶼鶼與鸞鸞，一也。又：「青丘之山，有鳥焉，其狀如鳩，名曰灌灌，佩之不惑。』郭註：『或作濩濩。』《吕氏春秋・本味篇》：『肉之美者猩猩之脣、貛貛之炙。』高誘註：『貛貛，鳥名，其形未聞。貛一作獲。』◎案：貛與灌，獲與濩，俱字形相近，即此鳥明矣。又：『萊山，其鳥多羅羅，是食人。』郭註：『羅羅之鳥，所未詳也。』吴任臣曰：『《宛委餘編》：「鳥之雙名者，藥山羅羅。」』萊山作藥山，誤。《公羊傳》：『其諸爲其雙雙而俱至者與。』疏：『舊説云：雙雙之鳥，一身二首，尾有雌雄，隨便而偶，常不離散，故以喻焉。』《韓非子・説林篇》：『鳥有翢翢者，重首而屈尾，將欲飲于河，則必顛，乃銜其羽而飲之。』翢或作周。魏阮藉《詠懷詩》：『周周尚銜羽，蛩蛩亦念饑。』《方言》：『鶡鴠，或謂之鴠鴠。』《詩・邶風》：『燕燕于飛。』《爾雅・釋鳥》：『燕燕，鳦。』疏：『燕燕，又名鳦。』古人重言之。《漢書・外戚傳》：『童謡曰：「燕燕尾涎涎。」』元陳基《柳塘春詩》：『芳草日長飛燕燕，緑陰人静語鸎鸎。』《楚庭椑珠録》：『粤中鳥有兆兆，其名自呼。産東莞大奚山，出則風。』《一切經音義》：『梵言者婆者婆鳥，此言命命鳥是也。』

一三・二六　䍶䍶、從從猣猣**、狪狪、軨軨、獙獙、精精、朏朏、文文、蛩蛩**邛邛**、羅羅、雙雙、猎猎、嵏嵏**駿駿**、榴榴**猫猫**、蠻蠻、狌狌**猩猩、生生**、狒狒**𥝀𥝀、費費、萬萬、[illegible]**，獸也。**

《山海經》：『泰戲之山，有獸焉，其狀如羊，一角一目，目睚耳後，其名曰䍶䍶。』郭註：『䍶，音屋棟之棟。』沅曰：『䍶字《説文》所無，見《玉篇》，《廣韻》云：音東，又音陳。』又：『栒狀之山，有獸焉，其狀如犬，六足，其名曰從從。』從或作猣。《事物紺珠》：『猣猣如犬，六足，尾長丈餘。』又：『泰山，有獸焉，其狀如豚而有珠，名狪狪。』郭註：『狪，音如吟恫之恫。』《玉篇》《廣韻》作『狪』，又作鮦。又：『空桑之山有獸焉，其狀如牛而虎文，名曰軨軨。其名自叫，見則天下大水。』又：『姑逢之山，有獸焉，其狀如狐而有翼，其音如鳴雁，其名曰獙獙。見則天下大旱。』郭註：『獙音斃。』又：『隅隅之山，有獸焉，其狀如牛而馬尾，名曰精精。』又：『霍山，有獸焉，其狀如狸而白尾有鬣，名曰朏朏。養之可以已憂。』汪若海《麟書》曰：『安得朏朏與之遊而釋我之憂？』又：『放皐之山，有獸焉，其狀如蜂，枝尾而反舌，善呼其名，曰文文。』楊慎曰：『音問。』又：『北海，有獸焉，狀如馬，名曰蛩蛩。』郭註：『即蛩蛩鉅虛也。一走百里，見《穆天子傳》。』音邛，或作邛邛，字從工從邑，監本《爾雅》作『卭卭』，譌。又：『北海，有青獸焉，狀如虎，名曰羅羅。』《駢雅》：『青虎謂之羅羅，今雲南蠻人呼虎亦爲羅羅，見《天中記》。』又：『流沙之東，有三青獸相并，名曰雙雙。』郭註：『言體合爲一也。《公羊傳》所云「雙雙而俱至」者，蓋謂此也。』吴任臣曰：『《獸經》曰：「文文善呼，雙雙善行。」』又：『先民之山，有黑蟲如熊狀，名曰猎猎。』郭註：『或作獡。』音夕，同。《彙雅》：『宋良犬，一名猎猎。』◎案：宋猎之猎，音鵲，與此同字異音，非此獸。又：『硜山有獸焉，其狀如馬而羊目，四角牛尾，其音如獆狗，其名曰峳峳。見則其國多狡客。』郭註：『音攸。』《玄覽》作『駀駀』。又：『陰山，有獸焉，其狀如狸而白首，名天狗，其音如榴榴。』郭註：『或作猫猫。』又：『譙明之山，有獸焉，其狀如貆而赤豪，其音如榴榴，名曰孟槐。』程良孺曰：『榴榴亦獸也。』又：『剛山之尾，洛水出焉，而北流注於河，其中多蠻蠻，其狀鼠身而鱉首，其音如吠犬。』又：『招摇之山，有獸焉，其狀如禺而白耳，伏行人走，其名曰狌狌。食之善走。』郭註：『生生，禺獸，狀如猿，伏行交足，亦此類也。見《京房易》。』《禮・曲禮》：『猩猩能言，不離禽獸。』疏：『《爾雅》云：「猩猩小而好啼。」《玉篇》：『猩一作狌，又通作生。』《逸周書・王會解》：『都郭生生。』《說文》：『𥜿，音費。周成王時，州靡國獻𥜿，人身，反踵，自笑，笑即上脣掩其目，食人，北方謂之土螻。』亦作狒。《爾雅・釋獸》：『狒狒，如人，被髮迅走。』註：『梟羊也。交廣及南康山中有之，大者長丈餘，俗呼之曰山都。』《逸周書》《漢書》作『費費』，又作『𢀗𢀗』。晉左思《吴都賦》：『猩猩啼而就禽，𢀗𢀗笑而被格。』《五臣文選》作『𤳦𤳦』。

一三・二七　鰼鰼、𩵦𩵦、鱅鱅、鮯鮯、禺禺，魚也。

《山海經》：『涿光之山，囂水出焉，其中多鰼鰼之魚，其狀如鵲而十翼，鱗皆在羽端，其音如鵲。』郭註：『鰼，音袴褶之褶。』又：『少咸之山，敦水出焉，其中多𩵦𩵦之魚，食之殺人。』郭註：『𩵦音沛，未詳。』或作鯆。又：『樕𧑒之山，食水出焉，其中多鱅鱅之魚，其狀如犂牛，其音如彘鳴。』郭註：『鱅音容。』《楚辭・大招》：『鰅鱅短狐。』《篇海》云：『鱅與鰫同，似牛，音如豕。』《說文長箋》云：『海魚肉如彘，曰鱅。』又：『跂踵之山，有水焉，名曰深澤，有魚狀如鯉，而六足鳥尾，名曰鮯鮯之魚，其名自叫。』郭註：『音鮯。』漢司馬相如《上林賦》：『禺禺魼鰨。』《文選》李善註：『郭璞曰：「禺禺，魚皮有毛，黄地黑文。」』禺，遇俱、魚容二切，義並同。《逸周書》：『揚州禺禺，魚名，解隃寇。』

一三・二八　蜻蜻、蝆蝆芈芈、孑孑，蟲也。

《爾雅·釋蟲》："『蛗，螓螓。』疏："『蛗，一名蜻蜻，如蟬而小，有文者也。』《方言》："『螳螂或謂之蛑蛑。』郭註："『米中小黑甲蟲也。建平人呼芊子。』《集韻》："蛑，毋婢切。『蛑蛑，螗蜋也。』與芊同。《廣雅》："『芊芊，螗蜋也。』《淮南子·説林訓》："『孑孑爲䖴。』高誘："『孑孑，結蟗水中倒跂蟲也，化爲䖴。』《廣雅》："『孑孑，蜎也。』王氏正爲『孑孓』。『孑，紀列反。孓，九月反。《爾雅》："「蜎，蠉。」郭璞註云："「井中小蛣蟩，赤蟲。」《爾雅翼》云："「俗名釘到蟲。」今揚州人謂之翻跟頭蟲。蜎之言宛曲也，環之言迴旋也，蛣蟩之言詰屈也，皆象其狀孑孓，猶蛣蟩耳。』

雙名録

勃勃　《十六國春秋》：赫連勃勃，劉淵之族也。

落落　《五代史·唐莊宗本紀》：克用自將擊魏，戰於洹水，亡其子落落。

休休　《五代史·義兒傳》：存孝與安休休等以兵助罕之，休休被執。

實實　《金史》實實原作習失。

奇奇　《元史》奇奇爾原作怯怯里，斡爾喀氏。【一】

庫庫　《元史》：庫庫，字子山，喀喇氏。兄和和，字子淵。◎案：庫庫原作巙巙，和和原作回回。【二】

和和　註見上。

牙牙　《元史類編》：阿沙不花，康里國王族也。其祖母有二子，曰曲律、牙牙。曲律無子，牙牙復封康國王，生六子，阿沙不花與康里脱脱其著者也。

脱脱　《元史編類》：脱脱，字大用，父馬札兒台，侍仁宗於潛邸。◎案：脱脱與康里脱脱俱列

《宰輔傳》。又《功臣傳》有脱脱，木華黎玄孫也。

闊闊　《元史類編》：闊闊不花，按攤脱脱里氏，魁岸有膂力。又闊闊出，至元二十六年封寧遠王。

塔塔　《元史類編》：塔塔統阿，畏兀人。

徹徹　《元史類編》：玉龍荅失孫曰徹徹秃，延祐七年封寧遠王。◎又：徹徹，擔古思氏。

同同　《元詩選·癸集》：同同，字同初，蒙古人，狀元及第，官至翰林待制。◎案：《江西通志》有同同，官江西廉訪司經歷。陳友諒攻陷郡城，與賊遇於合同巷，罵賊而死。是又一蒙古人也。

童童　《元詩選·癸集》：童童，官學士。童，一作仝。有《奉旨祀桐柏山詩》。

保保　《明史》：擴廓帖木兒，本姓王，小字保保。

狗狗　《元史·孝友傳》：郭狗狗，平陽翼城人，五歲救人。

九九　劉九九，元末將，見楊鐵厓《風雅遺音序》。◎元稹《長慶集》有《代九九詩》。

八八　李懷光外孫燕八八，見《唐書》本傳。◎陶八八授顔真卿碧霞丹，見《列仙傳》、李石《續博物志》。

七七　《全唐詩》：殷七七，名天祥，又名道筌。日自稱七七，不知何所人。◎《元史·順帝紀》：冀寧、平遥等縣曹七七反。◎《東京夢華録》：嘌唱弟子張七七。

六六　《樂府雜録》：尚六六，元和以來能觱栗。◎常六六，遇春父，見宋文憲《開平王碑》。

四四　《嘉禾志》：陳四四，剖心療親，宋嘉定十一年表其功。

十十　《五代史・王思同傳》：潞王從珂遣伶奴安十十以五絃謁思同。

黑黑　《朝野僉載》：太宗時，西國進一胡，善琵琶。上使羅黑黑隔帷聽之，一遍而得。

翁翁　《雲麓漫鈔》：亳人許翁翁，少隸軍籍。遇異人，棄家人襄漢山中學道。

僕僕　《太平廣記》：僕僕先生，不知何許人。自云姓僕名僕，莫知其所由來，家於光州樂安縣黄土山。◎宋張耒《次韻君復見贈詩》：還丹欲問僕僕仙，一庵更伴騰騰懶。』註：『僕僕，古仙人。騰騰，古禪宿也。

騰騰　註見上。以上男。

滔滔　《宫闈小名録》：滔滔，宋宣仁皇后高氏。

燕燕　《遼史・后妃傳》：景宗睿知皇后蕭氏，諱綽，小字燕燕。

瑟瑟　《遼史・后妃傳》：天祚文妃小字瑟瑟，善歌詩。

英英　《元史掖庭記》：順帝爲英英采芳館於瓊華島。以上后妃。

妹妹　《太平廣記》：高愍女，名妹妹。父彦昭，事正己，及納拒命，質其妻子，使守濮陽。建中二年，挈城歸河南都統劉玄佐。屠其家，時女七歲，母李憐其幼，請免死爲婢，許之。女不肯，曰：『母兄皆不免，何賴而生？』母兄將被刑，徧拜四方。女問故，荅曰：『神可祈也。』女曰：『我家以忠義誅，神尚何知而拜之？』問父在所，西向哭，再拜就死。德宗駭歎，詔太常謚曰『愍』。

竟斃於虎。

賽賽 《異林》：鮑賽賽，辰州人。十五隨父耕畲，歸遇虎，攫父去。賽賽操刃追之，相持良久，竟斃於虎。

惜惜 《宋史·列女傳》：毛惜惜者，高郵妓女。端平二年，别將榮全據城畔，制置使遣人招之。全僞降，欲殺使者。方與同黨王安等宴飲，惜惜耻於供給，安斥責之，惜惜曰：『初謂太尉降，爲太尉更生賀。今乃閉門不納使者，縱酒不法，乃畔逆耳。妾雖賤妓，不能事叛臣。』全怒，遂殺之。

醜醜 《元史·列女傳》：闞文興妻王氏，名醜醜，建康人也。文興從軍漳州，王氏與俱行。至元十七年，陳吊眼作亂，文興戰死。王氏被掠，義不受辱，乃紿賊曰：『俟吾葬夫，即汝從也。』賊許之，遂脱得負屍還，積薪焚之。火既熾，即自投火中死。事聞，謚曰『貞烈夫人』。

娥娥 《元史·列女傳》：陝西陳某妻别娥娥。附王氏傳。[三]

住住 《金史·列女傳》：康住住，鄜州人。夫亡，父取歸，許嚴訢爲妻。投崖而死，詔有司致祭。

翠翠 《宫閨小名録》：劉翠翠，淮安民家女，與金定同年同學，私約爲婚。張士誠兵至，翠爲所掠。金訪見之，相持慟哭，俱死，有詩在衣領中。

青青 《宫閨小名録》：青青，翟素婢，死節。以上烈女。

簡簡 唐白居易《簡簡吟》：蘇家小女名簡簡。

星星 《本事詩》：唐崔曙應進士舉，作《明堂火珠詩》曰：『夜來雙月滿，曙後一星孤。』當時以爲警句。及來年曙卒，唯一女名星星，人始悟其自讖也。

鶯鶯 《全唐詩話》：崔鶯鶯，貞元中隨母鄭氏寓居蒲東佛寺。有張生者，與之賦詩贈答，情好甚暱。

寄寄 唐李商隱有《祭小姪女寄寄文》。

稱稱 宋梅聖俞有《殤小女稱稱詩》三首。

美美 《會昌解頤録》：劉立爲長葛尉，其妻楊氏，忽一日泣謂立曰：『我以某日當死，他日美美長成，願君留之三二年。』其夕，楊氏卒。及罷官，寓居長葛已十年矣。有縣令某者，邀立往郭外看花。令立先去，舍趙長官莊。行二三里，見杏園中有婦女十數人，立駐馬觀之，有一女年可十五六，亦近敗垣中窺立。至趙長官宅，入門，主人移時方出，曰：『適女子與親族看花，忽中暴疾，所以不果奉迎。』坐未定，有一青衣與趙耳語。趙起入内，聞趙公嗟歎之聲，乃問立曰：『君某年爲長葛尉，娶楊氏乎？』曰：『然。』『有女名美美，僕名秋筍乎？』曰：『然。』趙乃以實告，曰：『女適看花，忽若暴卒。既蘇，自言前身乃公之妻也。適窺見公，不覺悶絶。』立欷歔久之。須臾縣令亦至，趙白其事，立曰：『某今年尚未高，願與小娘子尋隔生之好。』衆共成之，於是成婚，而美美長於母三歲矣。

超超 《宮閨小名録》：超超，温都監女。欲嫁東坡，不果而卒。坡作《卜算子》詞弔之。

娉娉 《宮閨小名録》：賈娉娉，字容華，似道女。母莫與魏鵬母蕭有指腹約，後賈負盟，鵬託婢春鴻傳意，遂相與私。鵬歸，娉賦詞贈别，竟鬱死。後有長安丞宋子璧女暴卒，後甦，自言娉借屍還魂，遂歸鵬焉。

惜惜　《宫閨小名録》：羅惜惜，浙東人。父仁卿與張忠隣，忠子幼謙同日生，約爲夫婦，寄詞往來。後父受辛氏聘，羅誓死不從。踰牆相通，鳴於官，斷爲夫婦。明年張登第，偕老焉。

娟娟　《列朝詩閏集》：田娟娟，武清木涇室。木涇字元經，康陵朝以鄉薦入太學。嘗登秦觀峰，夢老媪攜一女子，甚麗，以一扇遺生。二年入都，道出土橋，得遺扇於草中。異之，題二詩於樹而去。永樂中，用薦爲工部郎。休沐之日，偕僚友同出土橋，偶憇田家。老媪熟視其扇，曰：『此吾女手跡也，偶過溪橋失之，何爲入君手？女尋扇至溪橋，見樹上二絶句，朝夕諷詠，得非君作乎？』命女出見，宛如夢中，遂爲夫婦。

紈紈　《列朝詩閏集》：沈宜修，字宛君，吴江人，工部郎中葉紹袁之妻也。生三女，長曰紈紈。紈紈字昭齊，生三歲能朗誦《長恨歌》，十三能詩，書法遒勁有晉風。

倩倩　《列朝詩閏集》：張倩倩，吴江士人沈自徵君庸之妻，即宛君之姑之女也。倩倩歸君庸，生子女皆不育，遂女宛君之季女瓊章。瓊章夙慧，兒時能誦《毛詩》《楚辭》，倩倩教之也。

瓊瓊　《午夢堂集》：嚴瓊瓊，字小瓊。

觀觀　《宫閨小名録》：童觀觀，楚人，有殊色，工詩畫。以上閨秀。

羅羅　《大業拾遺記》：帝嘗騎遊諸宫，偶戲宫婢羅羅者。羅羅畏蕭妃，不敢迎帝。

紅紅　《樂府雜録》：張紅紅者，初韋青納爲姬。有樂工侑歌於青，青召紅紅於屏後聽之，以小豆數合記其拍。樂工歌罷，即隔屏歌之，一聲不失。後召入宜春院，號記曲娘。

翹翹　《麗情集》：沈翹翹，文宗時宫人，後出宫歸秦氏。秦出，翹製曲寄之，名曰《憶秦郎》。

瓊瓊　《麗情集》：薛瓊瓊，開元中第一箏手。清明日，上令宫妓踏青。狂生崔懷寶竊窺瓊瓊，夜之内樂供奉楊羔所潛待之。羔令崔作小詞，方得見瓊瓊。崔曰：『平生無所願，願作樂中箏。近得佳人纖手子，砑羅裙上放嬌聲。』◎案：南宋宫人亦有名瓊瓊者，註見下。

十十　《舊唐書·莊恪太子傳》：上召樂官劉楚材、宫人張十十等責之，曰：『陷吾太子皆爾曹也。』立命殺之。

水水　《宫閨小名録》：李水水、張好好皆憲宗宫人，刻名佛骨塔蓮花中。

柔柔　《武林舊事》：八月二十一日，壽聖皇太后生辰。小劉婉容進自製《十色菊》《千秋歲》曲破，内人瓊瓊、柔柔對舞。以上宫娥

朎朎　《長慶集》：尚書張建封，納歌姬關朎朎於燕子樓。公没，朎朎念舊愛不嫁，居是樓十餘年。嘗題詩見志，白樂天賡和之，復贈一絶。朎朎得詩，泣曰：『自公薨背，妾非不能死。恐百世之後，以我公重色，有從死之妾。是玷公清範也，所以偷生耳。』快快旬日，不食而卒。

小小　《酉陽雜俎·寺塔記》曰：王縉爲相，爲妾造寶應寺，宏麗無比。今寺中什梵天女，悉韓幹爲齊公妓小小等寫真也。

英英　《全唐詩話》：英英，楊給事師臯愛姬也。

七七　《釵小志》：李汧公妾名七七，善琴與箏。

盈盈　《默記》：《達奚盈盈傳》，晏元獻家有之，蓋唐人所撰也。盈盈者，天寶中貴人之妾，姿艷冠絶一時。會貴人病，同官人子爲千牛者失，索之甚急。明皇聞之，詔大索京師，無所不至而莫見其跡。因問近往何處，其父言貴人病，嘗往問之。詔且索貴人之室。盈盈謂千牛曰：『今勢不能自隱矣，出亦無甚害。』因教曰：『第不可言在此，恐上問何往。但云所見人物如此，所見帟幕帷帳如此，所食物如此，勢不由己，決無患矣。』既出，明皇大怒，問之，對如盈盈言。上笑而不問。後數日，虢國夫人入内，明皇戲謂曰：『何久藏少年不出耶？』夫人亦大笑而已。

鶯鶯　《隨隱漫録》：錢唐范十郎二女，俱爲雲間富民陸氏妾。長曰鶯鶯，早世；次曰燕燕，與群妾等。陸病且貧，貨所居，棲墓廬。群妾散，燕獨不忍去。十餘年陸死，自鬻以葬焉。

燕燕　註見上。

田田　《書史會要》：田田、錢錢，辛棄疾二妾也，因其姓而名之。皆善筆札，掌代辛答尺牘。

錢錢　註見上。

豔豔　《畫繼》：豔豔，任才仲妾，有絶色，善著色山。

懿懿　《樂府侍兒小名》：子瞻《贈徐君猷家姬》詞：『柔和性氣，雅稱佳名呼懿懿。』

輕輕　《樂府侍兒小名》：伯恭在錢卿席上贈侍人輕輕《殢人嬌》詞，有句云：『波上精神、掌中態度，分明是彩雲團做。』

倩倩　《樂府侍兒小名》：黄公度，號知家翁。有二侍兒，曰倩倩，曰眄眄。在五羊時，嘗出以侑觴，洪丞相适景伯爲賦《眼兒媚》詞。倩倩先公而卒，四印居士有《悼侍兒倩倩》詩。

眄眄　註見上。

簡簡　《明詩綜》：徐簡簡，字文漪，嘉興人，休寧吴璵小妻。有《佩蘭閣草》《夢居集》。

寵寵　《宫閨小名録》：寵寵，朱虞部妾。以上姬妾。

灼灼　《麗情集》：灼灼，錦城官中奴，御史裴質與之善。裴召還，灼灼每以軟紅絹裹紅淚爲寄。

東東　《抒情録》：唐竇鞏《悼妓東東》一篇云：『芳菲美艷不禁風，未到春殘已墜紅。惟有側輪車上鐸，耳邊常似叫東東。』

端端　《雲溪友議》：唐崔涯，吴楚狂士也。與張祐齊名，每題詩於倡肆，無不誦之於衢路。譽之則車馬繼來，毁之則盃盤失措。嘗嘲李端端云：『黄昏不語不知行，鼻似煙窗耳似鐺。獨把象牙梳插鬢，崑崙山上月初生。』端端得詩，憂心如病。使院飲迴，遥見二子攝屐而行，乃道旁再拜，兢惕曰：『端端祗候三郎、六郎，伏望哀之。』乃重贈一絶句以飾之，云：『覓得黄騮被繡鞍，善和坊裏取端端。揚州近日無雙價，一朶能行白牡丹。』於是豪富復臻其門。或戲之曰：『李家娘子纔出墨池，便登雪嶺。何爲一日黑白不均？』

舉舉　《北里志》：鄭舉舉者，居曲中。嘗與絳真互爲席糾，爲諸朝士所眷。

蘇蘇　《北里志》：王蘇蘇，在南曲中，頗善諧謔。有進士李標者，自言英公勣之後，久在大諫王致君門下。致君弟姪因與同詣焉，飲次，標題窗曰：『春暮花株繞户飛，王孫尋勝引塵衣。洞中仙子多情態，留住劉郎不放歸。』蘇蘇先未識，不甘其題，因謂之曰：『阿誰留郎君？莫亂道。』遂取筆繼之曰：『怪得犬驚雞亂飛，羸童瘦馬孝麻衣。阿誰亂引閒人到，留住青蚨熱趕歸。』標性褊，頭面通赤，命駕先歸。後蘇蘇見王家郎君，輒詢熱趕。

蓮蓮　《北里志》：王蓮蓮，字沼容，微有風貌。

住住　《北里志》：張住住，少而敏慧，能辨音律。

道道　《青樓集》：魏道道，勾欄内獨舞《鷓鴣》四篇打散。自國初以來，無能繼者，妝旦色有不及焉。

秀秀　《青樓集》：孫秀秀，都下小旦色也，名公巨卿多愛重之。京師諺曰：『人間孫秀秀，天上鬼婆婆。』

堅堅　《青樓集》：荆堅堅善唱。

山山　《青樓集》：顧山山，行第四，人以顧四姐呼之，姿性明慧，技藝絶倫。

真真　《情史》：鄭還古，元和初登第，寓東都，與柳尚將軍同巷。鄭調西都，柳設宴餞行，出家妓歌樂以送。内有一妓甚美，鄭眷戀不已。柳謂曰：『此沈真真，本良家女，頗能文辭。請公一詞以定情好。候公拜命，即當送賀。』公欣然賦云云。柳大喜，俾真真拜謝。鄭至京，除國子博士，柳見除目，即送真真赴約。及嘉祥驛，聞還古物故而還。柳嗟歎，遂使别居。真真守節終身。◎《青樓集》：趙真真，馮蠻子之妻也，善雜劇。

心心　《青樓集》：李心心、于盼盼、于心心，皆國初京師小唱也。

憐憐　《青樓集》：汪憐憐，湖州角妓。湼古伯經歷納之，克盡婦道。數年，湼没，汪髡髮爲尼。◎《墨莊漫録》：廖明録與唐州二營妓情好甚篤，其一小字憐憐。◎《宫閨小名録》：丁憐憐，成都角妓。

愛愛　《麗情集》：楊愛愛，錢唐娼女也，善歌舞。◎《詹詹外史·情史》：羅愛愛，嘉興妓。適趙氏子，爲劉萬户所掠，自縊死。趙自都回哭之，現形與別，歌《沁園春》一闋。

好好　《本事詩》：杜牧佐故吏部沈公在江西幕。張好好年十三，以善歌來樂籍中，後爲沈著作所納。感舊興懷，題詩以贈之。◎《唐語林》：長慶中，白居易爲杭州刺史，官妓高玲瓏、謝好好巧於應對，善歌舞。後元微之鎮會稽，參其酬唱，每以筒竹盛詩往來。

小小　《樂府廣題》：蘇小小，錢唐名妓也，南齊時人。

轉轉　《北夢瑣言》：馬彧持燕帥之命荅聘常山，韓定辭接於公館。時有妓轉轉者，韓之所眷也。每當酒席，彧頻目之。韓曰：『昔晉文公分季隗於趙衰，孫伯符輟小喬於公瑾，蓋以色可奉名人。但慮倡妓不如賢者之顧，願垂一詠，俾得奉之。』彧援筆，文不停輟，作《轉轉之賦》，其文甚美。

卿卿　五代油蔚有《贈别營妓卿卿詩》。

安安　《宋史》：理宗癸丑元夕，上呼妓入禁中。有唐安安者，歌色絶倫，帝愛幸之。侍郎牟子

才諫曰：『此皆董宋臣輩壞陛下素履。』【四】

英英 《隱居詩話》：楚州有官妓王英英，喜筆札，學顔魯公體。梅堯臣嘗贈以詩。

盈盈 《夷堅志》：魏人王山，能爲詩。因省試下第，薄遊東海。值吴女盈盈者來，善歌舞。府守田龍圖召使侍宴，山預賓列，相得於樽俎之間，驩處累月。

鸞鸞 《全唐詩》：趙鸞鸞，平康名妓也。

婉婉 《樂府侍兒小名》：秦少游有《水龍吟》詞寄營妓婁婉婉，字東玉。詞中前後兩段，首句藏其姓名與字，如『小樓連苑横空』，下又：『玉佩丁東别後』是也。

蟲蟲 《樂府侍兒小名》：柳耆卿《集賢賓》詞：『就中堪人屬意，最是蟲蟲。有畫難描雅態，無花可比芳容。』

倩倩 《樂府侍兒小名》：楊無咎《逃禪詞集·垂絲釣》詞題『鄧端友席上贈吕倩倩』。

盼盼 《樂府侍兒小名》：長卿《水龍吟》詞題『江樓席上歌姬盼盼』。

貴貴 《樂府侍兒小名》：趙子昂於李叔固丞相會間有《浣溪紗》詞，贈歌者貴貴。

黄黄 宋王元之有《戲和壽州曾秘丞黄黄》詩，云：『黄黄真是小巫娥。』

冬冬 宋汪水雲有《歌妓許冬冬攜酒郊外小集》詩。

師師 《東京夢華録》：汴城名妓有李師師。

春春 《武林舊事》：時春春、時佳佳、徐勝勝、牛安安、余元元、朱伴伴，以上俱雜色妓藝人。

佳佳、勝勝、元元、伴伴　註見上。

六六　《宛委餘編》：馮六六，元時名妓。

奇奇　《列朝詩集》：吴非熊有《榕城小妓奇奇歌》。

燕燕　《燕都妓品》：張三，字燕燕，東院人。

宛宛　《燕都妓品》：劉英，字宛宛，劉俏妹。

素素　《明詩綜》：薛素素，小字潤孃，嘉興妓。有異才，數嫁皆不終。有《南游草》。

翩翩　《列朝詩閏集》：景翩翩，字三昧，建昌青樓女也。與梅生子庚以風流意氣相許，有婚姻之約而不果，久之窮困以死。詩名《散花吟》。同時金陵有徐翩翩，才色爲秦淮之冠，嘗有句云：『紅拂當年事，青樓此日心。』歸江上郁公子，以儀法有聞。

亭亭　《静志居詩話》：徐翩翩，年十六。謝少連於衆中見之，曰：『此陳王所云「翩若驚鴻」者也。』由是人咸以『驚鴻』目之。有妹亭亭，字若鴻，亦慧黠。時又有沙飄飄。新都謝少連撰《季漢書》成，其友醵金賀之，布席齊王孫第。四方之士會者百人，選六院麗人侑酒，飄飄爲冠。

飄飄　註見上。

娟娟　《静志居詩話》：顧娟娟，嘉興妓，居蘇小小墓東北。短小穠粹，妙歌舞。雙韡柔弱，胡旋燈前，觀者靡不歎絶。◎《燕都妓品》：楊六，字娟娟，東院人。

關關　《宫閨小名録》：關關以青華杯酌酒與俞本明，有異香。

瓊瓊　《宮閨小名録》：馬瓊瓊，宋時營妓。歸朱延之，居西閣。正室居東閣，不協，因作《梅雪詩》。

當當　《宮閨小名録》：李當當，教坊妓。入道，段天祐贈以詩。

仙仙　《宮閨小名録》：葉天廖云：『仙仙十三歲住秦淮，今年十七，將有錦江之行。予甚傷焉，口占《浣溪紗》詞送之。』

英英　《全唐詩》：卓英英，成都女郎，與眉娘、玄士唱和。

仙仙　《全唐詩》：王仙仙有《荅孫元照》詩一首。以上妓女。

娟娟　姚娟娟，名玉，字守貞，木瀆水仙。尤西塘有傳。

翹翹　《宮閨小名録》：翹翹，仙鬼。劉諷遇之。

真真　《松窗雜録》：唐進士趙彦于畫工處得一軟障，圖一婦人，甚麗。畫工曰：『余神畫也。此亦有名，曰真真。呼其名百日，晝夜不歇，即必應之。應則以百家綵灰酒灌之，必活。』彦如其言，果活。下步言笑，飲食如常。終歲，生一兒。友人曰：『此妖也，必與君爲患。余有神劍可斬之。』其夕遺彦神劍。劍纔及室，真真乃曰：『妾南岳仙也。君今疑妾，妾不可住。』言訖，攜其子上畫障，嘔出其先所飲百家酒。覩其障，唯添一孩子，仍是舊畫焉。以上鬼仙。

校按：

【一】今本《元史·怯怯里傳》：『怯怯里，斡耳那氏。』

【二】今本《元史·巙巙傳》：『巙巙，字子山，康里氏。』『兄回回，字子淵。』

【三】『附王氏傳』，衍文。

【四】今本《宋史》無此文。《東城雜記》卷下《瓦子巷》：『至唐安安，理宗曾於元夕招入禁中。』《宋史·牟子才傳》：『正月望，召妓入禁中。子才言：「此皆董宋臣輩壞陛下素履。」』

《疊雅》詞目索引

疊雅卷一

談談、默默、沈沈、瞷瞷、藐藐、湛湛、肅肅、谾谾、玄玄、蘊蘊、瀛瀛贏贏，深也。……七

一·四 緜緜、揭揭楬楬、襟襟、傾傾、敖敖、悠悠、鞙鞙、遲遲、延延、硌硌、曼曼漫漫、蔓蔓、參參、修修、莘莘、若若、嶽嶽、儫儫、躭躭、眇眇、縵縵、橚橚、梴梴、槮槮、穇穇、儠儠、髟髟、鬝鬝、鬑鬑、毿毿、披披被被、陶陶、纚纚、夐夐、永永，長也。……九

一·五 洋洋、扈扈、熙熙、央央、莽莽芔芔，廣也……一二

一·六 丕丕、簡簡、芒芒茫茫、訏訏滸滸、甫甫、奕奕、業業、藐藐、濯濯、京京、俁俁伾伾、詡詡、曠曠曭曭、廣廣、壙壙、盪盪、渾渾混混、汪汪、顥顥昊昊、顛顛、閬閬、佬佬、奆奆、戴戴、閎閎、宏宏、洪洪、豐豐、潢潢、堂堂、唐唐、俟俟、泱泱、槃槃、漫漫、迴迴回回、恢恢、皇皇、騆騆、酋酋、豁豁，大也。……一二

一·七 磑磑、矜矜、兢兢、仡仡、栗栗、實實、庚庚、輔輔䡩䡩、硍硍、硜硜硁硁、礰礰、誙誙、脛脛、硱硱、磬磬、硌硌、磽磽貞、牢牢、跰跰、亘亘、掔掔、介介，堅也。……一五

一·八 烝烝、振振、蚩蚩、戎戎茙茙、濃濃、穠穠、塗塗、湛湛、湛湛、種種、惇惇、醇醇、淳淳、偆偆、腆腆，厚也。……一七

一·九 顯顯憲憲、光光、班班、章章彰彰、犖犖、灼灼焯焯、的的、昭昭、炤炤、秩秩㦸㦸、皎皎、爽爽、察察、的的、聆聆、朗朗、折折、雕雕、赫赫、扶扶、鄂鄂、翼翼、

忽忽、邴邴、曠曠、鮮鮮鱻鱻、潦潦、燎燎，明也。……一八

一·一〇　湜湜、粼粼磷磷、潾潾、漻漻瀏瀏、泠泠、洮洮、淨淨、肅肅、泓泓、澄澄、泯泯，清也。……二一

一·一一　井井、察察、皎皎、滌滌莜莜、菽菽、濯濯、洗洗，潔也。……二二

一·一二　枚枚、緜緜、緻緻、沐沐，密也。……二三

一·一三　坦坦墠墠、亶亶、殖殖植植、踧踧、町町、浼浼、灝灝、漫漫、蕩蕩、昀昀、均均、覃覃、衍衍、旃旃，平也。……二三

疊雅卷二

二·一　堂堂棠棠、赫赫、焞焞啍啍、瀌瀌麃麃、浮浮、凄凄、萋萋、且且、蓬蓬逢逢、裳裳常常、騤騤、彭彭、茀茀、卬卬、烝烝、皇皇、耳耳緝緝、振振、湦湦、浘浘、鑣鑣、孽孽、湑湑、洋洋、渙渙、旁旁騯騯、濟濟、藹藹、驛驛繹繹、斁斁、奕奕、嘽嘽、几几、渠渠、烰烰、童童、敦敦勃勃、孛孛、浡浡、翼翼、鏘鏘、闐闐嗔嗔、滇滇、填填、震震戡戡、閑閑、隱隱、殷殷、誾誾、褏褏褎褎、歊歊歊歊、曄曄、馮馮、軫軫、沇沇、溶溶、侈侈、習習、幕幕、采采、盎盎、茫茫、沈沈、茂茂、喬喬、璜璜、菲菲、晏晏、雄雄、蒙蒙、薿薿儗儗、嶷嶷、猗猗、騈騈、酣酣、椹椹、闔闔、列列、汪汪、郁郁、彧彧稶稶、英英，盛也。……二五

二·二　莫莫、夭夭枖枖、媄媄、蓁蓁溱溱、棧棧、榛榛、臻臻、菶菶唪唪、觪觪、䆓䆓遂遂、幪幪、蒼蒼、青青菁菁、葏葏、楚楚、牂牂藏藏、將將、肺肺芾芾、市市、驕驕喬喬、橋橋、桀桀、芃芃梵梵、芊芊阡阡、仟仟、莽莽茻茻、蕤蕤、葟葟、茀茀拂拂、薱薱、蔚蔚、葆葆、芘芘柅柅、稽稽厭厭、穖穖與與、秷秷翼翼、秞秞油油、菀菀、鬱鬱、蓴蓴、沈沈、依依、𪎭𪎭、蘄蘄蘄蘄、漸漸、含含、蔓蔓、離離、芸芸、藼藼、稀稀、青青、萋萋、蓊蓊、萬萬、茸茸、蔥蔥、苓苓、奮奮、蘭蘭、植植、幸幸、蕭蕭、囊囊、甬甬、芈芈、方方，茂也。……三二
二·三　業業𦢊𦢊、言言、仡仡、翹翹、峞峞、巃巃、嶢嶢、岌岌、險險、戲戲、攸攸、孽孽，危也。……三七
二·四　耳耳、昫昫、嬈嬈、軜軜、儒儒，柔也。……三八
二·五　嫋嫋褭褭、裊裊、凭凭荏荏、冄冄苒苒、苒苒、邑邑、削削、爰爰、靃靃、靡靡、橈橈、娜娜、顛顛，弱也。……三九
二·六　纖纖摻摻、攕攕、韱韱、瀸瀸、緜緜、繭繭、碎碎、屑屑、靃靃、靡靡、亹亹、絲絲、縷縷，細也。……四〇
二·七　佌佌佪佪、㜨㜨、瑣瑣瓅瓅、交交、眇眇紗紗、幺幺、么么、區區、嗛嗛、庸庸、罜

罳、戔戔、呫呫、扁扁、魏魏、稍稍、杪杪、藐藐、剽剽、規規覞覞、嫛嫛、肩肩、翦翦、涓涓、礫礫、耿耿、芮芮、陋陋、微微、侊侊，小也。…………四〇
二·八 種種董董、促促、竨竨、几几、㞟㞟、翦翦、芰芰、孑孑、孒孒，短也。…………四三
二·九 堇堇㕓㕓、些些、落落、靡靡、菁菁、稀稀，少也。…………四四
二·一〇 盪盪宕宕、閬閬、寥寥、荒荒、皓皓、廓廓鞟鞟、鞹鞹、阬阬、嘐嘐、窴窴、坎坎，空也。…………四四
二·一一 冥冥溟溟、曀曀壇壇、眛眛𥈊𥈊、梅梅、媒媒、每每、晦晦、晻晻、蒙蒙霿霿、幽幽、朦朦、夢夢瞢瞢、懵懵、㦷㦷、昏昏惛惛、惽惽、墨墨、杳杳、黲黲慘慘、焞焞、貿貿脊脊、寐寐、曖曖、薆薆、靉靉、黖黖、茫茫芒芒、盲盲、藹藹、矇矇、翳翳、咄咄朏朏、闇闇、黯黯、黤黤、腜腜，暗也。…………四五
二·一二 榛榛、蕪蕪、莽莽、荒荒，穢也。…………四八
二·一三 汶汶、莫莫、拂拂、壓壓、㒵㒵，垢也。…………四八
疊雅卷三
三·一 綽綽、䋎䋎、伎伎、閑閑、爰爰媛媛、哼哼㖃㖃、靡靡㦜㦜、遲遲、泄泄、徐徐荼荼、余余、繟繟、执执、縵縵、川川巛巛、欸欸、舒舒，緩也。…………四九
三·二 肅肅、捷捷、薄薄、潚潚、偈偈竭竭、揭揭、嘌嘌、發發、駸駸㚬㚬、惕惕、騷騷、赫

赫、躍躍、沓沓、潨潨倱倱、從從、蕔蕔、湯湯蕩蕩、駭駭、汨汨、瀏瀏、馺馺、騇騇、䮂䮂、駿駿、勃勃、忽忽、倏倏、激激、騺騺、烈烈、溘溘、霍霍、岌岌、颷颷、瞥瞥瞥瞥、鸑鸑、翍翍，疾也。……五〇

三·三 湃湃、蠢蠢惷惷、偆偆、業業、螾螾、蠉蠉、蟫蟫、萌萌、搜搜叟叟、憺憺、騷騷搔搔、懆懆、慅慅、蹷蹷蹶蹶、慼慼、欻欻歘歘、撓撓、擛擛聶聶、歠歠、蜿蜿、蝹蝹、歆歆，動也。……五三

三·四 莫莫嘆嘆、漠漠、緜緜民民、愔愔、深深、蟄蟄、默默、微微、寂寂、蔞蔞、肅肅、悄悄、謐謐、怗怗，靜也。……五五

三·五 婉婉、委委、彎彎䜌䜌、嵎嵎，曲也。……五六

三·六 丸丸、挺挺、脡脡、脛脛、肩肩、倨倨，直也。……五六

三·七 規規、團團專專、敦敦、顓顓、摶摶、旋旋、圓圓員員、完完，圜也。……五七

三·八 膴膴、脢脢每每、莓莓、嵍嵍、莓莓、濯濯、翯翯、龐龐驡驡、駉駉、駣駣、堆堆、腯腯、便便、油油、膿膿、夐夐、奮奮㕭㕭、臔臔，肥也。……五七

三·九 欒欒臠臠、瘯瘯、衰衰、廉廉、巖巖、艴艴瓶瓶，瘦也。……五九

三·一〇 杲杲、皓皓暠暠、翯翯、顥顥、皞皞、滈滈、景景、皎皎皦皦、皭皭、皠皠翯翯、鶴鶴、暠暠、皬皬、皤皤番番、皚皚溰溰、皦皦、𪊛𪊛、皛皛、的的、皒皒，白也。……五九

三.一一 黮黮、黝黝、曇曇、黸黸、黕黕、黓黓、黤黤，黑也。……六一

三.一二 赩赩、彤彤、盱盱，赤也。……六一

三.一三 蒼蒼、㻩㻩、芊芊、漂漂，青也。……六一

三.一四 彧彧郁郁、彧彧、彬彬份份、斌斌、玢玢、彪彪、陽陽、鶯鶯、采采彩彩、般般般般、斑斑、班班、斐斐菲菲、盱盱、雕雕、章章、絢絢、修修、彡彡，文也。……六二

三.一五 馡馡菲菲、馞馞勃勃、馠馠、馣馣掩掩、馦馦、馝馝、馡馡、馥馥、馤馤、苾苾飶飶、芬芬、馥馥、褭褭，香也。……六三

三.一六 茁茁、育育、甡甡，生也。……六四

三.一七 烝烝蒸蒸、亹亹斖斖、冉冉、牟牟、淫淫、將將、炎炎、乾乾、鏨鏨、逝逝、踁踁，進也。……六四

三.一八 揖揖戢戢、濈濈、䲣䲣、䱽䱽、敦敦、甡甡、總總、林林、蕁蕁撙撙、縛縛、僔僔、蹲蹲、叢叢蕞蕞、簇簇族族、蔟蔟、攢攢篡篡、蓁蓁、蘊蘊、麌麌、追追、稯稯、旬旬、溱溱、汔汔、屯屯、鱻鱻、矗矗，聚也。……六五

三.一九 磑磑、即即、儲儲、朏朏、戔戔，積也。……六七

三.二〇 糾糾、繚繚、繞繞、絞絞、繆繆，纏也。……六八

三·二一　連連、繩繩、緜緜民民、繹繹圛圛、驛驛、奕奕、井井、生生、彤彤、綴綴、絡絡、聯聯、續續、隱隱、展展、袞袞、繼繼、承承、庚庚、輻輻、纍纍壘壘、累累、縲縲，屬也。……六八
三·二二　申申、疊疊、層層、兩兩、雙雙，重也。……七〇
三·二三　作作、暴暴、茀茀紼紼、剡剡、庚庚、頴頴、騰騰、烝烝、遂遂、崛崛、迮迮，起也。……七〇
三·二四　竦竦從從、摟摟、嶁嶁、矗矗、棟棟、桹桹、擢擢、擎擎、幖幖、耳耳、徤徤健健，挺也。……七一
三·二五　偁偁稱稱、格格、提提，舉也。……七二
三·二六　跕跕、颮颮、埵埵、墮也。……七二

疊雅卷四

四·一　沖沖、旆旆、離離穲穲、帖帖、幨幨、若若、蓑蓑衰衰、摶摶團團、橤橤蘂蘂、縈縈、泫泫、鬖鬖、髿髿、朵朵、鹵鹵、㹃㹃、䆐䆐、柟柟、縿縿、緌緌、威威、㢀㢀，垂也。……七三
四·二　冪冪幕幕、帟帟、㒼㒼、陰陰、篭篭、罯罯、宀宀，覆也。……七五
四·三　滃滃翁翁、蓊蓊、醲醲，濃也。……七五

四．四　濕濕、滫滫、温温、浥浥、濫濫、浸浸、液液，潤也。……七六

四．五　溟溟、濡濡、㬥㬥、納納，涇也。……七六

四．六　汎汎渢渢、泛泛、氾氾、濫濫、灑灑、悦悦、漂漂，浮也。……七七

四．七　渾渾、泡泡、沸沸、混混滚滚、潏潏、淈淈汩汩、滑滑、浤浤汯汯、泏泏，湧也。……七七

四．八　湯湯、洹洹、湝湝、潎潎潎潎、活活、潒潒、滂滂汸汸、滴滴、沛沛、決決、淢淢、滮滮彪彪、汧汧汗汗、渭渭、濊濊、涆涆、漉漉、汩汩曶曶、渫渫、汃汃、𣲙𣲙、潺潺、濺濺淺淺、澧澧、滉滉、淩淩、涖涖莅莅、濞濞、泚泚、澎澎、湃湃、瀯瀯、泙泙、淜淜漰漰、滮滮淲淲、瀧瀧、淙淙、瀨瀨、汃汃、瀊瀊、澐澐、渫渫、湏湏、湉湉、湔湔、沆沆、洦洦洦洦、泑泑、淘淘陶陶、湉湉、滔滔、漣漣、浪浪、淫淫、淋淋、涔涔、瀾瀾瀾瀾、漸漸、瀰瀰、涶涶、凄凄，流也。……七八

四．九　渾渾混混、淈淈、淊淊、溷溷、涽涽、粥粥，濁也。……八二

四．一〇　滑滑、活活，澾也。……八二

四．一一　涫涫、澡澡，沸也。……八三

四．一二　凝凝、溓溓、漻漻，涷也。……八三

四．一三　熇熇、烈烈、庉庉、焰焰餤餤、炎炎、焱焱、炵炵、烘烘、焆焆炔炔、爞爞、翕

翕，熾也。……八三

四·一四 津津，溢也。……八四

四·一五 幢幢童童、屏屏、陶陶，翳也。……八四

四·一六 童童，禿也。……八四

四·一七 拂拂、撲撲，掠也。……八五

四·一八 稍稍、彌彌、冉冉，漸也。……八五

四·一九 肅肅、翼翼、泯泯、正正整整、填填、修修、翦翦、斬斬，齊也。……八五

四·二〇 踽踽偊偊、睘睘嬛嬛、𠒎𠒎、𤎼𤎼、惸惸、趋趋、佻佻、眐眐聇聇、會會、伶伶、子子、鹿鹿、亭亭，獨也。……八六

四·二一 贊贊、擅擅，助也。……八七

四·二二 跂跂町町、靡靡，盡也。……八七

四·二三 休休、停停、渟渟、已已、徽徽，止也。……八七

四·二四 蹇蹇、反反、礥礥、𥑮𥑮、戛戛，難也。……八八

四·二五 混混渾渾、沌沌、豚豚、巂巂、轂轂、𨏉𨏉、旋旋，轉也。……八八

四·二六 奄奄、洋洋、曶曶，忽也。……八九

四·二七 斐斐、縱縱，輕也。……八九

四·二八　頻頻、比比、每每、數數、往往(迬迬)、婁婁，屢也。……八九
四·二九　慆慆、遲遲、厭厭(懕懕)，久也。……九〇
四·三〇　落落、婁婁(樓樓)，疎也。……九〇
四·三一　棱棱、刺刺、切切、怦怦、慓慓、詵詵、紇紇、給給、革革，急也。……九〇
四·三二　掩掩、迥迥，同也。……九一
四·三三　扁扁，卑也。……九一
四·三四　涼涼，薄也。……九二
四·三五　夬夬，決也。……九二
四·三六　八八、癶癶，背也。……九二
四·三七　牽牽，引也。……九二
四·三八　明明，察也。……九二
四·三九　庸庸，用也。……九二
四·四〇　朐朐、于于、乙乙(軋軋)，屈也。……九二
四·四一　暨暨，及也。……九三
四·四二　陳陳，故也。……九三
四·四三　慊慊、猒猒、填填，足也。……九三

四·四四　嚻嚻，虚也。……九四
四·四五　蔌蔌速速，陋也。……九四
四·四六　噬噬、艷艷，醜也……九四
四·四七　惎惎，毒也。……九四
四·四八　譙譙，殺也。……九四
四·四九　幝幝、翛翛消消、倏倏、藍藍、瑣瑣，敝也。……九四
四·五〇　存存、萌萌蕄蕄，在也。……九五
四·五一　棱棱，柧也。……九五
四·五二　璞璞，素也。……九五
四·五三　拍拍、抨抨、考考、撞撞、摐摐，擊也。……九五
四·五四　劃劃，裂也。……九六
四·五五　礱礱，礰也。……九六
四·五六　鉟鉟，斵也……九六
四·五七　粅粅，粉也。……九六
四·五八　噜噜，味也。……九六
四·五九　貞貞，正也。……九七

四·六〇　差差，舛也。……九七
四·六一　昀昀畇畇、平平、勻勻，均也。……九七
四·六二　歆歆，饗也。……九七
四·六三　帖帖，服也。……九七
四·六四　胥胥，皆也。……九七
四·六五　修修，持也。……九八
四·六六　僢僢，匹也。……九八
四·六七　蓁蓁、孽孽，戴也。……九八

疊雅卷五

五·一　肅肅、翼翼翌翌、穆穆、僮僮、秩秩、踖踖、畏畏、祇祇、洞洞、屬屬、齊齊、誾誾訢訢、言言、齦齦、油油、濟濟、翔翔、匑匑、翊翊、廙廙、恭恭、粥粥、撣撣、乾乾、慺慺、虔虔、欽欽、齊齊、恂恂悛悛、逡逡、遜遜、切切漆漆、洋洋、愁愁，敬也。……九九
五·二　肅肅、翼翼、灟灟屬屬、俅俅綠綠、頖頖、齊齊、恂恂、賓賓、顒顒、卬卬，恭也。……一〇一
五·三　反反昄昄、抑抑、繩繩憴憴、兢兢矜矜、顓顓、項項、逯逯、熒熒、罣罣，慎也。……一〇二
五·四　斷斷、肫肫忳忳、純純、慥慥、恂恂、悾悾空空、慤慤殼殼、旦旦悬悬、灌灌、懇懇豤豤、惻惻、悃悃、欵欵、專專、顛顛、叩叩、祝祝，誠也。……一〇二

五·五　雝雝廱廱、熏熏薰薰、逢逢、優優、温温、習習、騂騂觲觲、詵詵、蟄蟄、顒顒禺禺、晏晏安安、怡怡、申申伸伸、夭夭、愉愉俞俞、陶陶、熙熙凞凞、愔愔、融融肜肜、洩洩泄泄、塵塵、旼旼、穆穆睦睦、牧牧、姁姁嘔嘔、繹繹、暢暢、輯輯、祁祁、婉婉、盎盎、娭娭、趍趍、煦煦、煖煖、翼翼、衎衎、膠膠、擾擾、頤頤、翊翊，和也。……一〇四

五·六　厭厭懕懕、提提媞媞、折折、休休、几几己己、蛇蛇、逮逮棣棣、遲遲、綏綏、懊懊懇懇，安也。……一〇七

五·七　好好、欣欣訢訢、忻忻、憲憲、謔謔、言言、語語、嘽嘽、衎衎、憘憘、嗚嗚、唬唬、忥忥、欸欸、姁姁區區、嘔嘔、喻喻俞俞、嬰嬰、輷輷、殿殿、倸倸、施施、栩栩、邴邴、妍妍研研、娛娛、款款，喜也。……一〇八

五·八　睠睠眷眷、渠渠、勿勿、怟怟妬妬、惕惕、戀戀孌孌、拳拳搼搼、卷卷、惓惓、恨恨、僂僂、區區、款款、扶扶、懃懃勤勤、綣綣，愛也。……一一〇

五·九　慇慇殷殷、悜悜嬛嬛、煢煢、熒熒、營營、怲怲、奕奕、挈挈栔栔、烈烈烮烮、愈愈、悠悠、京京、慘慘、懆懆慅慅、草草、忉忉、惕惕、慱慱、欽欽、忡忡爞爞、惙惙、悄悄、養養、怛怛、愮愮搖搖、懽懽灌灌、顛顛、悒悒邑邑、憚憚、戚戚慼慼、恤恤、湫湫、愁愁、恐恐邛邛、擾擾、忳忳、懤懤、怞怞、悁悁、閔閔憫憫、隱隱、騷騷、怮怮、啒啒、悊悊、悥悥、惄惄、悴悴、拳拳，憂也。……一一一

五．一〇　愴愴、慛慛、悢悢、哀哀、悽悽、惻惻、慆慆、憯憯、嗸嗸謷謷、熬熬、慠慠、嗸嗸、充充、咉咉、慘慘、惋惋、顏顏、楚楚、號號、吸吸、哽哽、咽咽，悲也。……一一四

五．一一　虩虩覤覤、愬愬、蘇蘇、索索、惴惴、嘵嘵憢憢、兢兢、赫赫、業業、戰戰戰戰、慄慄栗栗、慄慄、夔夔、懍懍廩廩、鰓鰓偲偲、諰諰、悚悚、恇恇怇怇、惵惵惵惵、迋迋、沛沛、愁愁惕惕、偒偒、惕惕、怵怵、憺憺、惶惶、忒忒、悸悸、縵縵、伈伈、憧憧章章、愱愱、懷懷、懾懾、歙歙、歊歊、恂恂，懼也。……一一五

五．一二　亹亹娓娓、勿勿、切切、偲偲、懋懋、慔慔、忞忞，勉也。……一一八

五．一三　蹶蹶、踖踖、衎衎，敏也。……一一九

五．一四　瞿瞿、休休，儉也。……一一九

五．一五　粥粥鬻鬻、嗛嗛、臣臣、恭恭、就就，謙也。……一一九

五．一六　啞啞呝呝、呃呃、嘻嘻、坎坎、啐啐唏唏、瑳瑳齹齹、呵呵、嗬嗬、歌歌、訕訕、嚔嚔、腰腰、咭咭、欸欸、哇哇、嗲嗲、嚇嚇、局局、吃吃、咍咍、咳咳、呬呬、哂哂、噱噱，笑也。……一二〇

五．一七　涕涕、漼漼、眭眭、潸潸、漼漼，泣也。……一二一

五．一八　嗟嗟鬑鬑、慨慨、喟喟、契契、唌唌、啾啾，歎也。……一二一

五．一九　矍矍僊僊、瞿瞿、瞏瞏、逃逃、適適、迋迋、愀愀、愕愕、吁吁，驚也。……一二二

五.二〇 徐徐、遲遲，疑也。……一二二
五.二一 彊彊姜姜、奔奔賁賁、[illegible]、嚬嚬，鬭也。……一二三
五.二二 洸洸、悻悻、怫怫、闞闞、類類、虩虩、駠駠，怒也。……一二三
五.二三 居居、究究、速速、疾疾、懀懀，憎也。……一二三
五.二四 蹻蹻蟜蟜、旭旭、振振、傜傜，驕也。……一二四
五.二五 仇仇、敖敖、藐藐、邁邁、訑訑、睢睢、盱盱，傲也。……一二四
五.二六 赧赧、望望、負負、縮縮、㥾㥾，愧也。……一二五
五.二七 恈恈、鄉鄉、啖啖、狧狧、嘬嘬、湫湫逐逐、悐悐、婪婪、饕饕，食也。……一二五
五.二八 空空悾悾、蚩蚩癡癡、沌沌、芚芚、啍啍、憨憨、嚚嚚，愚也。……一二六
五.二九 如如、醒醒、惺惺，覺也。……一二六
五.三〇 啐啐、喟喟，戒也。……一二七
五.三一 斤斤，仁也。……一二七
五.三二 烝烝蒸蒸，孝也。……一二七
五.三三 謇謇蹇蹇、怦怦恲恲、諄諄，忠也。……一二七
五.三四 烈烈、震震、嚴嚴，威也。……一二八

疊雅卷六

六·一 抑抑、穆穆、藐藐、奕奕、濟濟、委委褘褘、佗佗它它、洋洋、暀暀、皇皇、淑淑、皚皚、懿懿、徽徽、翼翼、儀儀、嫋嫋、婉婉、𡤻𡤻、姼姼媞媞、嬥嬥苕苕、宨宨、睆睆、佼佼、眇眇、姽姽、拘拘、丰丰、盈盈嬴嬴、孆孆、偞偞葉葉、娥娥莪莪、妦妦、嬛嬛娟娟、娗娗婷婷、停停、亭亭、媉媉、傛傛、闇闇、婥婥、姹姹、嫈嫈、扈扈，美好也。……一二九

六·二 蘉蘉、詵詵、蟄蟄、栗栗稞稞、穰穰、增增、洋洋、溱溱蓁蓁、嘽嘽、麌麌噳噳、祁祁祈祈、駪駪侁侁、甡甡、莘莘、甡甡、陾陾仍仍、彭彭、儦儦、光光、濔濔爾爾、瀰瀰、采采、泄泄、戔戔、紛紛、分分、翼翼、繩繩、縱縱總總、悠悠、颮颮、衍衍、皤皤、隱隱、莫莫、縱縱、延延、云云、芸芸、紜紜、魂魂、熏熏、薈薈、衝衝、職職、芒芒茫茫、蠢蠢、繽繽、翹翹、甫甫、伾伾、集集、師師、淖淖、漼漼、𧳜𧳜、鐼鐼、伮伮、窊窊、旟旟、戎戎、魯魯，衆多也。……一三二

六·三 煌煌皇皇、熿熿、晢晢晣晣、濯濯、旦旦、裳裳堂堂、爗爗燁燁、曄曄、韡韡煒煒、暐暐、焜焜、炳炳、麟麟燐燐、磷磷、爛爛爛爛、礀礀、炫炫、炯炯熲熲、冏冏、耿耿、炅炅、旰旰、晃晃、熒熒、煟煟、焂焂倏倏、鎬鎬、鑠鑠爍爍、爚爚、燡燡、繹繹、皓皓澔澔、旰旰汧汧、炎炎、熊熊、晶晶、暉暉煇煇、輝輝、睒睒、燦燦粲粲、璨璨、璨璨、煥煥奐奐、電

電、曜曜燿燿、炟炟、煜煜昱昱、熠熠、燭燭、炘炘、奕奕、回回、烮烮、琰琰、焱焱、昭昭、燎燎、將將、旭旭、曒曒、爌爌、瑩瑩、爐爐、烺烺、曦曦、晣晣、哄哄、軌軌、曛曛、曈曈、曨曨、照照昭昭、皪皪皪皪，光明也。…………………… 一三七
六·四 楚楚𪓐𪓐、鑿鑿、央央、英英、扈扈、蒨蒨倩倩、瑳瑳、玲玲、瓏瓏、練練、曄曄、𪓑𪓑、漼漼、泚泚、珊珊、璀璀、華華，鮮明也。…………………… 一四二
六·五 噲噲澮澮、㦀㦀𢧵𢧵，寬明也。…………………… 一四三
六·六 沃沃、泥泥、濯濯、油油、涣涣、涏涏涏涏、光光，光澤也。…………………… 一四三
六·七 言言、仡仡、圪圪、巍巍魏魏、客客、閬閬、堂堂，高大也。…………………… 一四四
六·八 滔滔、浩浩灝灝、皡皡、皋皋、瀚瀚、蕩蕩、實實、昄昄、薄薄、芒芒茫茫、斥斥、漫漫、汗汗、沺沺、瀇瀇、恢恢、溶溶、賈賈、漠漠，廣大也。…………………… 一四四
六·九 渠渠、㦀㦀、泱泱、汒汒、浩浩、潰潰、𣠺𣠺、漻漻、滈滈、瀜瀜、泫泫，深廣也。…………………… 一四六
六·一〇 蕩蕩、漭漭、汒汒、漫漫、縵縵、藐藐，廣遠也。…………………… 一四七
六·一一 藐藐邈邈、亭亭、眇眇，高遠也。…………………… 一四七
六·一二 遲遲、漫漫曼曼，長遠也。…………………… 一四七
六·一三 幽幽，深遠也。…………………… 一四八

六·一四　眩眩，幽遠也。……一四八

六·一五　沕沕、穆穆，深微也。……一四八

六·一六　暗暗，深空也。……一四八

六·一七　轋轋，高長也……一四九

六·一八　蓼蓼、莽莽、侏侏，長大也。……一四九

六·一九　森森，長密也。……一四九

六·二〇　籊籊、梢梢，長殺也。……一四九

六·二一　隋隋，狹長也。……一五〇

六·二二　休休，美大也。……一五〇

六·二三　蕩蕩，堅清也。……一五〇

六·二四　悶悶，寬大也。……一五〇

六·二五　塏塏，高燥也。……一五〇

疊雅卷七

七·一　歷歷、蠡蠡、閣閣、欐欐、鏘鏘、淫淫、裔裔、諤諤、羅羅、陣陣、录录，行列也。……一五一

七·二　魚魚、雅雅、陛陛、櫛櫛、齒齒、肆肆、伍伍、行行、列列、疃疃、堆堆、鱗鱗、

鳫鳫，排比也。……一五一

七．三 星星、點點、曆曆、磊磊碟碟、碣碣、簌簌、筝筝、漠漠、敷敷、田田、各各、肸肸、料料，布散也。……一五二

七．四 它它他他、藉藉籍籍、狼狼、攘攘壤壤、膠膠、擾擾擾擾、脊脊、肴肴、沈沈、湲湲、蛾蛾、樊樊、縮縮、綏綏、龐龐、宂宂、駮駮、踳踳、雜雜、合合、午午、摐摐樅樅、解解、泊泊，紛錯也。……一五三

七．五 閑閑、襜襜佔佔、敪敪、披披、吸吸、嫋嫋褭褭、裹裹、颭颭、澹澹、溦溦、葰葰蓰蓰、漾漾、瀲瀲、灩灩、調調、刁刁、邋邋、施施、幰幰、娜娜、纅纅、荅荅、撥撥、簸簸、晛晛、閃閃，動摇也。……一五五

七．六 茷茷茷茷、伐伐、旆旆、旌旌、容容、裔裔褭褭、秋秋、彯彯剽剽、漂漂縹縹、飄飄、飉飉、颾颾、翔翔鶟鶟、離離、曳曳、洩洩、淫淫、婉婉、颺颺、彭彭、婁婁、娑娑、旟旟、衫衫、輕輕、悠悠、翩翩扁扁、幡幡翻翻、翻翻、僊僊躚躚、蹮蹮、仚仚、軒軒，飛揚也。……一五七

七．七 翩翩扁扁、幡幡、交交、營營、憧憧、嫛嫛、徲徲、斐斐、淫淫、與與、踥踥、回回、復復、踵踵，往來也。……一六〇

七.八　港港、洄洄、盤盤、困困、蟠蟠、環環、迴迴、宛宛、轉轉、團團、圍圍，回旋也。…… 一六一

七.九　秩秩、淳淳，流行也。…… 一六二

七.一〇　瀰瀰瀰瀰、沔沔、洋洋、彌彌、浼浼、淼淼、溢溢、淡淡、湛湛，平滿也。…… 一六二

七.一一　洛洛、灌灌、瀧瀧潀潀、潨潨、溜溜、澮澮，會注也。…… 一六三

七.一二　瀼瀼、溼溼，開合也。…… 一六三

七.一三　汩汩、没没、泯泯、溺溺，沈滅也。…… 一六三

七.一四　檢檢，模範也。…… 一六四

七.一五　師師，傚法也。…… 一六四

七.一六　元元原原、源源、本本，博洽也。…… 一六四

七.一七　顒顒、卬卬，尊嚴也。…… 一六四

七.一八　岐岐、嶷嶷，聰慧也。…… 一六四

七.一九　蕭蕭、悠悠、翼翼，閑暇也。…… 一六五

七.二〇　徜徜倘倘、徉徉佯佯，戲蕩也。…… 一六五

七.二一　遺遺，逶迤也。…… 一六五

七.二二　祛祛、於於、居居、倨倨、眄眄、吁吁、睢睢、盱盱、榛榛、狉狉，質樸也。…… 一六五

七·二三 玄玄、空空，微妙也。……一六六

七·二四 草草，簡率也。……一六六

七·二五 吾吾衙衙，疎遠也。……一六六

七·二六 察察，急疾也。……一六六

七·二七 怏怏，縱恣也。……一六七

七·二八 鞅鞅，疎薄也。……一六七

七·二九 叟叟測測、錟錟、鏃鏃契契、戛戛、翦翦、剡剡、稍稍，鋒利也。……一六七

七·三〇 釋釋澤澤、郝郝、藿藿，解散也。……一六七

七·三一 霏霏、零零、離離、糝糝、茭茭，輕細也。……一六八

七·三二 丫丫、角角，歧乂也。……一六八

七·三三 尖尖、兑兑，鋭小也。……一六八

七·三四 蹻蹻，輕便也。……一六九

七·三五 迭迭、軼軼，馳突也。……一六九

七·三六 舉舉，端麗也。……一六九

七·三七 黯黯黯黯，猥茸也。……一六九

七·三八 芨芨、卷卷、滴滴，零落也。……一六九

七.三九　庴庴、垂垂、緜緜，低下也 …… 一七〇
七.四〇　兑兑，柔滑也。…… 一七〇
七.四一　云云、沄沄，運布也。…… 一七〇
七.四二　納納、涵涵，包容也。…… 一七〇
七.四三　容容，和同也。…… 一七一
七.四四　渾渾，淳雅也。…… 一七一
七.四五　奕奕，輕靡也。…… 一七一
七.四六　靡靡，愔愔，閒麗也。…… 一七一
七.四七　嫺嫺，雍容也。…… 一七一
七.四八　儆儆，欹側也。…… 一七二
七.四九　梱梱、酋酋，成就也。…… 一七二
七.五〇　間間、離離、析析、八八，分別也。…… 一七二
七.五一　依依、懸懸、悠悠遥遥、洋洋養養、眊眊瞿瞿，思戀也。…… 一七二
七.五二　竊竊，計較也。…… 一七三
七.五三　招招，號召也。…… 一七三
七.五四　湎湎，流移也。…… 一七三

七．五五　播播，舒揚也。……一七三
七．五六　堂堂，高顯也。……一七三
七．五七　蛇蛇、域域、禄禄、眗眗、孑孑，淺狹也。……一七四
七．五八　粲粲，爽悟也。……一七四
七．五九　脈脈，矜持也。……一七四
七．六〇　苦苦，懇切也。……一七四
七．六一　亭亭，安定也。……一七四
七．六二　回回，紆屈也。……一七四
七．六三　抑抑，昂藏也。……一七五
七．六四　鬱鬱，熟灑也。……一七五
七．六五　離離，剥裂也。……一七五
七．六六　弭弭，滑細也。……一七五
七．六七　斂斂，兼并也。……一七五
七．六八　蓁蓁，散亂也。……一七五
七．六九　厭厭，閉藏也。……一七五
七．七〇　蹇蹇，平直也。……一七六

七·七一　青青，枯虛也。……一七六
七·七二　還還，周遊也……一七六

疊雅卷八

八·一　斤斤、扃扃炯炯、了了、僬僬潐潐、監監，明察也。……一七七
八·二　脱脱娧娧、祁祁祈祈、連連、安安、洋洋、申申、夭夭、儃儃、儻儻、緩緩、填填蹎蹎、翔翔，舒遲也。……一七八
八·三　侃侃偘偘、衎衎、觥觥觵觵、伉伉亢亢、頏頏、棱棱、梗梗、棘棘、懍懍，剛直也。……一七九
八·四　行行、毅毅，剛强也。……一八〇
八·五　肅肅、將將、翼翼、齊齊、莊莊、絜絜、矩矩，嚴正也。……一八〇
八·六　番番⿰番頁⿰番頁、矯矯蹻蹻、蟜蟜、洸洸僙僙、潢潢、赳赳、桓桓、麃麃、仡仡訖訖、暨暨、勍勍、競競、⿰犭戔⿰犭戔、趪趪、㓲㓲、憤憤、堂堂、驍驍、朅朅、偈偈，武勇也。……一八〇
八·七　業業、翼翼、峩峩俄俄、偕偕、伾伾、祛祛、俋俋、啍啍、乾乾、婧婧、特特、丁丁，壯健也。……一八二
八·八　超超、邁邁、卓卓、犖犖、英英、標標、表表、矯矯橋橋、磊磊、落落、錚錚、翹翹、堂堂、諤諤、倜倜，奇偉也。……一八三
八·九　娖娖、⿰𧾷齒⿰𧾷齒齪齪、廩廩，持整也。……一八四

八·一〇　僬僬、趨趨、蹩蹩、戚戚、蹜蹜縮縮、宿宿、粟粟、渠渠，局趣也。……一八四

八·一一　拘拘、翬翬、拲拲、掣製，拘牽也。……一八五

八·一二　慵慵、搔搔、偈偈、搰搰勖勖、捲捲惓惓、獘獘、畜畜、蹩蹩、跛跛、眝眝、矻矻劬劬、劬劬、屑屑、懃懃、愯愯、頓頓、勖勖、佸佸，勤勞也。……一八五

八·一三　孜孜孶孶、滋滋、縱縱總總、栖栖棲棲、遑遑皇皇、惶惶、數數、狂狂、汲汲彶彶、忣忣、伋伋、劫劫、卒卒、悤悤忽忽、忩忩、匆匆、勿勿、俇俇偟偟、促促、挈挈、忙忙、急急、波波、忪忪伀伀，惶遽也。……一八七

八·一四　僕僕、役役、屑屑、切切、纖纖、勞勞，煩猥也。……一八八

八·一五　暖暖、姝姝、嬽嬽、睮睮腧腧、呴呴、便便，柔媚也。……一八九

八·一六　録録娽娽、碌碌、逯逯、陸陸、鹿鹿、平平、常常、庸庸，凡庶也。……一八九

八·一七　靡靡、喁喁咼咼、呴呴、唯唯惟惟、諾諾、爾爾、昵昵、泥泥，隨從也。……一九〇

八·一八　猶猶由由、與與、媕媕、嬰嬰、絮絮，游移也。……一九一

八·一九　佻佻、幡幡、怭怭、捷捷、管管、沾沾、嗣嗣、巧巧、佞佞、睢睢、盱盱、儽儽、騫騫、儇儇，輕肆也。……一九一

八·二〇　儚儚艷艷、洄洄襢襢、佪佪、回回、徊徊、佪佪、夢夢、訰訰諄諄、忳忳、肫肫、潰潰憒憒、憒憒、涽涽惛惛、怋怋、惙惙、倀倀、覭覭、泯泯湎湎、棼棼芬芬、紛紛、衯衯、倏倏、迷

迷、惑惑或或、撼撼、忞忞、慆慆、芒芒、眊眊、忕忕、狂狂、悤悤，昏亂也。……一九二

八·二一　匈匈洶洶、哅哅、哅哅、訩訩、恟恟、凶凶、詾詾、兇兇、嚾嚾讙讙、嚄嚄、譊譊、嚻嚻嗸嗸、敖敖、嗷嗷、謷謷、譨譨、閱閱、齗齗讘讘、齦齦、聒聒懖懖、鍏鍏、嘖嘖、詾詾、嚚嚚、品品、辡辡、呶呶、譁譁、攪攪、嘮嘮、獿獿、嗷嗷、諠諠喧喧、諼諼、聜聜諜諜，喧擾也。……一九四

八·二二　擔擔、儢儢爈爈、離離，倦怠也。……一九七

八·二三　役役、伋伋、僻僻、狙狙、昭昭、略略，狡詐也。……一九七

八·二四　幡幡、改改，反覆也。……一九八

八·二五　鼎鼎、謾謾漫漫，寬慢也。……一九八

八·二六　嗃嗃，嚴酷也。……一九八

八·二七　版版板板、盪盪蕩蕩、介介，衺僻也。……一九八

八·二八　獷獷，粗惡也。……一九九

八·二九　嬬嬬、倪倪、扶扶、媞媞，幼弱也。……一九九

八·三〇　痯痯、瘐瘐庾庾、嘽嘽痑痑、驒驒、騑騑、傫傫儡儡、纍纍、喘喘、瘁瘁、芒芒、圉圉、殟殟、痡痡俌俌、尫尫、衰衰，罷病也。……一九九

八·三一　岑岑涔涔、疼疼，煩悶也。……二〇一
八·三二　吚吚，呻吟也。……二〇一

疊雅卷九

九·一　嚣嚣、由由油油、皞皞、陽陽揚揚、閑閑、泄泄、委委、佗佗、蛇蛇、蘧蘧、于于杅杅、晛晛、詑詑、姚姚、俞俞、嘻嘻、旭旭，自得也。……二〇二
九·二　頊頊旭旭、規規、望望、惘惘罔罔、嚜嚜默默、嘿嘿、墨墨、惝惝、怳怳、忽忽、仍仍、乘乘、纍纍、章章、憕憕，自失也。……二〇三
九·三　優優、閑閑、恢恢、綽綽、裕裕，有餘也。……二〇四
九·四　循循、逸逸、秩秩、條條攸攸、井井，有序也。……二〇五
九·五　摇摇、菲菲、悠悠、忽忽、蕩蕩、涽涽、憧憧憧憧、衝衝罿罿，不定也。……二〇五
九·六　耿耿炯炯、儆儆警警、迹迹、屑屑、塞塞、省省、忦忦、躄躄、瀁瀁、忱忱、傛傛、褆褆、次次，不安也。……二〇六
九·七　怏怏鞅鞅、慊慊嗛嗛、悵悵、恨恨、悢悢、怦怦、悏悏，不足也。……二〇六
九·八　懪懪、邈邈藐藐、怫怫、鬱鬱、憒憒、悱悱、忿忿分分、嚧嚧、恓恓、愊愊、愍愍、潓潓、忤忤，不快也。……二〇七
九·九　默默嘿嘿、墨墨、愔愔，不言也。……二〇八

九一〇　兀兀矶矶、敦敦、澹澹、淰淰、檿檿，不動也。……二〇九
九一一　邁邁，不行也。……二〇九
九一二　參參嵾嵾、差差、傞傞、佌佌、齬齬，不齊也。……二〇九
九一三　坎坎、杭杭、嶙嶙、碌碌、學學壆壆、踝踝，不平也。……二一〇
九一四　洋洋，無依也。……二一〇
九一五　奔奔、彊彊、椐椐、尾尾、隊隊，相隨也。……二一一
九一六　彭彭、傍傍、傞傞、額額咢咢、究究，不止也。……二一一
九一七　他他，不欲也。……二一一
九一八　愖愖，不正也。……二一一
九一九　瞺瞺，不測也。……二一一
九二〇　啉啉，欲知也。……二一二
九二一　安安，自然也。……二一二
九二二　與與、猶猶，適中也。……二一二
九二三　賓賓，好名也。……二一二
九二四　婡婡，得志也。……二一二
九二五　宴宴燕燕，懷安也。……二一二

九·二六　潝潝翕翕、歙歙、噏噏、訿訿訾訾、呰呰、皋皋、琄琄鞙鞙，曠職也。……二一三
九·二七　謞謞，崇讒也。……二一三
九·二八　寡寡，不見也。……二一三
九·二九　恰恰，用心也。……二一三
九·三〇　垂垂，將及也。……二一三
九·三一　得得，特地也。……二一四
九·三二　佹佹，幾似也。……二一四
九·三三　鼎鼎，方且也。……二一四
九·三四　云云，如此也。……二一四
九·三五　弗弗、否否，不可也。……二一四
九·三六　俞俞，然許也。……二一五
九·三七　都都，歎美也。……二一五
九·三八　故故，作意也。……二一五
九·三九　耳耳，不喜也。……二一五
九·四〇　好好，正好也。……二一五
九·四一　甚甚，益甚也。……二一六

九.四二 易易，甚易也。……二一六
九.四三 漸漸，漸次也。……二一六
九.四四 至至，至極也。……二一六
九.四五 忍忍，不忍也。……二一六
九.四六 行行，行也。……二一六
九.四七 送送，送也。……二一六
九.四八 小小，小也。……二一七
九.四九 少少，少也。……二一七
九.五〇 多多，多也。……二一七
九.五一 高高，高也。……二一七
九.五二 卑卑，卑也。……二一七
九.五三 密密，密也。……二一七
九.五四 矗矗，矗也。……二一七
九.五五 生生，進進也。……二一八
九.五六 采采，事事也。……二一八
九.五七 暀暀，往往也。……二一八

九·七四　信信，信可信也。疑疑，疑可疑也。……二二一

九·七五　姦姦，以姦敵姦也。詐詐，以詐拒詐也。……二二一

九·七六　上上，上之上也。中中，中之也。下下，下之下也。……二二一

九·七七　孟孟，孟之孟也。仲仲，仲之仲也。季季，季之季也。……二二二

九·七八　宿宿，再宿也。信信，四宿也。……二二二

九·七九　生生、劫劫、朝朝、暮暮、昔昔、刹刹、塵塵、因因、果果、輩輩、種種、類類、火火、頓頓、步步、件件、方方、葉葉、箇箇、色色、各各、一一，積數也……二二二

九·八〇　一一、二二、三三、五五、六六、七七、八八、九九、十十、千千、萬萬、億億、兆兆，數倍也。……二二三

疊雅卷十

一〇·一　蹲蹲墫墫、蹌蹌牄牄、姕姕，舞也。……二二四

一〇·二　翬翬䎎䎎、翲翲、翪翪、翗翗、䎋䎋、翄翄狋狋、𦐂𦐂泄泄、䎁䎁、翓翓、翨翨提提、翁翁䎆䎆、蓊蓊、薨薨、翼翼、翧翧、翴翴、翽翽、翿翿肅肅、鷫鷫、翰翰、翯翯、翂翂翁翁、翐翐、翾翾、振振、習習、甄甄、籥籥、翏翏，飛也。……二二四

一〇·三　騑騑騑騑、彭彭、悠悠繇繇、攸攸、沛沛、儦儦、俟俟、施施俔俔、䨓䨓、洋洋、姍

姍、淫淫、裔裔、與與、蹌蹌鶬鶬、鎗鎗、蹡蹡、鏘鏘、習習、翼翼、衙衙、芨芨、躍躍䂂䂂、踆踆浚浚、夋夋、趁趁、侁侁、蹵蹵、衍衍、靡靡、邁邁、蹲蹲、蹝蹝、冉冉、䞤䞤伎伎、跂跂、蚑蚑、歧歧、岐岐、豸豸、延延、徠徠、遙遙、奕奕、浮浮、趫趫、趞趞、章章、衝衝衝衝、陶陶蹈蹈、滔滔、憂憂、䟝䟝、跹跹、蹜蹜、踼踼、蹽蹽、儜儜、徥徥、驖驖、躟躟、傪傪、徢徢、佃佃、屐屐、偍偍、越越、遼遼、馯馯、邐邐、迆迆、衙衙、蹕蹕、綏綏夊夊、辵辵、延延、㢟㢟、赳赳、㵕㵕、蹏蹏，行也。………………………………………………二二六

一〇四 繹繹、駓駓伾伾、駱駱、颿颿、從從從從、趡趡、逐逐、驫驫、鬥鬥、趀趀跰跰、蹻蹻、趬趬、徜徜、趥趥、跾跾、騞騞、趩趩、蹸蹸、䞣䞣、趎趎、趚趚、趯趯、驤驤，走也。………………………………………二三一

一〇五 蹬蹬、岳岳，立也。………………………………………………二三三

一〇六 踏踏，踐也。………………………………………………二三三

一〇七 趯趯躍躍、狄狄、跦跦、趵趵、趌趌，跳也。………………………二三三

一〇八 𧽤𧽤、僇僇、躄躄，跛也。………………………………………二三四

一〇九 蹎蹎，躓也。………………………………………………………二三四

一一〇 跙跙，行不正也。……………………………………………………二三四

一〇・一一　跙跙、逡逡、巡巡、屯屯，行不進也。……二三四

一〇・一二　躇躇、跼跼局局、蹀蹀、蹠蹠、豕豕亍亍，行不利也。……二三五

一〇・一三　眽眽覛覛、脈脈、脉脉、眩眩、矕矕、睌睌、眓眓、⿱般目⿱般目、矎矎夐夐、狝狝獮獮、眂眂、睴睴、⿰目胃⿰目胃、睇睇、覢覢睒睒、睍睍、⿰目啇⿰目啇、瞪瞪、睩睩、瞀瞀、眇眇、⿰目勿⿰目勿、盹盹、瞠瞠、耽耽眈眈、覘覘、睊睊、盻盻、瞵瞵、睢睢、眄眄、⿰目規⿰目規、睆睆、瞻瞻、瞜瞜、闖闖，視也。……二三五

一〇・一四　睽睽、盱盱，目張也。……二三八

一〇・一五　眴眴、眏眏，目動也。……二三八

一〇・一六　⿰目旁⿰目旁，目薄也。……二三八

一〇・一七　睕睕，目深也。……二三九

一〇・一八　⿰目旋⿰目旋、⿰目焉⿰目焉，目好也。……二三九

一〇・一九　⿰目歷⿰目歷，目明也。……二三九

一〇・二〇　⿰目縣⿰目縣，目黑也。……二三九

一〇・二一　⿰目㐬⿰目㐬、瞞瞞、瞑瞑，目不明也。……二三九

一〇・二二　⿰魚累⿰魚累，目不閉也。……二四〇

一〇・二三　⿰耳農⿰耳農、⿰耳曹⿰耳曹、⿰耳彔⿰耳彔、聬聬、聊聊，耳鳴也。……二四〇

一〇·四〇 哆哆、呀呀颬颬、欠欠、㰦㰦呿呿，開口也。……二四三
一〇·四一 齁齁、欶欶、栩栩、嘈嘈，鼻息也。……二四四
一〇·四二 𡇒𡇒、马马，舌出也。……二四四
一〇·四三 胚胚，血凝也。……二四五
一〇·四四 喀喀嗝嗝、㱿㱿、臏臏，嘔也。……二四五
一〇·四五 呃呃，唾也。……二四五
一〇·四六 歑歑，咽也。……二四五
一〇·四七 呥呥、噬噬、啄啄、齧齧、嗺嗺，食也。……二四五
一〇·四八 涗涗、酖酖，飲也。……二四六
一〇·四九 酣酣、醺醺、酶酶，醉也。……二四六
一〇·五〇 便便辯辯、平平、諸諸、誾誾訔訔、諤諤咢咢、咢咢、愕愕、詻詻、噩噩、謇謇、炎炎、讞讞、訮訮，讜言也。……二四六
一〇·五一 諄諄訰訰、諞諞、喁喁，詳言也。……二四八
一〇·五二 緝緝咠咠、捷捷謯謯、截截戳戳、諓諓戔戔、淺淺、喋喋諜諜、啞啞、翦翦、哇哇、讕讕，巧言也。……二四八
一〇·五三 噂噂、沓沓譗譗、嚃嚃、詽詽諵諵、喃喃、呭呭詍詍、詹詹噡噡、刺刺、哨哨、嗜嗜、

疊雅卷十一

嗈、邕邕、雍雍、央央、鉞鉞噦噦、鐬鐬，和聲也。……二五七

一一·六　槭槭摵摵、瑟瑟、㨻㨻、索索、蕭蕭捜捜、翛翛、倏倏、騷騷搔搔、策策、窣窣、澌澌、析析淅淅、燮燮、梢梢、屑屑，寒聲也。……二五八

一一·七　馮馮、鏗鏗、堅聲也。……二六〇

一一·八　磔磔，裂聲也。……二六〇

一一·九　甄甄甋甋，破聲也。……二六〇

一一·一〇　嚍嚍、嘖嘖，叫聲也。……二六〇

一一·一一　嗷嗷，啼聲也。……二六一

一一·一二　㶃㶃，喊聲也。……二六一

一一·一三　斫斫、剌剌，呼聲也。……二六一

一一·一四　叱叱，訶聲也。……二六一

一一·一五　咻咻，病聲也。……二六二

一一·一六　唼唼、唅唅、㶓㶓，食聲也。……二六二

一一·一七　嘒嘒嚖嚖、嚍嚍、咿咿、喈喈、咇咇吡吡、呴呴、咬咬、噪噪、啁啁嘲嘲、㗊㗊、咏咏、啞啞、喝喝、啅啅、咧咧、嘎嘎、喈喈、嘖嘖嚽嚽、啞啞、楂楂、嚄嚄、嘹嘹、嘵嘵、恰恰、觳觳、架架、格格、烏烏嗚嗚、鴉鴉鵶鵶、牾牾，鳴聲也。……二六二

疊雅卷十二

蓬、颲颲烈烈、列列、𩙥𩙥獵獵、䫼䫼、颶颶、䬃䬃、䬈䬈、颰颰，風也。……二八一

二二·七　馮馮、翼翼、烟烟氤氤、煴煴氲氲、氛氛、歕歕、欨欨，氣也。……二八三

二二·八　陽陽、滌滌、燠燠、休休烋烋，煖也。……二八三

二二·九　清清、泠泠，涼也。……二八三

二二·一〇　蟲蟲爞爞、烔烔、炎炎、灵灵、炘炘、陶陶、烝烝、彤彤融融、熇熇嗃嗃、暍暍，熱也。……二八三

二二·一一　滄滄、凄凄、凜凜、烈烈冽冽、厲厲、浸浸、瀝瀝、溰溰、惻惻側側、凌凌、慄慄、嚴嚴、肅肅、洒洒、湝湝、瘁瘁、瘖瘖、殑殑，寒也。……二八四

二二·一二　鼾鼾，竪干也……二八五

二二·一三　疏疏、裾裾、襜襜、倨倨、禔禔、袉袉，服美也。……二八五

二二·一四　衯衯、裶裶，衣長也。……二八六

二二·一五　翸翸，衣煖也。……二八六

二二·一六　禊禊，袖舉也。……二八六

二二·一七　醳醳，酒清也。……二八六

二二·一八　胥胥，肉解也。……二八六

二二·一九　饛饛，器滿也。……二八七

疊雅卷十三

一三.一五　婆婆，佛稱也。……三〇〇

一三.一六　佉佉，文殊眷屬也。……三〇〇

一三.一七　呴呴，藏神也。……三〇一

一三.一八　醋醋措措、榴，精也。……三〇一

一三.一九　危危、飛飛，山精也。……三〇一

一三.二〇　醶醶，天酒也。……三〇一

一三.二一　瑟瑟璱璱、緌緌，碧珠也。……三〇一

一三.二二　欇欇、鎖鎖，木也。……三〇二

一三.二三　蕉蕉，草也。……三〇二

一三.二四　蔽蔽，小草也。……三〇二

一三.二五　秩秩失失、泆泆、鵜鵜蠻蠻、鸞鸞、灌灌濩濩、貛貛、羅羅、翢翢周周、鴡鴡、燕燕、鷪鷪、兆兆、命命，鳥也。……三〇二

一三.二六　辣辣、從從猣猣、狪狪、軨軨、獙獙、精精、朏朏、文文、蛩蛩邛邛、羅羅、雙雙、猎猎、峳峳駮駮、榴榴猫猫、蠻蠻、狌狌猩猩、生生、狒狒禺禺、費費、巂巂、爨爨，獸也。……三〇三

一三.二七　鰼鰼、鰤鰤、鳙鳙、鮯鮯、禺禺，魚也。……三〇五

一三.二八　蜻蜻、蚌蚌半半、孑孑，蟲也。……三〇五